Nora Lynn

REBELLIN DER HOHEN SCHULE

ROMAN

Besuchen Sie uns im Internet:
www.droemer-knaur.de

Covergestaltung: Guter Punkt, München
Coverabbildung: Guter Punkt unter Verwendung
von Motiven von Getty Images Plus
Illustrative Elemente im Innenteil von Shutterstock.com:
Lukasik-Fisch, Romanova Ekaterina
Satz und Layout: Sandra Hacke, Dachau
Druck und Bindung: GGP Media GmbH, Pößneck
ISBN 978-3-426-28470-4

2   4   5   3   1

Für meinen Papa, dessen ungebrochene Begeisterung
für Pferde den Grundstein für dieses Buch gelegt hat.

»Sei die Heldin deines Lebens, nicht das Opfer.«
Nora Ephron

1

MARGARETE

Wien im März 1875

Die Pferdetramway ruckelte auf den Holzschienen der Ringstraße entlang, kutschierte vorbei am neu erbauten Fundament des Burgtheaters, dessen Mauern nur zögerlich emporwuchsen, und vorbei am Volksgarten, der mit seinen prächtigen Baumalleen zu einem ausgedehnten Spaziergang einlud. Das Hufgeklapper wirkte beinahe einschläfernd, während Wien an mir vorüberzog. Ein Herr neben mir räusperte sich lautstark und gab mir mit hochgezogenen Augenbrauen zu verstehen, dass er meine bequeme Haltung nicht befürwortete. *Wenig damenhaft,* wie Mutter oder mein Kindermädchen dem Herrn beigepflichtet hätten. Doch Mutter war nicht hier und konnte sich nicht über meine von mir gestreckten Beine mokieren. Und Eugenie, mein verschrobenes Kindermädchen, hatte Vater aufgrund unseres finanziellen Engpasses entlassen. Nun war nur noch Martha, unser Hausmädchen, geblieben, und die hatte weiß Gott keine Zeit, um mich bei meinen Ausflügen zu begleiten. So eine kleine Geldnot hatte demnach auch ihre Vorteile. Endlich durfte ich das Haus allein verlassen, ohne Eugenie, die nach ein paar Schritten ihren schmerzenden Rücken durchdrücken musste und ständig zeterte, weil ich junges Ding viel zu umtriebig war.

Ohne auf die fordernden Blicke meines Sitznachbarn zu reagieren, richtete ich den Blick wieder nach draußen. Ein Herr lüftete seinen Zylinder zum Gruß, eine Dame fasste ihr Kind an der Hand und zerrte es hastig über die Straße, ein Einspänner wirbelte mit seinen Rädern Staub auf, ein junger Mann bog mit seinem Fahrrad wackelig in eine Seitenstraße ab.

Wien lebte, war emsig und geschäftüchtig. Und ich? Ich konnte es kaum erwarten, an der nächsten Haltestelle auszusteigen.

Es war jeden Morgen derselbe Weg, den es zu meistern galt: Über den weitläufigen Heldenplatz, auf dem zu dieser Tageszeit reges Treiben herrschte. Vorbei an der lang gezogenen Hofburg mit dem Reiterdenkmal des Prinzen Eugen, der wie immer griesgrämig in die Welt blickte. Und dann, wenige Schritte weiter, stand ich vor der Hofreitschule und konnte ihn förmlich riechen, den Geruch der Pferde, der Ledersättel und der Zaumzeuge. Wie ein magisches Elixier leitete der Geruch mich durch den Eingang, vorbei an den übermenschlich großen Statuen aus hellem Marmor und durch den mächtigen Rundbogen mit dem verschnörkelten schmiedeeisernen Tor.

Bestimmt würde die Morgenarbeit in wenigen Minuten beginnen, und ich war spät dran, aber die Tortur des Ankleidens hatte wie immer mehr Zeit beansprucht, als mir lieb war: die Schnürung des Korsetts, die Martha mir so eng zurrte, bis mir die Luft wegblieb und die Fischbeine sich in meine Lenden bohrten. Die unzähligen Röcke, in die es sich hineinzuquälen galt, und das Haar, das akkurat hochgesteckt werden musste, um mit einem unnützen Hütchen gekrönt zu werden. Natürlich etwas zartes Rouge auf die Wangen, die Augenbrauen in Form gebracht und Handschuhe aus feinem Rehleder übergezogen. Martha hatte mir noch den mit Spitze bezogenen Schirm in die Hand gedrückt, der meine Haut vor Sonnenstrahlen schützen sollte – und den ich nie benutzte, weil ich es bevorzugte, mein

Gesicht den wärmenden Strahlen entgegenzurecken. Martha wusste das, dennoch würde sie es nie verabsäumen, mich wie eine feine Dame auszustaffieren, bevor sie mich aus dem Haus entließ. Und ich ließ es wortlos über mich ergehen, denn schließlich befolgte das Dienstmädchen nur Mutters Anweisungen. Mutter, die darauf hoffte, aus mir eine Dame zu formen, die sie ohne peinliche Zwischenfälle in die feine Gesellschaft einführen konnte.

»Da bist ja, mein Madl!« Hinter Vaters buschigem Schnurrbart zeichnete sich ein Lächeln ab, das selbst seine grauen Augen zum Strahlen brachte. »Die Morgenarbeit beginnt in wenigen Minuten, also beeil dich!« Er schnalzte mit der Zunge und zog die ergrauten Augenbrauen hoch.

»In wenigen Minuten? Dann solltest du dich wohl selbst beeilen, nicht wahr, Papa?«, erwiderte ich und hauchte ihm einen Kuss auf die Wange.

»Ich warte auf Marjan, aber der scheint ebenso zum Trödeln zu neigen wie du.« Er hielt in der Stallgasse Ausschau nach seinem Stallknecht und klatschte schallend laut in die Hände.

»Er wird schon kommen«, sagte ich, um seine Ungeduld zu besänftigen und zu verhindern, dass er Marjan grundlos maßregelte. Mein Vater bekleidete seit Jahren das Amt des ersten Oberbereiters in der Spanischen Hofreitschule und wurde als solcher geachtet, respektiert und in manchen Augenblicken wohl auch gefürchtet, wenn er zum Beispiel in der Sattelkammer penibel die Sauberkeit der Trensen oder den Hochglanz der Reitstiefel prüfte. Er behielt stets den Überblick, erkannte, wenn ein Hengst zu hart beritten worden war und ein paar Tage Pause benötigte – oder einen erfrischenden Galopp durch den Volksgarten.

Er erwartete von seinen Bereitern, dass sie sich verausgabten und das Beste aus sich und ihren Hengsten herausholten; schließlich fühlte er sich dafür verantwortlich, das Kaiserpaar und seine Gäste gut zu unterhalten, um im besten Fall mit einem wohlwollenden Lächeln der Hoheiten belohnt zu werden.

»Komme schon, Herr Oberbereiter Böhm!« Marjan, der Stallknecht, der erst vor ein paar Jahren seine Heimat Slowenien verlassen hatte, um hier in der Hofreitschule zu arbeiten, nickte mir schüchtern lächelnd zu. Sein Blick fühlte sich an wie eine zarte Berührung, die meine Wangen aufgeregt prickeln ließ. Reumütig blickte er zu meinem Vater, wissend, dass der es nicht leiden konnte, wenn man mich ansah wie eine Dame, eine Frau, eine Erwachsene. Für ihn sollte ich das kleine Mädchen bleiben, dessen weibliche Rundungen nicht durch die Schnürung des Korsetts hervorgehoben wurden und deren volle Lippen nicht die Blicke der Männer auf sich zogen.

Wie gern wäre auch ich dieses Mädchen geblieben, das sich nicht zu kümmern hatte um gesellschaftliche Regeln, das wild sein konnte und auf dem Rücken eines galoppierenden Pferdes von seiner Freiheit träumte. Eine Freiheit, die es nicht gab. Nicht für das weibliche Geschlecht. Wir Frauen mussten uns anpassen, unterordnen, zustimmen oder schweigend nicken. Wir Frauen waren Zierrat, aufgeputzt, um der Welt zu zeigen, welch teuren Schmuck man sich für die Gattin oder die Tochter zu leisten vermochte. Perlenbesetzte Ohrringe, Broschen aus Elfenbein, Kleider aus teurer Seide und obendrauf ein mit Pfauenfedern verziertes Hütchen. Von Frauen wurde erwartet, dass sie sich stillschweigend den Wünschen der Männer unterordneten, sich in Verzicht übten und dennoch ein gütiges Lächeln auf den Lippen trugen.

Marjan führte Vaters weißen Lipizzanerhengst am Zügel. Gidrane blähte die Nüstern und brummelte sanft zur Begrüßung. Die spitzen Ohren des Pferdes waren aufmerksam auf meinen Vater gerichtet, den Blick wach und den Kopf hoch getragen, tänzelte er förmlich an mir vorbei in die Reithalle, deren

Sand vor dem Morgentraining der Bereiter frisch geharkt worden war.

Vater schwang sich in den Sattel, griff in den Zügel, stieg in die Steigbügel, straffte die Schultern und drückte den Rücken durch. Dann griff er nach der Gerte, die Marjan ihm reichte, und trieb Gidrane in die Halle.

»Geht es Ihnen gut, Fräulein Böhm?«, fragte Marjan leise, nachdem Vater sich bei den anderen Bereitern eingereiht hatte.

Ohne zu antworten, blickte ich ihn an und suchte in seinem klaren Blick nach meinem Spiegelbild. Lange Wimpern zierten seine Augen, deren Farbenspiel ein Repertoire an Grüntönen bot. Sein Blick wirkte temperamentvoll, doch ich wusste es besser: Marjan war ein ernster Mensch, neigte zur Zurückgezogenheit und Stille. Stets war er getrieben von der Sorge, meinen Vater oder die anderen Bereiter nicht zufriedenzustellen. Und doch war er der beste Stallknecht, der je für meinen Vater gearbeitet hatte. Stets war Marjan der Erste, der morgens den Stall betrat, und abends verließ er ihn erst, wenn alle Pferde versorgt waren und zufrieden an ihrem frischen Heu malmten.

»Danke, es geht mir gut«, antwortete ich und stellte fest, dass es der Wahrheit entsprach. Hier in der Hofreitschule fühlte ich mich wohl, blühte ich auf, hier erschien die Welt sofort klarer, alle Sorgen in die Ferne entrückt. Hier vergaß ich Mutters Drängen nach einer *pläsierlichen Handarbeit,* wie sie es gern nannte, wenn sie mich zu einer Blumenstickerei nötigte, die in mir den Wunsch wachrief, das Stück Stoff in die lodernden Flammen im Kamin zu schleudern. Hier gab es nur die Pferde, ihre schwungvollen Bewegungen und ihre kraftvolle Leichtigkeit, die mich gedanklich in weite Ferne trugen.

»Ich muss hoch, wenn ich den Bereitern zusehen will«, sagte ich und wandte mich mit einem leichten Knicks von Marjan ab. Mit einem Griff nach meinen schweren Röcken machte ich mich auf den Weg, hoch zu den Tribünen, wo das Licht der

Frühlingssonne durch die großzügig angelegten Fenster wärmte. Den Kopf in den Nacken gelegt, blickte ich hoch zu den Säulen und Pfeilern, welche die Halle gliederten und die Zuschauergalerie zierten, und zur Kastendecke mit den prachtvollen Blüten aus Stuck und den kristallenen Kronleuchtern, deren üppiges Kerzenlicht die Reitschule abends in warmes Licht tauchte.

»Schau nicht so verbissen!«

Dieser Satz ließ mich hellhörig zu den Reitern nach unten starren. Die Zweispitze auf den Köpfen erschwerten den Blick in die Gesichter. Natürlich kannte ich sie alle, doch eines schien mir an diesem Tag völlig fremd. Kantige, schmale Züge, hohe Wangenknochen und dunkles Haar, das unter der Kopfbedeckung hervorlugte, die Haltung so aufrecht, als wollte er alle anderen überragen.

Hatte Vater nicht vom neuen Oberstallmeister erzählt, der dieser Tage sein Amt antreten würde? Ein gewisser Herr Hoffmann, der seine Heimatstadt Hamburg hinter sich gelassen hatte, um mit frischem Wind der Hofburg neues Leben einzuhauchen? Aber der Reiter war zu jung, um das hochrangige Amt des Oberstallmeisters bekleiden zu können, zudem hätte der wohl kaum die Zeit, um an der Morgenarbeit teilzunehmen. Wer also war dieser Mensch mit dem spöttischen Lächeln?

»Wenn man dich so ansieht, möchte man meinen, du leidest unter Magenschmerzen!«, zischte der Wichtigtuer erneut und richtete seinen Blick auf meinen Zwillingsbruder Wenzel, der neben ihm sein Pferd im lockeren Trab aufwärmte.

Dieses Großmaul wagte es, sich auf Kosten meines Bruders zu amüsieren?

»Fertig aufgewärmt?«, richtete sich mein Vater an die Reiter. »Bevor wir mit der Einheit beginnen, möchte ich euch August Hoffmann vorstellen. Er ist neu in unserer Runde und wird der Hofreitschule ab heute als Anwärter zur Verfügung stehen. Als

Sohn des neuen Oberstallmeisters habe ich hohe Erwartungen an dich, August. Wollen wir mal sehen, ob du ihnen gerecht wirst.«

»Das werde ich, Oberbereiter Böhm. Das werde ich …«, erwiderte August und lächelte breit.

Mein Zwillingsbruder und ich blickten einander an und schüttelten kaum merklich die Köpfe. Wir brauchten nicht viele Worte, um zu wissen, welche Gedanken der andere gerade hegte. Wir konnten beide kaum erwarten, dass dieser August sich vor Vater blamierte. Es war den anderen Reitern gegenüber nicht rechtens, dass dieser Neue gleich als Bereiteranwärter aufgenommen wurde, während alle anderen sich durch jahrelangen Einsatz als Eleven mit Stall- und Putzarbeiten ihren Platz als Bereiteranwärter schwer hatten verdienen müssen.

»Gut, dann beginnen wir mit der Passage durch die Diagonale«, befahl mein Vater.

Das war das Stichwort für die Bereiter. Zügig fassten sie die Zügel nach und ließen ihre weißen Hengste im Schwebeschritt langsam durch die Halle tänzeln. Voller Präzision, im Gleichtakt, Schritt für Schritt, war dies für Hengste und Bereiter eine der leichten Übungen. Und auch wenn jeder Reiter für sich arbeitete, so gab Vater dennoch gern eine gewisse Abfolge vor und startete die Übungseinheiten meist mit der Passage, weil sie seiner Meinung nach den Reiter mit dem Pferd in vollkommenen Einklang brachte.

Im Anschluss an die Passage folgte die Piaffe, bei der die Bereiter den Trab ihrer Hengste so sehr verlangsamten und begrenzten, bis sie sich schwungvoll tänzelnd auf der Stelle bewegten. An den Körpern der Pferde traten die Adern hervor, und ihre Atmung beschleunigte sich. Ich lehnte mich konzentriert an die Balustrade der Tribüne und verfolgte jede Bewegung von Pferden und Reitern. Jeden Schenkeldruck, jeden Stups mit der Ferse, jede Parade mit dem Zügel und jedes Verlagern vom Gewicht im Sattel. Dabei war ich mir sicher, dass ich jede dieser ausgeführten Übungen mindestens genauso präzise ausführen konnte wie die Bereiteranwärter der Hofreitschule.

Es gab in meinem Leben keine Erinnerung ohne die Hofreitschule mit ihrer Betriebsamkeit, dem Hufgeklapper, dem Wiehern, dem Geruch von frischem Heu oder dem kühlen Gemäuer. Auch wenn es Mutter widerstrebt hatte, so hatte Vater Wenzel und mich dennoch immer hierher mitgenommen, hatte uns den Umgang mit Pferden nahegebracht und uns zu sich in den Sattel gehoben, ehe wir laufen konnten. Er erzählte immer noch gern von dem kleinen Damensattel, den er für mich hatte anfertigen lassen und in dem ich eine bessere Figur gemacht hatte als so mancher seiner Kollegen. Er hatte uns beigebracht, das Pferd in jeder Gangart zu beherrschen, stets die Kontrolle zu behalten, egal, ob ein flatternder Vogel draußen im Volksgarten unsere Pferde erschrocken steigen ließ oder ob sie energiegeladen durch die Halle zu preschen versuchten. Schon als Mädchen wusste ich, wie ich mich bei jedem Sprung im Sattel zu halten hatte. Kein Wunder also, dass in mir der Wunsch gewachsen war, es meinem Vater gleichzutun und Bereiterin in der Hofreitschule zu werden.

Doch sobald dieser Wunsch leichtsinnigerweise laut ausgesprochen war, hatte sich das Verhalten meines Vaters mir gegenüber verändert. Meinem Zwillingsbruder war der Weg zum Bereiter vorherbestimmt, doch für mich galten andere Regeln. Mit einem Mal hatte sich Vaters Ehrgeiz mit voller Intensität auf Wenzel verlagert. Immer öfter fuhren die beiden ohne mich in die Hofreitschule und überließen mich Mutters Unterricht in Haushaltsführung.

Wenzel konnte ich deshalb nicht böse sein, denn für meinen Bruder war die Arbeit mit dem Pferd seit jeher ein Unding, das er nur absolvierte, um einem Streit mit Vater aus dem Weg zu gehen. Und selbst für Vater hatte ich entschuldbare Beweggründe erfunden, warum er mich immer öfter aus seinem Leben und der Hofreitschule ausschloss und weshalb es für mich keine fliegenden Galoppwechsel oder Traversen mehr geben sollte.

Was nicht verblasst war, war die Liebe zu den Pferden, die mich immer wieder hierhertrieb, auf die Tribüne, als stumme Zuschauerin, die sehnsuchtsvollen Blickes das Können anderer zu bewundern hatte, obwohl mein Talent das der meisten Bereiter gewiss überwog.

»Wenzel, verdammt!« Vaters verärgerte Stimme riss mich aus meinen Gedanken zurück in die prunkvolle Reithalle. »Wie oft habe ich dir schon gesagt, du sollst deine Hände tiefer tragen. Du siehst aus, als wolltest du deinem Pferd den Kopf ausreißen.«

Ein Blick in Wenzels Gesicht genügte, um zu wissen, wie sehr ihn diese Rüge innerlich brodeln ließ – noch dazu vor diesem August.

»Du tust, als wäre ich ein Anfänger!«, begehrte Wenzel gegen Vater auf, ohne ihn eines Blickes zu würdigen.

Freilich, Wenzel war nicht der beste Reiter, er hatte aber auch nie um diese Ausbildung gebeten. Stattdessen hatte Vater ihn in diese Rolle gedrängt, so wie Mutter mich in die des genügsamen Weibsbildes zu pressen versuchte. Wir beide hegten andere Wünsche, als sie unsere Eltern für uns hatten.

Wenn wir doch nur tauschen könnten! Ich wäre liebend gern in die Rolle der Bereiterin geschlüpft, um die Welt davon zu überzeugen, dass sich eine Frau im Damensattel sehr wohl in die Quadrille einordnen konnte.

Aber konnte eine Frau das wirklich?, fragte ich mich und rückte meinen Hut zurecht. Mein Blick fiel auf Wenzel, dessen gerötete Wangen unter seinem Zweispitz hervorleuchteten – ob nun der Anstrengung oder seines Verdrusses wegen, das konnte ich nicht ausmachen. Sein Blick hing starr zwischen den Ohren seines Hengstes.

Armer Wenzel, und doch war ich neidisch auf ihn. Auf seine Position, auf seine Möglichkeiten als Mann. Er war zu empfindsam, um Vaters rauem Ton standzuhalten, oder dem Getuschel der Bereiter, oder Mutters Strenge, wenn er nicht aufrecht bei Tisch saß. Manchmal fragte ich mich, ob Wenzel überhaupt geschaffen war für diese Gesellschaft, in der man nur bestehen konnte, wenn man mit Härte und Selbstbewusstsein durchs Leben ging. Als Kinder liebten wir es, gemeinsam mit meinen Puppen zu spielen, zurückgezogen in meinem Zimmer, heimlich, weil Vater nichts von Wenzels Liebe zu meinen Mädchen-Spielsachen wissen durfte.

Die Hofreitschule war nicht der richtige Platz für meinen geliebten Bruder. Ich atmete tief durch und blickte in Wenzels Gesicht. Er hatte keine Wahl, oder etwa doch? Gab es eine Möglichkeit für ihn, seinem Schicksal zu entfliehen? Und wenn ja, gab es dann womöglich auch für mich einen Weg, mir meine Träume zu erfüllen?

Mein Herz pochte gegen meinen Brustkorb. Laut und drängend versuchte es, mich voranzutreiben, meinem Ziel entgegen. Was, wenn mein Herz recht hatte und es an der Zeit war?

Ich musste es nur richtig angehen, mich ganz vorsichtig in die richtige Richtung tasten, unerkannt und heimlich. Meine Wangen glühten und leuchteten gewiss genauso rot wie die meines Bruders, der mir einen Blick zuwarf. Sofort hob ich das Kinn an, drückte die Schultern durch und hielt meine Hände in Höhe der Taille – gerade so, als trüge ich eine Tasse mit zwei Henkeln. *Die Hände tiefer,* formte ich tonlos mit den Lippen und blickte ihm eindringlich in die Augen.

Just in diesem Moment sah August zu mir hoch, dann zu Wenzel und wieder zu mir. Unsere Blicke trafen aufeinander – seiner kalt und berechnend. August gab seinem Pferd die Gerte, verschnellerte dessen Tempo, ohne sich von mir abzuwenden.

»Herr Oberbereiter Böhm?«, fragte August und durchbohrte

mich mit seinem starren Blick. »Ist es hier üblich, dass Frauen den Unterrichtseinheiten als Zuschauerinnen beiwohnen dürfen? Ich möchte meinen, dass derartiges Publikum doch sehr an der Konzentration der Bereiter rüttelt.«

Vater räusperte sich, ließ Gidrane in einen langsamen Schritt fallen und sah zu mir hoch, während er wohl nach einer Antwort suchte.

Was bildete sich dieser August ein? Seit jeher durfte ich den Reiteinheiten beiwohnen, und noch nie hat sich einer der Bereiter daran gestört. Vater würde ihm gewiss gehörig die Meinung sagen, ihm klarmachen, dass ich, seine Tochter, sehr wohl ein gebetener Gast war.

Ich hielt den Atem an, während mein Blick an Vaters Schnurrbart hing und ich darauf wartete, dass er mich in Schutz nahm vor diesem aufgeblasenen und ungehörigen Kerl.

»Gretel?«, meinte Vater gedehnt und räusperte sich. »Vielleicht ist es tatsächlich besser ...«

Nein! Mein Vater würde doch nicht vor diesem Ekelpaket in die Knie gehen und mich der Reithalle verweisen. Immerhin wusste er, wie viel es mir bedeutete, hier oben von meinem angestammten Platz aus den Fortschritten der Hengste und Reiter zu folgen. Niemals würde er mir diese eine Freude nehmen! In meinem Kopf dröhnte es laut und eindringlich.

»... vielleicht ist es tatsächlich besser, wenn wir nicht von den Blicken eines Zuschauers in Verlegenheit gebracht werden.«

»Papa! Das kann nicht dein Ernst sein!«, stieß ich entrüstet aus und spürte die Blicke aller Reiter auf mir ruhen. Insbesondere die von August. Ich brauchte nicht in seine Richtung zu sehen, um zu wissen, dass seine Lippen zu einem siegessicheren Lächeln verzogen waren.

»Aber Vater, du kannst nicht ...«, meinte Wenzel.

»Gretel!«, unterbrach unser Vater Wenzel und wies mit dem Kinn in die Richtung des Treppenabganges.

19

Heiße Schauder durchzuckten meinen Körper, ließen mich innerlich toben und wüten. Und doch hatte ich keine andere Wahl, als dem Befehl meines Vaters Folge zu leisten.

Stufe für Stufe entfernte ich mich von der Tribüne und versuchte, mir zu erklären, was hier soeben geschehen war. Konnte es wirklich sein, dass mein Vater vor diesem Nichtsnutz klein beigegeben hatte? Warum? Um dem neuen Oberstallmeister zu gefallen?

Die Mauern um mich herum schienen zu wanken. Ich lehnte mich an die kühle Wand und versuchte, mich zu sammeln. Ich musste klaren Verstandes sein, wenn ich diesem August Hoffmann zeigen wollte, was hier an der Hofreitschule geduldet wurde und was nicht. Niemals würde ich mich von diesem Kerl herumkommandieren lassen. Niemals, das schwor ich mir.

2

Zurückgezogen in die Sattelkammer, saß ich auf einer sperrigen Holztruhe und kraulte Fussel, den grauen Stallkater, der es vorzog, die Mäusejagd seinen jüngeren Artgenossen zu überlassen und die Tage geruhsam auf einer Satteldecke schlafend zu verbringen. Er schnurrte und zog mit seinen scharfen Krallen Fäden an meinem dunkelroten Seidenrock.

Mutter würde die Katze packen und von meinem fülligen Rock entfernen, doch ich brachte es nicht übers Herz, dem alten zahnlosen Kater die Zuneigung zu entziehen, nur weil ein Stück Stoff darunter litt.

Tatsächlich ließ mich Fussels verschmustes Schnurren etwas zur Ruhe kommen.

»August Hoffmann – so ein aufgeblasener Name!«, flüsterte ich, und schon schnellte mein Puls erneut in die Höhe. Der Gedanke, dass in wenigen Metern Entfernung die Morgenarbeit ohne mich stattfand, erweckte in mir eine Wut, die sich nicht einmal von Fussels treuherzigem Blick bändigen ließ. Ich musste etwas unternehmen, durfte nicht klein beigeben.

»Hier bist du, Gretel. Ich habe dich schon gesucht.« Vaters Blick war gezeichnet von einem Schuldeingeständnis.

»Darf ich?«, fragte er und setzte sich neben mich auf die Truhe, die sein Gewicht mit einem lauten Knarzen quittierte.

»Der Fussel schläft wieder nur, anstatt sich den saftigen Mäusen zu widmen«, meinte er und lachte unbeholfen auf, während ich den Blick nicht von der Katze abwandte.

»Papa, was willst du?«, raunte ich, weil ich die Spannung zwischen uns nicht länger ertrug.

»Ach, Mädel, du weißt genau, wo mich der Schuh drückt.« Er hob seine buschigen Augenbrauen und legte den Kopf etwas schief. An seiner Stirn und seinem grauen Haar zeichnete sich der Abdruck des Zweispitzes ab, der sein Haupt umkreiste wie ein Heiligenschein.

»Der Schuh?«, fragte ich und nahm die Hand von Fussels Nacken. »Die Druckstellen, die dein Schuh hinterlässt, belasten mich nicht im Geringsten. Schließlich bin ich es, die man ihres Platzes verwiesen hat.« Meine Wangen glühten, und meine Stimme zitterte. »Wie konntest du es wagen, diesem blasierten Kerl recht zu geben, anstatt mir den Rücken zu stärken.«

»Ich weiß.« Er senkte den Kopf und atmete laut auf. »Er ist der Sohn des neuen Oberstallmeisters. Ich hatte keine andere Möglichkeit, das musst du verstehen.«

»Wenn du der Meinung bist, für diesen August und seinen Vater sämtliche Regeln ändern zu müssen, dann sind wir nicht mehr einer Meinung.« Mit diesen Worten erhob ich mich von der hölzernen Truhe, ging vorbei an der gläsernen Vitrine, in der die auf Hochglanz polierten Zaumzeuge hingen – die Stirnriemchen mit Golddekor verziert. Und ich ging vorbei an den Sätteln, die in Reih und Glied an der Wand hingen, wie Soldaten, die mir zum Abschied salutierten.

»Gretel!« In Vaters Stimme schwang eine Traurigkeit mit, die nicht zu überhören war und mich dazu veranlasste, mich ihm wieder zuzuwenden.

»Was kann ich tun, damit du mir verzeihst?« Die Falten um seine Augen gruben sich tief in seine Haut. Wann war Vater so alt geworden? War es nicht erst gestern gewesen, dass ich ihn für seine Ausstrahlung, seinen Schneid bewundert hatte? Und nun saß er in gebückter Haltung vor mir, das Haar grau meliert, das Feuer in seinem Blick nur noch ein sanftes Lodern. War es das, was ihm Angst machte? Das Alter und die Tatsache, dass man ihn beim kleinsten Fehlverhalten durch einen Jüngeren ersetzte? Durch einen Mann wie August?

»Es gäbe da etwas …«, sagte ich und setzte mich wieder neben ihn auf die Truhe. Ich griff nach seiner Hand, die schwer und warm in meiner lag und das Band zwischen uns festigen sollte – so sehr, dass es Vater unmöglich war, mir meine Bitte abzuschlagen.

»Ich möchte wieder reiten. Egal, was Mutter dazu sagt, oder dieser August Hoffmann. Ich möchte diese Sehnsucht nicht länger ungestillt in meinem Herzen tragen, ich möchte sie wieder ausleben, wieder auf dem Rücken eines Pferdes sitzen und durch die Hofreitschule galoppieren. Ich habe es satt, Mutters Marionette zu sein, die mit teuren Seidenkleidern ausstaffiert dazu verdonnert wird, sich in Haushaltskunde zu üben oder irgendwelche Buchstaben auf ein Taschentuch zu sticken. Wie unsinnig, nicht wahr? Wer braucht schon Initialen auf einem Stück Stoff – der Nase ist es einerlei, die will einfach nur geputzt werden.«

Ich hielt inne und sah in das Gesicht meines Vaters.

Er musste meinen unstillbaren Hunger nach regelmäßigen Reitstunden begreifen, er musste wissen, wie sehr ich mich danach verzehrte, auf dem Rücken eines Pferdes nach der Freiheit zu suchen. Viel zu lange hatte ich mich damit abgefunden, meiner größten Freude beraubt worden zu sein. Und warum? Weil ich eine Frau war? Weil mein kindlicher Wunsch vom Beruf der Bereiterin im Keim erstickt werden musste?

Heute war ich erwachsen und wusste, dass nicht alle Wünsche in Erfüllung gehen. Ich wusste aber auch, dass es Wünsche gab, für die es sich zu kämpfen lohnte – wenn auch nur im Geheimen. Ich würde nicht erneut den Fehler machen und Vater mit meinem hoch gesetzten Ziel entrüsten. Sollte er ruhig glauben, dass ich einen Ausgleich suchte zu den belanglosen Häkelarbeiten und den eintönigen Lesestunden. Eine körperliche Ertüchtigung, die meinen Kreislauf in Schwung brachte und meine Wangen rosig färbte.

»Du möchtest wieder reiten?« Vater räusperte sich und blickte mir in die Augen, schien abzuwägen, wie wichtig mir der Wunsch war und ob es womöglich Leichtsinn war, ihn mir zu gestatten.

»Ja, das möchte ich«, setzte ich nach und versuchte mich an einem treuherzigen Blick. Ein Blick, der mir nicht allzu gut stand und den ich nur selten zum Einsatz brachte. Lieber überzeugte ich meine Eltern mit Worten und Taten. Doch in diesem speziellen Fall war es unabdingbar, zu altbewährten Mitteln zu greifen. Vaters Herz sollte überquellen vor Erinnerungen an meine Kindheit. Vor seinem geistigen Auge sollten Bilder erwachen, auf denen ich als Mädchen pausbackig und lachend durch die Hofreitschule galoppiert war. Damals, als man mich noch nicht meiner Träume beschnitten hatte. Damals, als es noch erlaubt gewesen war, mich frei zu fühlen und nach den Sternen zu greifen. Und Vater sollte sich daran erinnern, mit welchem Stolz er mein Reittalent gefeiert hatte. Sämtliche Bereiter hatte er mehr als einmal dazu genötigt, meinen Reitstunden als Zuschauer beizuwohnen, um ihm im Anschluss mit einem Schulterklopfer zur begnadeten Tochter zu gratulieren.

Vater hatte es geliebt, mit mir gemeinsam herzukommen, zu reiten und in den Stallungen nach dem Rechten zu sehen. Was wohl passiert wäre, wenn ich meinen Wunsch, Bereiterin zu werden, nicht laut ausgesprochen hätte? Wenn ich ihn für mich behalten hätte, wie es sich für ein Mädchen oder eine Frau geziemte? Bestimmt erhielte ich auch heute noch Reitunterricht, auf meinem eigenen Pferd, in meinem eigenen Damensattel.

Hätte ich damals nur geschwiegen. Doch zu schweigen war wohl seit jeher eine Tugend, die mir nicht leichtfiel.

»Du warst die beste Reiterin, die die Hofreitschule je gesehen hat«, schwelgte Vater in Erinnerungen. »Besser noch als die Kaiserin Elisabeth – und die hat weiß Gott eine Hochbegabung.«

»Die Kaiserin ist unglaublich, Papa. Nie könnte irgendjemand ihr das Wasser reichen«, sagte ich und schmiegte mich an seine Schulter. »Ich möchte einfach anknüpfen an damals, wieder hart arbeiten und mein Talent vorantreiben.«

Vater blickte durch das Fenster in den von Arkaden gesäumten Innenhof der Hofreitschule.

»Du hast Mutter damals so lange mit deinem Bestreben, Bereiterin zu werden, konfrontiert, bis sie entschieden hat, dir das Reiten endgültig zu verbieten. Geschämt hat sie sich für dein Temperament, das so unlenkbar war wie das eines Burschen.«

»Das war mir nicht bewusst«, sagte ich und folgte Vaters Blick aus dem Fenster. Ein Stallbursche führte einen der Hengste über den Innenhof. Das monotone Hufgeklapper ließ mich entspannt aufatmen.

»Mutter muss auch gar nichts davon wissen«, schlug ich vor.

»Natürlich soll sie es wissen. Und solange es sich in einem Rahmen hält, der einer Dame würdig ist, hat sie bestimmt keine Einwände.«

»Das heißt, du erlaubst es mir?« Freudig sprang ich von der Truhe auf und klatschte in die Hände. Ich würde wieder reiten, hier in der Hofreitschule. Um den Schein zu wahren, würde ich mit kurzen Reiteinheiten beginnen. Niemand sollte sich an mir stören. Ich würde unsichtbar sein, leise und den Bereitern aus dem Weg gehen. Sie nicht mit Fragen behelligen oder ihre Aufmerksamkeit beanspruchen.

Meine Wangen prickelten unter der freudigen Aufregung, während ich mich in Vaters Arme stürzte und ihn fest an mich drückte.

»Danke!«, jauchzte ich und küsste ihn auf die Wange, die noch von der morgendlichen Ausbildung verschwitzt war.

»Willst du denn gar nicht wissen, welches Pferd ich dir zur Verfügung stelle?«, fragte Vater und erhob sich von der Truhe. In einer Hand hielt er seine Reithandschuhe aus Rehleder, die andere reichte er mir, um mich aus der Sattelkammer zu geleiten.

Mir war danach, vor Aufregung durch die Stallgasse zu hopsen wie ein kleines Mädchen. Und in diesem Augenblick wusste ich, dass es keine Rolle spielte, welchen Hengst Vater für mich auserkoren hatte – ich würde ihn auf jeden Fall lieben. Ich erinnerte mich daran, dass ich es als Mädchen befremdlich gefunden hatte, dass hier nur männliche Pferde geritten wurden. Damals war ich der Meinung gewesen, dass ich als Mädchen auch auf einem weiblichen Pferd reiten sollte.

»Die Hengste hier würden auf die Anwesenheit einer Stute mit Unruhe reagieren. Die Arbeit würde darunter leiden, weil es ihnen schwerfiele, sich zu konzentrieren, verstehst du?«, hatte Vater mir damals erklärt.

Vielleicht war auch das ein Grund, warum sich die Obrigkeiten der Hofreitschule dagegen sträubten, eine Frau als Bereiterin zuzulassen? Die Hofreitschule war eine Männerdomäne. Frauen wurden nur geduldet, wenn sie dem Adel entsprangen und sich den Unterricht hier leisten konnten. Und dann war da noch ich, die Tochter des Oberbereiters Böhm, die es kaum erwarten konnte, wieder in den Damensattel zu steigen, und die sich in Gedanken schon in der Quadrille reiten sah. Warum auch nicht? Die Welt sollte sehen, dass das Talent einer Frau dem eines Mannes in nichts nachstand. Es war an der Zeit, dass wir Frauen ernst genommen wurden und man uns nicht mehr belächelte, wenn wir unsere Meinung kundtaten. Und wenn ich einen Beitrag zu diesem Wandel leisten durfte, dann erfüllte mich das mit Stolz.

»Hier sind wir richtig«, sagte Vater und blieb stehen. »Ich habe dir doch von Hans Berger erzählt, dessen Beinbruch nicht wieder ordentlich verheilt ist und der das Amt des Bereiteranwärters niederlegen musste. Das war vielleicht eine Tragödie. Er war so ein Talent, der Hans. Er und sein Hengst Sardinia waren ein unschlagbares Gespann. Es hat mir das Herz gebrochen, den jungen Mann aus seinem Dienst zu entlassen.«

Vater ging selbstbewusst zum Kopf des Pferdes. Entspannt dösend stand Sardinia auf seinem Stehplatz, die Augen geschlossen, das Maul locker geöffnet, die Ohren leicht zur Seite gedreht. Erst als Vater den Strick nahm, öffnete der Hengst die Augen, blickte dem Oberbereiter wach entgegen und spitzte die Ohren.

»Komm, mein Bursche!«, sagte Vater und führte Sardinia in die Stallgasse.

»Ein Prachtkerl, nicht wahr? Das Stockmaß seines Vaters hat er nicht ganz erreicht, aber für eine Dame wie dich ist er gerade recht.«

»Er ist wunderschön«, sagte ich und legte meine Hand an das Maul des Hengstes. Sofort suchte er mit seiner Lippe meine Handfläche ab, blähte dabei die Nüstern und stupste mich frech an, als er das erhoffte Stück Zucker nicht vorfand.

Als ich meine Hand auf seine Stirn legte und das warme Fell unter meinen Fingerspitzen fühlte, durchflutete mich etwas, das ich nicht benennen konnte. Vielleicht war es Glück, vielleicht aber auch eine Vorahnung der Erfüllung, die mich auf dem Rücken dieses schneeweißen Lipizzanerhengstes durchfluten würde. Seine Mähne fiel üppig über seinen ausgeprägten Hals und die Stirn. Sein Fell glänzte, schimmerte. Ich konnte nicht anders und strich über seine Schulter. Die Wärme, die er ausstrahlte, ließ mich unwillkürlich lächeln. Die Gutmütigkeit in seinem Blick berührte mich und steigerte meine Vorfreude auf den ersten gemeinsamen Ritt. Sardinia schnaubte zufrieden und scharrte fordernd mit dem Huf.

»Ich werde gleich morgen den Sattlermeister herbestellen, damit er Maß nimmt für deinen Sattel.«

»Ja«, sagte ich und schwelgte dabei in einer Glückswoge. Vater hatte es mir tatsächlich einfach gemacht. Nun blieb mir nur zu hoffen, dass Mutter ebenso entgegenkommend war, wenn ich um ein neues Reitkostüm bat. Sie würde die Nase rümpfen und darauf hinweisen, wie viel Geld ich die Familie kostete. Geld, das wir nicht hatten! Soll sie nur, dachte ich bei mir und kraulte meinem Pferd – meinem Pferd! – die weichen Backen. Solange Mutter ihrem Drang, sich teure Vasen zu kaufen, nachgeben durfte, sah ich keinen Grund, auf mein größtes Glück zu verzichten.

»Und ich dachte immer, dieser Hengst ist für Hans Berger gemacht, aber nun muss ich feststellen, dass er offenbar nur auf dich gewartet hat.« Vaters Augen glänzten, und fast glaubte ich, ein paar Freudentränen glitzern zu sehen.

»Ich werde dich nicht enttäuschen, Papa.«

»Das weiß ich doch, Gretel. Hans hat den Burschen in jahrelanger Arbeit zugeritten. Es hätte nicht mehr viel gebraucht, und er wäre zum kaiserlichen Bereiter ernannt worden. Wenn er erfährt, dass seine Mühen nicht umsonst gewesen sind und sein Hengst nun in deine gewissenhaften Hände übergeht, wird er sich bestimmt freuen.«

Vater schnalzte mit der Zunge und führte den Hengst zurück an seinen Platz.

»Dann hätten wir das geklärt«, meinte Vater, nachdem er den Hengst angebunden hatte. »Ich möchte mir nur noch das Einverständnis des neuen Oberstallmeisters Hoffmann holen, und schon kannst du loslegen.«

Ohne es zu wollen, entfuhr mir ein lauter Seufzer. Für den heutigen Tag hatte ich den Namen Hoffmann weiß Gott oft genug gehört. Plötzlich schien die Hofreitschule nur noch zu funktionieren, wenn diese Hoffmanns zufrieden waren.

Dennoch beschloss ich, mir meine Laune nicht verderben zu lassen. Bald schon durfte ich mich wieder in den Sattel schwingen und hatte mir somit ein Stück meiner Freiheit zurückerobert. Ich hatte einen Sieg errungen, ohne großen Kampfeinsatz zu investieren. Und das war nur die erste Etappe. Dieser August würde schon noch sehen, dass er sich besser nicht mit einer Margarete Böhm oder gar ihrem Bruder anlegte. Dieser Schnösel würde Augen machen, wenn er mich im Sattel sitzend Pirouetten drehen sähe und er zugeben müsste, dass einer Frau sehr wohl ein Platz in der Hofreitschule zustand.

Ich konnte mich nicht erinnern, mein Kinn je so hoch getragen zu haben. Lächelnd, beinahe schwebend lief ich durch die Stallgasse, nachdem ich mich von Vater verabschiedet hatte.

Die Sonne blendete, als ich hinaustrat auf den Michaelerplatz, über den gerade ein zweispänniger Fiaker zog – die Rappen hatten die Ohren gespitzt, ihre Augen hinter Scheuklappen versteckt, der Kutscher hielt die Zügel fest in der Hand und trug eine graue Melone auf dem Kopf. Das Hufgeklapper der beiden Pferde erfüllte den Platz ebenso wie das Gekicher junger Damen, die sich um einen Mann gruppiert hatten und ihn mit allen Mitteln zu umgarnen schienen.

Schmunzelnd schüttelte ich den Kopf und marschierte an dem gut gelaunten Grüppchen vorbei.

Mir war, als träfe mich der Blitz, als ich in dem jungen Mann, der von den Damen hofiert wurde, August Hoffmann erkannte. Groß und galant baute er sich vor den Damen auf, seine Augen strahlten, sein Blick war offen und wach, sein Lachen schien auf seine Bewunderinnen geradezu berauschend zu wirken.

Ich verlangsamte meine Schritte, um wenigstens ein paar Wortfetzen seines Geschwätzes aufzuschnappen. Unauffällig, den Blick von der damenreichen Runde abgewandt, schlich ich förmlich an ihnen vorbei.

»Vater hat mein Talent als Reiter schon in frühen Kinderjahren entdeckt«, schwelgte er, seinen Zweispitz unter einen Arm geklemmt. »Meine Erfolg versprechende Begabung wird mir hier an der kaiserlichen Hofreitschule viele Türen öffnen.« Mit einer ausladenden Geste wies er hinter sich auf das schmiedeeiserne Tor, das zur Hofreitschule führte. Dabei trafen sich unsere Blicke. Nur für einen kurzen Augenblick, und doch lange genug, um seinen Hochmut in vollem Ausmaß zu spüren. Seine Überheblichkeit umfing ihn wie ein dichter Schleier, eine Nebelwand, die um ihn herum waberte, die er stolz und voller Überzeugung mit sich trug, als wäre sie ein Geschenk an die Damenwelt. Kurz hielt er inne, hielt an unserem Blickkontakt fest, schien abzuwägen, wie ich ihm gesinnt war. Doch der Augenblick verstrich, und schon wandte er sich wieder den rotwangigen Damen zu, die ihn anhimmelten und an seinen Lippen hingen, um jedes seiner Worte zu kosten und in sich aufzusaugen.

Ich konnte nicht umhin und verdrehte die Augen. Etwas in mir drängte mich dazu, diesem August jetzt und hier davon zu berichten, dass sein Plan, mich zu verscheuchen, fehlgeschlagen war – dass er vielmehr das Gegenteil erreicht hatte und ich in Kürze wieder selbst als Reiterin in der Hofreitschule anzutreffen wäre.

Aber ich zog es vor, zu schweigen. Er würde bald genug davon erfahren und mich vermutlich belächeln in meinem Bestreben. Doch er würde nicht lange lachen.

Von August abgewandt, legte ich an Tempo zu, um die Station der Pferdetramway zu erreichen. Ich wollte nach Hause, musste mit Mutter sprechen, sie sachte auf die von Vater und mir geschmiedeten Pläne vorbereiten. Sie würde sich zieren, die Hände an die Wangen legen und mir entsetzte Blicke zuwerfen.

»Die Reiterei ist weiß Gott nichts für eine junge Dame«, würde sie mir vorwerfen. Und doch wusste ich, dass sie nach einer kurzen Bedenkzeit einlenken würde. Sie würde mit mir zu Schneiderin gehen und ihre Freude daran haben, die schimmernden Stoffproben zu sichten und sich am Entwurf für mein Reitkostüm zu beteiligen.

Am Ende werde ich triumphieren, dachte ich und warf August einen letzten Blick über die Schulter hinweg zu.

Wien im April 1875

Mit beiden Händen strich ich über das eng geschnürte Mieder meines Empfangskleides und begutachtete im bodentiefen Spiegel meine Taille. Ich liebte die moosgrüne Seide, die schillernd an den harzigen Duft von Wald erinnerte. Die Tournüre ausladend genug, um mein Gesäß ordentlich zur Geltung zu bringen und dennoch nicht aufdringlich zu wirken. Um den Hals rankte sich goldenes Geschmeide, und ein in Gold gefasstes elfenbeinfarbenes Kamee-Medaillon zierte mein Dekolleté. An meinen Ohren funkelten Mutters tropfenförmige Diamantohrringe. Ich erinnerte mich, wie sehr ich mich als Mädchen danach gesehnt hatte, endlich diese kostbaren Ohrringe tragen zu dürfen, doch nun, da es so weit war, fühlte es sich nicht annähernd so festlich an wie erwartet. Beinahe im Gegenteil. Sie wogen schwer, waren schon fast eine Last. Mir war danach, sie abzunehmen, aus meinen Röcken zu schlüpfen und mich im Bett zu verkriechen – eine Tasse dampfenden Tee in den Händen, meine Wärmepfanne an den Zehen und ein paar Tagträumereien, die sich um die Hofreitschule rankten. Mehr bräuchte ich nicht.

Doch Mutter hatte für diesen Abend etwas anderes geplant. Etwas derart Schauerliches, dass es mir Gänsehaut verursachte, und das, obwohl in den üppigen Schichten meines Kleides kein Platz war für Kälte.

»Ist sie bald fertig? Die Gäste kommen in wenigen Minuten!«, fragte Mutter aufgeregt durch den Türspalt. Ihre Haare türmten sich auf ihrem Haupt, keine einzige ihrer grau melierten Wellen erlaubte sich ein Eigenleben und war gefangen zwischen unzähligen Haarnadeln.

»*Sie* ist schon fast fertig«, antwortete ich anstelle von Martha. »*Sie* hat nur überhaupt keine Lust auf den von dir geladenen Besuch«, setzte ich nach und blickte Mutter über den Spiegel hinweg in die Augen.

»Du weißt, dass ich keine Wahl hatte.« Mutter räusperte sich und betrat mein Ankleidezimmer. Mit wenigen Blicken taxierte sie den Schrank, aus dem die bauschigen Röcke quollen, und den Toilettentisch, auf dem Puderdöschen, Haarklammern, Haarbürsten und Flakons für ein heilloses Chaos sorgten.

»Wir sind dazu verpflichtet, den neuen Oberstallmeister samt seiner Familie zu einem gepflegten Abendessen zu laden. Was würde er sonst von uns denken? Immerhin ist er nun der Vorgesetzte deines Vaters.«

Ich schnaubte laut aus und suchte nach einem Argument, das die Einladung widerlegte. Doch ich fand keins.

Dennoch verursachte mir der Gedanke an die kleine Runde, die sich unausweichlich um unseren fein eingedeckten Esstisch versammeln würde, Magenschmerzen.

»Zudem hat dein Vater erzählt, dass der Sohn des Oberstallmeisters ein gut aussehender und ehrgeiziger junger Mann ist! Ich bin sehr gespannt auf diese Bekanntschaft.« Mutters Blick glitt in die Ferne. Nur ganz kurz, dann holte sie sich wieder zurück in diesen Raum und begutachtete meine Erscheinung. Mit kreisendem Finger forderte sie mich auf, mich zu drehen.

»Sehr schön«, sagte sie, nachdem sie mich von allen Seiten inspiziert hatte. »Diese Farbe steht dir ausgezeichnet, wobei ich für einen abendlichen Empfang das hyazinthfarbene mit der goldenen Bordüre gewählt hätte. Aber bitte, das hier geht natürlich auch.«

Ich atmete so tief durch, wie mein eng geschnürtes Mieder es erlaubte, und verzichtete auf einen Kommentar. Mutter meinte es nicht böse, sie war seit jeher darauf bedacht, ihre Kinder im besten Licht zu präsentieren.

»Danke, Martha.« Mit diesen Worten entließ ich das Dienstmädchen und machte mich gemeinsam mit Mutter auf den Weg zur Wohnungstür, wo wir im großzügigen Foyer unseren Gästen aufwarten würden.

Während ich neben Mutter herschritt, zwinkerte mir mein Bruder Wenzel entgegen. Sein Anblick entlockte mir ein freudiges Lächeln. Gut sah er aus. Der Schnitt seines Gehrocks war extravagant, das Material schillerte in dunklen Blautönen, die Weste war in hellem Blau gehalten und betonte zusätzlich das Strahlen seiner Augen. Der Hemdkragen wurde von einem weichen Tuch umschlungen, das lässig über seine Brust fiel. Sein dunkelbraunes Haar trug er aus der Stirn gekämmt und war lang genug, um seine Schultern zu berühren und Vaters Wunsch nach einem ordentlichen Haarschnitt immer wieder aufs Neue entflammen zu lassen.

Sein schiefes Lächeln zeugte davon, dass er dem Abend ebenso wenig entgegenfieberte wie ich.

»Ich hoffe, du hast dich unter deinen Röcken schwer bewaffnet«, flüsterte Wenzel mir zu. »Kann sein, dass seine spitze Zunge nicht genügt, wenn August Unterstützung von seinen Eltern bekommt.«

»Keine Bange, die Messer sind gewetzt«, antwortete ich und zwinkerte meinem Bruder verschwörerisch zu.

»Sie kommen!« Vater räusperte sich aufgeregt, zog das Revers seines Gehrocks stramm und strich sich sorgsam über das Haar.

»Wir sind bereit!«, trällerte Mutter in einem Singsang, der Wenzel und mich verwundert schmunzeln ließ.

Erst als wir vier in Reih und Glied an der Eingangstür standen, forderte Vater das Dienstmädchen mit einem Nicken dazu auf, die Tür zu öffnen. Als die Familie Hoffmann unser Foyer betrat, waberte eine gewisse Anspannung durch die großzügige Wohnung. Starr wie eine Statue stand ich neben Mutter, knickste vor der gnädigen Frau Hoffmann und ließ zu, dass August und sein Vater mir einen angedeuteten Kuss auf den Handrücken hauchten. Herr Hoffmann hielt meine Hand etwas zu lange, und Frau Hoffmann lachte eine Spur zu laut.

Als wir endlich am Esstisch saßen und jeder mit Getränken versorgt war, begannen die Eltern am einen Ende des Tisches damit, sich in rege Unterhaltungen zu stürzen, während wir Jungen uns in Schweigen übten. Die Mütter sprachen über die Vorzüge von Seidentapeten und den neuen Hüten, die man in Paris trug und die immer kleiner zu werden schienen.

Die Väter hingegen sprachen über die Finanzen der Hofreitschule und davon, dass die Oberbereiter in den nächsten Wochen der Kaiserin zur Verfügung zu stehen hatten, da diese mit ihrem Hengst die hohe Kunst der Piaffe und Levade ausbauen wollte.

August lachte kurz auf und nahm einen kräftigen Schluck Rotwein.

»Ich spreche mich nur ungern gegen die Kaiserin aus, aber ist es tatsächlich vonnöten, dass eine Frau derartige Kunststücke beherrscht?«, meinte er an Wenzel und mich gewandt und stellte sein geleertes Rotweinglas ab.

Während die Eltern ihre Gespräche ungebrochen fortführten, wechselten Wenzel und ich verwunderte Blicke.

»Wovon sprichst du?«, meinte Wenzel verlegen und stellte auch sein Glas beiseite. »Der oberste Zweck der Hofreitschule ist es, die Reitkünste des Kaiserpaars voranzutreiben und sie mit den Darbietungen der Quadrille zu erfreuen. Wir dienen dem Kaiserpaar und stehen ihm demütig zur Verfügung. Wenn also die Kaiserin wünscht, die hohe Kunst der Levade zu erlernen, dann stehen wir ihr dabei mit Freuden beiseite.«

August lachte süffisant und lehnte sich in seinem Stuhl zurück.

»Bei der Levade verlagert das Pferd sein gesamtes Gewicht auf die Hinterbeine und verharrt mit den Vorderbeinen für eine Weile in der Luft. Wie sollte die Kaiserin – deren Wünsche und Können ich vollumfänglich respektiere – in ihrem Damensattel in einer solchen Stellung nicht den Halt verlieren und vom Pferd stürzen?«

»Haben Sie denn schon einmal in einem Damensattel gesessen?«, fragte ich spitz. »Oder sprechen Sie hier nur Vermutungen aus?«

»Haben Sie denn schon einmal im Damensattel gesessen, gnädiges Fräulein Margarete?« August lehnte sich über den Tisch zu mir, die Ellbogen auf der Tischplatte abgelegt, und sah mir herausfordernd in die Augen.

»Und ob Gretel schon im Sattel gesessen hat. Wenn man den Worten unseres Vaters Glauben schenken darf, dann war sie des Reitens fähig, bevor sie das Gehen erlernt hat. Sie ist ein Naturtalent«, versuchte Wenzel mich zu verteidigen.

»Ein Naturtalent!«, wiederholte ich Wenzels Worte theatralisch, ohne dabei zu blinzeln oder Augusts Blick auszuweichen.

»Nun bin ich schon seit einigen Wochen hier an der Hofreitschule tätig, aber Sie habe ich bislang nur auf der Tribüne erblickt.«

»Tja, das muss schon eine Weile her sein, denn den Platz auf der Tribüne hat man mir verboten. Vielleicht haben Sie davon gehört?«

Das Blut rauschte durch meinen Kopf.

»So manches Mal habe den Eindruck, dass Sie noch nicht allzu viel über die Gepflogenheiten an der Hofreitschule Bescheid wissen«, setzte ich nach, obwohl ich wusste, dass ich damit zu weit ging. Immerhin saß der Oberstallmeister direkt neben mir, und ich wollte weder Vater noch Wenzel vor ihrem Vorgesetzten in eine unangenehme Situation bringen.

»Das stimmt allerdings«, pflichtete mir Herr Hoffmann überraschend bei und legte dabei seine Hand auf meine. »August fehlt es tatsächlich an Wissen, was die Geschichte der Hofreitschule betrifft – und auch die Lipizzaner, deren Zucht und Namensgebung.«

»Vater, bitte! Ich weiß alles, was ich wissen muss!«, meinte August über den Tisch und lächelte breit.

»Erst vor ein paar Tagen hat er mich gefragt, warum die Stehplätze der Hengste allesamt mit Doppelnamen beschriftet sind, man die Pferde aber nur mit einem der beiden Namen anspricht«, fuhr der Oberstallmeister unbeirrt fort. »Vielleicht könnten Sie, gnädiges Fräulein Böhm, den Wissensstand meines Sohnes auf Vordermann bringen?« Herr Hoffmann starrte mich eindringlich an, dann wandte er sich wieder dem Gespräch mit meinem Vater zu.

Mit hochgezogenen Augenbrauen blickte ich August in die Augen und konnte mir ein siegessicheres Lächeln nicht verkneifen. Wie gern hätte ich in diesem Augenblick seine Gedanken gelesen. Was für eine Schmach es für ihn sein musste, dass ausgerechnet ich ihm einige Gepflogenheiten der Hofreitschule näherbringen sollte.

»Außerdem wird es nicht mehr lange dauern, und Sie können meine Schwester hoch zu Ross bewundern«, knüpfte Wenzel an das längst abgeschlossene Gesprächsthema an. »Mit der Erlaubnis unseres Vaters darf sie auf Sardinia ihr Können zutage tragen – oder wie er richtig heißt: Pluto Sardinia.«

»Pluto Sardinia«, wiederholte August gelangweilt. »Pluto Africa, Maestoso Africa, Favory Sardinia und wie sie alle heißen! Sie müssen zugeben, dass diese Namen für einen Neuling an der Hofreitschule seltsam klingen.«

»Ja, das gebe ich zu, aber hinter dieser Namensgebung steht eine lange Tradition. Sehen Sie, die Hengste der kaiserlichen Hofreitschule gehen zurück auf sechs Hengstlinien und sechzehn Stutenstämme. Jedes Fohlen erhält den Namen des Vaters an vorderer Stelle und den der Mutter an zweiter. Unter den Bereitern und Stallarbeitern hat es sich allerdings eingebürgert, die Pferde vorrangig beim Zweitnamen, also dem der Mutter, zu benennen. Für den seltenen Fall einer Doppelung hängen wir an den Namen einfach eine Nummer. War das verständlich erklärt?« Ich erhob mein Weinglas und prostete August zu.

»Nicht umsonst durchläuft ein Bereiteranwärter im Normalfall die Elevenjahre, in denen er die Hofreitschule von der Pike auf kennenlernt«, versuchte Wenzel, dem Gespräch einen schnippischen Unterton zu verleihen. »Selbst ich weiß, was es heißt, Sättel zu putzen und Pferdemist zu schaufeln.«

Innerlich applaudierte ich meinem Bruder. Das hatte gesessen! Jetzt war ich es, die sich genüsslich zurück in ihren Stuhl lehnte und einen herablassenden Blick auf mein Gegenüber warf.

Und auch wenn August versuchte, seine kühle Fassade zu wahren, so konnte ich dennoch erkennen, dass seine Kiefer mahlten und sein Blick stechend scharf zu meinem Bruder funkelte.

»Und Sie, Fräulein Margarete, wissen Sie auch, wie man mit der Mistgabel umgeht? Oder können Sie am Ende gar nicht sagen, wo diese zu finden ist?«

Hätte ich August nicht derart verachtet, hätte ich ihn für seine Wortgewandtheit bewundert. Aber so blieb mir nichts anderes, als ihn mit einem strengen Blick zu strafen.

Zum Glück hörte ich auf dem Flur bereits das Servierwägelchen, mit dem der erste Gang des Abendmahls ins Esszimmer herangebracht wurde. Während Martha auf jeden Suppenteller einen Schöpflöffel dampfender Grießnockerlsuppe kredenzte, ließ ich mich von Wenzel in ein Gespräch verwickeln.

»Ich glaube, nach diesem Abendessen benötige ich ein paar Gläser Wein, drüben im Heinrichshof«, flüsterte Wenzel mir zu und trank gierig sein Weinglas leer.

»Ein paar?«, stutzte ich. »Vergiss nur nicht, dass ich morgen zum ersten Mal auf Sardinia reiten werde. Mein Sattel wurde heute angeliefert und ist erpicht darauf, endlich eingeritten zu werden. Und ich habe gehofft, dass du mir hilfreich zur Seite stehen könntest.«

»Auf mich ist Verlass, das weißt du doch.« Wenzel warf mir einen Kuss zu und lächelte sanft. Doch trotz seines Lächelns wirkte er verloren, verletzlich, fast traurig. Etwas in ihm schien entzwei zu sein, stets auf der Suche nach einem Platz im Leben, an dem er ernst genommen wurde, respektiert und geachtet.

»Wir werden aus dir die beste Reiterin der Hofreitschule machen«, sagte Wenzel und schnippte mit den Fingern, um Martha anzuweisen, sein Weinglas erneut nachzufüllen.

»Kein Wunder, dass dein Hengst ständig schlenkert«, meinte August und zeigte auf Wenzels frisch gefülltes Glas Wein.

»Ich denke nicht, dass mein Alkoholkonsum in deinen Zuständigkeitsbereich fällt«, meinte Wenzel überraschend forsch.

»Der Zuständigkeitsbereich des Herrn August Hoffmann ist quasi unbegrenzt. Seine Befugnis in der Hofreitschule ist unerschöpflich«, sagte ich, um meinem Zwillingsbruder beizupflichten.

»Vielleicht hast du für heute tatsächlich schon genug getrunken!«, meinte Vater hinter vorgehaltener Hand.

Wenzel und ich wechselten entsetzte Blicke. Warum nur behandelte Vater meinen Bruder stets strenger als mich?

»Am besten, wir belästigen die Gesellschaft nicht länger und nehmen unser Mahl schweigend zu uns«, flüsterte ich Wenzel zu und legte meine Hand auf seine. Ich wusste, wie viel ihm an Vaters Meinung lag, wie sehr er ihn vergötterte und ihm in allem nacheiferte. Und dennoch langte es immer nur zu Tadeleien.

»Gemeinsam werden wir die besten Reiter an der Hofreitschule«, flüsterte ich gerade so laut, dass August es hören konnte. Dann griff ich nach meinem Löffel und kostete von der vorzüglichen Gemüsebrühe, in der drei wohlgeformte Grießnockerl schwammen, die so appetitlich weich waren, dass sie förmlich auf der Zunge zergingen.

»Wenn ich auf etwas gespannt bin, dann darauf, Ihre so hochgelobten Reitkünste zu sehen. Seien Sie versichert, dass ich morgen zur Stelle bin, wenn Sie sich in Ihren neuen Damensattel schwingen.«

Augusts Stimme ließ keinen Raum für Spekulationen. Es war offensichtlich, dass er mich scheitern sehen wollte. Ich blickte von meinem Teller hoch und direkt in sein Gesicht. Mir war danach, ihm zischend zu kontern, ihm die Meinung zu sagen. Doch ich zog es vor, zu schweigen. Sollte er doch glauben, dass ich keine Konkurrentin war, sondern mich am nächsten Tag lächerlich machte. Er würde sich noch wundern. Und er würde eines Tages zugeben, dass er sich geirrt hat.

»Herrlich«, schwärmte ich nach dem nächsten Löffel meiner Suppe. Und mit einem Mal gelang es mir, mein überhebliches Gegenüber auszublenden und die Vorfreude auf den nächsten Tag aufleben zu lassen. Ich konnte seine Blicke förmlich auf mir ruhen fühlen. Sie durchbohrten mich, krallten sich an mir fest. Doch ich dachte nicht daran, August anzusehen und ihm erneut eine Angriffsfläche zu bieten. Für heute war es genug. Wir würden unser Kräftemessen am nächsten Tag weiter ausfechten.

Ich konnte es kaum erwarten …

4

»Sardinia ist für Sie vorbereitet, Fräulein Margarete«, meinte Marjan und tätschelte dabei die ordentlich gebürstete Mähne meines Hengstes. »Ihr Vater hat mir aufgetragen, mich um Sie und Ihr Pferd zu kümmern, wann immer Sie danach verlangen. Gern helfe ich Ihnen noch in den Sattel, wenn Sie erlauben.«

Marjan lächelte mir offen entgegen und strahlte förmlich. Ich mochte seine Art zu sprechen, seinen slowenischen Akzent, den er auch nach drei Jahren nicht zur Gänze abgelegt hatte. Drei Jahre waren inzwischen vergangen, seit er seine Heimat verlassen und sein Glück in Wien gesucht hatte. Schließlich wollte er mehr aus seinem Leben machen, hatte er mir einmal erzählt. Er wollte sich in der Kaiserstadt eine Zukunft aufbauen und nicht in Lipica auf dem kaiserlichen Zuchtgestüt seine Tage fristen. Dem Gestütsleiter Franc Dolenc verdankte er die Stellung als Reitknecht an der Hofreitschule. Und die sollte, seiner Meinung nach, nur der Anfang sein.

»Hast du heute Geburtstag?«, fragte ich neugierig. »Ich meine nur, weil du so glücklich aussiehst.«

»Nein, kein Geburtstag«, erwiderte er und strich sich verlegen durch das blond gewellte Haar. »Ich freu mich nur …« Marjan brach den Satz ab und kontrollierte den Sitz des Kinnriemens, der Sardinias Maul umschloss. »… ich freu mich, weil ich Sie nun öfter sehen werde, Fräulein Margarete. Oder sollte ich das lieber nicht so offen aussprechen?«

Ich holte tief Luft und griff mit einer Hand an meine Brust. War es dreist von meinem Reitknecht, mir gegenüber seine Gefühle zu erwähnen? Oder war es gar mutig? Und was genau wollte er mir damit sagen? Dass er mich verehrte, mir den Hof machen wollte?

Meine Wangen prickelten unter der unerwarteten Aufregung, die meinen Körper durchflutete. Natürlich waren mir weder Komplimente fremd noch betörende Blicke. Ich war mir meiner Schönheit durchaus bewusst, machte mir aber nicht viel daraus. Vielmehr verspürte ich den Drang nach Freiheit und danach, zu sagen, was immer mir auf der Zunge lag.

Ob mein braunes Haar nun ordentlich hochgesteckt oder meine Wangen ausreichend rougiert waren, spielte für mich keine so große Rolle, wie Mutter es sich wünschte. Es gab so vieles, das schwerer wog als das Aussehen einer Frau und die Zuneigung eines Mannes. Ich wünschte mir, dass wir Frauen gehört wurden und ernst genommen. Dass man sich für unsere Meinungen interessierte und unsere Wünsche mit Aufmerksamkeit verfolgte. Schließlich hatten wir so viel mehr beizutragen, als die Welt mit unserem Lächeln zu erfreuen. War das ein Grund, warum ich mich bislang für keinen Mann erwärmen konnte? Weil ich Angst hatte, in einer Ehe unterzugehen?

Und doch gelangten an diesem Tag die schüchtern formulierten Worte von Marjan direkt in mein Herz, wo sie sich wohlig warm ausbreiteten und mein gesamtes Innerstes erfüllten. Ohne mein Zutun lächelte ich und war für einen Moment nicht ganz sicher, ob ich stand oder schwebte.

»Ich freu mich auch, Marjan! Ich werde fortan jeden Tag nach der Morgenarbeit erscheinen. Vater hat mich gebeten, den Reitbetrieb auf keinen Fall zu stören.«

»Das klingt gut, Fräulein Margarete. Ich werde die Hengste

der Bereiter absatteln, pflegen und dann immer sofort Sardinia für Sie vorbereiten.«

»Ja, das klingt gut«, wiederholte ich Marjans Worte und strich über den Rock meines neu geschneiderten Mieders. Ich liebte den Schnitt meines Reitkostüms. Der Rock war in großzügige Falten gelegt, um mir Beinfreiheit zu garantieren. Die Schleppe war gerade lang genug, um im Sattel sitzend meine Stiefel zu bedecken. Die Ärmel waren keulenartig und erlaubten so eine angenehme Bewegungsfreiheit, und selbst das Mieder saß so locker, dass ich unbeschwert atmen konnte. Was für eine Wohltat. Gewöhnungsbedürftig waren nur die Reithosen aus feinstem Rehleder, die ich unter den Röcken trug und die sich bei jedem Schritt anfühlten, als steckten meine Beine in einer teigig weichen Masse fest.

Marjan nickte und führte Sardinia an mir vorbei in Richtung Reithalle. Ich rückte mein Hütchen zurecht, griff nach meiner Gerte und folgte den beiden. Freudig aufgeregt sah ich auf Sardinias weißen Schweif, der bei jedem seiner gemächlichen Schritte hin und her schwang.

Mit einem schwungvollen Ruck hob Marjan mich in den Sattel und hielt den Hengst am Zügel, während ich ein Bein über das Horn des maßgefertigten Damensattels platzierte, in den Steigbügel schlüpfte und den Rock aufschüttelte, damit er locker über meine Knie fiel. Erst dann fasste ich den Zügel und gab Marjan mit einem Nicken zu verstehen, dass ich seine Dienste nicht länger benötigte.

»Ich bin in Hörweite, wenn Sie mich brauchen, Fräulein Margarete«, sagte er und verschwand in der Stallgasse. Mit sanftem Schenkeldruck trieb ich Sardinia in die Reithalle, die völlig leer vor mir lag. Die Luft hier drinnen war frisch, so als hätte die Hofreitschule den Winter noch nicht ganz verabschiedet.

Sardinia war ein relativ junger Hengst und noch nicht zur Gänze ausgeschimmelt. Seine Mähne war noch von schwarzen

Haaren durchzogen, und sein Fell schimmerte an den Beinen und am Kopf mausgrau. Erst in einigen Jahren würde er ebenmäßig weiß glänzen.

Aber gerade das mochte ich so an ihm – dass wir beide noch am Anfang unserer Laufbahn standen. Immerhin war es üblich, dass ein Bereiteranwärter im Laufe der Ausbildung seinen eigenen Hengst in die *Hohe Schule* der Pferdedressur einführte. Erst wenn es dem Bereiteranwärter gelungen war, sein Pferd in den Ansprüchen der Hofreitschule auszubilden, stand ihm der Titel des Bereiters zu.

Natürlich hätte ich Sardinia gern von der Pike auf an Sattel und Reiter gewöhnt, aber das hatte ja nun bereits Hans Berger erfolgreich für mich erledigt. Laut Vater beherrschte Sardinia bereits alle Grundgangarten, Seitengänge und im Ansatz sogar Versammlung in Schritt und Trab.

Nachdem wir ein paar gemütliche Runden im lang gezogenen Schritt hinter uns gebracht hatten, legte sich meine Aufregung. Der Sattel fühlt sich angenehm an, und auch meine Haltung gewann stetig an Sicherheit. Die Zügel lagen straff am Hals des Hengstes, sein Kopf wippte locker, immer wieder schnaubte er mit einer Zufriedenheit, die mich mit einer ungeahnten Freude erfüllte.

»Wahrscheinlich wunderst du dich über den fremdartigen Sattel, was? Aber keine Bange, an den hast du dich rasch gewöhnt.« Ich strich über Sardinias kräftigen Hals und lächelte, als ich sah, wie er die Ohren neugierig zu mir nach hinten ausrichtete. Bald schon wären wir beide ein eingespieltes Gespann, aber ich wusste auch, dass ich mir Sardinias Vertrauen erst erarbeiten musste.

Solange ich auf Wenzel wartete, könnte ich in einen unbeschwerten Trab übergehen und dabei erspüren, wie sich Sattel und Pferd unter mir anfühlten. Die vielen Jahre, in denen ich nicht geritten war, gehörten der Vergangenheit an. Die Vertrautheit, mit der sich mein Schenkel an die Flanke des Hengstes schmiegte und ihn stetig vorwärtstrieb, die Haltung des Zügels, die Verlagerung meines Gewichts, die Sardinia zusätzliche Impulse setzte – all das funktionierte scheinbar ohne mein Zutun. Wie hatte ich nur so lange ohne dieses Glücksgefühl überleben können? Der warme Körper des Pferdes unter mir, der mir mit jedem Tritt vertrauter wurde, die stimmige Einheit, dieses Gefühl, über der Erde zu schweben und von hier oben einen klaren Blick auf das Leben zu erhalten.

Freilich wusste ich, dass Sardinia und mir auch noch andere Reiteinheiten bevorstanden. Wir würden arbeiten, und zwar hart. Wir würden uns neue Lektionen aneignen, uns vorantreiben und gegenseitig fordern. Das ein oder andere Mal würde ich zornig sein über seinen Eigensinn, aber heute war es einfach nur schön. Und dieses Gefühl wollte ich ganz tief in mir einpflanzen, um mich an schlechten Tagen daran zu erbauen.

»Eine Frau auf einem Lipizzaner. Was für ein seltener und unnötiger Anblick!« Es war Augusts Stimme, die mich aus den Gedanken riss und zurückholte in die Realität. Stur blickte ich zwischen den Pferdeohren hindurch und versuchte, mich so unverkrampft wie möglich zu geben, während er mich von der Tribüne herab anstarrte. Mit einem Mal war die Leichtigkeit aus meinem Körper verschwunden, krampfhaft krallte ich mich in die Zügel.

Was will *er* hier? Und wo war Wenzel? Er hätte doch schon längst hier sein müssen.

»Ist es nicht so, dass Zuschauer auf den Tribünen verpönt sind?«, fragte ich forsch und warf ihm einen durchdringenden Blick zu.

»So einfach ist das nicht, liebstes Fräulein Böhm. Ich lasse mich nicht so leicht verjagen wie Sie. Ich habe Sitzfleisch und die bessere Ausgangssituation.«

»Schauen Sie doch lieber raus auf den Michaelerplatz, vielleicht tummeln sich da wieder ein paar Damen, die es interessiert, was Sie zu sagen haben.«

August lachte auf und lehnte sich entspannt gegen eine der Säulen. Die Arme verschränkte er vor der Brust und machte keine Anstalten, sich seines Platzes verweisen zu lassen.

»Auf Ihren Bruder müssen sie noch länger warten. Der liebäugelt noch mit einem der Stallknechte«, meinte August und schmunzelte.

Natürlich wusste ich, dass August auf die Neigung meines Bruders anspielte. Wenzel war mein Zwillingsbruder, er war mir näher als jeder andere Mensch, und nie im Leben würde ich zulassen, dass jemand sich über seine Gesinnung herablassend äußerte. Aber was, wenn August in Vaters Beisein diesbezüglich eine Andeutung machte?

Ruckartig wandte ich den Blick von den Pferdeohren ab und starrte wutentbrannt hoch zu August. Und als ich ihn da oben auf der Tribüne stehen sah, ganz gelassen in seiner Hochnäsigkeit, samt dem süffisanten Lächeln und überheblichen Blick, da wallte ein Zorn durch meinen Körper, der sogar Sardinia unruhig tänzeln ließ.

»Schon gut, mein Bub«, sagte ich und tätschelte mit einer Hand seinen Hals. August war gefährlich. Mehr noch, er ging durch die Welt und hatte Freude daran, seine Mitmenschen bloßzustellen. Er war ein Ekel. Meine Finger zuckten und erweckten in mir den Wunsch, ihm eine kräftige Ohrfeige zu verpassen. Wie gut sich das anfühlen musste. Würde er lachen oder vor Wut schäumen?

»Ich versteh Sie nicht. Wem wollen Sie eigentlich etwas beweisen mit Ihren *Reitkünsten?* Haben Sie nichts Besseres zu tun?«, fragte er.

»Nein, tatsächlich gibt es für mich nichts Besseres, als zu reiten. Und wem sollte ich etwas beweisen wollen? Dir vielleicht? Einem Mann, dessen vorgefertigte Meinung über Frauen noch aus dem letzten Jahrhundert stammt?« Augusts überraschte Miene war fürs Erste Belohnung genug.

»Entschuldige, dass ich mich verspätet habe, Gretel. Aber jetzt gehöre ich ganz dir«, rief mein Bruder mir zu.

Ich blickte über die Schulter und sah ihn, wie er mir durch die Reithalle entgegenkam. Dann sah ich hoch zu August, der geradezu erfreut über das Kommen meines Bruders zu sein schien. Bestimmt überlegte er bereits, welche Bosheit er am besten gegen Wenzel abfeuerte. Ich blickte wieder zu Wenzel und zurück zu August, den ich mit meinem stechenden Blick förmlich durchbohrte. Dann versetzte ich Sardinia mit einem festen Schenkeldruck und einem Stups mit der Gerte in einen frischen Galopp und entfernte mich von August, ehe er auf meine Worte reagieren konnte. Erst nachdem ich ein Stück weg war, wurde mir schmunzelnd bewusst, dass ich ihn geduzt hatte. Ich beschloss, dass es keinen Grund zur Reue gab. Dieser Mann hatte keine höfliche Behandlung verdient.

»Komm, Wenzel, lass uns in den hinteren Teil der Halle gehen«, sagte ich und hoffte, dass August uns nicht folgen würde.

»Sardinia steht dir gut«, meinte Wenzel strahlend, als er neben mir herging. »Man möchte meinen, er hat geradezu auf dich gewartet.«

»Du bist ein unverbesserlicher Charmeur«, sagte ich und blickte lächelnd zu meinem Bruder. Wie schmal er doch wirkte. Seine Haut war gerötet, vermutlich von der anstrengenden Morgenarbeit. Oder vom Flirt, den er mit besagtem Reitknecht gehabt hatte?

»Komm, lass uns mit der Arbeit beginnen, du hast ja einiges vor, nicht wahr?«, meinte Wenzel und tätschelte Sardinia auffordernd den Hals.

»Ja, das habe ich«, sagte ich. Als ich sah, dass August verschwunden war, atmete ich erleichtert auf.

»Für heute würde ich vorschlagen, beginnen wir mit den

Grundgangarten. Dein Hengst und du, ihr solltet erst einmal Vertrauen zueinander fassen.«

Wenzel hatte recht. Für diesen Tag genügte es, wenn ich Sardinia in Schritt, Trab und Galopp ritt. Vermutlich würde ich am nächsten Tag auch so jeden meiner Muskeln spüren.

»Deine Haltung ist perfekt«, lobte mich Wenzel, nachdem ich Sardinia nach dem Training aus einem verhaltenen Galopp zurück in den Trab fallen ließ. Der Hengst schnaubte, und sein feuchtes Fell dampfte in der Kälte der Halle.

»Eigentlich solltest du mich unterrichten und nicht umgekehrt.« Wenzel lachte, doch wir wussten beide, dass es stimmte. Dennoch genoss ich es, ihn an meiner Seite zu haben, seinen geschulten Blick und seine Begeisterung, weil er mir meine Fortschritte gönnte. So war er schon immer gewesen, mein Zwilling. Stets hatte er mir das Gefühl gegeben, so richtig zu sein, wie ich war.

»Du solltest dich etwas mehr in Acht nehmen«, flüsterte ich gerade laut genug, damit er mich hören konnte. »Der August beobachtet dich offenbar. Und er scheint deine Männerliebe bemerkt zu haben.«

An Wenzels erschrockenem Blick erkannte ich, wie sehr ihn diese Nachricht verunsicherte.

»Wenn er Vater gegenüber etwas erwähnt …«, spann er seine Gedanken und rieb sich mit einer Hand den Nacken. Er wandte sich von mir ab und starrte auf seine blank polierten Stulpenstiefel, die der Uniform entsprechend an der Vorderseite bis über die Knie reichten.

»Genau aus diesem Grund solltest du bei allem, was du hier in der Hofreitschule sagst und tust, Vorsicht walten lassen.«

»Dieser Kerl hat uns gerade noch gefehlt. Wäre er doch in Hamburg geblieben und hätte dort sein Unwesen getrieben.«

»Du hast recht. Aber nun ist er hier und wird es vermutlich auch bleiben.«

»Natürlich, den werden wir nicht wieder los. Er wird unser beider Leben verändern – deines noch viel mehr als meines.«

»Was meinst du?«, fragte ich.

»Nichts!« Wenzel schluckte schwer und wich meinem Blick aus.

»Ich kenne dich gut genug, mein Lieber! Ich weiß, dass du etwas weißt!« Ich richtete mich im Sattel zu voller Größe auf. »Will er mir meine Reitstunden verbieten? Oder mir Sardinia wegnehmen?«

»Ich weiß es nicht«, antwortete Wenzel. Er wusste es sehr genau, und gerade deshalb wich er meinem Blick aus.

»Du lässt mich im Unklaren? Warum? Wir beide haben einander stets vertraut!«

»Ich hätte schweigen sollen.«

»Hast du aber nicht! Und nun bist du mir die Wahrheit schuldig.« Plötzlich war die Freude, die ich eben noch empfunden hatte, verschwunden.

»Du solltest besser mit Mutter reden. Mehr kann ich dir nicht sagen.«

»Mit Mutter? Was hat sie mit August oder meinen Reitstunden zu tun?« In meinem Kopf tat sich ein unergründliches Chaos auf. Es war mir schleierhaft, was Wenzel sich nicht traute mir zu sagen.

»Das kannst du mir nicht antun, Zenzel! Du musst mir sagen, was Mutter geplant hat!«

»Es tut mir leid, wirklich ganz unglaublich leid, aber ich darf nicht.«

Aufgewühlt trieb ich Sardinia zum Ausgang der Reithalle und rief nach Marjan, der mir wenige Augenblicke später strahlend entgegeneilte, um mir das Pferd abzunehmen. Mit einem Satz war ich vom Pferd gesprungen, leichtfüßig und so sicher, als machte ich dergleichen jeden Tag.

»Haben Sie Ihre erste Reiteinheit genossen, Fräulein Marga-rete?«, fragte Marjan lächelnd.

Doch selbst sein schönstes Strahlen vermochte mir nicht die Sorge vor dem Gespräch mit Mutter zu nehmen.

In meinem Kopf schwirrten unzählige Fragen, kreisten aufgeregt durch meine Gehirnwindungen, brachten mich in Aufruhr und ließen meinen Puls rasend schnell durch meinen Körper pochen.

»Danke, Marjan. Ich bin sehr zufrieden mit mir und Sardinia«, sagte ich und versuchte mich an einem Lächeln. »Wir sehen uns morgen, ja?«

»Haben Sie einen schönen Tag, Fräulein Margarete!«

Ich drückte Marjan meine Gerte in die Hand und nickte. Dann eilte ich aus der Hofreitschule, hinüber zum Heldenplatz, wo ich ungeduldig auf die Pferdetramway wartete. Sosehr ich an anderen Tagen die Fahrt auf den hölzernen Bänken genoss, so sehr wünschte ich mir an diesem Tag, die Räder des Waggons würden schneller über die Holzschienen rattern und die Distanz bis zu meinem Elternhaus rascher hinter sich bringen.

Je mehr ich über Wenzels Worte nachdachte, desto mehr drängte sich mir eine Ahnung auf. Und doch wollte ich es nicht glauben. Noch nicht …

5

Außer Atem stand ich vor unserem Haus in der Laudongasse. Ich blickte an der gelben Fassade hoch: Jedes Fenster war mit wappenähnlichem Stuck verziert, das mit Vaters Familie zusammenhing, die dieses Haus seit jeher besaß. Unser Haus war schmaler als die anderen, aber für uns war es gerade recht. Zudem bewohnten wir seit Kurzem nur noch das erste Stockwerk und vermieteten die anderen beiden Etagen, um unsere Finanzen etwas aufzubessern.

Es gab wenige Bereiter, die mit ihren Familien auf dem Areal der Hofreitschule wohnten, aber Vater hatte sich bewusst gegen eine dieser Wohnungen entschieden. Er wollte nicht zur Gänze mit der Hofreitschule verwachsen, so seine Worte. Dabei hatte er völlig übersehen, dass das längst passiert war. Ob er sich nun in der Hofreitschule befand oder nicht, seine Gedanken kreisten stets um die richtige Fütterung und Pflege der Pferde, um Verbesserungsvorschläge für die Bereiter und um neue Formationen für die Quadrille, die das Kaiserpaar unterhalten sollten. Nur selten verirrte sich ein anderes Gesprächsthema in unsere Familie – sehr zu Mutters und Wenzels Unfrieden, die beide ein anderes Tischgespräch willkommen geheißen hätten.

Ich tupfte mir mit dem Ärmel den Schweiß von der Stirn und versuchte, meinen Atem zu beruhigen, um Mutter möglichst gefasst gegenübertreten zu können. Die Schleppe meines Reitkostüms in Händen, stieg ich die Treppen zu unserer Wohnung hoch und überlegte, wie ich Mutter am besten begegnete. Sollte ich die Unwissende mimen und darauf warten, bis sie das Gespräch eröffnete? Oder sollte ich direkt preisgeben, dass Wenzel eine Andeutung gemacht hatte?

Meine Hände zitterten, als ich die Wohnungstür aufschloss und eintrat. Der Geruch von Rosenöl umfing mich, während ich das Foyer betrat. Mutter hielt das Hausmädchen täglich dazu an, das Haus mit Rosenöl-Wasser-Gemisch zu wischen, um den Geruch von Sattelleder und Pferd, der Vater, Wenzel und mir anhaftete, möglichst zu übertünchen.

Während ich mit einem Griff mein Hütchen vom Kopf zog, glomm in mir ein Ärger darüber hoch, dass Mutter es geschafft hatte, meine Freude am Reiten mit ihren Plänen zu durchkreuzen. Ein Traum war heute in Erfüllung gegangen, als ich auf Sardinia durch die Reithalle galoppiert war. Gern wäre ich noch länger geritten, hätte Sardinia noch mit einem Stück Zucker belohnt und etwas Zeit mit ihm verbracht. Doch der innere Drang, das Gespräch mit Mutter zu suchen, hatte alles überschattet.

Rasch eilte ich den Flur entlang zu Mutters Salon, aus dem angeregtes Stimmengewirr drang. Wenn Mutter Besuch hatte, würde sich unser Gespräch verzögern. Trotzdem klopfte ich an die Tür und wartete artig, bis sie mich mit einem beinahe gesungenen »Herein!« zu sich bat.

»Margarete, Kind, wie siehst du aus? Bist du wieder gerannt?« Sie musterte mich vom Scheitel bis zum verschmutzten Rocksaum.

Da eine Widerrede ohnehin zwecklos erschien, zuckte ich mit den Schultern und versuchte mich an einem schuldbewussten Blick.

»Meine Liebe, Sie müssen Margaretes Auftritt entschuldigen«, sagte Mutter an ihren Gast gewandt. »Kind, es wäre tatsächlich angebracht, wenn du dich umkleiden würdest, bevor du unseren Besuch, die gnädige Frau Hoffmann, begrüßt.« Der Blick, mit dem Mutter mich bedachte, war scharf. Vermutlich vertrat sie die Meinung, dass ich sie mit meinen vom Laufen erhitzten Wangen unnötig bloßstellte.

Ich war mir allerdings ziemlich sicher, dass sie die Einzige war, die meinen geröteten Wangen und dem schmutzigen Rocksaum überhaupt Beachtung schenkte. Und was machte eigentlich Frau Hoffmann hier? Hatte ich den Zeitpunkt übersehen, an dem meine und Augusts Mutter sich angefreundet hatten? Meine Aufregung drängte mich förmlich dazu, Mutter sofort zur Rede zu stellen. Dennoch schwieg ich. Ich kannte sie gut genug, um zu wissen, wie sie reagieren würde, wenn ich sie vor jemandem bloßstellte. Jetzt war Zurückhaltung angebracht. Das Gespräch mit Mutter würde ich zu einem späteren Zeitpunkt führen.

»Machen Sie sich keine Gedanken, meine liebe Frau Böhm, ich bin doch selbst mit der Hofreitschule *verheiratet* und kenne die Umstände, den Geruch und den Schmutz. Wir sind wahrlich nicht zu beneiden.« Frau Hoffmann lachte und griff nach ihrer dampfenden Teetasse.

Nach einem Knicks verließ ich den Salon und zog mich auf mein Zimmer zurück, wo ich mich aus meinen Röcken und den Reithosen schälte. Meine Gedanken brodelten in meinem Kopf.

»*Er wird unser beider Leben verändern – deines noch viel mehr als meines.*« Das waren Wenzels Worte gewesen. Ich schluckte gegen die Panik an, die in mir hochstieg. Ich würde erst wieder entspannt atmen können, wenn Mutter mir bestätigt hätte, dass meine Vorahnung und meine Angst völlig unbegründet wären.

»Manchmal bist du einfach unmöglich!« Es war Mutter, die wenig später in mein Zimmer stürmte. »Frau Hoffmann hat sich unmittelbar nach deinem Auftritt verabschiedet. Ich kann nur hoffen, dass wir ihr Bild von dir wieder ins rechte Licht rücken können.«

»Ich wusste nicht, dass Frau Hoffmann hier ist. Und ich wusste nicht, dass ihre Meinung über mich von Wichtigkeit ist. Es tut mir leid, dass ich dein Kaffeekränzchen gestört habe, aber ich denke, wir müssen dringend reden«, fuhr ich fort. Nur mit Mieder und Pumphosen bekleidet, stand ich vor meiner Mutter und fühlte mich plötzlich wie ein kleines Mädchen, das seine Stimme nicht gegen die Eltern erheben durfte.

»Beruhig dich doch«, meinte Mutter versöhnlich und setzte sich auf meine Bettkante. Mit einer Hand klopfte sie auf den Platz neben sich und strich mir eine lose Haarsträhne hinters Ohr, nachdem ich mich neben sie gesetzt hatte.

»Du warst schon immer wild und unzähmbar.« Mutter blickte gedankenverloren aus dem Fenster. Wolken zogen über den Himmel und kündigten einen Frühlingsregen an.

»Weißt du noch: Damals, als wir beide Arm in Arm durch die Stadt flaniert sind und uns im *Café Griensteidl* im 1. Bezirk ein Stück Torte gegönnt haben? Ich habe dir den spitzenbesetzten Hut mit der Schleife gekauft, und im Fiaker sitzend haben wir die Stadt bewundert, du eng an mich gedrückt, und ich hab dich auf die rosigen Wangen geküsst. Du warst mein Ein und Alles, mein Glück, mein Schatz, mein Engel. Und dann …«

Mutter griff nach meiner Hand, ganz sachte, und strich mit ihren Fingerspitzen über meinen Handrücken.

»Dann hat dein Vater dich mitgenommen in die Hofreitschule, und quasi über Nacht ist aus meinem Mädchen ein Junge geworden.«

Mutter legte den Kopf in den Nacken und lachte kurz auf. »Von dem Tag an wolltest du immer nur rennen, im Dreck spielen, das wildeste Pferd reiten, und am liebsten hättest du sogar Hosen getragen wie dein Bruder.«

Ich schmunzelte und verschwieg, dass ich mehr als einmal

heimlich in Wenzels Hosen geschlüpft war – nur, um zu wissen, wie es sich anfühlte. Und es war eine Wohltat gewesen, nicht mehr bei jedem Schritt über den Saum der Röcke zu stolpern, sondern ungezwungen durch das Zimmer hüpfen zu können.

Die Wehmut in Mutters Gesicht schmerzte, und fast fühlte ich mich schuldig für die Sorge und die Entbehrung, die ich ihr offenbar aufgebürdet hatte.

»Ich hatte meine liebe Müh, dir Tischmanieren anzueignen und dich zum Klavierspiel zu motivieren oder zu Stickarbeiten.«

»Und jetzt, Mutter? Wozu willst du mich als Nächstes bringen?«

Sie nahm die Hand von meiner und blickte mir tief in die Augen.

»Wenn ich dich so ansehe«, flüsterte sie, »dann mache ich mir große Sorgen.«

»Aber ...«

»Nein, lass mich ausreden! Du bist so voller Leben, Eigensinn und Trotz. Ich liebe dich, mein Kind, aber ich bin mir auch sicher, dass es für eine Frau, wie du eine bist, schwer wird, einen sicheren Weg durchs Leben zu finden.«

Mutter legte eine Hand an meine Wange. Ihre Haut war warm und weich, und ich konnte mich nicht erinnern, wann Mutter mir zuletzt so nahe gewesen war.

»Dein Vater und ich werden nicht jünger. Und du auch nicht. Eine Frau braucht einen Mann – einen, der sie finanziell trägt, ihr etwas bieten kann. Eine Frau braucht einen Mann, der gebildet ist, zu dem sie aufsehen kann. Er sollte stattlich sein, aus gutem Haus, mit Aussicht auf eine erfolgreiche Zukunft.«

Während ich den Worten meiner Mutter lauschte, war mir, als würde etwas in mir schreien – oder war es nur ein Wimmern? Hilflos, klein und ungehört.

»Mama!«, hauchte ich.

»Eine Frau braucht einen Mann, der ihr Halt gibt, der an

manchen Tagen über ihre Schwächen hinwegsieht und ihr die Richtung vorgibt, in die sie zu gehen hat.«

»Das klingt schrecklich«, entfuhr es mir etwas zu laut, dennoch schämte ich mich nicht für meine Entschlossenheit.

»Nein, das ist es nicht, mein Kind. Ein Ehemann ist für uns Frauen ein Segen. Etwas, wofür wir Gott jeden Tag aufs Neue danken sollten! Und weil du so bist, wie du bist, bleibt zu befürchten, dass du jeden Mann, der dir diese gesicherte Zukunft bieten könnte, aus deinem Leben verscheuchst. Dir fehlt es an Gefühl dafür, wer dieser Mann für dich sein könnte.«

Ich schloss die Augen, presste sie so fest zu, wie ich nur konnte. Am liebsten hätte ich sie vor der ganzen Welt verschlossen, vor den Worten meiner Mutter und den Folgen, die sie für mein Leben haben würden.

»Aus diesem Grund haben dein Vater und ich beschlossen, dir diese wichtige Entscheidung abzunehmen. Und wir haben eine gute Entscheidung getroffen, glaub mir. Wir haben einen Mann für dich auserwählt, an dessen Seite du ein sorgenfreies Leben führen wirst. Er wird auf dich achtgeben und dich leiten.«

Ich schüttelte den Kopf mit einer Heftigkeit, die mich selbst überraschte. »Nein!«, rief ich aus und entwand mich der Berührung meiner Mutter. Mit lang gezogenen Schritten ging ich zum Fenster und blickte hinab auf die Straße, durch die eine junge Frau an der Seite eines Mannes flanierte. Sie hatte sich bei ihm untergehakt, kicherte und himmelte ihn förmlich an mit ihren Blicken. Ob sie ihn liebte? Oder ob auch er die Entscheidung ihrer Eltern gewesen war? Lachte sie, weil sie glücklich war, oder weil sie glaubte, es ihm schuldig zu sein?

»Und wer soll dieser wunderbare Mann sein, ohne den ich deiner Meinung nach unfähig bin zu existieren?« Ich wandte mich zu Mutter um, lehnte mich ans Fensterbrett und krallte mich daran fest.

»August Hoffmann«, sagte Mutter so sachlich, als gäbe sie bei der Köchin das Abendessen in Auftrag.

August Hoffmann. August Hoffmann sollte also mein Ehemann werden. Mir war, als legte sich eine Schnur eng um meinen Hals, und dennoch war mir danach, laut aufzulachen. August Hoffmann – mein Ehemann? Das konnte doch nur ein übler Scherz sein. Eine dieser Faxen, mit denen Wenzel mich manchmal foppte. Meist ertappte ich ihn, ehe die Falle zuschnappen konnte, doch dieses Mal hätte er mich beinahe erwischt.

»Das kann unmöglich dein Ernst sein«, sagte ich. Meine Lippen fühlten sich kalt und blutleer an, und meine Knie zitterten. »Ich hasse diesen Mann – und er hasst mich! Frag seine Mutter, Frau Hoffmann! Oder besser noch: Frag August selbst! Ja, was hält denn *er* eigentlich von dieser irrwitzigen Idee? Ich kann mir nicht vorstellen, dass er eurem Plan zustimmt! Und Vater? Willigt er in diesen Kuhhandel ein?«

»Kuhhandel – was für ein Unsinn. Alle Beteiligten sind damit einverstanden. Allen voran dein Vater.« Mutter stand vom Bett auf und streckte den Rücken durch, so als müsse sie sich kampfbereit machen. Ich tat es ihr gleich und gab mein Bestes, trotz meiner spärlichen Bekleidung entschlossen zu wirken.

»Ich werde diesen Mann nicht heiraten. Niemals«, bestimmte ich und verschränkte die Arme vor der Brust.

»Es ist bereits beschlossene Sache!«

»Niemals! Du kannst mich nicht zwingen. Niemand kann das!« Ich versuchte, nicht zu laut zu werden, schließlich musste ich die Sache mit Mutter in Ruhe klären. Sie sollte mich ernst nehmen, meine Beweggründe verstehen und ihren Entschluss zurücknehmen.

»Niemand kennt mich doch so gut wie du, Mama«, log ich. »Du weißt, dass ich anders bin als die meisten Frauen. Ich kann für mich allein entscheiden. Ich brauche keinen Mann, der mich durchs Leben leitet und mir sagt, was ich zu tun habe.«

»Und wovon willst du leben? Womit dein Geld verdienen? Wo wirst du wohnen?« Mutter zog die Augenbrauen hoch und legte ihre Stirn in Falten. Ihr Blick sollte mir mitteilen, dass ich längst verloren hatte.

»Das lasse ich nicht mit mir machen!«, fauchte ich und ging zum Kleiderschrank, der prall gefüllt war mit Röcken und Miedern. »Martha!«, schrie ich so laut, dass man mich im gesamten Geschoss hören musste.

»Was nun? Willst du weglaufen? Wohin?«

»Egal, Hauptsache, weg von dir und deinen irrwitzigen Ideen.«

Als Martha den Raum betrat, drückte ich ihr das nächstbeste Mieder in die Hand. Ohne mich oder meine Mutter anzusehen, nickte sie und half mir, mich anzukleiden. Mit raschen Handbewegungen schnürte sie das Oberteil am Rücken zu.

»Wenn du mir wenigstens die Möglichkeit gegeben hättest, mir selbst einen Mann auszusuchen«, fuhr ich fort. »Ich hätte einen gefunden, das kannst du mir glauben.«

Ein Bild von Marjan tauchte vor meinem geistigen Auge auf. Sein strahlendes Lächeln, sein gütiger Blick, der in mir den Wunsch erweckte, mich an ihn zu drücken. Natürlich entsprach Marjan nicht Mutters Erwartungen von einem Ehemann. Er verdiente zu wenig Geld, besaß kein angemessenes Haus, geschweige denn Kleidung, die sein Auftreten hervorhob. Er konnte mir weder teuren Schmuck schenken noch mich in ein gehobenes Lokal ausführen. Und dennoch wuchs in mir ein Gefühl empor, das mich mit einer Gewissheit erfüllte – der Gewissheit, dass ich an der Seite dieses Mannes glücklich werden könnte.

»Fräulein Margarete, darf ich Sie bitten?«, fragte Martha und hielt mir einen bauschigen Unterrock entgegen.

»Natürlich«, antwortete ich und stieg in das angebotene Kleidungsstück.

»Nenne mir nur einen Mann, der es in den letzten Monaten gewagt hat, sich dir zu nähern.«

»Du tust gerade so, als wäre ich eine unnahbare Furie.« Ich schüttelte den Kopf, schließlich war Mutter im Unrecht. Nur weil meine Interessen anders gelagert waren als die gleichaltriger Frauen, war ich dennoch eine mehr als hervorragende Partie. Als mir bewusst wurde, dass meine Gedanken viel zu sehr nach Mutter selbst klangen, lachte ich auf.

Vielleicht hatte sie recht, und man machte mir nur selten den Hof. Bislang hatte sich niemand daran gestört. Und nun sollte ich heiraten – ohne jede Vorwarnung.

»Du hast dich zumindest nie darum bemüht, von einem Mann umworben zu werden.«

»Mir war nicht bewusst, dass das von mir erwartet wird! Du hast nie mit einem Wort erwähnt, dass ich heiraten soll.«

»Was dachtest du? Seit einer Ewigkeit mache ich mir dahin gehend Gedanken.«

»Vielleicht solltest du deine Gedanken laut aussprechen, wenn sie mein Leben derart beeinflussen sollen.« Meine Wangen glühten.

»Gnädiges Fräulein, ich bin fertig«, meinte Martha unterwürfig und verließ den Raum, ohne zu fragen, ob ich ihre Dienste noch länger benötigte.

»Ich bin hier auch fertig«, sagte ich, griff nach meinem Schirmchen, auf das Mutter stets so großen Wert legte, und verließ mein Zimmer. Noch bevor ich die Tür lautstark schließen konnte, hielt ich inne und machte kehrt. Den Blick auf Mutter gerichtet, warf ich ihr den mit dunkelblauer Seide bezogenen Schirm vor die Füße.

»Ich brauche weder Schirm noch Ehemann!«

Mutter seufzte laut auf und stemmte wortlos ihre Hände in die Taille. Noch ehe sie etwas erwidern konnte, schloss ich mit lautem Knall die Tür und eilte aus der Wohnung, hinaus in die Laudongasse, weg vom Elternhaus.

Nach ein paar wutentbrannten Schritten bemerkte ich die

dicken Tropfen, die mir ins Gesicht prasselten. Mit einem Blick zum Himmel sah ich die dunklen Regenwolken, die sich über der Josefstadt ergossen, und kurz bereute ich, den Schirm so achtlos zurückgelassen zu haben. Den Schirm, den Mutter mir bei jedem Verlassen des Hauses in die Hand gedrückt hatte, seit ich ein Mädchen war.

Aber nein, das hieß noch lange nicht, dass sie in allem recht hatte. Sie konnte und durfte nicht länger über mein Leben bestimmen. Ich war eine Frau, die für sich selbst einstehen konnte und keinen Mann brauchte, der sie durch das Leben leitete.

Das würde ich ihr schon noch beweisen.

6

»Du siehst ganz unglaublich aus!«, meinte Fannie freudig strahlend, während sie ihre Blicke über mein Kleid wandern ließ.

»Unglaublich … in der Tat!«, erwiderte ich erstaunt. Als ich an mir hinabblickte, wurde ich von Mutters fliederfarbenem Traumkleid beinahe geblendet. Meinem dunkelbraunen Haar schmeichelten dunkle Grün- und Rottöne, vielleicht noch ein sattes Blau, aber diese Farbe ließ mich so blass wirken, als litte ich an einer schweren Übelkeit.

All meine Überredungskünste hatte ich eingesetzt, um Mutter davon zu überzeugen, dass ich in der Lage war, mir selbst einen Mann zu suchen – dafür nahm ich sogar dieses schreckliche Kleid in Kauf. Es konnte doch nicht so schwierig sein, einen Mann zu finden, der zu mir passte und Mutters Vorgaben erfüllte. Freundlich musste er sein, humorvoll, und wenn es nach Mutter ging: aus betuchtem Hause. Geld war wohl alles, was man sich von meinem Zukünftigen erwartete – schließlich sollte er die Schulden der Familie tilgen und mir ein Leben in Überfluss bieten. Mutter wollte mich in fein ausstaffierten Kutschen sitzen sehen, in edelsten Kleidern, auf den prächtigsten Hofbällen und im prunkvollsten Haus.

Dabei gab es Wichtigeres als Geld. Aber was tun, wenn jemand nicht bereit war, davon überzeugt zu werden? Meine Eltern waren nicht von dem Vorhaben abzubringen, mich mit

August zu verheiraten – es sei denn, ich könnte ihnen binnen kürzester Zeit eine bessere Partie anbieten. Tja, und genau da kam dieses schreckliche, mit Rüschen besetzte fliederfarbene Etwas zum Einsatz. Offenbar war das *die* Farbe, wenn man die Blicke der Männerwelt auf sich ziehen wollte. Und ich wollte nicht, ich musste!

Hier auf dem Hofball in der Hofreitschule sollte es ein leichtes Spiel sein, einen Mann zu finden, der besser war als dieser August.

Voller Eifer überblickte ich die Tanzfläche, auf der unzählige Paare in schwungvollem Einklang herumwirbelten und kreisten. Sie lächelten, kicherten, erfreuten sich an der Musik und ihren Tanzpartnern.

Und ich stand da, genervt schnaubend, weil der Abend erst begonnen hatte und noch unzählige Bekanntschaften und Gespräche vor mir lagen.

»Am besten suchen wir einen Platz am Rande der Tanzfläche auf, dort entdeckt man uns am schnellsten!« Noch während Fannie den Vorschlag machte, griff sie nach meiner Hand und zog mich hinter sich her.

Fannie hatte seit unserer Kindheit den Drang, mich in die richtigen Bahnen lenken zu müssen – wie meine Mutter. Stets hatte sie aus mir ein *richtiges Mädchen* machen wollen. Meine Zöpfe waren nicht lang genug, meine Puppen nicht so hübsch wir ihre, mein Lachen zu laut und meine Handarbeiten zu unsauber. Sie war kaum ein Jahr älter und hatte sich mir gegenüber stets lehrerinnenhaft benommen. Und eines wusste ich ganz genau: Fannie mochte eine treue Wegbegleiterin sein, aber nie im Leben wollte ich so werden wie sie. Ihr Streben nach der weiblichen Perfektion empfand ich beinahe als schmerzhaft. Stets war sie nur darum besorgt, für die Männerwelt nicht gut genug zu sein. Dabei war ich sicher, dass ihre Blicke nicht ergebener sein könnten und ihr blondes Haar nicht ordentlicher hochgesteckt. Ihre Singstimme glich der eines Engels, und bei Tisch nahm sie stets die kleinsten Bissen von allen zu sich. Eine Traumfrau also. Und dennoch war sie – ebenso wie ich – nicht verlobt und unverheiratet.

»Heute ist unser Abend, wirst sehen!« Fannie hüpfte beinahe vor Aufregung, als wir einen Platz eingenommen hatten, von dem aus wir nicht zu übersehen waren.

Die letzten Takte des Walzers verklangen, die Tanzpaare verneigten sich voreinander, und das Publikum applaudierte. Die Stimmung war mitreißend, und das Orchester musizierte mit einer Begeisterung, die sogar mich vor Entzücken klatschen ließ.

Der Boden der Reithalle war mit feinem Parkett ausgelegt und erinnerte kein bisschen an den sandigen Untergrund, über den noch heute Morgen die Lipizzaner galoppiert waren. Die Balustraden der Tribünen waren ausgeschmückt mit Blumenkränzen und Girlanden, und die Kronleuchter verbreiteten ein aufgeregtes Funkeln.

»Wenn dich ein Mann ansieht, dann lächle, ja?«, trug Fannie mir auf und stellte selbst ihr hellstes Strahlen zur Schau.

»Und wenn ich keine Lust habe, zu lächeln?«, fragte ich, wissend, dass sie mir sogleich einen Vortrag halten würde. Es erfüllte mich immer wieder mit Unmut, dass von uns Frauen erwartet wurde, jederzeit und überall eine Sanftheit an den Tag zu legen, die davon zeugte, wie liebenswert und umgänglich wir waren.

Mir war nicht danach, umgänglich zu sein. Ich wünschte mir einen Mann, der mich wegen meiner Kanten liebte und der meine Beharrlichkeit zu schätzen wusste und sie nicht als Ballast abtat.

Dennoch galt es an diesem Abend, mich der Maskerade anzuschließen und eine Freundlichkeit an den Tag zu legen, die mir ansonsten zur Gänze widerstrebte. Lieber eine Ballnacht lang lächeln, als ein Leben an Augusts Seite zu führen.

»Guten Abend, gnädiges Fräulein.« Ein grau melierter kleiner Herr riss mich aus meinen Gedanken.

»Guten Abend«, entgegnete ich und knickste gerade so tief, dass man mir keine schlechten Manieren nachsagen konnte.

Der Herr grinste breit, seine Augen glänzten beim Anblick meines Dekolletés, und beim angedeuteten Handkuss reckte er mir sein bloßes Haupt entgegen.

»Erweisen Sie mir die Ehre des nächsten Tanzes?«, fragte der klein gewachsene Mann und bot mir seinen Arm an.

»Aber natürlich!« »Mit Vergnügen!« »Es ist mir eine Freude!« Eine dieser Floskeln hätte ich über meine Lippen pressen müssen, aber beim Blick auf das glatzköpfige Haupt des Mannes versagte meine Stimme ihren Dienst. Fannie rempelte kaum sichtbar gegen meinen Oberarm und räusperte sich lautstark.

Ja, Fannie hatte leicht reden, ihr war es egal, an wessen Seite sie ihr bordürenverziertes Leben fristete. Sie würde einfach lächeln und so tun, als wäre sie glücklich. Und vielleicht wäre sie das auch.

»Verzeihen Sie, aber für den nächsten Tanz habe ich mich bereits einem anderen Herrn versprochen«, log ich, ohne auch nur einen Hauch von Gewissensbissen zu verspüren.

»Wie schade!« Das war alles, was der Mann sagte, dann verschwand er im Trubel und hielt wohl bereits Ausschau nach dem nächsten Dekolleté.

»So wird das nichts!«, zischte Fannie zeitgleich mit meiner inneren Stimme.

»Ja, ich weiß!«, murmelte ich und holte tief Luft. Ich stand mir selbst im Weg. War es das, was Mutter mir zu sagen versucht hatte? Dass ich unfähig war, einem Mann zu gefallen, und sie sich deshalb gezwungen sah, die Wahl für mich zu treffen?

»Du musst …«, setzte Fannie zu ihrer Predigt an.

Doch ich wollte keines ihrer Worte hören. Jedes wäre ein

Vorwurf, eine Anklage, ein vorgehaltener Spiegel. Der Weg, den Fannie oder meine Mutter für mich wollten, war nicht zwingend meiner.

»Margarete, wo willst du hin?«, rief Fannie mir hinterher, nachdem ich mich wortlos von ihr abgewandt hatte. Ich hob meinen Rock ein Stück an und flanierte durch die Reithalle, die für diese Nacht ein Traum von einem Ballsaal war. Junge Herren nickten mir wohlwollend zu, Damen bewunderten mein schreckliches Kleid, die Musik nahm ihren Schwung wieder auf, und ein Kellner bot mir ein Glas fruchtigen Rotwein an. Und mit einem Mal fiel es mir nicht mehr so schwer, zu lächeln. Es roch nach Rosen, süßem Parfum und holzigem Zigarrenrauch. Die Atmosphäre flirrte geradezu vor Aufregung und der Vorfreude junger Damen, heute einen passenden Verehrer zu finden.

Wenn sie doch nur etwas mehr an sich selbst glauben würden und daran, dass sie auch ohne Mann durchs Leben kamen!

Ich hielt inne und lachte kurz auf. War ich nicht aus demselben Grund hier auf dem Hofball des Kaiserpaars wie eben diese jungen Damen? Weil ich eine passende Partie für mich gewinnen wollte? Ich nahm einen kräftigen Schluck vom Rotwein. Fannie kicherte viel zu laut mit einer Freundin – immer noch darauf bedacht, Aufmerksamkeit auf sich zu ziehen.

Ich wandte mich von ihr ab und stieg die Treppen hoch zur Tribüne. Von dort hatte man einen unglaublichen Blick auf die Tanzfläche, auf der unzählige Röcke herumwirbelten. Freilich war ich hier oben weit entfernt davon, eine Bekanntschaft zu machen, dennoch erlaubte ich mir eine Pause vom Getümmel.

Meine Blicke wanderten durch das Gedränge unter mir, begutachteten die Männer, die für ein Gespräch infrage kämen. Ohne es zu wollen und ohne es steuern zu können, hielt ein Mann meinen Blick gefangen. Seine Schultern waren breiter als die der anderen Männer, seine Haltung aufrechter. Sein dunkles Haar glänzte im Licht der unzähligen Kerzen, während er galant, mit einem Glas Sekt in der Hand, eine junge Dame bezirzte. August. Natürlich. Mit ihm hätte ich rechnen müssen. Unwillkürlich sträubten sich meine Nackenhaare.

Er legte den Kopf zurück und lachte übertrieben laut mit seiner Gesprächspartnerin. Wie gut er doch zu Fannie passen würde. Die beiden könnten sich in ihrer Lautstärke messen und übertrumpfen. Fannie wäre begeistert von ihm, da war ich mir sicher. Und wie es aussah, waren das auch alle anderen Damen. Offenbar verströmte er einen Charme, der nicht zu mir durchdringen wollte.

Seine glatt rasierten Wangen, das mit Pomade geformte Haar, seine Mimik und seine Haltung – einfach alles wirkte so aufgesetzt, so überspitzt. Wenn das der Mann war, um den sich die Frauen stritten, dann brauchte ich mich nicht zu wundern, warum unser Geschlecht nicht ernst genommen wurde.

Ich dachte an Marjan und seine freundlichen Blicke, die schüchtern über mein Gesicht und meinen Körper huschten. Wie vorsichtig er in allem war und wie bedacht. Anders als August, der glaubte, sich nehmen zu können, was ihm gefiel.

Also gut. Entschlossen stieß ich mich von der Balustrade ab, setzte mein freundlichstes Lächeln auf und suchte, wann immer es möglich war, Augenkontakt mit einem heiratsfähigen Mann.

Es überraschte mich, was ein überzogenes Lächeln zustande brachte. War der Eindruck, den ich für gewöhnlich machte, tatsächlich so abweisend? Wenn ja, sollte ich daran arbeiten – oder eigentlich auch nicht. Diese oberflächlichen Gespräche lagen mir einfach nicht.

»Was hatten wir heute für schönes Wetter!« »Diese kalten Temperaturen! Ich sehne mir den Sommer herbei!« »Regen, immer Regen. Kaum zu ertragen!«

Jeder der Herren hatte seine eigene Ansicht zum Wetter, zur

knappen Eröffnungsrede des Kaisers oder zum Wein, der kredenzt wurde. Und jeder meiner Tanzpartner erwartete zustimmende Worte meinerseits. Wie ermüdend.

Mir war danach, mich hinauszustehlen in die Stallungen und Sardinia einen Besuch abzustatten. Die Gespräche mit ihm wären gewiss inhaltsvoller.

Ein gewisser Herr Pfeiffer bat um den nächsten Tanz, und da der Abend bereits fortgeschritten war, sah ich mich gezwungen, jede Möglichkeit zu nutzen, um Mutter wenigstens eine aussichtsreiche Bekanntschaft präsentieren zu können.

Beinahe unterwürfig hatte er mich auf die Tanzfläche geführt und es kaum gewagt, mich zu berühren oder mir in die Augen zu sehen. Meine Hand lag in seiner, und doch hatte ich das Gefühl, dass ich ihn halten musste. Den Blick unter seinen buschigen Augenbrauen hielt er gesenkt und sprach kaum ein Wort.

Sah so der Mann aus, den ich an Augusts statt heiraten würde? Noch ehe ich den Gedanken zu Ende geführt hatte, wirbelte ein Paar im Walzertakt an Herrn Pfeiffer und mir vorbei. Sie im dottergelben Kleid mit ordentlich Aufputz, er im nachtblauen Gehrock und mit weißen Handschuhen.

Nachtblauer Gehrock? Trug so einen nicht …? Ich wandte mich dem Paar zu und erkannte jetzt erst, dass es August war, der seine Tanzpartnerin gekonnt über das Parket führte. Sie schwebte förmlich in seinen Armen, brauchte sich weder um den Takt zu kümmern noch um die Schrittabfolge – so wie ich hier mit Herrn Pfeiffer. Neidisch sah ich den beiden zu, beobachtete den vertrauten Umgang und die aufrechte Haltung. August überragte die Frau in Gelb um fast eine Kopflänge und umfasste mit seinem rechten Arm ihre schmale Taille.

Pfeiffers Fuß auf meiner Schuhspitze holte mich zurück in die Realität, in der nicht ich es war, die sich von August herumwirbeln ließ – zum Glück.

»Verzeihen Sie, Fräulein, wie ungeschickt von mir!«, meinte Pfeiffer und entließ meine Zehen in die Freiheit.

»Macht nichts«, sagte ich und blickte erneut zu August – und er zu mir. Unsere Blicke verfingen sich für einen kurzen Augenblick ineinander. Ein Augenblick, der rasch verstrich und von den tosenden Schlussakkorden des Walzers überlagert wurde. Ehe ich mich wieder seiner überheblichen Ausstrahlung entziehen konnte, zwinkerte er mir verschwörerisch zu. Einfach so. Ein Lächeln, ein Zwinkern.

Was wollte er mir damit sagen? Dass ich besser mit ihm getanzt hätte? Dass er mich bemitleidete für meine platt getretenen Zehen? Oder wollte er sich einfach lustig machen über mich – wie immer?

Ich schnaubte genervt auf und schüttelte die Gedanken an August von mir ab. Sollte er doch denken, wonach ihm der Sinn stand. Mir war es einerlei. Ich brauchte keinen Mann, der den Ton angab. Ein Blick auf Pfeiffers gesenktes Haupt verriet mir allerdings, dass ich auch keinen Mann brauchte, bei dem ich den Ton anzugeben hatte.

Ich dachte an Marjan, an die Sehnsucht, die er mit seinen Blicken in mir verursachte. Es war, als wären wir durch unsichtbare Bande miteinander verknüpft.

Wenn es doch nur eine Möglichkeit gäbe, ihm näherzukommen. Aber während ich hier den Tritten von Pfeiffer ausgesetzt war, versorgte er in den Stallungen die Pferde und beruhigte sie, wenn sie wegen der lauten Musik und dem Stimmengewirr nervös waren.

Wenn ich doch nur mit ihm tanzen könnte. Ich war mir sicher, dass ich in seinen Armen schweben würde. Wir würden die Blicke aller Ballbesucher auf uns ziehen, weil wir das schönste Paar des Abends wären.

Wie Marjan wohl aussähe in Gehrock und weißem Hemd? Ob er sich überhaupt anpassen könnte an eine Gesellschaft, die sich zu fein war für sonnengebräunte Haut und hartes Brot? Und würde ich ihn noch wollen, wenn seine Erscheinung so aufgeblasen wäre wie Augusts? Nein, vermutlich mochte ich Marjan genau wegen seiner Bescheidenheit, die sich in jedem seiner Handgriffe und jedem seiner Worte widerspiegelte.

Endlich fand der endlos scheinende Walzer ein Ende, und ich konnte mich dankend von Pfeiffer entfernen. Ohne auch nur ansatzweise infrage zu stellen, ob der eingeschlagene Weg richtig war, schlich ich mich hinaus und durch den schmalen Pferdegang, durch den die Hengste von den Stallungen zur Morgenarbeit gebracht wurden. Hier war es düster, die Luft viel kühler. Der Duft von Parfum und Zigarrenrauch wich dem Geruch der Stallungen. Erleichterung breitete sich in mir aus, ließ mich leichtfüßig durch den Gang huschen – ungesehen und ungehört. Mir war es einerlei, ob der Saum meines fliederfarbenen Kleides oder meine spitzen Seidenschuhe beschmutzt wurden. Hier gehörte ich hin, weit weg von befrackten Männern und kichernden Damen.

Wenige Schritte weiter eröffnete sich mir der Stall, der von Petroleumlampen schwach erhellt wurde. Die meisten Hengste dösten und störten sich nicht im Mindesten am Lärm, der aus dem Reitsaal zu ihnen drang.

»Marjan?«, flüsterte ich und bekam als Antwort das Brummeln mehrerer Hengste.

»Nicht ihr«, sagte ich und lachte.

»Margarete?«

Und da stand er vor mir. Mein Marjan. Schlicht und sich seines guten Aussehens überhaupt nicht bewusst. Er stand einfach da, die Hände in den Hosentaschen und auf dem Kopf eine abgetragene Mütze, die sein dichtes Haar bedeckte.

»Hast du dich verirrt?«, fragte er und nahm die Mütze ab.

»Verirrt?«, fragte ich verwundert und zog die Augenbrauen hoch. »Wenn sich hier jemand auskennt, dann wohl ich!«

»Da hast du recht.« Marjan lächelte so hell und warm, dass es mich den frustrierenden Tanz mit Pfeiffer endgültig vergessen ließ.

»Solltest du nicht drüben sein, bei den anderen feinen Herren und Damen?«

»Dort gehöre ich nicht hin«, sagte ich entschlossen.

»Hierher aber doch auch nicht«, antwortete Marjan und blickte mich fragend an.

Und für einen kurzen Augenblick fühlte ich eine Unsicherheit, die sich in mir ausbreitete. Wenn Marjan recht hatte, wo gehörte ich dann hin? Wo war mein Platz im Leben?

Und während Marjan mir tief in die Augen sah und ich ihm und ich diese Wärme spürte, die mich liebevoll umwob, da spielten meine Gedanken keine Rolle mehr. Es zog mich nur in seine Nähe.

Im Reitsaal stimmte das Orchester den nächsten Walzer an. Die Musik drang gedämpft zu uns in den Stall – weit weg, so als entspränge sie einer anderen Welt und Marjan und ich befänden sich in unserer eigenen.

»Möchtest du tanzen?«, fragte ich und näherte mich ihm ein paar Schritte. Ich sah ihm in die Augen, lächelte und wusste, dass er nicht ablehnen würde. Ich legte meine Linke in seine Hand und meine Rechte in seinen Nacken. Marjans Haut unter meinen Fingerspitzen war warm und vertraut. Vorsichtig legte er seinen Arm um meine Taille und kam mir dabei so nahe wie noch nie zuvor. Sein Atem an meiner Wange löste in mir einen prickelnden Schauder aus. Ich schmiegte den Kopf an seine Schulter und drängte meinen Körper an seinen – vorsichtig und doch fordernd. Mitten in der Stallgasse tanzten wir im Gleichklang mit der Musik, schmiegten uns aneinander. Ich roch ihn, fühlte ihn und spürte in mir ein Verlangen, das in mir zu lodern begann. Sein Griff um meine Taille wurde fester, sein Atem schneller.

Etwas in mir sagte, dass wir den Tanz beenden sollten, aber diese Stimme ignorierte ich mit einem Lächeln und vergrub das Gesicht in seiner Halsgrube.

Die Walzertakte aus dem Reitsaal verschwammen mit meinem Gefühl von Innigkeit und trugen mich in eine Welt, die ich noch nie zuvor betreten hatte.

7
WENZEL

Wien im April 1875

Margarete wirkte angespannt, verbissen und war ungewohnt schweigsam. Und natürlich wusste ich, was Schuld trug an ihrer getrübten Stimmung. Wir alle wussten es.

»Wie sieht sie aus, Zenzel?«, fragte Margarete und meinte damit die Galopppirouette, die sie seit wenigen Tagen mit Sardinia einübte.

Kurz lachte ich auf. Ich mochte es, wenn sie mich Zenzel nannte, es erinnert mich an unsere Kindheit, in der es ihr unmöglich gewesen war, meinen Namen korrekt auszusprechen. Wenn wir unter uns waren, sprach sie mich auch heute noch so an.

»Schon viel besser. Sieh zu, dass der Kreisbogen immer enger wird. Der Hengst soll sich schließlich mit den Hinterhufen auf einem tellergroßen Zirkel bewegen und mit ungefähr sechs bis acht Galoppsprüngen einen vollständigen Kreis um die Hinterhand vollziehen.«

»Besser so?« Margaretes Wangen waren gerötet von der immensen Anstrengung, und doch bewegte Sardinia sich leichtfüßig unter ihrem Sitz.

»Achte darauf, dass der Galopp ausreichend versammelt bleibt und dein Gewicht vermehrt auf den inneren Gesäßknochen verlagert wird. Ja, das sieht gut aus«, lobte ich und freute mich über das Lächeln, das für einen kurzen Augenblick ihr Gesicht erhellte.

»Und der innere Schenkel liegt treibend am Gurt an, vergiss das nicht!«

»Welcher innere Schenkel?«, fragte Margarete und ließ Sardinia in einen ruhigen Schritt fallen. Sie lockerte die Zügel und ließ zu, dass der Hengst seinen Hals genüsslich streckte.

»Von welchem inneren Schenkel redest du eigentlich?«, wiederholte sie ihre Frage, und irgendetwas sagte mir, dass es eine Fangfrage war. »Ich habe keinen inneren Schenkel. Wenn ich die Pirouette auf der rechten Hand ausführen möchte, dann habe ich genau genommen keinen Schenkel.« Margarete zeigte mit der Gerte auf das Horn ihres Damensattels.

»Oh«, sagte ich, als mir bewusst wurde, was sie meinte.

»Der Damensattel engt mich ein. Würde ich auf einem normalen Sattel reiten, wären meine Fortschritte größer. Ich benötige meinen rechten Schenkel – egal, ob ich die Pirouette auf der linken oder der rechten Hand reite. Zum einen ist er wichtig, um das Pferd anzutreiben, auf der anderen Hand, um Sardinias Ausbrechen der Hinterhand zu verhindern.«

»Du bist aber nun mal eine Dame und reitest im Damensattel.« Noch während ich diesen Satz aussprach, wusste ich, worauf Margarete hinauswollte. Warum nur war es für sie so schwer, sich an die Normen der Gesellschaft zu halten? Warum versuchte sie immer, aus allem auszubrechen?

»Die Kaiserin pflegt bei solchen Figuren eine zweite Gerte zu führen«, versuchte ich es erneut. »So kann sie den rechten Schenkel, der ja über dem Horn liegt, besser ersetzen. Vielleicht sollten wir das in Betracht ziehen?«, fragte ich, obwohl ich wusste, dass meiner Schwester bestimmt längst eine Widerrede auf der Zunge lag.

»So ein Unsinn«, zeterte sie und nahm erneut den Zügel auf,

um ihre Einheit fortzusetzen. »Ich trage meine Gerte bereits in der rechten Hand, um den nicht vorhandenen Schenkel zu fingieren. Und die zweite dient im Übrigen nur dem Zweck, den ständigen Wechsel der Gerte von einer Hand in die andere zu vermeiden. Was die Durchführung der Pirouette erschwert, ist der fehlende Schenkel, Wenzel. Gerade bei der Pirouette. Und vermutlich bei allen Lektionen, die noch folgen werden.«

»Die Kaiserin erscheint morgen in der Hofreitschule, um ihre Ausbildung in der Hohen Schule voranzutreiben. Vater wird sie unterrichten. Gewiss erlaubt er dir, dem Unterricht von der Tribüne aus beizuwohnen.«

Margarete rollte mit den Augen. Vermutlich hätte ich die Tribüne nicht erwähnen sollen.

»… das hat August mir verboten. Und du weißt doch, dass ich die Verbote meines Künftigen respektiere!«

»Natürlich! Mein Schwesterherz neigte schon immer zur Demut«, scherzte ich. Zu meiner Freude erhellte sich Margaretes Laune. Sie kicherte – erst nur verhalten, dann immer lauter, bis sie schließlich schnatterte wie eine Ente.

Wie sehr ich doch hoffte, dass meine Schwester dieser Ehe entgehen würde. August war kein guter Mann – nicht gut genug für meine Schwester, aber das war wohl keiner. Ich behielt ihn im Auge, sah, wie er wiederum Margarete im Auge behielt. Hinter den Säulen der Tribünen versteckt, lugte er auf sie herab, wie sie ihre Reitstunden absolvierte und dabei mit jedem Mal besser wurde. Bestimmt war er der Meinung, unentdeckt zu bleiben, doch ich sah ihn – seine neidischen Blicke, die unsichere Haltung, wenn er erkannte, dass Margarete eine Konkurrentin sein könnte.

Ihr Talent war schon mehr als einmal Gesprächsthema unter den Bereitern gewesen. Zwar sprachen die meisten das Lob nur hinter Margaretes Rücken aus und behielten ihre bewundernden Blicke nach Möglichkeit für sich, dennoch entging mir kein

Getuschel und keine Respekt zollende Miene. Ich war vielleicht nicht der beste Reiter, aber dafür war meine Menschenkenntnis ausgereifter als bei manch anderem. Ich kannte die verächtlichen Blicke, weil mein Haar länger war, als es der herrschenden Mode entsprach, oder Vaters Tadel, weil meine Reitkünste einfach nicht ausreichten. Den Spott, wenn es mir Tränen in die Augen trieb, weil eines der Pferde lahmte. Meine Haltung mochte der von August nicht das Wasser reichen können. Vielleicht war ich tatsächlich zu ruhig, zu nachgiebig, zu zögerlich. Vielleicht strebte ich mehr nach Vaters Anerkennung als nach dem Titel des Bereiters. Vielleicht sehnte ich mich nicht an den Busen einer Frau, und vielleicht sprach ich an manchen Abenden dem Alkohol zu sehr zu. Und vielleicht sehnte ich mich nach einem Platz in der Welt, an dem ich akzeptiert wurde, so, wie ich war. Trotzdem erhielt ich meine Fassade am Leben, mimte den ehrgeizigen Sohn, den nach Frauen verrückten Mann, der über den Dingen stand und sich nicht darum scherte, was andere über ihn dachten und tuschelten.

Margaretes Lachen war längst verklungen, ihre Miene wieder konzentriert.

»Wenn die Kaiserin die Pirouette im Damensattel reitet, dann schaffe ich das auch«, murmelte sie und begann die Lektion von Neuem.

»Natürlich. Du schaffst das! Kommst du allein zurecht? Ich muss zu Europa«, sagte ich und zeigte hinter mich zum Ausgang. Margarete nickte kurz, und ich machte mich auf den Weg. Dabei hoffte ich, Vater nicht über den Weg zu laufen, damit ich die Hofreitschule möglichst rasch verlassen konnte, ohne weitere Befehle zu erhalten. Ich wollte nach Hause und mich frisch machen, um am Nachmittag pünktlich der Einladung eines Freundes folgen zu können. Sebastian hatte mich und noch einige andere zu sich in die städtische Villa in Penzing, unweit des Schlosses Schönbrunn, eingeladen. Er wollte eine seiner legendären Partys veranstalten, auf denen es Alkohol und exquisite Speisen gab. Ich kannte diese Abende zur Genüge, die Dirnen, die sich anbiederten, der laute Gesang, Sebastian, der mir lallend von seinen Errungenschaften erzählte, und ich, der ich mit der einen oder anderen Dame einen Tanz wagen würde, um den Schein zu wahren.

Niemand, kein Mensch auf dieser Welt wusste, wie es tief in mir aussah. Niemand außer Margarete. Vor ihr hatte ich keine Geheimnisse. Warum auch? Ich wusste, dass ihre Liebe ungebrochen blieb. Jedes geteilte Geheimnis verband uns nur noch enger. Sie war ich, und ich war sie. Wenn sie lachte, steckte sie mich damit an, und wenn ich weinte, dann weinten wir gemeinsam. Sie war mein Licht, mein Schatten und jede Umarmung.

Europa malmte zufrieden an seinem Heu. Sein weißes Fell glänzte im Licht der Sonne, das durch die Stallfenster fiel und die Staubkörner, die durch die Luft flirrten, funkeln ließ wie Sterne.

»Wovon träumt er denn, der Wenzel? Von einer Galopppirouette, die er wenigstens ansatzweise so gut hinbekommt wie seine Schwester?« August hatte die Hände im Rücken verschränkt und schmunzelte mir boshaft entgegen.

»Natürlich nicht«, antwortete ich und verschwieg selbstverständlich, dass ich gerade eben die Schönheit von Staubkörnern bewundert hatte. »Zum Glück bin ich nicht derart von Neid zerfressen wie du!«

»Neid? Dass ich nicht lache!«, spottete er. »Wir wissen doch alle, wer hier an der Hofreitschule zur Elite gehört.«

»August, was willst du? Brauchst du irgendetwas von mir, oder erträgst du deine hohlen Gedanken einfach nicht allein?«

»Du und deine Schwester, ihr haltet euch beide für etwas Besseres.«

»Und das aus deinem Munde?«, fragte ich und musste herzhaft lachen.

»Du solltest froh sein, dass ich bislang der Einzige bin, der deine schmachtenden Blicke, die du für einige der Stallburschen übrighast, richtig zu deuten weiß.«

»Was?« Meine Stimme überschlug sich. Meine Mundwinkel zitterten, trotzdem versuchte ich mich an einem überlegenen Lächeln.

»Tja, da schaust, du kleiner *Weana Bub!* So hohl sind meine Gedanken gar nicht.«

»Was bildest du dir ein?« »Halt deinen Mund!« *»Wenn du irgendjemandem davon erzählst, dann ...«*

Diese Sätze polterten durch meinen Kopf und wollten dennoch meinen Mund nicht verlassen. Wie erstarrt stand ich da und fühlte mich mit einem Mal klein und nichtig. Dieser unmögliche August Hoffmann wusste um mein Geheimnis und würde nicht zögern, sein Wissen gegen mich zu verwenden.

»Ich werde alles tun, um deine Hochzeit mit meiner Schwester zu verhindern. Sie hat jemand Besseren verdient als dich«, sagte ich so abfällig, wie es meine innere Anspannung erlaubte.

»Denkst du tatsächlich, dass ich dieser Verbindung zustimme? Was soll ich an der Seite dieser hochnäsigen Person, die ihre Zeit zwischen Pferdeäpfeln und Sattelzeug verbringt, anstatt sich damenhafteren Dingen zu widmen?«

»Dann wäre dir also eine Frau lieber, die ihre Tage damit verbringt, Kissen zu besticken und zu hungern, damit sich ihr Taillenumfang dem der Kaiserin nähert?«

»Du hast doch keine Ahnung von den Ansprüchen eines Mannes an eine Frau.«

Ich blickte August in die Augen und erkannte darin eine Verlorenheit, die mir bislang entgangen war.

»Du tust mir leid«, sagte ich gleichgültig und marschierte an ihm vorbei durch die Stallgasse.

Ein Gutes hatte das Gespräch mit August gehabt: Nun wusste ich, dass er dieser Ehe ebenso abgeneigt war wie Margarete.

Hoffnung machte sich in mir breit, dass meine Schwester dieser Verbindung doch noch entrinnen konnte. Wenn beide gegen die Wünsche der Eltern protestierten, würden sie vielleicht erhört. Ich verließ die Hofreitschule und reckte mein Gesicht der Sonne entgegen. Fast war ich versucht, mich daran zu erfreuen, doch dann fiel mir wieder ein, dass August, auch wenn die Ehe mit meiner Schwester nicht zustande käme, immer noch mein Problem wäre. Was musste ich tun, um ihn daran zu hindern, sein Wissen preiszugeben?

Wie ungerecht die Welt doch war, dachte ich und rieb mir den Nacken. Unzählige Male hatte ich mir gewünscht, ein normales Leben führen zu können, an der Seite einer Frau, die meine Eltern in unserer Familie willkommen heißen würden.

Doch die Geneigtheit zum männlichen Geschlecht verschwand nicht. Das Gegenteil war der Fall: Eine versehentliche Berührung des Handrückens eines Schulkollegen war genug gewesen, um ein Feuer in mir zu entfachen.

Die Erkenntnis, dass mein Leben anders verlaufen würde, als mein Herz es mir gebot, war niederschmetternd, ermüdend und aufbrausend zugleich. Das Schicksal wollte, dass mein Liebesglück unerfüllt blieb. Eines Tages würde ich eine Frau heiraten und ignorieren, dass ich mich nach der Umarmung eines Mannes sehnte.

Mit meinem Unglück hatte ich mich arrangiert, aber nach dem Gespräch mit August fühlte ich mich mit einer Sorge konfrontiert, die ich bislang nicht für möglich gehalten hatte. Plötzlich bestand die Möglichkeit, dass meine Eltern und meine Kollegen von meiner Neigung erfuhren. Man würde mich verstoßen, bespucken und mit angewiderten Blicken bedenken.

Schweiß trieb in meine Handflächen, und mein Blick trübte sich. Ich kämpfte mit aller Kraft gegen den Drang, laut zu schreien und sämtliche Aufmerksamkeit der belebten Straße auf mich zu ziehen. Eine Wut stieg in mir hoch, unter der sich meine Fäuste ballten und ich den Wunsch verspürte, zurück in die Hofreitschule zu laufen, um August die Stirn zu bieten.

Eilig hastete ich in die Schauflergasse, weg vom Rummel auf dem Michaelerplatz. Dort angekommen, lehnte ich mich an die cremefarbenen Steine eines Hauses, schloss die Augen und spürte, wie die Kälte des Gemäuers durch meinen Frack kroch. Ich versuchte, tief einzuatmen und wieder aus. Langsam wich die Beklemmung aus meinem Körper, mein Blick klärte sich. Ich stieß mich von der Mauer ab und machte mich auf den Heimweg. Die Bewegung tat mir gut, die belebten Straßen Wiens lenkten mich von meinen Gedanken ab. Vielmehr verspürte ich eine gewisse Vorfreude auf den heutigen Abend. Ich konnte den Geschmack von Sekt förmlich auf meiner Zunge schmecken. Das Prickeln, das sich wohlig warm im Bauch ausbreitete und einem die Sinne benebelte.

Als ich Stunden später vor dem Spiegel stand und den passenden Zylinder zu meinem in Grautönen gestreiften Frack suchte, war die Begegnung mit August längst verblasst und der Vorfreude auf Sebastians Gesellschaft gewichen. Um meinen Eltern aus dem Weg zu gehen, schlich ich aus dem Haus und machte mich durch das dämmrige Wien auf den Weg nach Penzing. In einem Fiaker sitzend, genoss ich die Aussicht auf die Prunkbauten, deren Dächer und Türme sich am rotgoldenen Himmel abzeichneten. Schönbrunn, das hinaufblickte zur Gloriette, und die Kuppel des Palmenhauses.

Leichtfüßig hüpfte ich aus dem Fiaker und klopfte an die Tür von Sebastians Villa. Als der Hausdiener mich einließ, tauchte ich ein in eine Wolke aus Gesang, Rauch und Gelächter. Unzählige Gäste schlürften aus ihren Gläsern, begrüßten sich mit Küsschen auf die Wangen, pafften ihre Zigarren oder genossen kleine Häppchen. Je tiefer ich eindrang in die Villa, desto lauter wurde der Gesang und desto derber das Gelächter. Brüste quollen aus den Ausschnitten der Dirnen, und der Dunst von Alkohol wurde intensiver.

»Einen Obstbrand für meinen Freund! Aber schnell!« Es war Sebastian, der mich im Getümmel entdeckt hatte und mir überschwänglich zuwinkte. Sofort eilte einer der Diener zu mir und bot mir auf einem Tablett ein Stamper an. Ehe ich abwinken konnte, drückte mir Sebastian einen Stamper, gefüllt mit einer glasklaren Flüssigkeit, in die Hand.

»Trink!«, meinte er und wischte sich eine Haarsträhne aus der glänzenden Stirn. Sein Blick war verklärt und das Lächeln viel zu breit. »Wird dir guttun!«

»Meinetwegen!«, sagte ich. Warum auch nicht. War ich nicht genau deshalb hierhergekommen? Um mich zu betrinken und zu feiern? Also setzte ich das Glas an den Mund und leerte es in einem Zug. Hustend rang ich nach Luft und blinzelte meine Tränen weg.

»Meine Güte, ist der scharf!«

»O ja, genauso, wie er sein muss! Gib uns noch zwei!«, meinte Sebastian und winkte dem Diener.

Kurz wollte ich abwinken, doch dann fühlte ich diese angenehme Wärme, die durch mein Inneres waberte und den Frust, der sich in mir angesammelt hatte, in etwas Weiches verwandelte. Also gut, warum nicht noch einen zweiten Obstbrand trinken und die Sorgen um August für eine Weile von mir schieben?

»Ja, bring uns noch zwei!«, rief ich und nickte meinem Freund dankbar zu.

Als ich am nächsten Morgen aufwachte, bereute ich jeden einzelnen Schluck Obstbrand – wie immer. Auf meiner Zunge lag noch immer der scharf-würzige Geschmack dieses hinterhältigen Getränkes, das in mir eine Feierlaune weckte, die nicht zu bändigen war. Ich legte meine Hände an die Schläfen und versuchte, den pochenden Kopfschmerz wegzumassieren – vergeblich. Die Hände schützend vor die Augen gelegt, zwinkerte ich vorsichtig und schloss sie wieder, weil die Schmerzen durch den strahlenden Sonnenschein vor dem Fenster unerträglich waren.

Doch dann setzte ich mich ruckartig auf. Ich befand mich in einem mir fremden Bett. Ein Blick unter die Bettdecke bestätigte mein Gefühl von Nacktheit. Ich versuchte zu schlucken, doch mein Mund war zu trocken. Hastig blickte ich auf die andere Bettseite und fand dort einen fremden Mann vor – schlafend, mit dem Rücken zu mir gewandt. Angestrengt schloss ich die Augen und versuchte mich zu erinnern. Alles drehte sich, meine Gedanken fuhren Karussell und gaben nur langsam den Blick auf die vergangene Nacht frei. Doch dann sah ich ihn. Ihn, wie er galant am anderen Ende des Salons stand, ein Glas Sekt in der Hand, gegen die Wand gelehnt und lässig lächelnd. Er hatte mir zugeprostet, und ich war nicht sicher gewesen, ob er mich meinte oder eine der Dirnen hinter mir. Doch er hatte mich gemeint. Mit dem Zeigefinger hatte er mich zu sich gewinkt, und ich war der Aufforderung gefolgt.

Ich tastete mit meinen Blicken den Raum ab, der üppig beladen war mit Malereien, Figurinen, Vasen und Kissen in samtroten und moosgrünen Tönen.

In meinem Schädel brummte es dröhnend, und in meinem Magen rumorte eine Übelkeit, die mich zurück auf mein Kissen drückte. Die Zimmerdecke über mir schwankte, drehte sich und zwang mich, die Augen zu schließen.

Und mit einem Mal erinnerte ich mich an seine Stimme.

»Mein Name ist Victor«, hatte er mir ins Ohr geflüstert. Ich erinnerte mich an die Wallung, die ich in meiner Körpermitte verspürt hatte, als Victors Lippen mein Ohr berührt hatten. Wir hatten Blicke ausgetauscht, heimliche Berührungen, ein Augenzwinkern. Und als wir Arm in Arm in seinen Fiaker gestiegen und zu ihm gefahren waren, hatte ich in mir eine aufgeregte Leichtigkeit gefühlt.

Ich erinnerte mich an seine Lippen, die meinen Körper erkundet hatten, daran, wie ich seine Hemdknöpfe geöffnet und mich an ihn gedrückt hatte. Und ja, ich erinnerte mich an die Ekstase, die einem Feuerwerk geglichen hatte.

Mit zugekniffenen Augen spürte ich in meinen Körper hinein, suchte nach einer Veränderung, die dieses Liebesspiel mit sich gebracht haben könnte. Und tatsächlich glaubte ich in mir etwas zu fühlen, eine sanfte Befriedigung, die mich lodernd umfing und mich zufrieden lächeln ließ.

»Guten Morgen!« Victors Stimme riss mich aus meiner Versunkenheit zurück in das fremde Schlafzimmer mit den zerknüllten Laken.

»Guten Morgen«, erwiderte ich schmunzelnd und blickte auf den nackten Oberkörper des Mannes, der mich Stunden zuvor verführt hatte – oder ich ihn?

»Du weißt nicht mehr allzu viel von letzter Nacht, habe ich recht?« Er setzte sich auf und strich mir durchs Haar. Diese Geste fühlte sich vertraut an und ehrlich.

»Ich weiß noch genug«, sagte ich und legte meine Hand auf seine Brust.

»Das freut mich«, meinte er und lächelte geheimnisvoll. Victor kam mir nahe, liebkoste meinen Hals und strich über meinen Bauch, hinab zu meiner Männlichkeit. Es war, als hätten wir dieses Liebesspiel schon unzählige Male genossen. Da waren keine Scham und keine Reue. Ich schloss die Augen und stöhnte unter Victors Berührung auf. Er verwöhnte mich, langsam und genüsslich, steigerte das Tempo und trieb mich damit beinahe in den Wahnsinn. Dieser Liebestaumel sollte noch nicht enden, ich wollte dieses Gefühl ewig in mir spüren – diese Wellen, die sich aufbauten und mich alles vergessen ließen, weil nur noch Victors Lippen zählten.

»Wie spät ist es?«, fragte ich etwas später und suchte auf den Kommoden und Tischchen nach einer Standuhr.

»Es ist bald Mittag.«

»Was?« Erneut begann sich der Raum um mich zu drehen. Doch dieses Mal lag es nicht am Alkohol, der noch immer meine Sinne beherrschte, sondern an der Tatsache, dass ich die Morgenarbeit in der Hofreitschule verpasst hatte. Was würde Vater sagen? Und August? Margarete wäre bestimmt in Sorge um mich.

Ohne zu überlegen, sprang ich aus dem Bett und griff nach meinen Kleidern, die auf dem Parkettboden verstreut lagen und penetrant nach Rauch und Alkohol rochen. Auf einem Bein hüpfend schlüpfte ich in meine Hosen und tastete mit meinen Blicken den Parkettboden ab, um mein Hemd aufzuspüren.

»Soll ich dir helfen?« Der Frage folgte eine sanfte Berührung. Eine Hand legte sich auf meine Schultern, ließ mich innehalten und holte Bilder in mir hoch, die ich unmöglich bereuen konnte. Selbst wenn diese Nacht Vaters Groll auf mich ziehen würde.

Victor und ich, wie wir uns stürmisch küssten und uns gegenseitig liebkosten, uns in den Armen hielten und lachten. Ich erinnerte mich an Victor, der meinen Hals mit Küssen bedeckt hatte, und meinen Oberkörper. Ich erinnerte mich an seine Hände, die überall zu sein schienen. In meinem Kopf klang sein Stöhnen nach – und meines. Nein, diese Nacht wollte ich nicht bereuen.

Dennoch musste ich zugeben, dass ich noch nicht so weit war, mich über diese Entwicklung zu freuen. Es war eine gewisse Zerrissenheit, die mich in Schach hielt. Erleichterung, weil ich diesen Schritt gewagt hatte – wenn auch betrunken. Erleichterung, weil es andere Männer gab, die so empfanden wie ich. Andererseits konnte ich nicht mit Klarheit sagen, wer mich am Vorabend in Victors Armen gesehen hatte. Ich musste vorsichtiger sein, wenn ich nicht riskieren wollte, dass noch mehr

Menschen von meinem Geheimnis erfuhren und es am Ende kein Geheimnis mehr war. Um August würde ich mich kümmern, ihn konnte man gewiss bestechen.

»Sehen wir uns wieder?«, fragte ich Victor, nachdem ich mich fertig angekleidet und nach meinem Zylinder gegriffen hatte.

»Warum nicht?«, meinte Victor und lächelte kokett. »Du weißt ja, wo du mich findest.«

»Ja, das weiß ich.« Nach einem letzten Blick über die zerwühlten Laken und Kissen zwinkerte ich ihm zu und verließ das Schlafzimmer. Der Flur war ebenso beladen mit Malereien und Vasen wie vermutlich jeder andere Raum in dieser Wohnung. Victor hatte demnach ausreichend Geld, um seinen Hang zur Fülle auszuleben.

Ich konnte es kaum erwarten, die unzähligen Gemälde bei meinen nächsten Besuchen genauer zu betrachten.

Auf der Straße angekommen, nahm ich einen tiefen Atemzug und versuchte, mir Worte zurechtzulegen, die ich Vater demütig vortragen konnte. Er würde toben, weil ich die Morgenarbeit versäumt hatte. Schreien würde er und drohen. Und doch musste ich zugeben, dass es mir in diesem Augenblick einerlei war. Die Sonne schien mir ins Gesicht, und eine kühle Brise erfrischte meine verkaterten Sinne.

Ein Tag, der auf so eine leidenschaftliche Nacht folgte, konnte unmöglich schlecht werden.

8

MARGARETE

»Du bist ein toller Bursche!«, sagte ich zu Sardinia und küsste ihn auf die Stirn, während er ein Stück Zucker aus meiner Hand nahm. Genüsslich malmte er an seinem Würfelzucker und wirkte dabei völlig entspannt. Er mochte mich, vertraute mir – und das nach so kurzer Zeit. Wir standen mitten in der Reithalle, wo wir bis eben hart gearbeitet hatten. Aber die Mühe lohnte sich. Lächelnd kraulte ich Sardinia hinter den Ohren und strich ihm die Mähne glatt, die vom Galopp zerzaust war.

»Ihr Vater dürfte das nicht sehen«, meinte Marjan und deutete auf den weiteren Würfelzucker in meiner Hand. »Er ist der Meinung, dass Zucker den Zähnen der Hengste schadet.«

»Das sag ich ihm, wenn er sich das nächste Stück Sachertorte einverleibt.«

Sardinia suchte meine Handfläche ungestüm nach einem weiteren Würfelzucker ab.

»Das kitzelt!«, kicherte ich und strich ihm über die Backe. »Du bist einfach unverbesserlich verfressen.« Ich klopfte ihm auffordernd auf den Hals. »Aber ich bin sehr stolz auf dich, mein Bursche. Hast du eben unsere ersten Versuche der Piaffe gesehen, Marjan?«

»O ja, das habe ich«, meinte er und wirkte dabei ehrlich beeindruckt. »Sie haben es geschafft, Sardinia auf der Stelle tanzen zu lassen. Er hat sich kaum vorwärtsbewegt und hat dennoch mit so viel Schwung abgefedert.«

»Und ich hätte nie gedacht, dass diese Lektion mit einer so sanften Intensität an Hilfen ausgeführt wird. Fast fühlten sich die schwebenden Schritte an wie eine Blume, so leicht und zart.«

»Wie eine Blume«, wiederholte Marjan. Erst jetzt bemerkte ich die schmeichelnden Blicke, mit denen er mich bedachte.

»Du kannst Sardinia jetzt in den Stall bringen«, sagte ich und übergab ihm den Zügel.

Marjan nickte. Er griff nach Sardinias Zügel und führte ihn aus der Reithalle. Ich folgte den beiden und lächelte zufrieden über die erfolgreiche Reitstunde, die hinter mir lag. Wie schade, dass Wenzel nicht hier war. Er hätte sich mit mir gefreut, unsere gelungene Piaffe gefeiert und mir applaudiert. Ich fragte mich, wo er wohl war, schließlich hatte er die Nacht außer Haus verbracht. Weder unsere Eltern noch ich wussten etwas über seinen Verbleib. Sollte ich mir Sorgen machen? Gedankenverloren ging ich durch die Stallgasse, fragte mich, wie ich Wenzel am besten beistehen würde, wenn Vater ihn heute maßregelte, weil er der Morgenarbeit unerlaubt ferngeblieben war. Vor den anderen Bereitern hatte er sich beherrscht, hatte Wenzels Abwesenheit mit keinem Wort erwähnt, aber ich wusste es besser. In ihm hatte es gebrodelt, und Vater würde sich erst wieder beruhigen, wenn er Wenzel tobend und schreiend zurechtgewiesen hätte.

Aufgeregtes Stimmengewirr riss mich aus meiner Versunkenheit und holte mich zurück in die Stallgasse, durch die plötzlich mehrere Stallknechte und Bereiter eilten – umtriebig und hektisch.

»Aus dem Weg«, rief einer der Stallknechte und eilte an mir vorbei, auf dem Arm einen Sattel, von dem ich genau wusste, wem er gehörte. Tatsächlich hatte ich vergessen, dass heute die Kaiserin kam, um ihren Reitunterricht zu absolvieren.

»Ich bin ja schon weg«, sagte ich und eilte zur Sattelkammer, um dem Trubel zu entgehen und niemandem im Weg zu stehen.

Nachdem ich die Tür hinter mir geschlossen hatte, wandte ich mich dem Raum zu, der sämtliche Sättel und Zaumzeuge beherbergte.

»Versteckst du dich?«, fragte Marjan, ein Lächeln auf den Lippen und ein Tuch in der Hand, mit dem er meinen Damensattel polierte.

»Ja, die sind alle aus dem Häuschen wegen der Kaiserin«, sagte ich und bemerkte, dass mich der anstehende Besuch der Kaiserin Elisabeth ebenso aufwühlte wie das gesamte Personal der Hofreitschule.

»Dann bist du hier sicher«, sagte Marjan und hängte meinen Sattel über einen hölzernen Sattelbock. Die Sattelkammer war schmal und kurz, und es brauchte nur wenige Schritte, dann stand er vor mir. Er sah mich an und hatte ein Funkeln in den Augen, das mich magnetisch anzog.

»Weißt du noch, unser Tanz?«, fragte er und griff nach meiner Hand.

»Natürlich, er war wunderschön«, sagte ich und strich ihm mit den Fingerspitzen über den Hals. »Fast so schön wie unser erster Kuss danach.«

Marjan beugte sich über mich. Als ich auf seine Lippen sah, die sich leicht öffneten, wurde mein Atem schneller. Ich schloss die Augen und erwiderte Marjans Kuss. Seine Lippen liebkosten meine, ganz sanft, fast vorsichtig. Aufgeregt drängte ich mich enger an ihn. Vor Marjan hatte ich noch nie einen Mann geküsst. Ihm jetzt so nahe zu kommen, ließ mich schaudern. In mir waren so viele Gefühlsregungen, die ich nicht zuordnen konnte. Da war dieses Prickeln unter meiner Haut und ein Lodern in meiner Körpermitte, das sich immer mehr ausbreitete.

Mit beiden Händen strich ich unter sein Jackett, fühlte jeden Muskel durch den dünnen Stoff seines Hemdes. Bestimmt war es nicht angebracht, dennoch wollte ich seine Haut berühren, seine Brust, seinen Bauch.

Marjan liebkoste meinen Hals und strich mit seinen Händen über den Ansatz meiner Brüste. Diese Berührung ließ mich leise aufstöhnen und meine Nervosität vergessen. Vorsichtig zog ich sein Hemd aus dem Hosenbund und berührte seine Haut. Warm und glatt lag sie unter meinen Händen. Er mochte meine Berührung, das konnte ich an seinem Kuss fühlen, der fordernd wurde und gierig. Meine Hände glitten über seinen Oberkörper, erkundeten seinen Bauch und seine Brust.

Als Marjan mich mit beiden Händen packte und fest an sich drückte, fühlte ich seine Männlichkeit, die sich hart an meine Röcke drängte. Erschrocken über so viel Nähe, löste ich mich aus seinem Kuss und wich einen Schritt zurück.

»Tut mir leid«, meinte Marjan. »Ich bin dir zu nahe getreten.«

»Schon gut!«, antwortete ich und strich die Falten meines Rockes glatt. Dann hielt ich die Luft an und lugte verstohlen auf die Wölbung von Marjans Hose. Meine Freundin Fannie hatte mir einmal hinter vorgehaltener Hand ins Ohr geflüstert, wie die Sache zwischen Mann und Frau ablief, aber nun das männliche Glied unter der Wölbung der Hose zu vermuten, ganz nahe vor mir, war etwas völlig anderes. Und doch kam ich nicht umhin, mir einzugestehen, wie gern ich die Hose geöffnet hätte, um Marjans private Zone genauer zu betrachten.

»Geht es dir gut?«, fragte er und riss mich aus meinen wollüstigen Gedanken.

»Ja, es ist alles gut.« Ich räusperte mich und versuchte, nicht noch einmal auf Marjans Körpermitte zu starren – was gar nicht so einfach war.

Weit entfernt hörte ich Stimmengewirr und Hufgetrappel und machte mir bewusst, wie leicht man Marjan und mich hätte ertappen können.

»Vielleicht gehe ich besser wieder an die Arbeit«, schlug

Marjan vor. »Aber wenn du möchtest, könnten wir uns heute Abend treffen und durch den Volksgarten spazieren.«

»Das klingt wunderbar«, flüsterte ich. Ein Spaziergang war vielleicht nicht ganz das, wonach mir im Moment der Sinn stand, dennoch konnte ich es kaum erwarten, mich mit Marjan zu treffen. Ich legte beide Hände an meine Wangen und konnte förmlich ihre erhitzte Röte spüren.

»Also gut«, hauchte Marjan mir ins Ohr. »Dann sehen wir uns heute Abend.«

Ich nickte und ließ mich von seinem strahlenden Lächeln anstecken. Doch ehe ich die Sattelkammer verließ, strich ich über meine Frisur und mein Mieder und hoffte, dass man mir das heimliche Treffen mit Marjan nicht ansah.

»Bis heute Abend«, hauchte ich und huschte aus der Sattelkammer. Nachdem ich die Tür geschlossen hatte, legte ich meine Hand auf die Brust und fühlte meinen rasenden Herzschlag. Auf meinem Körper glaubte ich noch immer, Marjans Finger zu spüren – sanft und fordernd. Ich konnte es kaum erwarten, ihn heute Abend wieder zu sehen und mich in seine Umarmung fallen zu lassen.

Lauter werdendes Hufgetrappel riss mich aus meinen Gedanken. Heinrich, einer der Bereiter, führte höchstpersönlich den Hengst der Kaiserin am Zügel durch die Stallgasse. Ich löste mich von der Tür zur Sattelkammer und lugte Heinrich hinterher. Der Hengst der Kaiserin war schwarz wie die dunkelste Nacht. Seit jeher verlangte es die Tradition, dass ein Lipizzaner an der Hofreitschule von dunkler Färbung war.

»Das ist unser Glücksbringer«, sagten die Bereiter – die älteren genauso wie die jungen. Doch niemand hatte mir bisher erklären können, woher dieser Irrglaube stammte und was wohl passierte, wenn man sich nicht daran hielt. Sicher war nur, dass es unabdingbar war, einen Rappen oder Braunen im Stall zu haben.

Umso schöner fand ich, dass der Glücksbringer der Hengst unserer Kaiserin Elisabeth persönlich war. Sisi machte natürlich auf jedem Pferd eine gute Figur, schließlich war sie die beste Reiterin, welche die Hofreitschule je gesehen hatte. Sie war wagemutig, wenn es um die Ausübung der höchsten Sprünge ging, und ehrgeizig, wenn die Ausführung nicht zur Gänze ihren Anforderungen entsprach. Sie beendete ihren Unterricht erst, wenn eine Lektion ihrer Perfektion genügte. Sie war ein Vorbild. Mein Vorbild. Wenn ich wenigstens einmal vor ihr reiten dürfte, um ihr zu zeigen, dass es Frauen gab, die ihr nacheiferten und die in ihr mehr sahen als einfach nur eine Frau, die sich ihre Langeweile mit Pferden vertrieb. Es bedeutete so viel mehr, dass die Kaiserin hier an der Hofreitschule Unterricht nahm und ihr Können dem der Bereiter in nichts nachstand. Es war an der Zeit, dass die Männerwelt unsere Talente wahrnahm und respektierte. Und wer könnte besser als Vorreiterin geeignet sein als die hochgeschätzte Kaiserin selbst.

Am Ende der Stallgasse hatte sich eine kleine Gruppe versammelt. Männer in Uniform standen um eine zierliche Dame herum, die ein auffallend hohes Hütchen trug.

Die Kaiserin, ging es mir durch den Kopf. Nur wenige Schritte von mir entfernt. Ich reckte den Hals, um einen Blick auf sie zu erhaschen. Zu sehen bekam ich nur ihr üppig hochgestecktes Haar und ihr Reitkostüm aus blattgrünem Samt.

Heinrich hob sie an, half ihr gekonnt in den Sattel – rasch und ohne der Kaiserin dabei zu nahe zu treten. Mit geübten Griffen ordnete sie ihre Rockfalten, griff nach den gereichten Gerten und trieb ihren Hengst an. Auf ihrem Pferd sitzend, konnte ich nun auch einen Blick in ihr Gesicht erhaschen. Es war so ebenmäßig wie das einer Marmorstatue. Wie gebannt hing ich an ihrer Erscheinung, musterte ihren Sitz im Damensattel und ihre Haltung der Zügel. Anmut – dieses Wort umschrieb ihre Präsenz wohl am besten.

Als sie auf mich zuritt, groß und stolz, da setzte mein Herz für einige Schläge aus. Wie schön sie doch war, unsere Kaiserin. Wie es sich wohl anfühlte, wenn man so war wie sie? Wenn man über den Dingen stand und von allen Seiten nur Bewunderung erntete? Wenn einem die Welt zu Füßen lag und einem jeder Wunsch von den Lippen abgelesen wurde?

Oder irrte ich mich, und die Kaiserin führte ein Leben in Fesseln – so wie jede Frau? War sie die Sklavin ihres Titels und musste sich ihre Freiheiten hart erkämpfen?

Ihr Rock fiel fließend über das Knie, das sie elegant über das Horn des Damensattels gelegt hatte, und bedeckte die Spitzen ihrer Stiefel. Aus ihrem eng geschnürten Oberteil lugte der weiße Kragen einer Bluse, der hochgeschlossen ihren Hals verbarg.

Auf meiner Höhe angekommen, blickte sie auf mich herab. Kurz begegneten sich unsere Blicke. Vor Aufregung vergaß ich zu atmen, und später konnte ich nicht mehr sagen, ob ich ihr knappes Lächeln erwidert hatte oder ob ich sie einfach nur erschrocken angestarrt hatte wie ein dummes kleines Mädchen.

Vater eilte aufgeregt hinter der reitenden Kaiserin her und bedachte mich nur mit einem kurzen Blick. Als sich die Aufregung langsam gelöst hatte und die Stallgasse wieder menschenleer war, stand ich da und grübelte, ob ich es wagen sollte, den Reitunterricht der Kaiserin von der Tribüne aus zu beobachten.

Vater hatte mir zwar verboten, der Morgenarbeit beizuwohnen, aber von einer Reitstunde der Kaiserin war nie die Rede gewesen. Zudem konnte ich mich hinter einer der Säulen verstecken, um keine Aufmerksamkeit auf mich zu ziehen. Aber ich musste unbedingt die Reitkünste der Kaiserin beobachten. Ich wollte ihre Piaffe und ihre Passage sehen, und ich wollte wissen, wie sie die Pirouetten sprang. Sie war eine Leitfigur, meine Heldin im Damensattel.

Ohne weiter über die Konsequenzen nachzudenken, schlich ich die Treppen hoch zur Tribüne und versteckte mich dort hinter einer der massigen Säulen. Ich legte meine Hände an den kühlen Stein und lugte vorsichtig hinab zur Kaiserin, die ihr Pferd in lockerem Trab warm ritt und dabei mit meinem Vater plauderte. Sosehr ich mich auch bemühte, ich konnte kein Wort der Unterhaltung verstehen. Wenn ich Glück hatte, würde Vater mir später davon berichten.

»So hältst du dich also an die Verbote deines Vaters.«

August. Natürlich. Ihn hatte ich durch die Aufregungen völlig vergessen. Erst Marjans Kuss, dann die Begegnung mit der Kaiserin. Und nun stand *er* da, direkt neben mir, und würde mich der Freude an der Reitkunst der Kaiserin berauben.

»Was willst du hier!«, zischte ich. »Geh weg!«

»Warum? *Mir* hat man nicht verboten, hier oben zu verweilen.«

»Und ich habe beschlossen, dass ich mir von einem so aufgeblasenen Gecken wie dir nichts verbieten lasse. Ebenso wenig, wie ich mich zu einer Heirat zwingen lassen werde.« Meine Nasenflügel blähten sich, und meine Hände zitterten. Dennoch hielt ich seinem Blick stand, starrte ihm stur in die Augen.

»Wenn du denkst, die Heirat mit dir wäre ein Segen für mich, dann irrst du dich!« August zog seine Augenbrauen hoch und trat einen Schritt an mich heran. »Du würdest den ganzen Tag nur gackernd an mir herummeckern, weil du es selbst nicht erträgst, eine Frau zu sein.«

»Wovon sprichst du?«, fragte ich entrüstet und vergaß dabei völlig die Kaiserin, die in unmittelbarer Nähe ihren Hengst zu Höchstleistungen antrieb.

»Davon, dass du dir nichts sehnlicher wünschst, als ein Mann zu sein, damit du deine jämmerlichen Reitversuche nicht mehr zu verheimlichen brauchst.«

»Jämmerlich?« Meine Stimme überschlug sich. »Aus dir

spricht doch nur der Neid! Zudem bin ich sehr gern eine Frau!«, setzte ich nach und dachte kurz an Marjans Berührungen. Laut schnaubend wandte ich mich von August ab und beschloss, nicht weiter auf seine Beleidigungen einzugehen.

»Ich werde meinen Platz hier oben nicht verlassen. Ich bleibe.« Meine Stimme war kaum mehr als ein Flüstern. Bei jedem Wort befürchtete ich, sie könnte brechen und mich stumm vor August zurücklassen.

August schwieg. Und es war genau dieses Schweigen, das mich dazu veranlasste, ihn verstohlen anzusehen. Er hielt sein Haupt gesenkt und knetete verunsichert an seinen cremefarbenen Reithandschuhen aus Rehleder. War ihm bewusst, dass er zu weit gegangen war? Wohl kaum. Vermutlich wollte ihm einfach keine treffende Beleidigung mehr einfallen.

»Wenn du diese Heirat ebenso wenig wünschst wie ich, dann sollten wir unsere Eltern gemeinsam von dieser Wunschvorstellung abbringen, meinst du nicht?«, fragte ich und behielt den Blick auf seine Hände gerichtet.

»So einfach ist das nicht«, antwortete er in einem so ruhigen Ton, wie ich ihn noch nie zuvor aus seinem Mund gehört hatte. »Würdest du meinen Vater besser kennen, wüsstest du das.«

»Dennoch gibt es niemanden, den ich weniger gern heiraten würde als dich. Ich würde eine heftige Pockenerkrankung einem Leben an deiner Seite vorziehen!«

»Danke!« August lachte auf. Es war ein ehrliches Lachen, das mir Hoffnung machte, in ihm einen Verbündeten zu finden. »Und ich würde eher deinen Bruder Wenzel küssen als dich!«

»Nur zu!«, forderte ich ihn heraus und funkelte ihn an. »Aber gut, wenn du der Meinung bist, wir sollten unsere Eltern gemeinsam von der Idee unserer Heirat abbringen, dann mache ich eine Ausnahme und ziehe mit dir an einem Strang.«

Ich streckte meine Hand aus und reichte sie ihm. August ergriff sie und besiegelte die Abmachung mit festem Druck. Es war seltsam, meine Hand in seiner zu fühlen. Bisher hatten wir einander nur bloßgestellt und angefaucht. Und nun wollten wir einander beistehen? Der Griff seiner Hand löste etwas in mir aus, das ich nur schwer benennen oder zuordnen konnte. Um dem Durcheinander meiner Gedanken ein Ende zu setzen, entzog ich meine Hand seinem Griff und strich über meinen Rock, so als könnte ich damit die Verbindung zu August endgültig von mir abwischen. August nickte mir zu, wandte sich ab und ging. Kurz bevor er den Treppenabgang erreicht hatte, hielt er inne und wandte sich noch einmal zu mir um. Vielleicht wollte er mir noch einen Vorschlag unterbreiten, wie wir unser Vorhaben am besten durchsetzten? Ein gemeinsames Treffen mit unseren Eltern? Ein Abendessen, bei dem wir ihnen geschlossen klarmachten, dass diese Ehe nicht für uns infrage kam?

»Hier oben hast du dennoch nichts verloren«, meinte er scharf und blickte mich so unverfroren an, wie ich es von ihm gewohnt war. Die Verbundenheit, die für einen kurzen Augenblick aufgeflackert war, erlosch und machte erneut Platz für die Verachtung, die ich für ihn empfand.

Nein, ich würde nicht gehen. Das sagte ich ihm mit meiner Haltung und meinem Blick. Ich würde genau hier bleiben und dem restlichen Unterricht der Kaiserin beiwohnen.

Als ich mich gegen die Säule lehnte und zur Kaiserin hinabblickte, war mir, als hätte ich einen Sieg errungen. Vielleicht nur einen kleinen, aber immerhin hatte ich meinen Standpunkt offen dargelegt und würde meinen Kurs beibehalten. Einen Kurs, der mich meinem Ziel näher bringen würde.

Während ich die selbstbewusste und klare Haltung der Kaiserin bewunderte, verstand ich mit einem Mal, warum sich sogar ihr temperamentvoller Hengst ihrem Willen beugte. Die Kaiserin ließ keine Kompromisse zu. Sie hatte jeden Huftritt klar vor Augen und wusste, wie sie ihr Pferd zu lenken hatte.

Ihre Wangen waren leicht gerötet, ihre Miene streng und konzentriert.

Wie schaffte sie es nur, im Damensitz ohne sichtbare Probleme die Pirouetten zu springen? War ich bis jetzt der Meinung gewesen, der Damensattel würde diese Lektionen erschweren, so musste ich mir nun eingestehen, dass es womöglich an mir lag. Hatte August recht, und ich überschätzte meine Reitkünste? Nein, Augusts Meinung war kein Maß, schließlich spottete er über jeden seiner Kollegen. Er war überheblich und konnte es nicht ausstehen, wenn jemand besser war als er.

War es das, was ihn irritierte? War ich auf dem Weg, sein Können zu übertrumpfen? Wenn dem tatsächlich so war, dann musste ich zusehen, dass ich ihn weiter in die Enge trieb. Ich musste noch besser werden, und zwar so rasch wie möglich.

Noch ehe ich meine Gedanken zu Ende gedacht hatte, sah ich, wie die Kaiserin ihr Pferd unmittelbar neben Vater zum Stehen brachte. Sie schien aufgebracht zu sein, sprach sich in Rage und hüpfte letztendlich aus ihrem Sattel.

Vater räusperte sich zu oft und zu laut, was ein Zeichen für völlige Verunsicherung war. Was passierte da unten zwischen den beiden? Vater schüttelte immer wieder den Kopf und strich sich über den Bart. Doch die Kaiserin schien nicht nachzugeben und vertrat vehement ihren Standpunkt. Wenn ich doch nur hören könnte, worum es in ihrem Gespräch ging! Plötzlich hob Vater eine Hand und winkte Wilhelm zu sich heran. Die beiden tuschelten, was meine Neugierde ins Unermessliche steigerte. Wilhelm marschierte zurück in die Stallgasse, nur um wenig später mit einem Sattel über dem Arm zurückzukehren. War das etwa ein Herrensattel, den Wilhelm herantrug? Tatsächlich. Mit angehaltenem Atem beobachtete ich, wie Vater den Damensattel der Kaiserin vom Rücken ihres Hengstes nahm und Platz machte für Wilhelm, der sorgsam den Herrensattel auflegte und den Gurt schloss. War es möglich, dass die

Kaiserin gleich in den Herrensattel steigen würde? Ich griff mir an die Brust und fühlte das Rasen meines Herzens, das die Aufregung nach Marjans Kuss tatsächlich in den Schatten stellte.

Der Anblick, als Vater die Kaiserin in den Sattel hob, raubte mir den Atem. Die gebannte Stille, welche die Reithalle ausfüllte, knisterte förmlich. Wilhelm und Vater schien es zu ergehen wie mir. Ohne auch nur ansatzweise Luft zu holen, starrten wir auf die Kaiserin, die sich im Herrensattel zu ordnen versuchte. Ihr Rock war freilich nicht gemacht für einen solchen Sitz, aber das schien sie nicht zu stören. Ohne zu zögern, versetzte sie ihr Pferd in einen frischen Trab. Anfangs sah man der Kaiserin eine gewisse Unsicherheit an, doch schon nach ein paar Runden in Trab und Galopp saß sie wieder mit der gewohnten Sicherheit im Sattel.

Vaters Haltung wirkte starr, und seine Blicke hingen ungläubig an seiner Schülerin. Ich konnte es kaum erwarten, heute Abend seinem Bericht zu lauschen.

Tatsächlich ging die Kaiserin zu ihren gewohnten Lektionen über. Sie versammelte den Trab ihres Hengstes, ließ ihn in der Piaffe auf der Stelle treten. Ein wenig war ich schockiert, erschüttert! Eine Frau im Herrensattel. Was dachte die Kaiserin sich nur dabei? Man würde in der gesamten Stadt hinter ihrem Rücken tuscheln. War ihr denn die Meinung anderer wirklich egal? War es nicht vielmehr ihre kaiserliche Pflicht, als Vorbild zu fungieren?

Konzentriert ritt die Kaiserin ihren Hengst im Galopp über die Diagonale und ließ ihn dabei mehrmals fliegende Galoppwechsel springen. Ihre Miene verriet nicht, ob sie sich nun im Herrensattel wohler fühlte als in ihrem Damensattel. Ich konnte mir nur vorstellen, dass es eine Qual war, als Frau in einem Herrensattel zu sitzen.

Ein letztes Mal blickte ich zur Kaiserin hinab. Ihren Mund hatte sie vor Anstrengung fest zusammengepresst, ihr Blick hing zwischen den Ohren ihres Hengstes. Mit einem leichten Klaps ihrer edelsteinbesetzten Gerte rief sie das Pferd zur Aufmerksamkeit auf. Die Hände hoch getragen, ließ sie ihren Hengst die Galoppsprünge verkürzen und ritt ihn im versammelten Galopp diagonal durch die Halle. Die Miene meines Vaters war noch immer eingefroren und würde es wohl noch eine Weile bleiben.

Kopfschüttelnd wandte ich mich von der Kaiserin ab und verließ die Tribüne – enttäuscht von meiner Ikone, der Kaiserin Elisabeth. Noch während ich die Treppen hinabstieg und die Hofreitschule verließ, grübelte ich über die Beweggründe der Kaiserin, sich auf einen Herrensattel zu setzen. Sie war eine begnadete Reiterin, wurde weltweit für ihr Talent bewundert. Sie hatte es nicht nötig, die Welt zu schockieren, indem sie eine Männerdomäne für sich beanspruchte.

Was Wenzel wohl zu diesen Neuigkeiten sagen würde? Ich musste dringend mit ihm sprechen. Wo er wohl steckte? Noch nie zuvor hatte er es verabsäumt, der Morgenarbeit beizuwohnen.

Zwar kannte ich Wenzels Feierlaune, die ihn ab und an überfiel und dann nur schwer wieder aus ihren Fängen entließ, dennoch war er bislang immer pflichtgetreu zur Arbeit erschienen. Vater würde ihn rügen, es sei denn, er war mit seinen Gedanken zu sehr bei der Kaiserin und ihrem Reitunterricht im Herrensattel.

Diese Bilder würden auch mich noch lange beschäftigen, da war ich mir sicher.

9

»Wach auf! Sofort!« Fassungslos darüber, dass ich Wenzel schlafend in seinem Bett vorfand, rüttelte ich heftig an seiner Schulter.

»Lass mich!«, brummte er und zog sich die Decke bis hoch über die Ohren.

»Wo warst du? Du hast die Morgenarbeit versäumt!«

Wenzel schlug genervt die Decke zurück und sah mich an. Sein Gesicht war vom Kissen völlig verdrückt, und seine Frisur ließ sich nicht mehr als solche bezeichnen.

»Ich weiß!«, fauchte er.

»Vater war außer sich!« Auch wenn Wenzel es vermutlich vorzog, allein zu sein, setzte ich mich zu ihm ans Bett.

»Wo warst du?«, wiederholte ich meine Frage und war darauf gefasst, dass mich mein Bruder erneut anschnauzen würde.

»Ich war …« Wenzel brach ab und schloss die Augen. Und lächelte. »Ich habe bei einem Mann geschlafen.«

»Du hast was?« Ich legte eine Hand an meinen Mund und blickte ihn mit aufgerissenen Augen an. »Habt ihr …?«

Wenzel biss sich auf die Lippen und rollte vielsagend mit den Augen.

»Was? Ich fasse es nicht! Du musst mir alles erzählen.«

Wenzel richtete sich auf, lehnte sich an die mit Schnitzereien verzierte Rückwand seines Bettes und forderte mich auf die Matratze klopfend auf, mich neben ihn zu setzen. Das tat ich und lauschte gespannt seinen Erzählungen, bei denen er manchmal vielleicht ein wenig zu sehr ins Detail ging. Dennoch würde ich ihn nicht unterbrechen. Es war eine Freude, ihn so aufgeregt und impulsiv zu erleben. Die Nacht mit diesem Victor muss für meinen Bruder eine Offenbarung gewesen sein. Eine Befreiung. Und vielleicht hatte er ab sofort den Mut, seiner Neigung nachzugeben.

Zu gern hätte ich ihm von meinem Erlebnis mit Marjan in der Sattelkammer erzählt, doch etwas in mir hielt mich zurück, und vielleicht war es besser, über diese sich anbahnende Liaison zu schweigen.

Dafür aber berichtete ich Wenzel von der Kaiserin Sisi und ihrem Reitunterricht im Herrensattel. Zu meiner Überraschung teilte Wenzel meine Entrüstung nicht im Mindesten.

»Ich verstehe weiß Gott nicht, warum du dich darüber derart mokierst«, meinte er und warf mir einen fragenden Blick zu. »Gerade du, die sich ständig über die Benachteiligung von Frauen in sämtlichen Lebenslagen ärgert, solltest doch Verständnis zeigen, wenn eine Frau – noch dazu die Kaiserin – den Mut aufbringt und sich in eine männliche Domäne vorwagt.«

Ich atmete lang gezogen aus und grübelte. Wie konnte es sein, dass Wenzel etwas erkannte, das mir entgangen war? Die Kaiserin hatte Mut an den Tag gelegt und sich über die entsetzten Argumente meines Vaters hinweggesetzt.

»Du solltest die Kaiserin nicht verhöhnen, sondern vielmehr mit dem Gedanken spielen, es ihr gleichzutun.«

»Was?«, rief ich aus und rückte ein Stück von meinem Bruder ab.

»Meintest du nicht erst die Tage, dass dich der Damensattel bei der Weiterführung deiner Ausbildung behindert? Na ja, die Kaiserin hat das wohl ähnlich gesehen und die Konsequenzen gezogen.«

»Aber …«

»Nein, keine Widerrede, Gretel! Du solltest dich mit dem Gedanken auseinandersetzen, dich im Herrensattel zu versuchen.«

Ich spielte den Gedanken in meinem Kopf durch, stellte mir vor, wie ich auf mein Pferd stieg und dabei nicht in meinem Damensattel Platz nahm, sondern das rechte Bein über den Rücken des Pferdes schwang und mich im Herrensattel positionierte. Und je länger ich mir dieses Bild ausmalte, desto aufgeregter wurde ich. Wenzel hatte recht. Die Kaiserin hatte recht. Die Zeit blieb nicht stehen, und ich war bereit für eine große Veränderung.

»Aber du musst mir helfen!«, sagte ich und stupste Wenzel gegen den Oberarm.

»Das lasse ich mir freilich nicht entgehen!«, meinte er und lachte breit. Dabei legte er den kleinen Spalt zwischen seinen Vorderzähnen frei, den er so sehr hasste – und den ich so sehr an ihm mochte.

»Aber jetzt lass mich schlafen, hörst du?« Mit diesen Worten rollte er sich wieder in seine Decke ein und wandte sich von mir ab.

Mir konnte es recht sein. Nachdenken und meinen ersten Ritt im Herrensattel gedanklich durchspielen konnte ich auch auf meinem Zimmer.

»Wir müssen leise sein«, flüsterte Wenzel, während er die Tür zu den Stallungen öffnete. Die Stallburschen waren mit der Fütterung beschäftigt und kümmerten sich gewiss nicht um unser ungewöhnlich frühes Erscheinen.

Wenzel holte seinen Sattel aus der Sattelkammer, während ich Sardinias Zaumzeug aus der Vitrine nahm.

Sardinia brummelte zur Begrüßung und schien sich auf die frühe Reiteinheit zu freuen.

»Alles ist gut«, flüsterte ich und kraulte ihn hinter den Ohren, wie er es so gern mochte. Das dämmrige Licht im Stall wurde mit

jeder Minute heller, und schon bald würde alles sonnendurch-
flutet erstrahlen.

»Wir haben eine Stunde, ehe die Bereiter zur Morgenarbeit
erscheinen«, erklärte Wenzel, während er Sardinia den Sattel
auflegte und den Sattelgurt schloss.

»Das sollte genügen«, versicherte ich und reichte meinem
Bruder das Zaumzeug. »Bist du wirklich sicher, dass du das mit
mir machen möchtest?«, fragte ich ihn. Schließlich war er es,
der in Schwierigkeiten geraten könnte, wenn jemand uns entdeckte.

»Natürlich machen wir das! Was soll mir schon passieren?
Ich bin der Sohn des Oberbereiters Böhm. Der Einzige, der mir
eine Rüge erteilen kann, ist Vater selbst, und davor habe ich
weiß Gott keine Angst mehr.«

Ich dachte an Vaters Raserei, als er Wenzel am Vorabend zur
Rede gestellt hatte. Vater erhob seine Stimme nicht oft, aber
wenn, dann donnerte sie durch das gesamte Gebäude. Stumm
hatte Wenzel am Tisch gesessen und die Schimpftiraden über
sich ergehen lassen. Seine Beine waren übereinandergeschla-
gen, die Hände hatten auf den Sessellehnen geruht. Fast hatte
mein Bruder den Eindruck erweckt, als gälten Vaters Schreie
nicht ihm. Wie hatte er Vaters Vorwürfen derart gleichgültig
begegnen können?

Ich selbst hatte hinter der Tür gestanden und den Wortwech-
sel belauscht. Mir war danach, Vater zu besänftigen, und doch
wusste ich, dass ich mich in diese Auseinandersetzung nicht
einmischen durfte. Es war an Wenzel, für seine Taten geradezustehen. Zum Teil hatte ich Vaters Reaktion verstanden, schließlich war es die Pflicht eines Bereiteranwärters, pünktlich zu den
vorgegebenen Terminen zu erscheinen.

Doch immer mehr erweckte Wenzel den Eindruck, als wäre
ihm die Arbeit an der Hofreitschule eine Last. Natürlich wussten wir alle, dass er sich um die Stellung nur auf Vaters Anraten

hin beworben hatte und er Vaters Traum lebte und nicht seinen eigenen. Dennoch konnte er sich nicht unentschuldigt aus seiner Pflicht stehlen.

»Bist du so weit?«, fragte Wenzel und zeigte auf den Herrensattel, der auf Sardinias Rücken lag und mich geradezu aufforderte, mich endlich meinem Abenteuer zu stellen.

Ich atmete tief ein und wieder aus. Mein Blick haftete auf dem frisch polierten Sattel. Unzählige Male hatte ich mich auf den Rücken eines Pferdes geschwungen, stets furchtlos und voller Ehrgeiz. Doch an diesem Tag fühlte es sich anders an. Ich hielt inne, starrte auf den Steigbügel, der mich anfunkelte. Und ohne es beeinflussen zu können, drifteten meine Gedanken plötzlich zu den funkelnden Sternen, die ich am Vorabend mit Marjan bewundert hatte.

»Siehst du die Sterne?«, hatte er bei unserem Spaziergang durch den abendlichen Volksgarten gefragt. »Wenn ich könnte, würde ich sie alle nach dir benennen, denn kein Name könnte ihrer grenzenlosen Schönheit gerechter werden als deiner. Margarete.« Er hatte mir meinen Namen ins Ohr geflüstert und seinen Arm um meine Taille gelegt. Noch immer fühlte ich dieses sanfte Rieseln in meinem Körper, das seine Worte in mir verursacht hatten. Ganz fest hatte er mich an sich gezogen, mich umschlungen, meine Lippen mit seinen berührt und meinen Hals liebkost. Mit geschlossenen Augen hatte ich jede seiner Berührungen ausgekostet und mich danach gesehnt, dass Marjan das Feuer in mir noch weiter anschürte. Ich wünschte uns an einen Ort, an dem es nur uns beide gab. Dort wäre ich sofort den letzten Schritt gegangen, hätte mich ihm voll und ganz hingegeben, ohne auch nur im Ansatz daran zu zweifeln, dass es die richtige Entscheidung war.

Und als hätte Marjan meine Gedanken gelesen, hatte er sich aus unserer Umarmung gelöst und mich arglos auf die Wange geküsst.

»Ich bin so weit!«, antwortete ich Wenzel und versuchte, mich mit der Kraft in meiner Stimme selbst zu überzeugen.

»Es ist ganz einfach: Du beugst dein linkes Knie, ich hebe dich an, und du schwingst dein rechtes Bein über den Sattel. Et voilà, du reitest wie ein Mann.« Wenzel lächelte und nickte mir aufmunternd zu. Er schien meine Unsicherheit zu spüren – wie immer. Es war, als wären unsere Empfindungen miteinander verknüpft. Und auch wenn wir uns im Erwachsenenalter ab und an zu tarnen versuchten, wussten wir dennoch stets, wie es um den anderen bestellt war. Mein Herz schlug in seiner Brust und seines in meiner.

»So einfach, ja?«, fragte ich und stupste ihn gegen seinen Oberarm.

»Ich bin ja hier und helfe dir.«

Diese Worte überzeugten mich. Wenzel war da. Sein treuer Blick war mehr als ein Versprechen. Sein Lächeln grub tiefe Grübchen in seine Wangen und erinnerte mich daran, das Leben nicht zu ernst zu nehmen.

»Also gut, dann heb mich hoch«, forderte ich ihn auf, schüttelte meinen weit geschnittenen Rock auf und hielt mich dann mit beiden Händen an den Sattelenden fest.

Wie versprochen, hob Wenzel mich mit Elan hoch. Oben angekommen, schwang ich mein rechtes Bein über den Sattel und fand mich im Herrensitz wieder. Mit beiden Füßen suchte ich nach den Steigbügeln und ordnete meinen Rock, bis er glatt auf dem Pferderücken auflag. Dann erst nahm ich mir die Zeit, um das neue Reitgefühl zu erspüren. Meine beiden Oberschenkel lagen direkt an der Sattelfläche auf, und meine Waden umschlossen förmlich den Pferdekörper. Sardinia reagierte sofort auf den leichtesten Druck beider Unterschenkel und bewegte sich mit einem schwungvollen Schritt vorwärts.

»Das sieht unglaublich aus!«, meinte Wenzel begeistert. »So modern! Wie fühlst du dich?«

»Hilflos!«, war meine knappe Antwort.

»Greif ruhig den Zügel etwas nach, bis du dich sicherer fühlst.«

Ich folgte dem Ratschlag meines Bruders und nahm die Zügel etwas kürzer, damit ich das Gefühl von Kontrolle ein wenig zurückerlangte.

»Für heute reicht es vermutlich aus, wenn du die Grundgangarten reitest, oder was meinst du?«

Ich enthielt mich einer Antwort, denn um ehrlich zu sein, war ich nicht sicher, ob ich es wagen sollte, Sardinia anzugaloppieren. Es war, als wäre ich eine blutige Anfängerin, völlig ausgeliefert und unsicher. Seine Ohren zu mir nach hinten gewandt, schien sich auch Sardinia zu fragen, wo meine Zögerlichkeit herrührte.

»Wirst sehen, Gretel, morgen fühlst du dich schon besser. Es ist dein erster Ritt im Herrensattel. Dachtest du, du könntest heute gleich ein paar Pirouetten drehen?«

Wenzel lachte, doch ich schwieg erneut. Denn ja, tatsächlich hatte ich damit gerechnet, dass die Pirouetten mir im Herrensattel zu Füßen liegen würden. Wie naiv von mir. Natürlich musste ich mich genauso anstrengen, wenn nicht noch mehr – schließlich stand ich gerade wieder ganz am Anfang.

»Ich habe keine Zeit zu vergeuden«, sagte ich und galoppierte Sardinia mit sanftem Schenkeldruck an. Die ersten Runden durch die Reithalle waren eigenartig, fast befremdlich. Mit einem Mal fühlte ich Stellen meines Körpers, die ich bislang gar nicht beansprucht hatte. Manche Takte fielen mir schwer, ich fiel aus dem gewohnten Rhythmus und irritierte Sardinia in seinem gleichmäßigen Tempo. Dann wiederum übte ich zu starken Schenkeldruck aus, was mein Hengst mit ein paar übereifrigen Sprüngen quittierte. Doch je mehr ich mich auf den neuen Sitz einließ, desto einfacher fiel mir die Umstellung. Ich empfand meine Haltung als zentrierter und meinen Einfluss auf das Pferd viel selbstverständlicher.

»Ich bin stolz auf dich, Schwesterherz!«, rief Wenzel mir jubelnd zu. Er applaudierte und strahlte, als hätte ich mit meinem ersten Ritt im Herrensattel etwas Bahnbrechendes erreicht. Aber eigentlich hatte ich das auch. Davon hatte ich geträumt, und nun war es Realität. Ich saß im Sattel wie ein Mann.

»Das ist unglaublich!« Befreit lachte ich auf. »Ich fühle mich jetzt viel wendiger und geschmeidiger. Mir war nicht bewusst, wie sehr mich das Horn des Damensattels einschränkt.«

»Würdest du in die Empire-Uniform eines Bereiters schlüpfen und dein Haar unter dem Zweispitz verstecken, man würde dich für einen Mann halten.« Wenzels Augen glänzten, so wie immer, wenn wir beide eine Freude miteinander teilten.

»Tja, dann würde mein Traum von der ersten Bereiterin der Hofreitschule in Erfüllung gehen«, sagte ich und blickte hoch zur stuckverzierten Kastendecke und stellte mir vor, ich säße auf Sardinia, so wie jetzt, allerdings gekleidet wie ein kaiserlicher Bereiter. Mit geschwellter Brust würde ich im Sattel sitzen und mich in die Quadrille einfügen. Jeden Schritt würde ich mit absoluter Perfektion reiten, um vor den Augen des Kaiserpaares zu glänzen. Die Kaiserin würde ihren Blick nicht mehr von mir abwenden können. Sie würde die Wahrheit erkennen und wissen, wer sich hinter der Uniform verbirgt. Und doch würde sie ihr Wissen für sich behalten und mir Bewunderung entgegenbringen, weil zwischen uns eine unsichtbare Verbindung bestünde. Die Leidenschaft, mit der wir uns vorantrieben, der unvergleichbare Mut, mit dem wir die Lektionen ausübten, an die sich vor uns nur Männer gewagt hatten.

Und mit einem Mal hatte ich das Gefühl, dass mein Traum nicht für immer ein Traum bleiben musste, sondern ich ihn eines Tages ausleben könnte. Hier, in dieser Halle, mit diesem Pferd.

»Wie gern würde ich mit dir tauschen«, meinte Wenzel und seufzte angestrengt. »Du bist für das Amt des Bereiters viel geeigneter. Das warst du schon immer. Ich weiß das. Du weißt das. Und Vater weiß es auch.«

Ich parierte Sardinia und ließ ihn in einen entspannten Schritt fallen. Am gelockerten Zügel ließ ich ihn zur Ruhe kommen.

»Vater weiß auch nicht alles – selbst wenn er davon überzeugt ist! Er hat zum Beispiel keine Ahnung, dass ich hier im Herrensattel sitze, und auch nicht, dass ich es morgen wieder tun werde. Ich werde Pirouetten drehen und Passagen reiten!« Ich hob die Augenbrauen und stieß einen lauten Seufzer aus. »Aber für heute habe ich genug. Meine Oberschenkel brennen, und mein Allerwertester weiß gar nicht, was er vom Herrensattel halten soll.«

Wenzel lachte auf und reichte mir die Hände, um mir beim Absitzen behilflich zu sein.

»Danke, das schaffe ich allein. Ich bin doch jetzt ein richtiger Kerl«, sagte ich mit tiefer Stimme.

»O ja, das bist du! Und manchmal befürchte ich sogar, du bist mehr Mann, als ich es je sein werde.« Wenzel lachte, aber war es ein ehrliches Lachen? Ich wusste, wie sehr ihm an Vaters Zuspruch lag, und auch, dass er Vaters Ansprüchen nie genügen würde. Als Marjan in die Reithalle trat und mir Sardinia abnahm, blickte er verwundert auf den Herrensattel, dann zu mir, legte fragend die Stirn in Falten und schwieg dennoch. Mein Schulterzucken und mein verschmitztes Lächeln mussten vorerst genügen. Den Rest würde ich ihm heute Abend bei unserem heimlichen Rendezvous erzählen.

»Ich freu mich ganz unglaublich auf heute Abend«, sagte ich und bemerkte erst, wie unpassend dieser Satz war, als Wenzel und Marjan mich beide mit großen Augen anstarrten. Bestimmt würde ich meinem Bruder bald von meinen aufflammenden Gefühlen für den Reitknecht berichten, doch vorerst wollte ich darüber schweigen. Alles war noch neu und so unglaublich zerbrechlich. Ich wollte, dass Marjan und ich nur uns gehörten. Ich musste erst abwägen, wann der richtige Zeitpunkt erreicht war, um Wenzel ins Vertrauen zu ziehen – oder meine Eltern. Mutter würde ihr bestes Porzellan nach mir werfen, wenn ich sie darüber in Kenntnis setzte, dass es keine Heirat mit August Hoffmann gäbe, sondern meine Liebe einem mittellosen Mann gehörte, der mich mit seinem Lächeln und seinen Blicken verzauberte und in mir einen Ozean der Gefühle wachgerufen hatte.

Der Zeitpunkt, an dem ich meinen Eltern gegenüber die Wahrheit enthüllte, würde kommen. Ob es dann auch der richtige war, würde sich zeigen.

10

Mit wackeligen Beinen stakste ich durch die Stallgasse. Das Reiten im Herrensattel hatte mich mehr angestrengt als erwartet. Und doch war ich stolz über den Erfolg und konnte es kaum erwarten, mich am nächsten Tag erneut auf Sardinias Rücken zu schwingen. Wenzel hatte mir versprochen, mich zu jeder meiner Reitstunden zu begleiten und ein Auge auf meinen Sitz zu haben. Mein Bruder war vielleicht nicht der beste Reiter, aber er hatte ausreichend Erfahrung gesammelt und war ein guter Beobachter. Auf ihn konnte ich zählen.

»Pst!«, erklang es hinter mir. Und während ich mich umdrehte, hoffte ich, dass Marjan hinter mir stünde und mir ins Ohr flüsterte, dass er unserem heutigen Treffen entgegenfieberte.

»Du!«, stieß ich entrüstet und gleichzeitig enttäuscht aus, als ich in Augusts Augen blickte.

»Was machst du so früh hier? Hat dein Vater dir nicht ausdrücklich gesagt, dass du deine Reitstunde erst nach Beendigung der Morgenarbeit absolvieren kannst?«

Ich legte einen Finger an die Lippen und überlegte, wie ich meine Anwesenheit am besten erklärte.

»Die Morgenarbeit ist noch nicht beendet?«, fragte ich und machte besonders große Augen. »Wenn ich nicht so ein dummes Mädchen wäre, könnte ich vielleicht die Uhrzeit ablesen, aber so …«

»Du hältst dich für besonders lustig, oder?«, fragte August und sah mich herablassend an.

»Wie gut, dass ich bald einen Mann wie dich an meiner Seite habe. Du wirst dafür sorgen, dass ich nicht mehr derart unbeholfen durchs Leben gehe, ja?« Ich versuchte mich an einem hilflosen Blick, zog meine Lippen kraus und sah unterwürfig zu ihm hoch. »Es sei denn, du hast inzwischen mit deinen Eltern gesprochen und ihnen deutlich zu verstehen gegeben, dass du mich nicht heiraten wirst«, setzte ich nach und hoffte, dass er dieses eine Mal gute Nachrichten für mich hatte.

»Hast du denn schon mit deinen Eltern gesprochen?«

Diese Frage fasste ich als »Nein« auf. Um mich vor einer Antwort zu drücken, rückte ich mein Hütchen zurecht und räusperte mich verlegen.

»Gar nicht so einfach, wenn man so dominante Eltern hat, oder?«, meinte er versöhnlich.

»Meine Mutter wird toben«, erklärte ich und konnte das Gekeife bereits in meinem Kopf schallen hören. »Trotzdem müssen wir ihnen endlich die Karten auf den Tisch legen. Je früher, desto besser. Mutter spricht nur noch von irgendwelchen Hochzeitseinladungen, Ehrengästen und einem ersten Entwurf für mein Hochzeitskleid.«

»Abgesehen vom Hochzeitskleid gestalten sich die Gesprächsthemen meiner Mutter ähnlich.« August schmunzelte.

»Wir werden das noch heute erledigen, ja? Wir sind doch erwachsene Menschen – zumindest ich für meinen Teil – und haben das Recht auf ein selbstbestimmtes Leben«, erwiderte ich. Nachdem ich diesen Satz laut ausgesprochen hatte, wurde mir bewusst, wie sehr ich mich nach Selbstbestimmung sehnte. Ich wollte mich nicht mehr verstecken, wollte nicht mehr im Morgengrauen im Herrensattel reiten müssen, um nicht gesehen zu werden, noch wollte ich Marjan heimlich treffen, damit niemand Gerüchte an meine Eltern herantrug. Es war an der Zeit, mein Leben in die Hand zu nehmen. Und das würde ich.

»Noch heute.« August nickte und blickte mich mit zugekniffenen Augen an. Er schien zu überlegen, nach den richtigen Worten zu suchen.

»Bei dieser Gelegenheit könntest du deinen Vater bitten, dir einen eigenen Herrensattel zu kaufen, damit du nicht länger in dem deines Bruders reiten musst.«

Wie war es nur möglich, dass dieser Mann mich jedes Mal aufs Neue mit seiner Boshaftigkeit überraschte? Kaum war ich der Meinung, wir kämpften für dieselbe Sache, kam er und überzeugte mich vom Gegenteil.

»Du hast mich beobachtet?«, fragte ich entrüstet.

»Ich wünschte, ich hätte es unterlassen«, meinte August und lachte kurz auf. »Du weißt, dass du dich völlig lächerlich machst, ja?«

Ich schnaubte auf und zwang mich zum Schweigen. Es hatte keinen Sinn, mich diesem Mann zu erklären. Was wusste er schon von meinen Zielen, meinen Ambitionen und den Hindernissen, die der Damensattel mit sich brachte? Er wollte sich hervortun, mich erniedrigen, aber das ließ ich nicht mehr zu.

»Warum arbeitest du so hart mit Sardinia? Wozu der Aufwand? Man hat dich schon belächelt, als du im Damensitz deine Pirouetten gedreht hast, aber im Herrensitz steigert sich deine Schmach ins Unermessliche.«

»Das sagst du jetzt, aber warte erst einmal ab, bis du an meiner Seite in der Quadrille reitest.«

»In der Quadrille?« August legte den Kopf in den Nacken und lachte so schallend, dass einige der Hengste nervös schnaubten.

»Vielleicht solltest du deinen Vater bitten, dir zu erklären, dass eine Frau niemals – niemals – das Amt des Bereiters antreten wird. Niemals, Margarete, glaub mir!«

Er kam mir so nahe, dass sich unsere Nasenspitzen beinahe

berührten. Mir war danach, ihn wegzustoßen oder zu ohrfeigen.

»Vielleicht machst du eine bessere Figur auf dem Pferd als dein verweichlichter Bruder, dennoch solltest du der Realität ins Gesicht sehen: Du bist eine Frau und kein Bereiter der kaiserlichen Hofreitschule.«

Meine Hände krallten sich an den Röcken fest, und mein Kiefer schmerzte unter der Anspannung.

»Wenn ich es nicht besser wüsste, könnte ich fast meinen, du interessierst dich etwas zu sehr für meine Angelegenheiten!« Ich wich ein paar Schritte zurück, um die Nähe zu August nicht länger ertragen zu müssen. »Und jetzt entschuldige mich bitte, ich muss nach Hause, um meiner Mutter klarzumachen, dass ich dich nie im Leben heiraten werde. Lieber soll sie mir in den Arbeiterbezirken einen grobschlächtigen Zuhälter suchen – jeder Mann wäre mir lieber als du.« Mit diesen Worten drängte ich mich schnell an ihm vorbei.

Nach einem letzten Blick zu Sardinia verließ ich die Mauern der Hofreitschule und machte mich direkt auf den Weg nach Hause. Dabei verzichtete ich auf die Pferdetramway, sondern lief den Weg zu Fuß. Ich benötigte dringend frische Luft und Bewegung, um meine Wut einzudämmen und die richtigen Worte zu finden, mit denen ich Mutter meine Entscheidung gegen August erklärte.

Sie würde es mir nicht leicht machen, das wusste ich. Und doch musste diese Sache noch heute geklärt werden – ein für alle Mal.

In der Florianigasse spazierte ich am Atelier unseres Schneiders vorbei. Ich verlangsamte meine Schritte und warf einen Blick in das große Ladenfenster. Stoffmuster der neuesten Mode lagen dekorativ zu Füßen der Schneiderpuppen, auf denen Mieder und Röcke drapiert hingen. Ohne weiter zu überlegen, betrat ich das Atelier und tat, als würde ich mich umsehen. In Wahrheit überlegte ich, ob ich tatsächlich meinem Drang nachgeben konnte.

»Fräulein Böhm, was für eine Freude, Sie zu sehen!«

Als ich mich umwandte, blickte ich direkt in die Augen des schmalen Schneidermeisters Koch. Als Kind hatte mich die Tatsache, dass ein Schneider den Namen Koch trug, ganz unglaublich belustigt. Mehr als einmal hatte ich ihn nach dem Grund für seine Berufswahl gefragt. Es wollte mir einfach nicht klar werden, warum jemand mit dem Familiennamen Koch nicht auch selbigen Beruf ergreift. Damals erschien es mir praktisch und naheliegend.

»Guten Tag, Herr Koch«, erwiderte ich und schenkte dem grauhaarigen Herrn ein freundliches Lächeln.

»Wie kann ich Ihnen heute helfen? Sind Sie zufrieden mit Ihrem Reitkostüm?« Er blickte an mir hinab und begutachtete den Sitz des neu geschneiderten Kostüms.

»Es ist eine wahre Freude, in diesem Kleid zu reiten«, bestätigte ich.

Vor Stolz über das Lob schwoll Herrn Kochs Brust förmlich an. Er griff mit beiden Händen an sein Revers und straffte die Schultern.

»Falls das gnädige Fräulein Böhm ein weiteres Reitkostüm benötigt, würde ich Ihnen gern die neu angelieferten Wollstoffe zeigen.« Emsig machte Herr Koch sich an seinen Regalen zu schaffen und sortierte Stoffballen um, bis er den richtigen gefunden hatte.

»Dieses kräftige Moosgrün würde Ihrem Teint sehr schmeicheln, finden Sie nicht? Der Damast ist besonders strapazierfähig und eignet sich daher bestens für die Zwecke eines Reitkostüms.« Vorsichtig rollte er ein Stück des Ballens ab und ließ mich die Qualität des Stoffes befühlen.

»Sehr schön, wirklich«, sagte ich und meinte es so. Herr Koch hatte mich noch nie enttäuscht. Wenn er der Meinung war, dass eine Farbe mir besonders schmeichelte, dann durfte ich ihm Glauben schenken. »Allerdings benötige ich im Moment kein neues Reitkostüm.« Ich kaute auf meiner Unterlippe und suchte nach den richtigen Worten, während Herr Koch mich hilflos durch seine Brille begutachtete.

»Es ist so, dass ich …« Sosehr ich den Satz beenden wollte, so sehr wusste ich, dass ich ihn abbrechen musste. Oder nicht? »Ich brauche einen Frack«, sagte ich und starrte in die fragenden Augen des Schneidermeisters. »Möglichst im traditionellen Braun der Uniform eines kaiserlichen Bereiters.«

»Eines was?« Herr Koch nahm die Brille von der Nase und rieb sich die Nasenwurzel.

»Nichts für ungut, Herr Koch, ich liebe dieses Reitkostüm, dennoch möchte ich nicht länger in einem Rock reiten. Das verstehen Sie doch gewiss, oder?«

Nein, er verstand nicht. Er schluckte so hart, dass sein Kehlkopf sich erkennbar auf und ab bewegte.

»Aber ich kann doch nicht …«, stotterte er.

»Doch, Sie können!«, ermutigte ich ihn, sich mit mir zu verbünden und den vermessenen Schritt gemeinsam mit mir zu machen.

»Haben S' das mit der gnädigen Frau Mutter besprochen? An dieser Stelle würd ich gern anmerken, dass es inzwischen einige offene Rechnungen gibt«, meinte er zaghaft. Mit einem Mal tat mir der schmalschultrige Schneider leid. In was für eine Situation hatte ich ihn gebracht? Er wollte mir doch nur ein moosgrünes Kostüm schneidern, und ich überforderte ihn mit meinem Wunsch nach einem Frack.

»Sie haben recht, Herr Koch, ich werde das noch mit meiner Mutter besprechen …« – am besten gleich nachdem ich ihr eröffnet habe, dass eine Ehe mit August nicht infrage käme.

»Haben S' noch einen schönen Tag, gnädiges Fräulein«, sagte

Herr Koch und schien erleichtert, dass die Sache mit dem Frack vom Tisch war.

Wenn er sich da mal nicht täuschte, dachte ich und deutete einen Knicks an, bevor ich das Atelier verließ und das letzte Stück meines Heimweges hinter mich brachte.

Während ich die Treppen zu unserer Wohnung hochstieg, wünschte ich mir nur, das Gespräch mit Mutter bereits hinter mich gebracht zu haben. Vielleicht war es besser, es bis zu Vaters Heimkehr zu vertagen? In ihm hätte ich womöglich einen Verbündeten. Wobei er dem Oberstallmeister Hoffmann derart ergeben war, dass er die angebahnte Verlobung zwischen mir und seinem Sohn gewiss nicht auflösen würde.

Ich musste also auf meine Überzeugungskraft hoffen – und auf August.

»Mama?«, rief ich durch den lang gezogenen düsteren Flur, nachdem ich die Eingangstür hinter mir geschlossen hatte. Ich nahm meinen Hut ab, würde aus dem Reitkostüm schlüpfen und das himmelblaue Brokatkleid anziehen, das Mutter so gern mochte. Dann würde ich uns den würzigen Kräutertee kommen lassen, der in ihr immer dieses besinnliche Gefühl wachrief. Aber vielleicht sollte ich sie besser zu einem kleinen Spaziergang an der Donau einladen? Womöglich würde sie verständnisvoller reagieren, wenn wir nach der gemeinsamen Fahrt mit einem Fiaker untergehakt am Wasser entlangflanierten?

»Mama?«, wiederholte ich und hatte mit einem Mal die Befürchtung, sie könnte gar nicht zu Hause sein. Ich wollte dieses Gespräch nicht länger aufschieben. Es musste heute stattfinden. Jetzt. Noch bevor ich mich am Abend mit Marjan traf.

»Wo ist meine Mutter?«, fragte ich Martha, während sie mir beim Ankleiden half. »Ist sie nicht zu Hause?«

»Die gnädige Frau ist außer Haus. Sie möchte den Blumenschmuck für das heutige Abendessen selbst aussuchen. Sie müsste aber bald wieder zurück sein.«

»Erwarten wir denn Gäste?«, fragte ich und grübelte, ob ich eine von Mutters Einladungen vergessen hatte.

»Es handelt sich um ein kurzfristiges Abendessen mit der Familie Hoffmann. Aber ich möchte der gnädigen Frau nicht vorgreifen. Sie wird den heutigen Abend bestimmt mit Ihnen besprechen, sobald sie zurück ist.« Martha blickte betreten zu Boden. Sie hasste es, wenn sie zwischen die Fronten geriet. Meist war sie unsichtbar, wenn sie durch die Räume huschte und Staub wischte oder Kissen frisch bezog. Sie achtete stets geflissentlich darauf, in kein Gespräch verwickelt zu werden. Vermutlich hatte sie schon zu oft schlechte Erfahrungen gemacht, wenn Mutter versucht hatte, sie auf ihre Seite zu ziehen und gegen die anderen Familienmitglieder aufzustacheln.

»Hat das gnädige Fräulein noch einen anderen Wunsch?«

Ich schüttelte langsam den Kopf und starrte dabei auf mein Spiegelbild, dessen Gesicht sämtliche Farbe verloren hatte. Die Hoffmanns kamen heute Abend zum Essen? Das konnte nur bedeuten, dass Mutter die Hochzeitspläne vorantreiben wollte. Mich befiel eine Beklemmung, die mir den Atem raubte. Ich fasste an meine Brust und versuchte, tief Luft zu holen. Mit einem Mal wirkte dieser abstruse Heiratswunsch meiner Mutter nicht mehr wie ein schlechter Scherz, sondern wie etwas, das von meinem Leben Besitz ergreifen wollte wie wilder Efeu, der sich an Hausmauern hochrankte, bis er irgendwann das gesamte Haus verschlungen hatte.

Während ich mir selbst in die aufgerissenen Augen starrte, fragte ich mich, ob August dieser Efeu war oder Mutter.

»Kind, was machst du hier?« Es war Mutter, die plötzlich hinter mir stand. Oder hatte sie mein Zimmer schon vor einer Ewigkeit betreten? Ich konnte es nicht sagen. Versunken in meine Gedanken, hatte ich jedes Gefühl für Zeit verloren.

»Nichts!«, antwortete ich und drehte mich zu ihr um. Sie strahlte mich an, als ob sie mir wunderbare Neuigkeiten überbringen wollte. Für sie waren die Nachrichten vom gemeinsamen Abendessen mit den Hoffmanns gewiss erfreulich. Aber für mich …

»Martha meinte, wir erwarten heute Besuch?«

»Ach, die alte Quasseltante. Konnte sie ihren Mund mal wieder nicht halten.« Mutters Strahlen verschwand, ihre Miene verfinsterte sich, ihre Lippen wurden dünn wie ein Strich, und die Falten zwischen ihren Augenbrauen gruben sich tief in ihre Stirn. »Aber ja, sie hat recht. Die Hoffmanns beehren uns mit ihrer Anwesenheit.«

»Mama!« Meine Stimme war ein hilfloses Flehen. In so einem jämmerlichen Ton würde ich Mutter nicht von meinem Entschluss überzeugen. Ich straffte die Schultern, hob das Kinn an und sagte dann geradeheraus: »Ich werde diesen August nicht heiraten!«

»Als ob das zur Debatte stünde.« Sie sagte das etwas zu nebensächlich. So als wäre mein Einspruch gar nicht der Rede wert.

»Du hast mich nicht verstanden, fürchte ich! Ich werde nicht August Hoffmanns Gattin.«

»Aber Kind, mach dich nicht lächerlich.« Mutters Stimme überschlug sich, ihr Hals färbte sich rot. »Die Sache ist längst beschlossen und unwiderruflich.«

Ich öffnete den Mund, versuchte, etwas zu sagen, doch kein Wort der Welt hätte meine Gefühle auszudrücken vermocht.

»Kind, es geht hier nicht nur um deine Zukunft, sondern um die der gesamten Familie.«

»Was meinst du?«, flüsterte ich.

»Wir stecken in finanziellen Schwierigkeiten. Und wenn ich ehrlich sein soll, können wir uns nicht einmal das teure Abendessen leisten, das wir heute unseren Gästen auftischen.«

»Aber …« Ich legte eine Hand an meinen Hals.

»Das Kleid, das du gerade trägst, gehört quasi nicht einmal dir. Wir haben es noch nicht bezahlt.«

Ich lachte auf, konnte nicht glauben, was meine Mutter mir gerade beizubringen versuchte.

»Wir stehen vor dem finanziellen Ruin und tun dabei so, als könnten wir uns die Welt leisten. All der Prunk, die teuren Möbel und Kleider, das Personal, all das werden wir verlieren, wenn wir keinen passenden Ausweg finden.«

»Und der passende Ausweg ist meine Heirat mit August Hoffmann?« Meine Knie versagten ihren Dienst und ließen mich auf mein Bett sinken – wenn es denn überhaupt *mein* Bett war. Nachdenklich starrte ich auf meine Hände, die kraftlos in meinem Schoß lagen. Mein Kopf fühlte sich so leer an wie ein dunkles Kellerverlies.

»Diese Heirat ist nicht nur der passende Ausweg, sie ist im Moment der einzige. Sollte sie aus irgendeinem Grund nicht zustande kommen, verlieren wir alles.«

»Warum habt Papa und du mich nicht von Anfang an eingeweiht? Warum erfahre ich die bittere Wahrheit erst heute?«

»Die Wahrheit ist in den meisten Fällen nur halb so rosig, wie man sie sich wünscht.«

»Als ob du etwas von meinen Wünschen wüsstest«, sagte ich und erhob mich träge vom Bett. »Aber August möchte mich ebenso wenig zur Ehefrau wie ich ihn zum Mann! Wir können einander nicht ausstehen, Mutter!«

»Wovon sprichst du?« Mutters Stimme überschlug sich, und doch hörte ich aus ihrer Frage eine gewisse Unsicherheit heraus. Ohne auf den entsetzten Ausdruck meiner Mutter zu reagieren, öffnete ich meinen Schrank und griff nach meinem Mantel aus leichter Baumwolle. Es war ein warmer Frühlingstag, die Sonne schien, und die Vögel zwitscherten so emsig, dass man sie sogar durch das geschlossene Fenster hören konnte.

Was für ein schöner Tag, dachte ich und blickte hinaus auf die Fassaden der Häuser gegenüber, die ihr Gemäuer der Sonne geradezu entgegenreckten.

Wie sehr ich Mutters Nähe doch manchmal hasste. Sie zerdrückte mich, nahm mir die Luft zum Atmen, die Freiheit, mich zu bewegen, und ließ alle meine Zukunftspläne zerfließen wie eine Aquarellmalerei.

»Ich spreche davon, dass es keine Hochzeit geben wird. Nicht zwischen mir und August. Niemals!«, beantwortete ich ihre Frage.

»Du bleibst hier, hörst du?«, rief sie, als ich im Begriff war, das Zimmer zu verlassen.

»Ich werde heute Abend nicht hier sein«, sagte ich und öffnete die Tür. »Ich habe andere Pläne. Aber richte den Hoffmanns ganz liebe Grüße von mir aus.«

Mutters Augen weiteten sich, doch noch ehe sie ein Wort sagen konnte, donnerte ich die Tür zu und lief eilig aus der Wohnung. Ich rannte die Treppen so schnell hinunter, wie ich es seit Kindertagen nicht mehr gemacht hatte. Ich hastete, sprintete, übersprang die eine oder andere Stufe und holte erst wieder Luft, als ich mich draußen in der Laudongasse wiederfand.

Ja, ich hatte andere Pläne – nicht nur für heute Abend, sondern auch für den Rest meines Lebens. Mutter würde eine andere Lösung für sich und ihren luxuriösen Zierrat finden müssen. Ich stand für die Ehe mit August nicht zur Verfügung, denn ich wollte August nicht heiraten. Ich würde August nicht heiraten. Doch warum nur sagte mir dieses dumpfe Gefühl in meinem Brustkorb, dass ich keine Wahl hatte?

Entschlossen griff ich nach meinem Rock und hob ihn ein Stück an, um schneller laufen zu können. Ich musste weg. Weit weg. Und doch wusste ich, dass meine Schritte mich nicht weit genug tragen würden.

11

AUGUST

Meine Eltern und ich saßen in der Droschke und hingen unseren Gedanken nach, jeder für sich. Das Hufgeklapper der beiden Rappen übertönte unser Schweigen, machte es erträglicher.

Mit jedem Augenblick, den wir uns der Laudongasse näherten, steigerte sich meine innere Unruhe. Wie sollte ich ihr nur gegenübertreten? Ihr, die mir den klaren Auftrag erteilt hatte, mit meinen Eltern über die Auflösung der Hochzeitspläne zu sprechen.

Margarete hatte ja keine Ahnung, was es bedeutete, der einzige Sohn zu sein, von dem erwartet wurde, dem Familiennamen alle Ehre zu machen.

»Die Heirat mit der jungen Böhm wird deiner Zukunft zuträglich sein«, sagte Vater nicht zum ersten Mal. Er paffte genüsslich an seiner Pfeife und beobachtete die Rauchwolken, die aus seinem Mund stoben und sich langsam auflösten.

»So ist dafür gesorgt, dass Herr Böhm dich in deiner beruflichen Laufbahn unterstützt. Er wird dich als seinen Nachfolger bestellen und nicht seinen Sohn Wenzel oder einen der anderen Bereiter. Und hast du dir als Oberbereiter der Hofreitschule erst einmal einen Namen gemacht, kannst du deine Pläne verwirklichen.« Er kraulte sich den Backenbart und guckte zufrieden auf seinen Ring, auf den das Wappen unserer Familie geprägt war.

Ich lauschte seinen Worten und schwieg. Er hatte recht, wir hatten konkrete Pläne, wie meine Zukunft auszusehen hatte. Wenn ich das Amt des Oberbereiters erst einmal für mich vereinnahmt hatte, würden wir alles daransetzen, dass der Name *August Hoffmann* bis über die Grenzen hinaus bekannt würde. Wir brauchten kein Geld, davon hatten wir genug. Wir strebten nach Ansehen und Macht. Vater wollte Anerkennung – für mich. Das Kaiserpaar sollte meine Fertigkeiten als Bereiter anerkennen und mich aufnehmen in ihre erlauchten Kreise. Unser Familienname sollte gemeinsam mit denen der Adligen Wiens genannt werden. Mein Name und der meiner Eltern sollten nicht mehr wegzudenken sein von Bällen und Veranstaltungen bei Hofe. Wir hatten keinen Adelstitel zu bieten, also mussten wir uns unseren Platz in den ehrwürdigen Kreisen erarbeiten. Die Böhms waren eine angestammte Familie, man kannte sie, achtete sie. Margarete war als Ehefrau also gerade recht – ein guter Eintritt in Wiens gehobene Gesellschaft. Und vor allem: Sie zur Frau zu bekommen, war ein leichtes Spiel. Margaretes Mutter hatte uns ihre Tochter geradezu aufgedrängt. Verschwiegen hatte sie dabei, dass wir die prekäre finanzielle Situation der Familie Böhm beheben sollten – aber dieses Detail hatte man uns von anderer Seite zugetragen. Vater war es einerlei. Er nahm in Kauf, dass er den Böhms ein wenig unter die Arme greifen sollte. Die Hauptsache war, dass Margarete und ich als Ehepaar in aristokratischen Kreisen Einzug hielten.

Wenn ich Margarete so ansah – ihre Tischmanieren und Umgangsformen –, dann fragte ich mich allerdings, ob sie die richtige Wahl war, wenn es darum ging, am kaiserlichen Hof Eindruck zu schinden. Mutter war jedoch optimistisch und sicher, dass sie Margarete nach unseren Bedürfnissen formen konnte.

Zudem war offensichtlich, dass Margarete mich ebenso wenig leiden konnte wie ich sie. Wie sollte so eine Ehe funktionieren? Noch nie zuvor habe ich eine Frau gesehen, die talentierter war als sie. Und doch waren wir im Herzen Konkurrenten, die einander auszustechen versuchten. Daran würden auch Eheringe nichts ändern.

»Wir haben bereits Ende April. Wichtig wäre, heute einen Termin für eure Hochzeit festzulegen.« Mutter blickte auf ihren Ehering, der golden glänzend ihre Hand zierte. Sie drehte daran, so als wollte sie sichergehen, dass sie ihn jederzeit abnehmen konnte.

Ich blickte aus der Droschke, als ginge mich der Termin dieser Hochzeit nicht das Geringste an, zupfte an der Knopfleiste meines dunkelgrauen Gehrocks, rückte meinen Zylinder zurecht. Und schwieg.

»Eine Winterhochzeit wäre doch schön, nicht wahr? Schneebedeckte Straßen, weiße Lipizzaner, die eure Kutsche zum Stephansdom ziehen, und dann noch das weiße Brautkleid.« Mutter jauchzte förmlich auf, während ich darüber nachdachte, ob es für meine Laufbahn tatsächlich unabdingbar war, Margarete zu heiraten.

»Was, wenn ich es auch ohne die Böhm-Tochter in die kaiserliche Gesellschaft schaffe?«, fragte ich und erntete fragende Blicke.

»Was meinst du, Junge?« Vater zwirbelte an den Enden seines Schnauzbartes.

»Davon, dass wir auf diese Hochzeit verzichten können.« Die Droschke rumpelte durch ein Schlagloch und zwang mich, eine aufrechtere Haltung einzunehmen. »Warum liegt dir so viel am kaiserlichen Hof? Dein Amt als Oberstallmeister ist doch weiß Gott Anerkennung genug. Wozu nach noch höheren Zielen streben? Was hast du davon, wenn du am kaiserlichen Hof Eintritt erhältst? Sollten wir uns nicht vielmehr darauf konzentrieren, uns ohne arrangierte Heirat einen Namen in Wien zu machen?«

»Nein, die Heirat ist unumgänglich. Für unser Streben nach Macht ist es unabdingbar, dass wir uns durch die Böhms einen gewissen Bekanntheitsgrad erkaufen.« Vater schlug ein Bein über das andere und wandte seinen Blick wieder von mir ab. »Wir werden nichts mehr an unserer Vorgehensweise ändern.«

»Das Amt des Oberbereiters ist mir auch ohne die Hochzeit mit der jungen Böhm sicher. Es gibt in der Hofreitschule kaum einen geeigneteren Reiter als mich. Weder ist der armselige Wenzel eine ernst zu nehmende Konkurrenz für mich, noch kann mich einer der anderen Bereiter ausstechen. Und wenn ich erst einmal den Titel des Oberbereiters trage, öffnet uns das sehr wohl Türen in die höhere Gesellschaft.«

»Bei der Vergabe von Ämtern geht es nicht zwingend um Können, Junge. Hier zählt so viel mehr als dein Talent! Einige der Bereiter können eine langjährige Laufbahn an der Hofreitschule vorweisen und sind womöglich ebenso erpicht auf das Amt des ersten Oberbereiters wie du! Wir können es uns nicht leisten, unsere Ausgangslage bewusst zu verschlechtern! Der Böhm erteilt nicht ohne Grund der Kaiserin Reitunterricht. Er hat Rang und Namen, entstammt einer alteingesessenen Familie und ist für uns der perfekte Türöffner. Und wenn du das noch immer nicht begreifen willst, dann vergeudest du nicht nur dein Leben, sondern auch das deiner Eltern, deiner Kinder und Enkelkinder.« Vater war laut geworden, seine buschigen Augenbrauen hingen tief über den Augen.

»Die Hochzeit ist ausgemachte Sache«, schaltete sich Mutter ein. »Da können wir unmöglich einen Rückzieher machen. Wie würden wir dastehen? Eine junge Frau ist doch keine Theaterkarte, die man einfach wieder zurückgibt.«

»Schlimmer noch: Das ist mein Leben, von dem wir hier reden. Mein Leben, das ich an der Seite einer Frau verbringen soll, der nicht das Geringste an mir liegt.«

»Nein, Junge, wir reden hier von einem Leben, in dem du dir

eine Zukunft aufbaust, von der die nächsten Generationen profitieren werden. Und nun möchte ich nichts mehr über irgendwelche Planänderungen hören. Es wird geheiratet, denn an der Seite der Böhms nähern wir uns unserem Ziel.«

Ich blickte meinem Vater direkt in die Augen, und er blickte zurück. Die Sturheit in seiner Miene machte mir mehr als klar, dass es im Moment keinen Sinn hatte, weiter über das Thema zu sprechen. Und in gewisser Weise hatte Vater auch recht. Ich wollte etwas schaffen, mit dem ich der nächsten Generation einen guten Start sichern konnte. Und was, wenn die Heirat in die Familie Böhm uns tatsächlich ungeahnte Türen öffnete? Waren diese Aussichten es nicht wert, ein Opfer zu bringen?

Als wir wenig später die großzügig geschnittene Wohnung der Böhms betraten, war spürbar, dass etwas nicht stimmte. Frau Böhm wirkte nervös, nestelte am Spitzenbesatz ihres Rocks und wich den Fragen meiner Mutter aus. Herr Böhm räusperte sich zu oft und füllte sein Schnapsglas nach. Wenzel saß blass und schweigsam bei Tisch, aber das war nun weiß Gott nicht außergewöhnlich. Margarete allerdings fehlte ganz.

Frau Böhm blickte wiederholt zur Tür und tupfte sich die geröteten Wangen.

»Dieses Kind!«, sagte sie und machte eine wegwerfende Geste. »Verspätet sich, wie immer!« Ihr angespanntes, lautes Lachen klang wie das Gackern einer Henne. »Wir lassen die Speisen dennoch auftragen«, sagte sie und blickte hilflos zu ihrem Gatten, der den Kopf in den Nacken warf und den nächsten Schnaps kippte.

»Ja, lass uns mit dem Essen beginnen«, meinte Wenzel und nickte seiner Mutter zu. »Gretel wird dann später zu uns stoßen. Bestimmt. Wir wollen doch nicht, dass unsere Gäste am Hungertuch nagen müssen, oder?« Wenzel lachte ebenso unbeholfen wie seine Mutter und wich meinen Blicken aus – aber tat er das nicht immer, seit ich ihn das erste Mal auf seine ›Neigung‹ angesprochen hatte?

Noch während ich mich fragte, was Margaretes Abwesenheit bedeuten könnte, wurde die Tür zum Esszimmer aufgerissen. Das Haar zerzaust, die Haut erhitzt und völlig außer Atem stand sie da. Ihre Haltung war wie immer aufrecht und ließ sie selbstbewusst und stolz wirken. Tatsächlich musste ich zugeben, dass sie über eine Ausstrahlung verfügte, der man sich nur schwer entziehen konnte. Und wäre sie nicht die Frau, die mich ständig auszustechen versuchte, würde ich sie vermutlich anziehend finden. Aber so …

»Da bist du ja endlich«, hauchte Frau Böhm so erleichtert, als hätte sie gar nicht mehr mit dem Erscheinen ihrer Tochter gerechnet. »Setz dich!«, sagte sie und wies ihrer Tochter den Platz neben mir zu.

Ich erhob mich pflichtgetreu und begrüßte sie mit einer angedeuteten Verbeugung. Als sie Platz nahm, half ich ihr, den Stuhl zurechtzurücken. Dabei stieg mir der Duft von Birkenwasser aus ihrem Haar in die Nase. Es roch sauber, klar und ließ mich noch tiefer einatmen.

»Stimmt etwas nicht?«, fragte sie zu mir hoch und riss mich aus meinen Gedanken. Ich schüttelte nur den Kopf und setzte mich wieder auf meinen Platz.

Es dauerte eine Weile, bis die Stimmung sich beruhigte und die Anwesenden einander in Gespräche verwickelten.

»Hast du mit deinen Eltern gesprochen?«, fragte Margarete im Flüsterton, ohne den Blick vom Heringsschmaus zu wenden, in dem sie mit ihrer goldenen Gabel herumstocherte.

»Hab ich. Aber wäre ich erfolgreich gewesen, säßen wir jetzt wohl kaum hier«, sagte ich und nahm einen Bissen von der vorzüglich abgeschmeckten Vorspeise. »Bei dir sieht es wohl ähnlich aus, wenn ich nicht irre?«

Sie zuckte mit den Schultern und legte ihre Gabel beiseite.

»Vielleicht sollten wir jetzt und hier gemeinsam gegen diese Eheschließung aufbegehren«, schlug sie vor und sah mir so tief in die Augen, dass ich befürchtete, sie könnte meine und Vaters Zukunftspläne darin lesen.

»In wenigen Tagen werden unsere Söhne in das Amt des Bereiters übernommen. Ist das nicht ein Grund, um anzustoßen?« Vater erhob sein Weinglas und prostete Herrn Böhm freudestrahlend zu. »Die beiden haben sich gut gemacht und sich ihren Titel schwer erarbeitet.« Herr Böhm lächelte breit – ob das nun am Stolz lag, den er für seinen Sohn hegte, oder an den vielen Schnäpsen, war schwer zu beurteilen.

»Hart erarbeitet?«, fragte Margarete und lehnte sich mit beiden Armen auf die Tischkante.

»Hart erarbeitet«, wiederholte mein Vater. Dabei stierte er sie so eingehend an, dass ich erwartete, sie würde sich dem Blick beugen und schweigen.

»Das Amt des Bereiters erarbeitet man sich normalerweise über Jahre hinweg – so wie mein Bruder Wenzel und all die anderen Bereiter vor ihm. Nicht wahr, Vater?«

Natürlich war Margarete nicht mit einem scharfen Blick in die Enge zu treiben. Ihr Kinn wirkte spitzer als sonst, und ihr Brustkorb hob und senkte sich heftig.

»Schon gut, Kind«, versuchte Herr Böhm seine Tochter zu besänftigen. Als ob dergleichen möglich wäre.

»Schon gut?« Margaretes Stimme überschlug sich. »Bislang konnte mir niemand erklären, warum ausgerechnet der Sohn des neuen Oberstallmeisters die Elevenjahre überspringt und dann auch noch die harten Jahre als Bereiteranwärter auf wenige Wochen zu kürzen vermag. Das kann doch unmöglich dein Ernst sein, Vater!« Mit geröteten Wangen funkelte sie Herrn Böhm über den Tisch hinweg an und erwartete eine Antwort, während sie mit den Fingern auf die pastellgelbe Tischdecke klopfte.

»Margarete! Wie benimmst du dich vor unserem ehrenwerten Besuch?«, zischte Frau Böhm und fasste ihre Tochter grob am Handgelenk.

»Schon gut, Gnädigste«, meinte mein Vater versöhnlich und nahm genüsslich einen Schluck Rotwein. Bedächtig stellte er sein Glas ab, tupfte seinen ergrauten Schnauzer mit der Stoffserviette ab und lehnte sich entspannt in seinem Stuhl zurück. Vater schien es zu genießen, dass alle Blicke auf ihm ruhten. Oder überspielte er nur seine Unsicherheit?

»Zum einen wundert es mich, dass sich noch niemand vor Ihnen daran gestört hat, dass August bereits nach wenigen Wochen zum Bereiter der Hofreitschule ernannt wird. Freilich hat er mit meinem Segen viele Ausbildungsjahre übersprungen, aber glauben Sie mir, Fräulein Margarete, er hat dies zu Recht getan. Kein anderer Reiter der Hofreitschule verfügt über sein Können – zumal er ja nicht erst seit ein paar Monaten im Sattel sitzt. Er reitet, seit er ein Bub ist – zwar nicht hier, aber immerhin hatte er stets die besten Reitlehrer. Man könnte also behaupten, dass August seit Jahren hart am Titel des Bereiters arbeitet und ihn sich nun mehr als verdient hat.«

Ich wagte es nicht, den Anwesenden in die Augen zu sehen, und hielt den Blick auf meinen Heringsschmaus gerichtet, der langsam austrocknete und dunkle Ränder ansetzte.

»Für talentierte Reiter gelten also andere Regeln, verstehe ich das richtig, ja? Und es liegt natürlich in Ihrem Ermessen, Herr Hoffmann, welches Talent Ihnen zu Gesicht steht.«

»Scht! Sei endlich leise«, zischte Frau Böhm über den Tisch und versuchte sich trotz ihrer Erregung an einem Lächeln, um einen Schein zu wahren, der längst zerbröckelt unter dem Tisch lag.

»Was für eine aufgeweckte junge Frau Sie doch sind, Fräulein Margarete.« Mein Vater wirkte trotz der Anschuldigungen entspannt, er griff sogar nach einem weiteren Stück Brot und bestrich es mit dem Heringsschmaus. »Und wären Sie so klug, wie Sie es vorgeben zu sein, dann würden Sie nicht mit dem Finger auf mich zeigen und über meinen Sohn urteilen. Schließlich sind Sie es doch, die sich über jeden Anstand hinwegsetzt und neuerdings im Herrensattel ihre Reitstunden absolviert.« Vater lächelte breit. Aber es war kein freundliches Lächeln, vielmehr legte es starr seine Zähne und seine Überlegenheit blank. Mit beiden Händen stemmte er sich gegen die Tischkante und machte seine Schultern breiter, als sie waren.

»Woher ...?« Noch ehe Margarete ihre Frage ausformuliert hatte, wandte sie sich an mich. Ihre Augen glühten.

Die Luft im Raum knisterte und sprühte Funken. Voller Inbrunst hoffte ich, dass irgendjemand wenigstens ein Wort sagen möge, um dieses unerträgliche Schweigen zu durchbrechen. Doch niemand tat es.

»Was siehst du mich so an? Such doch nicht immer einen Schuldigen, sondern steh zu deinen Taten!« Nein, ich hatte nicht vor, ihrem Blick auszuweichen. Ich hatte nichts Unrechtes getan. Diese Frau schaufelte sich ihre eigene Grube und wagte es dann allen Ernstes, die Schuld bei mir zu suchen? Ich lachte kurz auf, griff dann nach meinem Glas und nippte genüsslich am fruchtigen Rotwein. Und dabei war mir völlig egal, dass Margaretes Blicke mich zu durchbohren versuchten.

12

MARGARETE

»Was siehst du mich so an? Such doch nicht immer einen Schuldigen, sondern steh zu deinen Taten!«, meinte August und starrte mich an. Er starrte. Einfach nur so. Ich schaffte es kaum, zu atmen oder mich auf meinem Stuhl zu halten. Alles um mich herum drehte sich und wankte. Bloßgestellt und in die Ecke gedrängt, blickte ich zu meinem Bruder. Dieser schluckte, als unsere Blicke sich trafen. Dann wandte er sich seinem leer gegessenen Teller zu und kratzte mit seiner Gabel auf dem Porzellan herum.

Vater räusperte sich und legte sein Besteck beiseite. Für einen kurzen Augenblick hegte ich die Hoffnung, dass er mir beistünde und Herrn Hoffmann zu verstehen gab, dass es seiner Tochter natürlich freistünde, in welchem Sattel sie ritt.

»Ich hatte keine Ahnung«, sagte er stattdessen und sah meine Mutter an.

Hätte ich Vater einweihen sollen? Hätte ich damit diese prekäre Situation vermieden?

»Das ist nicht dein Ernst!«

Mutters Entrüstung erinnerte mich an eine Löwin im Tiergarten Schönbrunn, die übellaunig gegen die Gitter ihres Tierhauses geschlagen hatte.

»Derart blamiert hat man mich noch nie zuvor!« Mutters Stimme war ein Flüstern. Dennoch hallte ihre Stimme durch den gesamten Raum.

»Vater! Es tut mir leid.« Die Augenpaare der Hoffmanns und meiner Eltern waren auf mich gerichtet. Sämtliche Blicke schienen auf mich einzuhacken, mich zu erniedrigen. Ich atmete tief durch. Doch mein Kampf gegen diese öffentliche Demütigung schien zwecklos. Es war, als würde man mich völlig unbekleidet auf einem Präsentierteller durch die belebten Straßen Wiens tragen, und jedermann zeigte mit dem Finger auf mich.

»Eine Frau im Herrensattel! Darüber reden wir später noch!«, flüsterte Mutter mir empört zu.

»Aber Herr Hoffmann«, setzte ich an und überlegte, wie ich meine Beweggründe erklären konnte. »Selbst die Kaiserin hat sich im Herrensattel versucht. Zudem werden in der Quadrille Figuren geritten, die unmöglich im Damensattel umsetzbar sind.« Meine Wangen glühten, während ich Herrn Hoffmanns Miene zu deuten versuchte.

»Quadrille?«, fragte Herr Hoffmann. Sein aufgesetztes Schmunzeln gefiel mir nicht. »Glauben Sie ernsthaft, Sie hätten eine Chance, in der Quadrille mitzureiten?« Er hob sein leeres Glas an, um dem Personal zu signalisieren, dass er Nachschub benötigte.

»Frauen haben in der Hofreitschule nichts verloren«, sagte Hoffmann und hielt den Blick auf die Weinflasche gerichtet, aus der sich gluckernd der Rotwein in sein Glas ergoss. »Die Kaiserin mag ihr Reittalent an der Hofreitschule vorantreiben, das sollte aber Sie, Fräulein Margarete, nicht auf aberwitzige Ideen bringen. Die Kaiserin treibt den Reitsport zur körperlichen Ertüchtigung und aus purer Freude. Das bedeutet noch lange nicht, dass in der Hofreitschule weibliche Bereiter willkommen sind oder jemals sein werden.«

»Die Zeit bleibt nicht stehen, Herr Hoffmann. Selbst die Hofreitschule sollte sich dem Fortschritt gegenüber öffnen und der Welt zeigen, dass die Reitkunst keine Grenzen kennt und selbst

Frauen ihr Können in der kaiserlichen Hofreitschule erlernen und vorführen dürfen.« Meine Brust schwoll an, meine Aufregung legte sich, und ich war sicher, dass nicht einmal ein Oberstallmeister Hoffmann meinen Argumenten etwas entgegenzubringen hatte.

»Fortschritt? Bei allem Respekt, Fräulein Margarete, aber Sie scheinen nicht zu wissen, wovon Sie reden. Die Hofreitschule ist die fortschrittlichste Ausbildungsstätte, welche die hohe Reitkunst zu bieten hat. Dass das Kaiserpaar und die Obrigkeiten dennoch kein Weibsvolk auf den Lipizzanern sehen wollen, hat nichts damit zu tun, dass wir uns vor der Moderne verschließen, sondern es schlichtweg nicht angebracht ist, auf die Launenhaftigkeit einer Frau zu setzen. Zudem brauchen unsere Hengste eine starke Hand, die sie zu weisen versteht, und keine zierlichen Mädchen, die beim ersten Seitensprung vom Sattel rutschen. Ob eine Frau im Herrensattel nun tatsächlich moralisch vertretbar ist oder nicht, darüber will ich hier nicht diskutieren. Dieses Zugeständnis oder Verbot muss Ihnen, Fräulein Margarete, Ihr Vater machen, nicht ich. Sollten Sie, Herr Böhm, allerdings noch immer das Ziel verfolgen, Ihre Tochter mit unserem Sohn verheiraten zu wollen, würde ich dringend dazu raten, diese Sache mit dem Herrensattel und dem falschen Ehrgeiz Vergangenheit sein zu lassen. Ich für meine Person kann Ihnen allen nur versichern, dass die kaiserliche Hofreitschule keine Frau als Bereiter dulden wird. Nicht in diesem Jahrhundert und gewiss nicht in denen, die folgen werden.« Herr Hoffmann trank seinen Rotwein. Vermutlich war das sein Zeichen, dass dieses Gespräch beendet war.

Erschöpft lehnte ich mich in meinen Stuhl zurück und suchte über den Tisch hinweg den Blickkontakt zu Wenzel. Schweigend schüttelte er kaum sichtbar den Kopf. In seiner Miene spiegelte sich sein inneres Zerwürfnis, die Qual, mir beistehen, aber gleichzeitig weder vor Vater noch Herrn Hoffmann unangenehm auffallen zu wollen. Und dann war da noch August, dessen Häme Wenzel ebenfalls nicht auf sich ziehen wollte.

Ich nickte meinem Bruder zu, versuchte, ihm zu versichern, dass ich seinen Zwiespalt nachvollziehen konnte, und verstand, dass er wenige Tage vor seiner Ernennung zum Bereiter Herrn Hoffmann keinen Grund zum Ärger liefern wollte.

Ich war also allein an vorderster Front. Da war niemand, auf den ich zählen konnte. Niemand, der mir den Rücken stärkte. Mutter würde mich noch zur Genüge rügen, wenn der Besuch erst gegangen war. Solange Frau Hoffmann bei Tisch saß, kämpfte Mutter förmlich darum, mein Ansehen geradezurücken.

»Natürlich richtet Margarete sich voll und ganz nach den Wünschen ihres künftigen Schwiegervaters. Nichts liegt ihr ferner, als die bevorstehende Heirat in Gefahr zu bringen.«

»Was immer du sagst, Mutter«, antwortete ich nüchtern und nahm einen Bissen vom frischen Brot, um nicht noch mehr an Zugeständnissen von mir geben zu müssen. Eine bleierne Erschöpfung legte sich auf mein Gemüt, beschwerte meine Schultern und meine Augenlider. Ich war zu müde, um weiterzukämpfen und gegen Herrn Hoffmann aufzubegehren. Sollte dieser Mann tatsächlich mein Schwiegervater werden, sähe ich mich einer Zukunft gegenüber, in der man mich endgültig meiner Reitstunden beraubte. Nicht einmal Vater konnte mir jetzt noch helfen, es sei denn, er würde mich von dem Eheversprechen mit August entbinden. Aber er war schließlich auf die Finanzen der Hoffmanns angewiesen.

Hatte ich eben noch von einer modernen Zeit gesprochen, in der Frauen gegenüber mehr Zugeständnisse gemacht werden sollten, so fühlte ich mich in diesem Moment um Jahrhunderte zurückversetzt. Wieder einmal musste ich mich dem Willen der beiden Familienoberhäupter beugen.

Meine Wünsche und Zukunftsträume spielten keine Rolle,

die kehrte ich am besten unter mein Bett, wo sie verstauben und vermodern würden, bis ich sie als alte Frau wieder hervorholte aus ihrem Verlies und Tränen um sie weinte, weil ich als junge Frau nicht ausreichend für sie gekämpft hatte.

Ich dachte an Marjan und daran, wie lebendig ich mich in seiner Umarmung fühlte. Mein Körper schien förmlich zu zerfließen, wenn ich mich an ihn schmiegte. Er war der Mann, nach dem ich mich sehnte, der, an den ich nicht aufhören konnte zu denken.

Ich durfte noch nicht aufgeben. Alles, was ich brauchte, war eine kurze Verschnaufpause, in der ich meine Kräfte sammelte. Eine Pause, um nachzudenken, wie ich weiter vorgehen sollte. Das war noch nicht das Ende, das war nur eine Etappe. Weder würde ich August heiraten noch meinen Traum der Bereiterin aufgeben. Ich musste nur überlegen. Während ich an meinem Brot kaute, blickte ich zu August. Selbstgefällig saß er da, ließ seinen Finger um den verbrämten Tellerrand kreisen und schwieg. Wo war der vorlaute Mann, der sich ebenfalls gegen die Eheschließung zur Wehr setzen wollte? Er rieb sich über seinen raspelkurzen Backenbart und schwieg. Was hätte ich dafür gegeben, in diesem Augenblick seine Gedanken lesen zu können.

13

Sardinia döste vor sich hin, die Augen geschlossen, die Ohren entspannt. Beim Anblick seines hängenden Mauls musste ich schmunzeln, und das, obwohl mich das Abendessen mit den Hoffmanns am Vorabend jeder Lebenslust beraubt hatte.

Vater hatte mir weitere Reitstunden verboten.

»Zumindest bis Oberstallmeister Hoffmann sich wieder beruhigt hat«, hatte er gemeint und mir seine Hand tröstend an die Wange gelegt. Aber allein die Art, wie er Hoffmanns Namen aussprach, ließ mich den übermäßigen Respekt meines Vaters vor diesem Mann erahnen. Alle hatten sie klein beigegeben – Vater, Mutter und letztes Endes auch ich. August hatte den restlichen Abend geschwiegen, während sein Vater sich unverschämt oft den Teller nachgefüllt und laut schmatzend den Eindruck erweckt hatte, er wäre der Herr des Hauses.

»Magst ein Stückerl Zucker?«, fragte ich Sardinia. Sofort spitzte er seine Ohren, sein Blick wurde wach, und sein weiches Maul ertastete die süße Belohnung auf meinem Handteller. Laut malmend kaute Sardinia an dem kleinen Zuckerstück und stupste auffordernd gegen meinen Arm.

»Ein Stück ist genug!«, sagte ich und kraulte ihm die Stirn. Sein glänzendes Fell fühlte sich warm und weich unter meinen Fingerspitzen an. Zufrieden schloss Sardinia nach einer Weile wieder die Augen und setzte seinen Dämmerschlaf fort.

»Wir beide waren ein unschlagbares Gespann, nicht wahr? Du hast die Zeit mit mir auch genossen, das weiß ich.« Noch während ich diese Worte leise aussprach, schwoll ein schmerzhafter Knoten in meiner Kehle an, der mich zum Schweigen brachte. Ich fasste mir an den Hals und rief mir meine Träume in Erinnerung, die mich bis zum Vortag begleitet und angespornt hatten. Alles, was ich mir gewünscht hatte, war, in der Quadrille zu reiten und dem Kaiserpaar mein Können zu präsentieren. Vaters laut ausgesprochenes Reitverbot erweckte in mir ein Gefühl von … Nein, das Gegenteil war der Fall: Vaters Verbot hatte jedes Gefühl in mir gelähmt. Da war nichts mehr. Keine Freude, kein Ehrgeiz, kein Ziel, für das es sich zu kämpfen lohnte. Fühlten alle Frauen diese Leere? Gingen sie alle durchs Leben und fragten sich, wozu? Oder waren sie zufrieden damit, sich für ihren Gatten hübsch zu machen und dessen Kinder zu gebären? Das konnte doch nicht alles sein, in uns steckte doch so viel mehr! Warum wollte das keiner sehen? Warum war die Welt nicht bereit für unsere Talente und unser Wissen? War das der Grund, warum man uns in viel zu enge Kleider schnürte und uns in schwere Röcke und sperrige Tournüren steckte? Damit man uns unseres Kampfgeistes beraubte, uns jeden Schritt erschwerte und die Freiheit stahl, frei zu atmen?

Ich legte meine Wange an Sardinias warmen Hals und versuchte, meinen Groll zu besänftigen. Vermutlich fiele mir das Leben leichter, wenn ich mein Schicksal annahm und nicht länger haderte und Streit provozierte. Warum nur fühlte es sich an wie eine Lüge, wenn ich versuchte, mich abzufinden, meine Träume aufzugeben?

»Er vermisst den Unterricht mit dir mindestens genauso wie du«, meinte Marjan. In einer Hand hielt er ein Zaumzeug, in der anderen eine Gerte. Er lächelte, und das, obwohl er an der Hofreitschule immer nur der Reitknecht bleiben würde. Weder konnte er mit Aufstiegsmöglichkeiten rechnen noch mit einem

Berufswechsel, der ihm finanzielle Verbesserung versprach. Er steckte fest in einem Leben, das weiß Gott nicht viel zu bieten hatte. Und dennoch wirkte er zufrieden. Lag es womöglich an mir? Sollte ich meine Unzufriedenheit ablegen wie ein abgetragenes Kleid?

»Ich leiste nur Sardinia etwas Gesellschaft.«

»Die hat er dringend nötig. Jetzt, da August ihn übernehmen wird.«

»August reitet ab sofort meinen Sardinia?«

»Entschuldige, ich dachte, du wüsstest es. Ja, nun, da August bald Bereiter ist, bedarf es eines zweiten Hengstes für ihn – nur für den Fall, dass Presciana ausfällt.«

Gerne hätte ich meiner Wut freien Lauf gelassen, wäre hitzigen Schrittes hoch in die Räumlichkeit des Oberstallmeisters gerannt, um ihm meine Meinung zu sagen, auch wenn sie ihn nicht interessierte. Aber was sollte es nützen? Mein Schreien würde nichts ändern. August würde trotzdem Sardinia reiten – morgen und auch die Tage danach. Er war nun sein Hengst.

»Mein gesamtes Leben scheint im Wandel zu sein, damit muss ich mich wohl arrangieren. Aber solange wir zusammen sein können, Marjan, werde ich mit allen Veränderungen klarkommen.«

Marjans Lächeln verschwand, seine Schultern sackten etwas tiefer, sein Blick wich meinem aus: »Es wird da noch eine Veränderung geben. Ich hatte heute ein Gespräch mit Herrn Hoffmann.«

»Was hat das zu bedeuten?«, fragte ich leise und ging zu ihm. »Sag es mir!«, flüsterte ich, als ich vor ihm stand.

»Es tut mir leid, aber ...«

Ich legte meine Hand an seinen Oberarm. Er musste mir die Wahrheit sagen. Jetzt.

»Auf dem Zuchtgestüt in Lipica finden Umbauarbeiten statt.«

»Ja, davon hat Vater mir berichtet.«

»Dort wird jetzt jede helfende Hand gebraucht. Und da ich vor meiner Versetzung hierher auf dem Zuchtgestüt gearbeitet habe …«

»Nein! Sag das nicht! Ich will es nicht hören!« Vergessen war die Wut darüber, dass ich nicht mehr reiten durfte, vergessen auch der Groll, weil man mich mit August verheiraten wollte. Alles, wofür gerade in meinem Herzen Platz war, war eine unermessliche Traurigkeit. Jeder Herzschlag war so schmerzhaft wie ein Messerstich, jeder Atemzug brannte sich durch meine Kehle. Meine Sicht trübte sich, und Tränen perlten heiß über meine Wangen. Mit dem Handrücken wischte ich sie weg. Niemand sollte mich weinen sehen. Mich, die sich immer als die Starke präsentierte und die stets ein Widerwort auf den Lippen trug. Ich wollte nicht, dass Marjan sah, wie sehr mich seine Nachricht brach. Denn solange nur ich um meinen Kummer wusste, war er leichter zu ertragen. Dann konnte ich ihn wegsperren in die hintersten Tiefen meines Herzens. Doch sobald Marjan seine Hand nach mir ausstreckte, um mich zu trösten, würde ich in tausend kleine Scherben zerfallen.

»Es tut mir leid!«, sagte er eindringlich und legte seine Stirn an meine. Die Wärme seiner Haut durchflutete mich weich und samtig. Und doch verstärkte sie den Schmerz in meiner Brust, statt ihn aufzulösen.

»Ich könnte mit meinem Vater reden, damit er von deiner Versetzung absieht. Er würde dich bestimmt unterstützen, wenn du bleiben möchtest.« Aber würde Vater das? Wie sollte ich ihm meine Bitte unterbreiten, ohne eine Unmenge an Fragen heraufzubeschwören? Und wenn Vater die Wahrheit hinter meiner Bitte auch nur im Ansatz erahnte, würde er dafür sorgen, dass man Marjan noch viel weiter weg versetzte als auf das Gestüt in Lipica, das man mit der Kutsche in zwei Tagen erreichen konnte.

»Der Oberstallmeister hat mir seinen Entschluss gestern

mitgeteilt«, sagte Marjan und griff nach meiner Hand. »Aber wenn die Umbauarbeiten erst fertig sind, kann ich zurück nach Wien, da bin ich mir sicher.«

Vater hatte mir von der geplanten Vergrößerung des Gestüts erzählt. Vergrößerung bedeutete auch mehr Arbeit. Ein so fleißiger Arbeiter wie Marjan wurde immer und überall gebraucht. Und bestimmt würde man ihn auf dem Gestüt behalten wollen.

»Marjan«, flüsterte ich, als mir bewusst wurde, dass ich ihn womöglich nicht wiedersehen würde. »Wir gehören doch zusammen!«

»Ja, das tun wir. Ich werde dir jeden Tag einen Brief schreiben, und du kommst mich besuchen.«

»Briefe schreiben und besuchen? Marjan, du verstehst den Ernst der Lage nicht. Wenn wir beide nicht rasch handeln, dann steht mir eine Ehe mit August Hoffmann bevor. Du musst bleiben und gemeinsam mit mir alles daransetzen, um diese Ehe zu verhindern!« Meine Stimme war laut geworden. Zu laut. Schließlich trug Marjan keine Schuld an meinem Schicksal.

Als Schritte zu hören waren, löste ich mich von ihm und wich zurück.

»Wir treffen uns heute Abend und überlegen, was wir tun können, ja?«

Ich nickte.

»Am Eingang zum Volksgarten?«

»Ja.«

Ein letztes Lächeln, dann verschwand er. Und ich stand da, mitten in der Stallgasse, und fragte mich, was mir noch blieb, wenn er wirklich gehen würde?

Als ich mich am Abend auf den Weg zum vereinbarten Treffpunkt machte, erfüllte mich Traurigkeit. Ich wollte mich auf die Zeit mit Marjan freuen, ihr entgegenfiebern, so wie ich es immer getan hatte, aber unser baldiger Abschied veränderte alles.

Was, wenn es heute eine unserer letzten Begegnungen war, bevor er abreiste?

Es war ein lauer Frühlingsabend, die Luft trug den herben Duft der Tulpenrabatte aus dem Park zu mir herüber, während ich am schmiedeeisernen Tor auf Marjan wartete. Die Dämmerung setzte langsam ein und tauchte die Straßen in ein gedecktes Grau. Den Kopf in den Nacken gelegt, erkannte ich am Himmel die ersten Sterne, die den Tag endgültig verabschiedeten und die Stille der Nacht einläuteten.

Hufgetrappel lenkte mich von meiner Sternenbeobachtung ab und holte mich zurück an den Eingang des Volksgartens. Bei einem Blick zur Seite erkannte ich im Dämmerlicht einen Mann, der zwei Schimmel führte – an jeder Hand einen. Ich kniff die Augen zu, um zu erkennen, wer da auf mich zukam. Konnte es sein …? Nein, das war unmöglich. Oder doch?

»Marjan?«, fragte ich. Meine Stimme überschlug sich. »Bist du das wirklich?« Ja, er war es. Breit grinsend kam er auf mich zu und schien sich an meiner überraschten Miene zu erfreuen.

»Was? Wie? Warum?«, stotterte ich und lachte hell auf.

»Lipizzaner. Gesattelt und aus der Hofreitschule geschmuggelt. Warum? Ganz einfach: Weil ich dir eine Freude machen möchte.«

Ich atmete ein. Ganz tief. Es war, als könnte ich zum ersten Mal seit einer Ewigkeit befreit einatmen.

»Du bist verrückt!«, sagte ich, drückte mich eng an ihn, sog seinen Geruch tief in mich auf und küsste ihn mit einer Selbstverständlichkeit auf die Wange, die sogar ihn zu überraschen schien.

»Und ihr beiden? Habt ihr Lust auf einen abendlichen Ritt durch den Park?«, fragte ich die beiden Hengste und strich Sardinia über den Nasenrücken. »Mein Sardinia«, flüsterte ich und drückte ihm einen Kuss zwischen die Nüstern.

Erleichtert stellte ich fest, dass Sardinia meinen Damensattel auf dem Rücken hatte. Ich war noch nie ohne meine Reithosen unter den Röcken geritten und war gespannt auf das Abenteuer. Mit Schwung hob er mich hoch in den Damensattel und reichte mir meine Gerte.

»Du hast an alles gedacht, nicht wahr?«

Marjan lächelte und saß auf seinem Pferd auf. Erleichtert stellte ich fest, dass er entschieden hatte, Wenzels Pferd zu reiten. Sollte unser nächtlicher Ausflug auffliegen, müssten wir wenigstens nicht mit dem Zorn eines Bereiters rechnen.

»Können wir?«, fragte Marjan. Es war das erste Mal, dass ich ihn hoch zu Pferd sah. Sonst war er ja nur mit Stallarbeiten, mit dem Putzen und Einfetten der Sättel und Zaumzeuge oder damit, meinem Vater seinen Zweispitz hinterherzutragen, beschäftigt. Es war sicher nicht einfach für ihn, stets nur derart niedere Dienste verrichten zu dürfen, wo er doch so viel mehr konnte.

»Gut siehst du aus!«, gestand ich ihm zu. Sein Sitz und seine Haltung waren überraschend gut. »Bist du zu Hause oft geritten?«, fragte ich, während ich Sardinia antrieb und durch das geöffnete Tor hinein in den Volksgarten ritt.

Zu dieser Uhrzeit waren kaum noch Menschen unterwegs, nur wenige flanierten noch mit ihren Hunden durch die üppigen Baumalleen.

»Auf dem Gestüt Lipica war ich zwar wie hier für diverse Stallarbeiten zuständig, aber dort durfte ich auch ab und an mit einer der Stuten über die weiten Wiesen galoppieren. Es ist alles grün, wild und rau. Ganz anders als hier in der staubigen Stadt.«

»Dann freust du dich auf deine Rückkehr?«, fragte ich und war nicht sicher, ob ich die Antwort hören wollte. Was, wenn er sich auf seine Abreise aus Wien freute? Könnte ich damit umgehen?

»Ja und nein«, antwortete Marjan und blickte nachdenklich in die Abenddämmerung, in der sich die Bäume grau vom

Himmel abzeichneten. »Ich kann es kaum erwarten, die würzige Luft zu atmen, in meiner Muttersprache zu reden und meine Familie in die Arme zu schließen.« Sein Blick hing am Abendhimmel, so als wären dort oben all seine Erinnerungen abgebildet.

»Aber die Gedanken an unseren Abschied machen mich traurig«, fuhr er fort und streckte die Hand nach mir aus.

Ich lenkte Sardinia enger zu Europa und reichte Marjan meine Hand. Wäre da nicht der schmerzende Gedanke, ihn bald nicht mehr bei mir zu haben, wäre es wohl der schönste Abend meines Lebens gewesen. Wir beide auf dem Rücken unserer Pferde, Hand in Hand durch den Abend reitend, beobachtet allein von den Bäumen, die in Reih und Glied standen wie Soldaten.

»Dir würde es in meiner Heimat gefallen«, sagte er und drückte warm meine Hand. »Das Wilde und Unbezähmbare, das auch du in dir trägst.«

»Ich bin nicht unbezähmbar«, erwiderte ich und löste meine Hand. Ich konnte mich erinnern, unbeugsam gewesen zu sein. Ich war eine Frau, die ihren Willen durchsetzte und sich nichts aus den Regeln der Gesellschaft machte. Wo war diese Frau nur geblieben? Sie war weg, hatte mich unterwürfig und klein zurückgelassen. Während Marjan durch die Wiesen in seiner Heimat streifte und sich an der unendlichen Freiheit erfreute, blieb ich hier in Wien und heiratete einen Mann, mit dem mich nichts verband und dessen Vater mich meiner größten Freude beraubt hatte.

»Die Sonnenuntergänge sind atemberaubend und von solch durchdringenden Rottönen, wie du sie hier in Wien nie sehen wirst. An den Abenden trägt ein lauer Wind die salzige Meeresluft auf die Veranda und verfeinert den Geschmack des Stampers Sliwowitz, den meine Freunde und ich uns nach getaner Arbeit gönnen.«

Ich schloss die Augen und versuchte, die Farben zu sehen. Das Rot des Sonnenuntergangs, das Grün der Wiesen. Und ich versuchte, den würzigen Geruch der Weiden zu schmecken und die salzige Meeresbrise.

»Wie gern würde ich mit dir auf der Veranda sitzen und mit deinen Freunden ein paar Gläser Pflaumenbrand trinken. Sliwowitz oder wie er heißt.«

»Sliwowitz«, meinte Marjan, veränderte die Betonung des Wortes und lachte. »Und wie gern hätte ich dich dabei, bei mir.«

Marjans Lächeln erhellte die Dunkelheit des Abends, und mit einem Mal sehnte ich mich mehr denn je in die Arme dieses Mannes. Alles in mir rief förmlich danach, ihn nicht gehen zu lassen. Und doch wusste ich, dass es keinen Ausweg gab. Wir würden uns verabschieden, ich würde mich in seiner Halsmulde vergraben, um seinen Duft für immer in mich aufzusaugen. Und nachts würde ich wach im Bett liegen und mich nach seinen Küssen sehnen, die so weich waren, dass sie selbst meine Seele streichelten.

Ich fasste die Zügel nach und brachte Sardinia zum Stehen.

»Ich komme mit!«, sagte ich und fühlte ein aufgeregtes Prickeln in meinen Wangen. Die Last auf meinen Schultern löste sich in nichts auf, und da wusste ich, dass genau das mein Ausweg war. Eine Flucht aus Wien wäre zugleich eine Flucht vor meinen Problemen. In Lipica gäbe es keine Hochzeit mit August, kein Reitverbot und keine abschätzigen Blicke, wenn Marjan und ich uns küssten. Ich wollte nach Lipica und auf dem Gestüt die Mutterstuten auf ihren weitläufigen Weiden mit ihren schwarzen und braunen Fohlen laufen sehen. Ich wollte mich von meinem Mieder befreien und mit Reithosen und einer lockeren Bluse bekleidet Stallarbeit verrichten und auf den Stuten reiten – so wie Marjan.

»Ich komme mit dir!«, sagte ich so bestimmt, dass meine Stimme die abendliche Dämmerung durchbrach. »Aber natürlich nur, wenn du das möchtest«, sagte ich und hielt den Atem an.

Marjan blickte mich an, wortlos, erstaunt, überrascht. Ich wünschte mir, seine Gedanken lesen zu können, hoffte, dass er mich nicht abweisen würde.

»Du würdest die Arbeit auf dem Land deinem Leben in Luxus hier vorziehen?«, fragte er ungläubig. Selbst durch die Abenddämmerung konnte ich erkennen, dass er meine Miene taxierte und nicht zu wissen schien, ob er meine Worte ernst nehmen sollte.

»Ich würde ein Leben an deiner Seite vorziehen – ganz egal, wo es mich hintreibt.« Meine Hände krallten sich am Zügel fest. Marjans Entscheidung würde mein Leben verändern, es in völlig neue Bahnen lenken. Ich schloss die Augen und atmete tief ein.

Sag schon! Sag es endlich! Bitte!

»Ich kann mir nichts Schöneres vorstellen als eine Zukunft mit dir in meiner Heimat! Aber was werden deine Eltern sagen?«

»Meine Eltern?« Ich lachte auf und stellte mir vor, wie ich Mutter und Vater in meine Pläne einweihte. Mutter würde in Ohnmacht fallen und Vater sich ein Glas Schnaps einschenken. Und dann würden sie mich vermutlich den Rest meiner Tage in meinem Zimmer einschließen.

»Meine Eltern dürfen davon nichts wissen. Wir werden heimlich abreisen.« Der Gedanke an dieses Abenteuer beflügelte mich. Ich konnte es kaum erwarten, das graue Wien hinter mir zu lassen und Seite an Seite mit Marjan den Zug zu besteigen, um unserer gemeinsamen Zukunft entgegenzufahren. Was das Gepäck betraf, so musste ich sparsam sein, schließlich hatte ich keinen Burschen dabei, der meine Koffer für mich transportierte. Zudem waren meine feinen Kleider nutzlos, wenn man bedachte, dass ich auf dem Gestüt schwere Arbeit leisten würde.

»Komm!«, rief ich und galoppierte Sardinia an. Die Wege blitzten hell durch die späten Abendstunden, und so konnte ich es wagen, meinem Drang nach Freiheit Raum zu verleihen und meinen Hengst vorwärtszutreiben, bis der Wind scharf über meine Wangen strich.

»Nicht so schnell!«, forderte Marjan mich auf. Doch ich stupste Sardinia mit der Gerte, und der nahm die Aufforderung gern an. Laut donnernd hallten die Hufe der Hengste über die befestigten Wege, waren das Echo für meinen Freiheitsdrang, den ich viel zu lange untergraben hatte. Aber das würde sich nun ändern. Alles würde sich ändern. Mein Leben sortierte sich gerade neu, und das war gut so. Ich hatte mich von meinem Schicksal an der Nase herumführen lassen. Erst dieser August, dann das vehement ausgesprochene Reitverbot. In wenigen Tagen, wenn Marjan und ich meiner Heimatstadt Wien für immer den Rücken kehrten, würde ich auch jedes mir auferlegte Verbot und jede Pflicht hinter mir lassen und aufbrechen in ein selbstbestimmtes Leben. Der Wind drängte Tränen aus meinen Augen. Es waren Freudentränen, die über meine Wangen tanzten und sich im Licht der Sterne badeten. Jetzt würde alles gut werden – nein, alles würde besser werden.

14

Alle Bereiter standen in Reih und Glied, den Blick zur leeren Loge des Kaiserpaares gerichtet. Die Köpfe stolz erhoben, die Schultern gestrafft. Es war ein ehrwürdiger Moment für alle Anwesenden.

August und Wenzel hatten vor den Bereitern Aufstellung bezogen. Wenzel trat nervös von einem Bein auf das andere, während August selbstbewusst auf seine Ernennung zum Bereiter wartete. Die Zeremonie wurde nur in kleinem Kreis gefeiert, und so waren die Tribünen menschenleer. Manchmal fragte ich mich, warum die Schönheit der Hofreitschule und der Lipizzaner nicht für die Öffentlichkeit zugänglich gemacht wurde, sondern die Vorführungen nur für das Kaiserpaar und seine Gäste bestimmt waren. Wäre es nicht eine Freude für das gemeine Volk, wenn es die Darbietung der Bereiter miterleben dürfte?

Acht bis zwölf Jahre, so lange dauerte der Werdegang vom Eleven über den Bereiteranwärter bis hin zum Bereiter. Jahre, die jeder der anwesenden Männer investiert hatte. Alle bis auf August.

Mein Magen krampfte schmerzhaft bei dem Gedanken, dass gerade August so viele Jahre geschenkt wurden. Jahre, in denen man ihm den respektvollen Umgang von Mensch zu Tier hätte nahebringen können. Jahre, in denen er gelernt hätte, was es bedeutet, Zeit und Energie in eine Sache zu investieren. Doch die einzige Lehre, die August aus seiner raschen Beförderung ziehen würde, war, dass er aus seinem Status als Sohn des Oberstallmeisters seinen Nutzen ziehen konnte. Einem August Hoffmann flog der Erfolg zu wie ein zahmer Vogel, der auf seiner Hand Platz nahm und ihm ein zauberhaftes Lied trällerte.

Hier oben auf der Tribüne war es angenehm kühl. Eine belebende Brise erfrischte durch die geöffneten Fenster. Ich versuchte, die zermürbenden Gedanken um August zu verdrängen. Heute war schließlich auch für Wenzel ein großer Tag. Bereits im Alter von zwölf Jahren war er neben seinem Schulalltag in die Elevenjahre gestartet. Ich konnte mich noch erinnern, wie erschöpft er abends heimgekehrt war. Oft waren ihm schon vor dem Abendessen die Augen zugefallen, oder er hatte todmüde am Esstisch gesessen. Für ihn war es eine harte Zeit gewesen, seine Kindheit hatte er zwischen Sätteln und Lipizzanern geführt. Und doch hatte er sich nie beschwert, hatte stets alles getan, um Vater zu gefallen, um ein Wort des Lobes von ihm zu erhaschen.

Die vielen Jahre der Entbehrung, des Fortschrittes – und dennoch fand er keine Freude an den täglichen Reiteinheiten. Aber heute stand er da, inmitten seiner Kollegen, und war offensichtlich aufgeregt, weil er vor Bereitern, Oberbereitern und Zuschauern sein Gelöbnis ablegen würde.

Nichts hasste Wenzel mehr als Augenpaare, die auf ihn gerichtet waren. Aber daran musste er sich nun gewöhnen, schließlich gehörte er ab sofort der Quadrille an und würde vor dem Kaiserpaar und seinen Gästen regelmäßig Vorführungen darbieten.

»Wie gut er aussieht«, flüsterte Mutter mir zu und lächelte stolz. Für sie schien sich alles in die richtigen Bahnen zu lenken. Wenzel, der in seinem Beruf des Bereiters Ansehen erntete. Und ich, die bald die Gattin von August Hoffmann werden würde.

Ich sah Mutter an. Ihr Blick haftete an Wenzel. Wie gütig sie doch aussah, wenn sie zufrieden und glücklich war. Ihr Lächeln erwärmte ihre Züge und ließ sie um Jahre jünger wirken. Nur die ergrauten Haarsträhnen verrieten ihre Reife. Der Spitzenkragen umschloss ihren Hals. Sie trug die grünen Kamee-Ohrringe, die so gut zu ihren Augen passten, und die mit Edelsteinen besetzte Haarspange. Ihre Hände ruhten auf ihrem üppigen Rock. Goldringe zierten einige Finger, protzig und wertvoll. Sie hatte die Hände einer jungen Frau – vermutlich, weil sie nie gezwungen gewesen war, damit zu arbeiten. Meine Großeltern waren wohlhabend gewesen, und die Heirat in die Familie Böhm hatte sich zusätzlich als Vorteil erwiesen. Wo also war all das Geld geblieben, das ich nun mit meiner Heirat wieder in die Familie bringen sollte? All die teuren Kleider, der üppige Schmuck, Abendgalas mit unerschwinglichen Speisen, wochenlange Reisen durch Italien und Frankreich, um Bilder von Künstlern zu erstehen, die das Haus schmücken und zusätzlich aufwerten sollten. Hatte Mutter nicht damit rechnen müssen, dass ihre Geldquelle eines Tages versiegt? Oder hatte sie schon immer auf mich und meine Heirat gebaut? Vermutlich.

Aber da hatte sie sich geirrt. Ich stand nicht zur Verfügung für eine arrangierte Ehe. Mein Leben würde anders verlaufen – glücklicher. Die Wände meiner Wohnung sollten von Lachen und Liebe erfüllt sein und nicht mit dominanter Maßregelung und wertvollen Ölgemälden.

In Kürze würden Marjan und ich Wien verlassen. Er auf Anweisung des Herrn Hoffmann, ich heimlich, ohne mich von jemandem zu verabschieden. Würde ich Mutter vermissen? Oder Vater?

Ich sah hinab zu Wenzel, dem gerade der Zweispitz mit dem etwas breiten Goldband des Bereiters auf einem Samtkissen überreicht wurde. Wie sehr er sich diese Auszeichnung verdient hatte. Schließlich hatte er Europa zu einem Hengst ausgebildet, der in den Vorführungen präsentiert werden konnte. Wie schade, dass ich seinen ersten Ritt in der Quadrille nicht mehr sehen würde.

Ja, Wenzel würde ich vermissen. Sein schiefes Lächeln, die innigen Umarmungen, seine Scherze, die außer uns beiden niemand lustig fand, seine ungewollt laute Art, Suppe zu schlürfen, sein Haar, das an einen wirren Künstler erinnerte, die Art, wie er mich ansah und mir dabei das Gefühl gab, mich wirklich zu verstehen.

Wie sollte ich auch nur einen Tag ohne meinen geliebten Zwillingsbruder überleben? Ein dicker Kloß schwoll in meinem Hals an. War ich mir bis eben noch sicher gewesen, dass ich mit meiner Flucht aus Wien die richtige Entscheidung getroffen hatte, so haderte ich nun mit meinem Entschluss. Kein Mensch auf der Welt konnte meinen Bruder ersetzen, oder die Art, wie wir kommunizierten.

Und doch durfte ich meine Entscheidung nicht infrage stellen. Morgen würde ich meinen Koffer packen und im Schrank verstecken, wo er griffbereit auf mich warten würde. Und wer weiß, vielleicht hatte das Leben auf dem Gestüt Lipica so viel zu bieten, dass ich keine Zeit hatte, um über meine Sehnsucht nach Wenzel nachzudenken. Es würde ein Abenteuer werden und mein Leben völlig verändern.

Mutter sah zu mir und strahlte mich an, und ich strahlte zurück.

»Schön, dass es dir wieder besser geht!«, sagte sie und legte eine Hand auf meine.

Besser geht! Eine nette Umschreibung dafür, dass ich mich ihrem Willen unterwerfen sollte. Mein Herz pochte aufgeregt bei dem Gedanken an meine baldige Abreise. Und es pochte vor Stolz, als Wenzel den Zweispitz des Bereiters aufsetzte. Nun gehörte er dazu, war Bereiter der Hofreitschule. Er hatte das Ziel erreicht, von dem ich seit meiner Kindheit geträumt hatte. Mir war diese Ehre nicht gestattet, aber den Stolz auf Wenzel konnte mir niemand verbieten.

Ich blendete August aus, der es meinem Bruder gleichtat und sich mit der Kopfbedeckung des Bereiters schmückte. Ich sah nur Wenzel und wünschte ihm von Herzen, dass auch er sein Glück finden möge. Es fiel ihm schwer, Freundschaften zu knüpfen und Vertrauen zu fassen. Lieber feierte er nächtelang und gaukelte sich selbst vor, glücklich zu sein. Was würde aus ihm werden, wenn ich nicht mehr hier war, um seine Sorgen abzufedern?

Wenzel blickte zu mir hoch und zwinkerte. Ich winkte ihm zu und konnte es kaum erwarten, mit ihm auf seinen Erfolg anzustoßen.

Die Bereiter und Oberbereiter applaudierten den beiden Neuzugängen, Vater wirkte besonnen und klopfte August und Wenzel auf die Schultern, und der Oberstallmeister nickte den beiden wohlwollend zu.

Als die Angelobung der beiden Bereiter beendet war, machten Mutter und ich uns auf den Weg. Über die Treppen an der Stirnseite verließen wir die Tribüne und warteten dort auf Wenzel und Vater. Mutter hasste den Geruch von Pferden, weshalb sie dem Stall fernblieb. Wäre sie nicht hier gewesen, ich wäre direkt durch die Stallgasse zu meinem Bruder geeilt, um ihm in die Arme zu fallen.

»Ist es zu fassen, dass ich mich nun Bereiter nennen darf?«, fragte Wenzel wenig später, als er zu Mutter und mir gestoßen war, und nahm seinen neuen Zweispitz vom Kopf, um ihn eingehend zu begutachten.

»Der Champagner ist schon kalt gestellt!«, meinte Mutter und hauchte Wenzel einen Kuss auf die Wange.

»Champagner? Oh, da sag ich nicht Nein«, meinte er und zwinkerte mir spitzbübisch zu. Sein Lachen machte ihn attraktiv, fast einnehmend. Ich konnte verstehen, dass mein Bruder auf jeder abendlichen Veranstaltung ein heiß begehrter Tanzpartner war.

»Habe ich Champagner gehört?«, fragte August und gesellte sich zu uns. Mit einem Knicks begrüßte er Mutter, und mit einem flüchtigen Handkuss erwies er mir die Ehre.

»Herr Hoffmann, Sie sind selbstverständlich zu unserem kleinen Umtrunk eingeladen.« Mutters Wangen röteten sich, und ihre Augen strahlten wie geschliffene Edelsteine. Wäre sie auch nur ein paar Jahre jünger, würde sie sich ihm an den Hals werfen, da war ich mir sicher. Meinen Segen hätten sie.

»Wollten wir nicht in kleinem Kreise Wenzels Erfolg feiern?«, unterbrach ich Mutters Euphorie.

»Hör mal, August gehört doch quasi zur Familie«, meinte Mutter und tat meine Aussage mit einer wegwerfenden Bewegung ab.

»Tut er nicht«, murmelte ich so leise, dass nur Wenzel es hören konnte.

»Oh, so streng heute?«, fragte August und zog süffisant lächelnd die Augenbrauen hoch. »Wobei ich zugeben muss, dass ich dich kaum anders kenne. Kannst du denn überhaupt lachen?«, fragte er amüsiert. »Oder haderst du tagaus, tagein mit deinem Leben? Vielleicht solltest du ins Kloster gehen, da wäre deine Ernsthaftigkeit wahrlich willkommen.«

»Oh, was für ein guter Rat! So entkäme ich wenigstens der Eheschließung mit dir!«

August verdrehte die Augen und schien auf der Suche nach einem ergiebigen Konter zu sein.

»Auf ein Glas!«, meinte Mutter unbeirrt. »Sie haben es versprochen!« Neckisch stupste sie August mit ihrem Oberarm, was dieser mit einem freundlich nickenden Abgang quittierte.

»Mir ist danach, dich zu schütteln wie ein ungehorsames Kleinkind«, fauchte Mutter mir möglichst leise und doch eindringlich zu. »Dein Benehmen ist mehr als unangebracht.«

»Du hast recht«, antwortete ich, weil ich keine Lust auf eine Auseinandersetzung mit ihr hatte.

»Komm, Gretel, lass uns zu Europa gehen und ihn mit ein paar Zuckerstücken belohnen. Schließlich ist er nun der Hengst eines kaiserlichen Bereiters«, meinte Wenzel und bot mir seinen Arm an. Gemeinsam schlenderten wir durch die Stallgasse. Dabei sog ich alle Eindrücke tief in mich auf. Das Gewölbe der Stallung, der warme Geruch der Hengste, das zufriedene Schnauben und Malmen, das Geräusch, wenn ein Hengst mit seinem Schweif eine Fliege verscheuchte. All das würde ich auch in Lipica sehen und hören, und doch wäre es völlig anders. Hier in der Hofreitschule war ich aufgewachsen, hier hatte ich zum ersten Mal auf einem Pferd gesessen, hatte Träume zugelassen, die niemals wahr werden durften, und hier hatte mein Ehrgeiz mich an den Rand meiner Kräfte getrieben. Hier hatte ich Fortschritte erlebt und Rückschläge. Hier hatte ich gelacht, aber auch den Tod vieler Hengste beweint. Alte Hengste waren gestorben, junge nachgekommen. Ins Herz geschlossen hatte ich sie alle und mit jedem Einzelnen unzählige Erinnerungen geschaffen. Jede würde ich in meinem Herzen tragen und mit auf das Gestüt Lipica nehmen, wo ich neue Momente sammeln würde.

Ich schmiegte mich an Wenzels Oberarm, fühlte die Wärme seiner Haut durch den rauen Stoff seiner Uniform. Dann schloss ich die Augen und ließ mich von ihm führen. Dabei dachte ich an unsere Tage als Kinder, als wir durch die Reithalle gelaufen waren, bis wir beide am Boden gelegen und gelacht hatten – oder bis man uns darauf hingewiesen hatte, dass die kaiserliche Hofreitschule kein geeigneter Ort für unsere Spiele wäre und wir uns zu benehmen hatten. Dann haben wir meist gewartet, bis wir wieder allein waren, haben uns angesehen und sind weitergelaufen. Rote Wangen, strahlende Gesichter, Gelächter, bis unsere Bäuche geschmerzt hatten.

Und nun waren wir erwachsen, standen am Scheideweg und würden unsere Wege getrennt bestreiten.

»Zenzel!«, sagte ich und fragte mich, ob es rechtens war, ihn ohne Abschied zu verlassen. Wäre es für ihn schlimmer, nicht zu wissen, wo ich abgeblieben war, oder zu wissen, dass er mich zum letzten Mal in die Arme schließen musste. Die Wahrheit war eine andere: Ich selbst würde diesen Abschied nicht ertragen. Es würde mir das Herz brechen, in seine Augen sehen zu müssen und zu wissen, dass ich dieses lieb gewonnene Gesicht für eine lange Zeit nicht wieder küssen würde.

»Ja?«, fragte Wenzel.

Auch wenn ich nicht in sein Gesicht sah, so wusste ich trotzdem, dass er lächelte. Er war zufrieden. Vielleicht sogar glücklich. Er hatte heute einen Meilenstein bezwungen und Vaters Brust vor Stolz anschwellen lassen. Nein, diesen Tag, diese Freude würde ich ihm nicht stehlen. Sobald ich auf Lipica angekommen wäre, würde ich ihm einen Brief schreiben, in dem ich ihn über meine Flucht vor August ins Bild setzen würde. Auf seine Verschwiegenheit konnte ich zählen. Wie immer.

»Ich war auch schon stolz auf dich, als du noch kein Bereiter der Hofreitschule warst.«

»Das weiß ich doch«, sagte er und drückte mir einen Kuss auf den Scheitel.

»Sei immer stolz auf dich, hörst du? Du bist etwas Besonderes – nicht nur für mich.«

»Ja, auch das weiß ich«, sagte er süffisant. Schweigend gingen wir ein paar Schritte weiter, bis er innehielt und sich mir zuwandte.

»Gretel, es gibt da etwas, das ich dir erzählen möchte.« Er sah mir in die Augen, schien mit sich zu ringen. Seine Mundwinkel zuckten, seine Lippen blieben verschlossen.

»Was?«, fragte ich neugierig. Hatte er einen neuen Liebhaber? Oder jemanden, für den er Gefühle entwickelte?

»Ach, nicht so wichtig«, sagte er dann und wandte sich wieder von mir ab. »Ich erzähle es dir ein anderes Mal, versprochen. Komm, Europa wartet schon auf seine Zuckerstücke.« Mit diesen Worten löste er sich von mir und marschierte vor mir her durch die Stallgasse.

»Nein, das kannst du nicht mit mir machen!« Ich überholte ihn und versperrte ihm den Weg. »Du musst mir dein Geheimnis anvertrauen. Jetzt sofort!«, forderte ich ihn auf.

»Nein, Gretel, so einfach ist das nicht.«

»Es geht um einen Mann, hab ich recht?« Ich lächelte kokett und verschränkte die Arme vor meiner Brust.

»Kein Mann.«

»Was sonst?«

»Gretel, es dreht sich nicht immer alles um die Liebe!« Wenzel wirkte angestrengt, drängte sich an mir vorbei und stachelte meine Neugierde nur noch mehr an.

»Ist es der neue Stallknecht? Der sieht gut aus, nicht wahr?«, fragte ich, obwohl ich es hätte besser wissen und schweigen müssen.

»Gretel, verdammt! Es geht um keinen Mann, habe ich gesagt! Manchmal bedaure ich es, dir meine Geheimnisse anvertraut zu haben. Dann erscheinst du mir wie eine der dummen Gänse, die auf den Bällen um mich herumkichern und Komplimente für ihre zartrosa Kleider wollen.«

»Nein, du wagst es nicht, mich in einen Topf zu werfen mit Fannie und ihresgleichen.« Erneut überholte ich ihn und versuchte, ihm den Weg abzusperren. Doch dieses Mal ließ Wenzel es nicht zu und drängte sich einfach an mir vorbei. Mitten in der Stallgasse stehend, blickte ich ihm hinterher, wie er sich mit großen Schritten von mir entfernte.

Hatte er am Ende recht und ich vergaß mich in manchen Momenten? Wenn ja, dann tat es mir leid. Allein der Gedanke verursachte mir ein dumpfes Gefühl in der Brust.

Die Vorstellung, dass wir beide Geheimnisse voreinander hatten, fühlte sich beklemmend an. Hatten wir beide womöglich eine Lebensphase'erreicht, in der wir bereit waren, uns voneinander zu lösen?

Ich blickte hinab auf meinen Rock aus schimmernder dunkelgrauer Seide und fühlte mich so einsam wie nie zuvor.

15
WENZEL

Als ich unser Haus in der Laudongasse verließ, hing an meinen Lippen noch die Süße des Champagners, mit dem wir meine Benennung zum Bereiter gefeiert hatten. Ein letzter Blick hoch zu den beleuchteten Fenstern unserer Wohnung, hinter denen Mutter vermutlich selig lächelnd ihr Glas leerte und Vater erneute Lobesreden über mich hielt, dann rückte ich meinen Zylinder zurecht und marschierte von dannen. Margarete und ich hatten nach unserem Streit kein Wort mehr gewechselt und den Abend schweigend nebeneinander verbracht. Es war noch nicht oft passiert, dass wir uneins waren, daher waren wir nicht sehr geübt im Versöhnen. Vielleicht war es dafür aber auch noch zu früh. Ich fühlte mich nicht ernst genommen von ihr. Wenn man bedenkt, dass ich mit ihr über meinen ernsthaften Wunsch nach einem Austritt aus der Hofreitschule reden wollte, kann man gewiss verstehen, warum ich verärgert über ihre Hänselei war. Wenn ich nicht einmal mit ihr über meinen innigsten Wunsch reden konnte, mit wem dann? Wie sollte ich Vater meine Zukunftspläne unterbreiten, wenn meine Schwester sie schon nicht hören wollte?

Es war bereits später Abend, die Straße lag ruhig und menschenleer vor mir. In meinem nachtblauen Gehrock passte ich mich ideal an die Dunkelheit an. Und das war auch gut so, schließlich wollte ich möglichst ungesehen bleiben. Mein Weg führte mich zum kürzlich fertiggestellten Naturhistorischen Museum, das schon in wenigen Monaten seine Pforten öffnen sollte. Direkt im Schatten des imposanten Museums befand sich das *Café Bellaria*, in dem sowohl Theaterschauspieler als auch Politiker aus dem nahe gelegenen Parlament eintrudelten, um bei einem oder mehreren Gläsern Wein den Alltag zu vertiefen oder aber zu vergessen.

Bei musikalischer Begleitung und Gesang war es ein Leichtes, neue Bekanntschaften zu schließen, zu plaudern und sich näherzukommen.

Vielleicht wäre auch Victor zugegen. Freilich war er kein Mann, an den man sein Herz verschenkte, dafür war er nicht gemacht. Ständig hatte er einen neuen Liebhaber an seiner Seite und führte ihn vor wie ein teures Accessoire. Dennoch waren wir uns noch zweimal nach ein paar Gläsern Wein nähergekommen und hatten die Nacht zusammen verbracht. Körperlich waren wir uns in jeder Hinsicht einig und gaben uns einander hin, als wären wir füreinander gemacht. Am nächsten Tag aber waren wir beide froh, wenn ich nach einer kurzen Neckerei seine Wohnung verließ und nach keinem weiteren Treffen fragte. Jahrelang hatte ich mit mir gerungen, meine Sehnsüchte unterdrückt und geheim gehalten, und nun war ich an einem Punkt angelangt, an dem ich sie ausleben konnte. Freilich gab es Bürden, die niemals zu bewältigen wären. Ich würde nie Hand in Hand mit einem Mann durch die Mariahilfer Straße schlendern oder Mutter meine neue Eroberung vorstellen können. Aber das war ein Preis, den ich zu zahlen bereit war.

Die Kuppel des Naturhistorischen Museums zeichnete sich vor dem sternenklaren Himmel ab und erinnerte mich daran, wie sehr ich meine Heimatstadt Wien liebte. Die pompösen Bauten, die hoch in den Himmel ragten und durch verspielte Schnörkel an Fenstern und Mauern bestachen. Säulen, Stuck, Protz, Macht und diese Gediegenheit, der man sich nicht entziehen konnte. Wien war eine Stadt, die für die Ewigkeit geschaffen war. Sie lebte, pulsierte, ließ neue Gebäude emporwachsen und sich keine Grenzen setzen. Ich wollte so sein wie diese Stadt: selbstbestimmt und ohne Reue.

Aus dem *Café Bellaria* drang Gelächter auf die Straße, Stimmengewirr, Musik und ein Schwall Zigarrenrauch, der mich umwaberte wie Nebel und mich hineinzog in das Getümmel und das Abenteuer einer Nacht.

Wen würde ich heute kennenlernen, wo morgen aufwachen? Ich fühlte dieses Kribbeln in meinem Bauch, das mir eine unvergleichliche Nacht vorhersagte. Ich lächelte – nicht, weil ich musste oder es von mir erwartet wurde, sondern einfach ganz von selbst, weil ich glücklich war und mich wohlfühlte.

Ich schlängelte mich an den Tischen vorbei, an denen angeregt geplaudert wurde, und ging hinüber zur Schenke. Dort legte ich meinen Zylinder ab und lehnte mich salopp gegen die Theke. Meine Blicke tasteten sich durch das Getümmel, taxierten jedes Gesicht, forschten aus, welcher Herr für eine unterhaltsame Nacht infrage käme.

Victor saß am anderen Ende des Cafés und winkte mir verschwörerisch zu, als unsere Blicke sich trafen. Ich nickte ihm wohlwollend zu und lächelte.

»Was darf es sein, der Herr?«, fragte der Kellner im Vorbeigehen.

»Ein Glas Champagner für mich«, sagte ich, schließlich gab es heute ausreichend Grund, um zu feiern. Morgen würde ich die Morgenarbeit zum ersten Mal als fertig ausgebildeter Bereiter absolvieren. Was für eine Freude, wo ich mir doch nichts sehnlicher wünschte, als der Hofreitschule den Rücken kehren zu können. Ich schüttelte kaum merklich den Kopf und nippte an meinem Champagner, der sich warm und prickelnd in meinem Magen ausbreitete und nach einem weiteren Schluck verlangte. Sosehr mir mein Beruf auch verhasst war, eine Weile würde ich ihn wohl noch ausüben müssen. Immerhin verlieh er mir Ansehen und ausreichend Lohn, um meinen Lebenswandel zu finanzieren. Meine Familie war stolz auf meinen Titel, besonders Vater begegnete mir nun mit einer Zuwendung, die ich nie zuvor von ihm erlebt hatte. Waren das nicht ausreichend Gründe, um an der aktuellen Situation festzuhalten?

Manchmal durfte man sich vom Leben treiben lassen. Und wer weiß, vielleicht ergab sich in ein paar Monaten oder Jahren eine Veränderung für mich. Vielleicht würde ich sogar heiraten und eine Familie gründen. Warum auch nicht? Ich liebte Kinder und empfände es als Verlust, auf eigene verzichten zu müssen. Gretel würde sagen, dass ich mich verleugnete, aber da irrte sie sich. Ich konnte meinem Sehnen nach einem Mann treu bleiben und dennoch als Ehemann und Vater funktionieren. Aber darüber wollte ich mir heute Nacht nicht den Kopf zerbrechen.

Der Kellner stellte mir eine frisch gefüllte Champagnerschale auf den Tresen und zwinkerte mir aufmunternd zu. Er hatte dunkle Augen, die etwas Geheimnisvolles verhießen, der Bart frisch rasiert und das dunkle Haar in leichten Wellen aus der Stirn gekämmt.

Ich prostete ihm zu und nahm einen Schluck aus meinem Glas. Die Musiker stimmten ein fröhliches Wienerlied an. Einige der Gäste fielen in den Gesang mit ein, andere lachten, schunkelten, tranken, rauchten. Im *Café Bellaria* brodelte es aufgeregt und verheißungsvoll.

Victor drängte sich durch die Menge und stellte sich gemeinsam mit zwei jungen Herren zu mir.

»Gut schaust aus!«, sagte er und klopfte mir freundschaftlich auf den Rücken. Seinen Gehrock aus rubinrotem Samt trug er leger über die Schultern gehängt, und den seidenen Schal hatte er fein säuberlich zu einer plakativen Schleife gebunden.

»Und du erst! Darf ich dich und deine Freunde auf ein Glas einladen?«, fragte ich und legte einen Arm um seine Schulter. Zum ersten Mal in meinem Leben hatte ich das Gefühl, angekommen zu sein.

Ich ließ mich durch die Nacht treiben, durch die Lokale, von einer Theke zur nächsten, dort ein gefülltes Glas Champagner, da ein Stamper Schnaps. Hier ein nettes Geplauder mit einem Fremden, dort eine Bekanntschaft, mit der man sich eventuell verabreden konnte. Der Sog der Nacht ließ mich nur schwer los, und erst viel zu spät konnte ich mich losreißen und nach Hause gehen, um wenigstens noch etwas Schlaf zu finden.

»Edmund!« Mutters hysterische Schreie rissen mich am nächsten Morgen aus dem Schlaf. Mein Schädel brummte, und alles an mir roch nach Zigarrenrauch.

»Edmund! Schnell! Komm!« Ihre Stimme überschlug sich. Vermutlich hatte das Dienstmädchen vergessen, die Butter auf den Frühstückstisch zu stellen, oder an Mutters Kleid war ein Knopf lose. Es konnte vielerlei nichtige Gründe haben, dass sie so früh am Morgen hysterisch kreischte. Ruckartig setzte ich mich in meinem Bett auf und blickte auf das Kissen neben mir. Es war leer – zum Glück. Hatte nicht Victor mich nach Hause begleitet? Ich rieb mir die verquollenen Augen und suchte dann das Bett nach einem Beweis für ein heimliches Liebesspiel ab. Ich kratzte mich am pochenden Hinterkopf und hinterfragte den Verlauf der letzten Nacht.

»Ich hätte schwören können, dass Victor und ich …«, murmelte ich, während ich Hemd und Hose vom Boden aufhob und hineinschlüpfte.

Ich hatte zu viel getrunken. Natürlich. Wie immer. Inzwischen war ich daran gewöhnt, dass sich das Zimmer morgens drehte. Ich fand sogar, dass es etwas Unterhaltsames hatte, wenn man direkt vor dem Frühstück eine Runde Karussell fahren konnte. Es hob die Laune auf jeden Fall mehr an als Mutters Geschrei.

»Was ist!«, hörte ich Vater rufen. Vermutlich saß er ungerührt in seinem Salon und las die Morgenzeitung, ohne sich für Mutters Aufregung erwärmen zu können.

»Sie ist weg! Margarete ist weg!«, schrie Mutter laut schluchzend über den Flur.

»Was soll das heißen: Sie ist weg?«

Nun kam Bewegung in die Sache. Ich hörte Vaters Schritte, die eilig hinüber zu Gretels Zimmer hasteten.

»Wo ...?« Ich hörte, wie er ihre Zimmertür öffnete und wieder schloss, wie er durch alle Zimmer rannte und immer wieder Margaretes Namen rief.

Ich hielt die Luft an und lauschte. Erlaubte sie sich einen Scherz mit unseren Eltern? Das war so gar nicht ihre Art – nicht, seit sie dem Kindesalter entwachsen war.

Nun fühlte auch ich eine gewisse Aufregung in mir hochsteigen. Ich knöpfte mein Hemd zu, strich das Haar aus dem Gesicht und ging hinüber in Margaretes Zimmer.

»Weißt du, wo deine Schwester ist?«, fragte Mutter, deren Gesicht förmlich in Tränen schwamm.

»Nein«, antwortete ich und legte tröstend meinen Arm um ihre Schulter. Ich sah auf Margaretes Bett, in dem sie nicht geschlafen zu haben schien. Die gestreifte Tagesdecke lag faltenfrei über die Matratze gebreitet. »Wo soll sie schon sein?«, fragte ich und ging hinüber zu ihrem Schrank. Ich öffnete ihn und stellte fest, dass einige ihrer Röcke und Blusen fehlten. Und mit Sicherheit waren ihre Reithosen weg.

»Vielleicht übernachtet sie bei einer Freundin?«

»Hör auf, sie ist doch kein kleines Mädchen mehr«, rügte mich Mutter. »Sie ist weg!«, wiederholte sie und schluchzte stoßweise.

»Das kann doch nicht sein«, sagte ich und merkte, wie absurd dieser Gedanke war. Margarete war immer da. Jeden Tag, jede Stunde, jeden Augenblick. Wir waren noch nie getrennt, haben sogar unsere Tante auf dem Land gemeinsam besucht. Hier war ihr Zuhause. Wo sollte sie denn hin?

»Ich kann sie in der ganzen Wohnung nicht finden«, meinte Vater entrüstet.

Der Schwindel und meine Fassungslosigkeit zwangen mich auf das Bett, in dem Margarete diese Nacht nicht geschlafen hatte.

»Vielleicht ist sie spazieren?«, schlug ich vor.

»Die ganze Nacht?« Mutter schüttelte den Kopf. »Wir müssen zum Polizeipräsidium. Etwas muss unserer Margarete zugestoßen sein.«

Als Mutter diesen Verdacht laut ausgesprochen hatte, wurde mir übel, und diese Übelkeit hatte rein gar nichts mit meinem übermäßigen Alkoholkonsum der letzten Nacht zu tun. Mir war, als bräche die ganze Stadt um mich herum zusammen. Laut krachend stürzten sämtliche Gebäude ein, die für die Ewigkeit gemacht worden waren. Ich griff mir an die Brust und fühlte, wie mein Herz raste.

Und mit einem Mal wurde mir bewusst, dass ohne meine Schwester alles, wirklich alles, einstürzen würde.

16

MARGARETE

Wir hatten Wien in dunkelster Nacht verlassen. Vielleicht war es gut, die vertrauten Gebäude nicht noch einmal sehen zu müssen und meine Unsicherheit, was die Abreise betraf, erneut zu schüren.

Sosehr ich mich zu Marjan hingezogen und von August abgestoßen fühlte, mein Vorhaben, Wien zu verlassen, hatte mich bis zum Ende in Zwiespalt gelassen. Da waren Wenzel, meine Heimat, Vater und ein wenig auch Mutter, die ich vermissen würde. Und auch wenn ich meiner Familie in knappen Worten einen Abschiedsbrief hinterlassen hatte, so waren sie dennoch in Angst um mich. Ich hatte unerwähnt gelassen, wohin ich reisen würde, hatte ihnen nur mitgeteilt, dass sie sich nicht zu sorgen brauchten. Es war ein Weg, den ich gehen müsse – schließlich galt es, der bevorstehenden Heirat mit August zu entgehen, wenn ich mich nicht verlieren wollte.

Starr saß ich im Zug und blickte hinaus in die dunkle Nacht, die so unglaublich endgültig wirkte.

Im schwachen Licht des Waggons spiegelte sich mein Gesicht im Fenster. Es wirkte eingefallen, müde, verloren. Heimlich tupfte ich ein paar Tränen aus den Augenwinkeln und hoffte, dass sich meine Abenteuerlust bald wieder einstellte.

»Es wird alles gut, wirst sehen«, sagte Marjan und legte seine Hände auf meine. »Wenn erst der Tag anbricht, dann wirst du die Reise mit anderen Augen sehen. Eine Zugfahrt bei Nacht hat etwas Beängstigendes. Man glaubt, in ein tiefes Loch zu stürzen, oder?«

Marjan setzte sich eng neben mich und drückte mich an sich. Gemeinsam starrten wir aus dem Fenster in die Dunkelheit, die an uns vorüberzog. Oder sahen wir unsere Spiegelbilder an? Oder beides?

Das gleichmäßige Rattern der Südbahn auf den Gleisen machte mich schläfrig und ließ mich meine Bedenken vergessen. An Marjans Schulter gelehnt, schloss ich die Augen und versuchte zu schlafen.

»Schlaf ruhig, ich passe auf dich auf«, flüsterte Marjan und küsste mich sanft auf die Stirn. Als seine warmen Lippen meine Haut berührten, atmete ich tief auf. Seine Nähe erinnerte mich daran, die richtige Entscheidung getroffen zu haben. Ich drückte mich eng an seine Brust und lauschte. Es war der Herzschlag, der mich den Rest meines Lebens begleiten würde, da war ich mir sicher. Mit einem seligen Lächeln im Gesicht fiel ich, begleitet vom Rattern des Zuges und Marjans kräftig pochendem Herzen, in einen leichten Schlaf.

Während die Welt an mir vorüberzog, träumte ich von Sardinia, meinen Pirouetten im Herrensattel, Wenzels liebevollem Blick und sogar von Fussel, dem zahnlosen Stallkater, der seine Streicheleinheiten künftig von jemand anderem beziehen musste.

Irgendwann fielen wärmende Sonnenstrahlen durch das Fenster und weckten mich behutsam. Ich rieb mir den Nacken und streckte den Rücken durch. Dann erst warf ich einen Blick hinaus – und war überwältigt. Vor mir erstreckte sich eine Landschaft, die sich wild und rau, bergig und grün gestaltete. Kleine Dörfer, Höfe, Weiden, auf denen sich Kühe satt fraßen, Bäche, die sich durch Wiesen schlängelten, Wolken, die an Berggipfeln hingen.

»Ich bin froh, dass du wach bist«, sagte Marjan und legte eine Hand an meinen Rücken. »Das ist der Franzdorfer Viadukt!«, erklärte er und wies mit dem Finger auf ein lang gezogenes Mauerwerk, über das die Zuggleise verliefen. Bogen an Bogen erstreckte sich der zweistöckige Viadukt durch ein weitläufiges Tal und verlieh ihm einen erhabenen, einzigartigen Prunk.

Etwas so Beeindruckendes hatte ich noch nie zuvor gesehen. »Jeder Bogen hat eine Spannweite von sechzehn Metern. Und die obere Etage umfasst ganze fünfundzwanzig Bögen«, erklärte Marjan.

»Unglaublich. Woher weißt du das?«, fragte ich, ohne den Blick von dem beeindruckenden Bau zu wenden.

»Oh, ich könnte dir noch so einiges darüber erzählen, aber das würde dich vermutlich langweilen.« Marjan küsste mich auf die Wange und roch an meinem Haar. »Hast du gut geschlafen?«

Ich nickte. »Wenn du so viel über den Viadukt weißt, dann sind wir doch bestimmt schon in der Nähe deiner Heimat, oder?«

»Wie unfassbar klug sie doch ist, meine Margarete.« Er legte seine Hand an meine Wange und schien mit seinen Blicken jeden Zentimeter meines Gesichts abzutasten. »… und wie unfassbar schön!« Er kam mir ganz nahe.

Ich schloss die Augen und erwiderte seinen Kuss. Seine Lippen auf meinen ließen mich die Welt vergessen. Es spielte keine Rolle, was die anderen Reisegäste von uns dachten, ob sie hinter unserem Rücken tuschelten. Da waren nur noch Marjan und ich. Wir beide auf dem Weg in unsere Zukunft. Ich sog seinen Geruch genüsslich in mich auf und spürte, wie sein herber Duft ein Prickeln in mir auslöste, das sich unstillbar in mir ausbreitete und den Wunsch erstarken ließ, sein Hemd zu öffnen und seinen Oberkörper mit Händen und Lippen zu erkunden. Ich strich mit einer Hand über seine Brust und fühlte seine ausgeprägten Muskeln. Dann schloss ich die Augen und versuchte, mir vorzustellen, wie er wohl aussah unter seinen Kleidern. Noch nie in meinem Leben hatte ich einen nackten Mann gesehen. Noch nie zuvor hatte ich das Verlangen verspürt, aber jetzt, heute, hier, schien eine Lawine in mir losgelöst zu sein, die alles überrollte und nur noch den Gedanken an die körperliche Nähe zu Marjan zuließ. *Bald*, sagte ich mir in Gedanken und küsste ihn so zärtlich wie noch nie zuvor.

Mit jedem Rattern, das mich weiter von Wien entfernte, löste sich auch der Abschiedsschmerz in meiner Brust. Und mit jedem Augenblick, in dem Marjans Lippen mit meinen verschmolzen, wurde für mich offensichtlicher, wie viel ich für diesen Mann empfand.

Bald hätten wir unser Ziel erreicht. Bald würden wir auf dem Gestüt Lipica ankommen. Und dann könnten wir endlich zusammen sein – jeden Tag und jede Nacht. Dort kümmerte es niemanden, ob wir verheiratet waren und ob wir in einem Bett schliefen. Alles würde sich ändern, sobald wir aus diesem Zug stiegen.

Etwa zwei Stunden später drosselte der Zug lautstark quietschend sein Tempo und hielt schließlich in der Bahnhofshalle von Triest. Unzählige Menschen schoben sich über die Bahnsteige, drängten aneinander vorbei und schleppten Koffer. Ein kleines Mädchen rannte mit ausgebreiteten Armen einer jungen Frau mit roten Locken entgegen, eine ältere Dame küsste ihren Mann zum Abschied, zwei Kinder hüpften freudig Hand in Hand hinter ihren Eltern her. All das war dem Bahnhof in Wien nicht unähnlich, aber wenn ich dem Stimmengewirr lauschte, überkam mich eine ungeheure Aufgeregtheit. Diese Sprache hatte ich noch nie zuvor gehört. Da erklang kein einziges bekanntes Wort, und ich fragte mich, wie ich jemals auch nur ansatzweise lernen sollte, so zu sprechen.

»Wir sind hier auf italienischem Boden und noch nicht in Slowenien«, meinte Marjan, der mir wohl meine Verzweiflung angesehen hatte. »Wenn wir erst in meiner Heimat angekommen sind, wirst du feststellen, dass meine Muttersprache viel einfacher zu verstehen ist als dieses italienische Durcheinander.«

Ich musste lachen und war mir sicher, dass Marjans Muttersprache mindestens genauso schwierig zu erlernen war. Dennoch versuchte ich, Mut zu fassen und die Dinge auf mich zukommen zu lassen. Ich hatte Zeit und brauchte etwas Geduld, um mich an die neuen Gebräuche und Redewendungen zu gewöhnen. Eines wusste ich allerdings: Die Sprache der Pferde würde der meiner Lipizzanerhengste nicht unähnlich sein. Mit ihnen würde ich bereits ab dem ersten Tag kommunizieren können. Und darauf freute ich mich ganz unermesslich.

Vor dem Bahnhof in Triest wartete tatsächlich jemand vom Gestüt auf uns. Der junge Mann stellte sich mit dem Namen Bratko vor und half uns, unser Gepäck im einspännigen Fuhrwagen zu verladen. Als Marjan mir auf den Kutschbock hochhalf, bemühte ich mich, mir nicht anmerken zu lassen, dass ich noch nie zuvor mit einem derart einfachen Gefährt gefahren war. Das Holz war übersät mit ausgekeilten Stellen, Nagellöchern und Schwarzfärbungen. Alles war voller Staub, vermutlich vom Transport von Stroh, das Sitzkissen auf dem Kutschbock würde Mutter wohl eher als Lappen bezeichnen.

Aber ich war nicht Mutter – nicht im Mindesten. Ich war anpassungsfähig. Und nur weil ich noch nie auf einem staubigen Fuhrwerk gefahren war, hieß das nicht, dass es mir etwas ausmachte. Mein Leben würde sich ab sofort ändern, und zwar in jeder nur möglichen Weise.

Die Luft war würzig und warm, die Sonne schien uns in die Gesichter, und so konnte ich die Fahrt zum Lipizzanergestüt in vollen Zügen genießen. Marjan hatte recht: Die Landschaft war ganz unglaublich und spiegelte alles wider, was in mir selbst loderte.

Er hingegen schien es zu genießen, sich endlich wieder in seiner Muttersprache unterhalten zu können. Bratko und Marjan redeten in einem fort. Manches Mal lachten sie, und manches Mal verfinsterten sich ihre Mienen. Ich lauschte dem Klang ihrer Stimmen, der melodischen Sprache, und versuchte, mir vorzustellen, eines Tages selbst so zu klingen.

»Hitreje, Hitreje!«, rief Bratko und schnalzte mit der Zunge. Die Stute legte an Tempo zu, zog uns flott über die holprigen Straßen und wirbelte mit jedem Schritt Staub auf.

Und als ich etwa eine Stunde später in der Ferne ganze Herden weißer Stuten auf den Wiesen ausmachte, da wusste ich, dass wir bald am Ziel unserer Reise wären. Zur Linken und Rechten des Weges erstreckten sich endlose Koppeln, über die unzählige Stuten mit ihren dunklen Fohlen galoppierten. Das Donnern ihrer Hufe flirrte durch die Luft und weckte in mir die müden Lebensgeister.

Ich lehnte mich nach vorne und konnte mich nicht sattsehen an dem Spiel der Tiere, die einfach nur ihre Freiheit genossen. Lang gestreckte Hälse, ausladende Schritte, gespitzte Ohren und wache Blicke – so spurteten sie dem Horizont entgegen.

»Gefällt es dir?«, fragte Marjan und griff nach meiner Hand.

»Was heißt *wunderschön* in deiner Muttersprache?«

»Lepa!«, sagte Marjan.

»Lepa!«, wiederholte ich gedehnt, ohne den Blick von den Pferden und dem satten Grün der Weiden abzuwenden. Mein Herz sagte mir, dass ich noch nie etwas Vergleichbares gesehen hatte. Ich konnte es kaum erwarten, ab nun jeden Tag diese Aussicht zu genießen, und diese Luft, die so klar und lebendig war, dass es ein Leichtes war, Wien zu vergessen.

»Und was heißt *Heimat?*«, fragte ich.

»Domov«, sagte Marjan.

»Ja, Domov! Lepa Domov!« Dann wandte ich mich Marjan zu und küsste ihn so innig wie noch nie zuvor.

17

Gestüt Lipica im Mai 1875

An eine Hausmauer gelehnt, genoss ich die kraftvollen Sonnenstrahlen auf der Haut. Ich dachte an Mutter und daran, wie sehr
sie sich darüber mokiert und mir sofort einen Sonnenschirm in
die Hand gedrückt hätte.

Entspannt schloss ich die Augen und lächelte. Hier hatte niemand Einwände, wenn meine Haut ihre noble Blässe verlor. Es
war, als würde mein Körper einen Wandel vollziehen. Seit unserer Ankunft auf dem Gestüt waren erst ein paar Tage vergangen,
und doch fühlte ich mich bereits wie ein neuer Mensch. Heute
Morgen hatte ich beschlossen, kein Mieder mehr zu tragen.
Kurzerhand hatte ich es in einer Schublade verstaut, wissend,
dass ich es hier nicht benötigen würde. Die Freiheit, die hier
überall fühlbar war, wollte ich auch meinem Körper zuteilwerden lassen. Endlich frei atmen, keine Einengung mehr durch
die stechenden Fischbeine. Keine Schwindelanfälle, wenn ich
etwas schneller lief, und keine Schwäche, weil die Schnürung
keine ausreichende Nahrungsaufnahme zuließ. Hier sollte alles
anders werden. Marjan hatte mir eines seiner Hemden geborgt,
das ich nun locker in meinen Rock gesteckt trug. Was für eine
Wohltat.

Aufatmend überlegte ich, ob ich noch einen Schritt weiter
gehen und mich meiner Röcke entledigen sollte. Meine Reithosen hatte ich natürlich dabei, aber was würden die Gestüts-

mitarbeiter sagen, wenn ich nur noch in Hemd und Hosen bekleidet den Alltag bestritt? Andererseits durfte es mir egal sein, was die anderen dachten. Ich war erwachsen und hatte mich hier niemandes Willen zu beugen.

Worauf also wartete ich? An meiner Unterlippe knabbernd grübelte ich eine Weile, dann stieß ich mich vom Gemäuer ab und verschwand im Haus. Der Flur war düster und kühl. Es roch nach Käse und getrockneten Kräutern. An der Decke hingen Spinnweben, die bei Mutter vermutlich eine Ohnmacht hervorgerufen hätten. Nein, keine Mutter, keine Ohnmacht. Nur das Landleben und ich.

Ich sprang regelrecht die Treppe hoch und eilte in Marjans und mein Zimmer. Dort lagen Kleider auf dem Boden oder hingen über der Sessellehne, und das Bett war ungemacht. Nur die Kissen lagen am geöffneten Fenster.

Noch nie zuvor hatte ich einen so kleinen Raum bewohnt, und doch fehlte es mir hier an nichts. Ich mochte dieses Heimelige und Geborgene, das diesem Zimmer innewohnte. Zwei, drei Schritte, dann stand ich vor unserem Kleiderschrank, öffnete ihn und griff nach meinen Reithosen. Ich hielt sie hoch, begutachtete sie und überlegte, ob ich wirklich so weit war. Wenn nicht jetzt, wann dann?

»Warum nicht?«, fragte ich in den leeren Raum hinein und entledigte mich meines Rockes. Dann schlüpfte ich in meine Reithosen und schloss sie über Marjans Hemd in der Taille. Das Gefühl, Hosen zu tragen, war mir nicht neu, aber normalerweise trug ich über den Reithosen einen meiner Röcke. Darauf würde ich allerdings ab sofort verzichten.

Vor dem schmalen Spiegel stehend, begutachtete ich mich und war durchaus zufrieden mit dem Ergebnis. Mit beiden Händen strich ich über meine Hüften und fand, dass ich eine gute Figur machte. Warum sich immer unter Röcken verstecken, wenn man ohne sie viel einfacher durchs Leben gehen konnte?

Bevor ich mein Zimmer verließ, hielt ich einen Moment inne. Wie würde ich mich verhalten, wenn man mich mit seltsamen Blicken bedachte? Und das würde man, da war ich mir sicher!

»Da musst du jetzt durch!«, sagte ich mir und atmete tief ein. Dann marschierte ich hinaus in den Flur, die Treppen hinab und hinaus in den Hof, wo die Sonne mich in Empfang nahm. So als wäre es eine Selbstverständlichkeit, schritt ich hinüber zu den Stallungen, wo sich Marjan mit seinen Kollegen am Putz zu schaffen machte.

Eine unangenehme Aufregung verlangsamte meine Schritte und schaffte es beinahe, mich zur Umkehr zu bewegen. Nein, nicht heute. Heute würde ich über mich siegen. Ohne weiter auf meine Gefühlsregungen zu achten, schritt ich durch die Stallgasse. Zielstrebig näherte ich mich dem Gehämmer der Männer, holte tief Luft und machte mich auf ihre Blicke gefasst.

»Kann ich euch irgendwie helfen?«, fragte ich Marjan.

»Nein, natürlich nicht. Die Arbeit hier wäre viel zu anstrengend für *moje srce*«, meinte er und wischte sich mit dem Unterarm über die Stirn. Dann erst wandte er sich mir zu. Sein Blick hing eine Weile an meinem Gesicht und wanderte dann erst über meinen Hals und sein Hemd. Seine geweiteten Augen, als er meine Hosen sah, waren unbezahlbar. Mit aller Kraft verkniff ich mir ein herzhaftes Lachen.

»Was ist das?«, fragte Marjan und deutete auf meine Reithosen.

»Ich hoffe, es gefällt dir!«, sagte ich klar und selbstbewusst. »In Zukunft werde ich nur noch so bekleidet anzutreffen sein.«

»Ist das dein Ernst? Aber … du bist eine Frau! Du kannst doch nicht in Männerkleidern herumlaufen!«

»Kann ich doch, siehst du ja!« Ich drehte mich um die eigene Achse, damit er mich in meiner vollen Pracht bewundern konnte.

»Hör auf, was sollen die anderen denken?« Marjan wirkte zornig. Eine Eigenschaft, die ich an ihm noch nie gesehen hatte. Schämte er sich für mich? Sollte ich seinetwegen auf meine Freiheit verzichten und wieder in meine schweren Röcke schlüpfen? Mit Sicherheit nicht. Ich fühlte mich wohl, so wie ich war, und dieses Gefühl würde ich nicht mehr eintauschen gegen die quälende Kurzatmigkeit.

»Die anderen scheinen sich nicht daran zu stören«, sagte ich und deutete mit dem Kinn zu Marjans Kollegen, die mir freundlich zuwinkten und sich dann wieder ihrer Arbeit widmeten. Womöglich waren sie der Meinung, dass Damen aus Wien sich so kleideten?

Marjan schwieg, sah mich an, dann zu seinen Kollegen und wieder zu mir.

»Natürlich stören die anderen sich nicht daran. Welcher Mann würde sich nicht über so einen Anblick freuen. Aber ich möchte nicht, dass man dich so sieht, verstehst du?«, meinte Marjan murrend.

»Dann bist du also eifersüchtig?«, fragte ich und überlegte, ob ich Marjan zuliebe einen Rock überziehen sollte. Nein, ich wollte keinen Rock, kein Mieder und keine mädchenhaften Kichereien. Hier wollte ich eintauchen in ein neues Leben – und in diesem Leben war es nicht vorgesehen, mich wegen überspitzter Eifersüchteleien meiner Freiheit berauben zu lassen. »Es gibt wirklich keinen Grund, eifersüchtig zu sein«, versuchte ich, Marjan zu beruhigen.

»Wenn du meinst«, brummte er. »Aber wenn sich Herr Dolenc oder seine Frau an deinem Aufzug stören, dann …!«

»Ja, dann …! Versprochen!« Ich lächelte ihn an, und er erwiderte mein Lächeln. Dann marschierte ich zurück in den Hof, um mich wieder meinem Sonnenbad auf der Terrasse zu widmen.

Ich hatte bereits auf meiner Liege Platz genommen und die

Augen geschlossen, als mich plötzlich ein breiter Schatten der wärmenden Sonnenstrahlen beraubte. »Du bist auf der Suche nach Arbeit?«

Als ich die Augen öffnete, blickte ich in das bärtige Gesicht des Gestütsleiters Franc Dolenc.

»Ja! Verzeihen Sie!«, stotterte ich und stand auf, um auf Augenhöhe mit Herrn Dolenc sprechen zu können. Sein Deutsch war gebrochen, dennoch war ich froh, mich neben Marjan wenigstens noch mit einem Menschen unterhalten zu können.

»Kein *Sie!*«, sagte er und schüttelt seinen Kopf so heftig, dass sein Doppelkinn ein Eigenleben entwickelte. »Wir sind hier eine Familie.« Mit einer großzügigen Geste zeigte er durch den geräumigen Innenhof. Tatsächlich war ich bei meiner Ankunft überrascht gewesen über das großflächige Areal, die weitläufigen Weiden, die immensen Stallungen, die den Stuten mit ihren Fohlen eine angenehme Lebensqualität verschaffen sollten.

»Also gut: Franc!«, sagte ich und schenkte dem beleibten Gestütsleiter ein einnehmendes Lächeln. »Und ja, ich möchte arbeiten.«

»Aha.« Zwanglos taxierte er meine Hände und Statur und zog dann seine Lippen kraus. War ich etwa nicht gut genug für die Arbeit auf dem Gestüt? Oder störte er sich tatsächlich an meiner maskulinen Kleidung?

»Unsere Stuten hier werden mehrmals wöchentlich geritten – es sei denn, sie sind hochträchtig oder haben ein Fohlen zu säugen. Unser Auftrag ist es, nur jene Stuten für die Zucht zu verwenden, welche in der klassischen Dressur hervorstechen. Nur die besten Stuten bringen Hengste hervor, die der Hofreitschule würdig sind. Du verstehst?«

Natürlich verstand ich. Ich wusste so ziemlich alles über Zucht, Herkunft und Veredelung der Lipizzaner. Aufgeregt knetete ich meine Hände und fragte mich, ob Franc mir allen Ernstes anbieten wollte, gegen Kost und Logis seine Stuten zu reiten.

»Marjan sagt, dass du eine gute Reiterin bist und in der Hofreitschule sogar einen Hengst ausgebildet hast.«

Ich nickte und schluckte heftig.

»Ja, Sardinia und ich waren auf einem sehr guten Weg. Aber nun …« Ich brach den Satz ab. Wie sollte ich einem mir fremden Mann auch erklären, dass ich vor einer arrangierten Ehe mit einem wohlhabenden Bereiter geflohen war und es vorzog, hier in wilder Ehe mit einem Reitknecht zu leben?

»Du reitest gleich morgen einige unserer Stuten. Ich werde dir zusehen und dann entscheiden, ob ich dich einstelle. Deinem Aufzug entnehme ich, dass ein Herrensattel für dich kein Problem ist? Damensättel gibt es hier nicht«, meinte er und wies mit einer Hand auf meine Hosen.

»Nein, ein Herrensattel ist freilich kein Problem«, antwortete ich knapp.

Franc nickte und tippte sich mit dem Zeigefinger gegen seine Mütze, dann wandte er sich von mir ab. Gemütlich schlurfte er in seinen Reitstiefeln hinaus zu den Weiden. Wenn man sein Leben in dieser herrlichen Landschaft verbrachte, umgeben von grasenden Pferden und Sonnenschein, dann war es keine Überraschung, dass man zufriedenen Gemüts durchs Leben ging.

Natürlich musste ich sofort noch einmal zu Marjan und fühlte mich auf meinem Weg zu ihm an die Hofreitschule erinnert, wo ich ihn meist in der Sattelkammer antraf, um heimlich mit ihm zu sprechen – oder ihm nahe zu sein. Heute gab es keine Heimlichkeiten mehr. Jeder auf dem Gestüt wusste, dass wir zusammengehörten. Am Esstisch hielt man stets einen Sitzplatz neben Marjan für mich frei, und wenn wir uns abends in unser Zimmer zurückzogen, wünschte man uns eine gute Nacht. Nur ein paar der jungen Arbeiter kicherten oder zwinkerten Marjan draufgängerisch zu.

Während ich über den Innenhof schlenderte, blickte ich hoch zu unserem geöffneten Fenster, an dem unsere Daunenkissen lagen, um am Abend diesen unvergleichlichen Duft nach sonnengebadeter Baumwolle zu verströmen. Unweigerlich dachte ich an unsere erste Nacht hier auf dem Gestüt. Wir hatten kaum unser Zimmer betreten und die Koffer abgestellt, da hatte es diesen einen Moment gegeben, in dem Marjan über meinen Nacken strich. In diesem Moment fiel die Anstrengung der Reise von mir ab, und ich begriff, dass wir angekommen waren. Hier in Slowenien, weit weg von meiner Familie, nur er und ich. Marjan. Und noch ehe ich diesen Gedanken zu Ende geführt hatte, wusste ich, dass wir nun frei waren und unsere Liebe leben durften.

Marjans Hand strich über meinen Nacken, den Rücken hinab, über meine Pobacke. Ich wandte mich von meinem Gepäck ab und ihm zu. Das Lächeln auf seinen Lippen war verschwörerisch und schelmisch zugleich. Das Funkeln in seinen Augen sagte alles, erzählte mir von seinen geheimen Wünschen. Ich biss mir auf die Unterlippe, legte meine Hand an seine Brust, um seinen aufgeregten Herzschlag zu spüren. Marjan wollte mich an sich ziehen, mich küssen, doch ich blieb stehen, knöpfte sein Hemd auf, ganz langsam, weil ich diesen Moment genießen, mir jede Stelle seines Körpers ansehen wollte. Seine Brustwarzen, die sich unter meiner Berührung verhärteten, der kleine Leberfleck unter seinem Rippenbogen, sein Bauchnabel, unter dem mir eine behaarte Linie den Weg zu seiner Männlichkeit wies. Heute war ich nicht mehr ängstlich, so wie damals in der Sattelkammer. Heute wusste ich, was ich wollte, und konnte es kaum erwarten, mich an Marjans nackten Körper zu drängen und meine Haut an seiner zu reiben.

Meine Atmung wurde schneller, als ich den ledernen Gürtel seiner Hose öffnete und den Bund aufknöpfte. Und während ich Marjan in die Augen blickte, tastete ich mich langsam zu seiner Männlichkeit vor. Die Luft um uns war aufgeladen, knisterte förmlich vor Spannung. Langsam fasste ich nach seiner

Männlichkeit, erkundete jedes Detail. Warm und kräftig lag sie in meiner Hand, und schon die leichteste Bewegung meiner Finger löste bei Marjan erregtes Stöhnen aus. Noch verursachte der Gedanke, dass seine Männlichkeit in mich eindringen würde, Unsicherheit in mir und Angst, aber ich wusste, dass Marjan sorgsam vorgehen würde.

Sein Stöhnen, der Anblick seines Körpers, seine Männlichkeit in meiner Hand, all das ließ mich erbeben und meine Furcht verdrängen.

»Ich will dich in mir spüren«, hauchte ich und bewegte meine Hand schneller, weil ich nicht genug bekommen konnte von seinem Stöhnen, von seinem Gesicht, das sich unter der Erregung verzerrte.

Dann öffnete er die Augen, blickte mich so intensiv an, dass ich es kaum erwarten konnte, ihn endlich voll und ganz zu spüren.

»Komm«, flüsterte er, drehte mich um und öffnete die Schnürung meines Mieders. Dabei küsste er meinen Nacken, biss sanft in meinen Hals. Ich fühlte seine Zunge weich auf meiner Haut, seine Finger auf meinem Rücken, und als er mich von meinem Mieder und meinem Rock befreit hatte, strich er mir mit beiden Händen über Schultern und Taille. Als er gierig meine Brüste knetete, entfuhr mir ein lustvoller Schrei. Mein Körper verlangte nach mehr, wollte ihn überall spüren, sich einwickeln in diese Nähe.

Aufgeregt wandte ich mich ihm zu und küsste ihn, biss ihn leidenschaftlich in seine Lippen und in seine Zunge. Ich wollte ihn für mich, ganz und gar, drängte mich an ihn und spürte seine Männlichkeit an meinem Oberschenkel. Ohne uns voneinander zu lösen, legten wir uns aufs Bett hinter uns, verfingen uns in unseren Küssen. Seine Hände glitten über meinen Rücken und meine Taille, und als seine Finger meine Körpermitte fanden, glaubte ich, zu zerspringen wie dünnes Glas. Es war, als ob Funken in mir sprühten – in allen Farben und Formen. Ich stöhnte auf, legte den Kopf in den Nacken und öffnete meine Schenkel. Als er sich auf mich legte, bereit, in mich einzudringen, da hielt ich den Atem an, lauschte in mich hinein.

Ich spürte Marjans Glied zwischen meinen Schenkeln, versuchte, mich zu entspannen. Doch als Marjan langsam und behutsam in mich eindrang, da durchzuckte mich ein Schmerz, der ganz und gar nichts gemeinsam hatte mit dem Feuer, das seine Zunge und seine Finger in mir ausgelöst hatten. Dennoch ließ ich Marjan gewähren, schloss die Augen und hoffte, dass der Schmerz verklang und Platz machte für meine Lust.

Ganz langsam begann Marjan, sich in mir zu bewegen. Behutsam, vorsichtig. Mit jedem seiner zarten Stöße verklang mein Schmerz. Erleichtert stöhnte ich auf und ließ mich in mein Kissen sinken. Mir war, als spürte ich Marjan immer tiefer in mir, immer fester. Sein Rhythmus wurde schneller, seine Haut auf mir wärmer. Er raunte in mein Ohr, sog sich an meinem Hals fest. Seine Stöße wurden fester, ließen mich erbeben. Mir war, als schwebte ich über uns an der Zimmerdecke, um von dort oben das lustvolle Liebesspiel zu beobachten. Erst als das Prickeln in mir unerträglich wurde und mein Körper danach schrie, sich zu entladen, da war ich wieder bei mir, krallte mich an seinem Rücken fest, um mich in meiner Ekstase zu verlieren.

Der salzige Geschmack auf meiner Zunge, der herbe Geruch von Marjans Haut, unser beider Stöhnen – lang gezogen, fast flehend; ich wollte diesen Moment unserer Vereinigung anhalten, und doch konnte ich es nicht erwarten, den Höhepunkt zu erreichen. Meinen Kopf in seiner Halsbeuge vergraben und an seiner Haut saugend, spürte ich in mich hinein. Funken explodierten in mir und vollführten ein Feuerwerk. Mein Körper war für seinen gemacht, alles ergab plötzlich Sinn: sein heißer Atem an meinem Ohr, seine Lippen an meiner Wange, der Rhythmus schneller werdend, tiefer und inniger, bis wir uns letztendlich völlig ineinander verloren. Eine Welle türmte sich in mir auf, baute sich auf und pulsierte aus meiner Körpermitte bis in jede meiner Fingerspitzen. Mit geschlossenen Augen ließ ich mich von Marjans Bewegungen in mir weit wegtragen in eine Sphäre, von der ich nicht geahnt hatte, dass sie existiert, bis ich schließlich in Flammen stand und das Lodern jeder Zelle in mir auskostete.

Erschöpft rollte Marjan sich von meinem Körper, strich sanft über meine Brustwarzen, die empfindlicher waren als je zuvor.

»Das war …«, sagte ich außer Atem und suchte nach dem richtigen Wort, als wir einander in den Armen lagen und uns hielten, als würden wir ohneeinander fallen.

»Was war es?«, fragte Marjan und küsste meinen Hals.

»Ich weiß es nicht«, sagte ich und lachte erleichtert auf. »Verrückt? Unglaublich? Wunderschön? All das und noch mehr.«

Ich hörte in meinen Körper, der noch leise summte und vibrierte. Den Blick hoch zur Zimmerdecke gerichtet, ging ich unser Liebesspiel in Gedanken durch und wusste, dass es mein Leben für immer verändert hatte. Grundlegend. Ich fühlte mich befreit, so als bräuchte ich nur die Arme ausstrecken und könnte von der nächsten Klippe springen, ohne je zu stürzen. Das Leben war ein freier Fall in die Unendlichkeit. Marjan war meine Unendlichkeit. Mein Körper leuchtete wie der hellste Stern am Nachthimmel.

Ich riss mich aus den Erinnerungen an unsere erste Liebesnacht und marschierte weiter über den Innenhof des Gestüts, hinüber zu Marjan, um ihm von den großartigen Neuigkeiten zu berichten.

»Das sind die besten Nachrichten überhaupt!« Marjan legte Hammer und Meißel beiseite, mit denen er den alten Putz von den Wänden schlug, und kam mit ausgebreiteten Armen auf mich zu. Er drückte mich so eng an sich, dass ich die Hitze seines Körpers durch sein Hemd zu fühlen glaubte. Gierig vergrub ich mein Gesicht in seiner Halsmulde, um seinen Geruch zu inhalieren.

»Ist es nicht verrückt?«, sagte ich und löste mich aus der Umarmung, um ihm in die Augen sehen zu können. »In Wien musste ich heimlich reiten, und hier werde ich sogar dafür bezahlt!«

Marjan spielte mit meinem Haar, das ich zu einem locker geflochtenen Zopf trug, seit ich Wien verlassen hatte. Für zeitaufwendige und kostbare Frisuren war hier kein Platz. Alles musste praktisch sein und rasch von der Hand gehen.

»Bist du aufgeregt?«, fragte er und schob meinen Zopf beiseite, um an meinem Ohr knabbern zu können.

»Ja, das bin ich!«, sagte ich und schob ihn sanft von mir. »Du solltest dich wieder deiner Arbeit widmen. So wie es aussieht, hast du noch ein wenig zu tun.«

Ich ließ den Blick über das lang gezogene Gemäuer der Stallung wandern, von der er und die anderen beiden Männer erst ein Bruchstück behauen hatten.

Er rollte mit den Augen und folgte meinem Blick.

»In Wien brauchte ich nur die Sättel zu putzen und den gnädigen Herrschaften das fein gestriegelte Pferd übergeben, aber das hier ist richtige Arbeit.« Er strich eine verschwitzte Haarsträhne aus der Stirn und seufzte angestrengt.

»Trotzdem bin ich froh, hier zu sein und nicht mehr in Wien«, erwiderte ich und strich ihm über die erhitzte Wange.

»Tja, das glaube ich dir. Du musst auch nicht den gesamten Putz des Stalls von den Mauern schlagen.«

»Solange du heute Abend noch bei Kräften bist …«, flüsterte ich und strich mit den Fingerkuppen über seinen Unterarm.

»Dafür kann ich garantieren. Immer!« Marjan zwinkerte schelmisch und lächelte mir auffordernd zu.

»Wenn das so ist«, sagte ich und küsste ihn auf die Wange. Wir kicherten beide, dann verabschiedete ich mich mit einer innigen Umarmung und beschloss, einen Spaziergang durch die Natur zu machen, um meine Aufregung wegen des anstehenden Probereitens etwas zu verdrängen. Um nicht allein gehen zu müssen, halfterte ich im Stall eine der hochträchtigen Stuten, fixierte einen Strick daran und führte sie neben mir her.

»Etwas Bewegung schadet dir nicht«, sagte ich und strich Aleppa über den Hals. Der wohlgerundete Bauch zeugte davon, dass es nicht mehr lange dauern konnte, bis das Fohlen die Geburt einleitete.

Die Stute schnaubte entspannt und schien den gemütlichen Gang über die Feldwege zu genießen. Ab und an hielten wir, damit sie genüsslich grasen konnte, an einem Bach trank sie erfrischendes Wasser, und wenn sie so weit war, gingen wir weiter. Der gleichmäßige Takt ihrer Schritte und das entspannte Wippen ihres Kopfes ließen auch in mir eine beseelte Ruhe aufkommen.

Und Marjan hatte recht: Die Luft hier roch würzig und frisch und erfüllte einen bei jedem Atemzug mit neuer Energie. Jeder Schritt, jede Bewegung, alles passierte im Einklang mit der Natur.

Ich strich der Stute über die Stirn und sah ihr in die Augen. Wie sanft sie doch war – ganz anders als die Hengste in Wien.

»Komm, lass uns zurückkehren.« Auf dem gesamten Rückweg lächelte ich und konnte es kaum erwarten, den Rest meines Lebens hier zu verbringen.

18

Noch nie zuvor hatte ich ein Pferd eigenhändig gesattelt und aufgezäumt. Doch hier gab es keinen Reitknecht, der für die Bereiter und Adligen solche Handgriffe übernahm. Hier verrichtete jeder eigenhändig seine Arbeiten und half, wo Not am Mann war.

Zum Glück war Franc Dolenc nicht zur Stelle, als ich die Stute mit dem klangvollen Namen Dubovina zu satteln versuchte. Ich hatte ja keine Ahnung, wie schwer so ein Sattel wog. Mein Kopf war bestimmt hochrot angelaufen, als ich ihn keuchend von der Sattelkammer hinüber in den Stall schleppte. Ich konnte nur hoffen, dass mich niemand gesehen hatte.

Als ich mit dem Sattel auf den Armen vor Dubovina stand, fragte ich mich, wie ich das schwere Ding nun auf den Pferderücken bekommen sollte. War ich tatsächlich so ein verwöhntes Weib, das unfähig war, solche Arbeiten für sich zu erledigen? Eigentlich waren es doch genau solche Frauen, für die ich Verachtung hegte. Frauen, die mit einer Selbstverständlichkeit ihren Arm ausstreckten, damit man ihnen aus der Droschke half, oder die mit dem Finger schnippten, damit das Personal Kaffee nachgoss – aus einer Kanne, die direkt neben ihnen auf dem Tisch stand. Vielleicht waren wir Frauen nicht zur Gänze schuld an unserer Hilflosigkeit. Immerhin hatte man uns seit Generationen dazu erzogen. Aber war das tatsächlich eine ausreichende Entschuldigung? War es nicht vielmehr so, dass wir für uns selbst einstehen mussten, wenn wir Veränderung wollten? Was für ein Glück, dass die Zeiten der Unterwürfigkeit hier und jetzt ein Ende hatten und man von mir Tatkraft erwartete und nicht mehr nur ein gepudertes Näschen. Heute würde ich mein Pferd selbst satteln. Oder etwa nicht? Mein Blick wanderte über die vielen Riemen und Schnallen, von denen ich keine Ahnung hatte, wie fest ich sie schließen musste.

Der erste Versuch, den Sattel auf den Pferderücken zu heben, scheiterte kläglich. Ich hatte ja keine Ahnung gehabt, wie schwer so ein Ding war. Beim zweiten Mal musste es klappen, sonst würden mich meine Kräfte verlassen. Und bestimmt kam Franc jeden Moment um die Ecke, um gemeinsam mit mir hinauszugehen auf den Reitplatz, wo er meine Reitkünste begutachten wollte.

Wenn er wüsste, dass ich bereits beim Aufsatteln scheiterte …

»Aber jetzt!«, raunte ich und hob den schweren Sattel so hoch an, dass er auf Dubovinas Rücken gleiten konnte.

»Ha!«, jubelte ich und streckte die Hände in die Luft, um meinem Erfolgsgefühl freien Lauf zu lassen. Nun noch den Sattelgurt festschnallen und die Steigbügellänge einstellen, dann wäre das Schlimmste schon geschafft. Das Zaumzeug auf Dubovinas Kopf zu bekommen, stellte ich mir einfacher vor.

Ich öffnete das Halfter und nahm es vom Kopf der Stute. Dann versuchte ich mit raschen Handgriffen, das Zaumzeug überzustreifen. Dubovina ließ alles geduldig mit sich geschehen. Bestimmt war sie verwundert, warum sich das Aufzäumen heute so kompliziert gestaltete.

»Mir hat das nie jemand gezeigt«, flüsterte ich Dubovina zu, weil ich das Bedürfnis hatte, mich zu rechtfertigen.

»Hast du Probleme mit dem Aufzäumen?«

Als ich mich umdrehte, stand Franc hinter mir. Wie lange hatte er mich wohl schon beobachtet? Kurz verließ mich mein

Mut. Wie sollte mich der Gestütsleiter einstellen, wenn ich nicht einmal in der Lage war, mein Pferd reitfertig zu machen?

»Ich fürchte, in Wien haben wir andere Zaumzeuge. Mit diesem hier komme ich einfach nicht zurecht«, log ich und fühlte, wie meine Wangen förmlich zu glühen begannen.

»Oh, das kann natürlich sein.« In Francs Stimme schwang etwas Warmes, Verständnisvolles mit, das mir sagte, dass er mich durchschaut hatte und mich dennoch nicht bloßstellen würde.

»Ausnahmsweise zeige ich dir, wie es geht. Aber nur einmal. Ab morgen musst du das selbst können, hörst du?«

Ich nickte und atmete erleichtert aus.

»Natürlich, Franc, du kannst dich auf mich verlassen!«

»Und du solltest unsere Sprache lernen, wenn du vorhast, hierzubleiben. Du möchtest doch nicht als Außenseiterin gelten, oder? Wir sind hier wie eine Familie, und da redet man miteinander.«

Wieder nickte ich, doch dieses Mal blickte ich betreten zu Boden, so als stünde auf den Spitzen meiner Reitstiefel die passende Antwort. Die Wahrheit war, dass Marjans Muttersprache ungeheuer schwer zu erlernen war – zumindest für mich. Kaum hatte ich mir ein Wort gemerkt, hatte ich ein anderes vergessen. Ganze Sätze zu bilden schien mir unmöglich. Ja, Franc hatte recht: Dass ich kein Slowenisch sprach, grenzte mich von den anderen ab. Abends bei Tisch wurde gelacht und gescherzt, nur ich saß am Rande und war darauf angewiesen, dass Marjan mir die Gespräche übersetzte.

»Ich werde hart daran arbeiten, Franc, versprochen.«

»Gut! Wenn ich alter Mann deine Sprache lernen konnte, dann gelingt dir das bestimmt tausendmal schneller. Du musst dich nur trauen! Eine Sprache lernt man am leichtesten, indem man sie spricht.« Franc lächelte gutmütig.

Dieses Lächeln hatte etwas Tröstliches, fast Väterliches, und kurz blitzte Vaters Gesicht vor meinem geistigen Auge auf. Sein Schnauzbart, den er bei jeder Gelegenheit zwirbelte, seine buschigen Augenbrauen, seine Lachfalten, die sich tief in seine Haut gegraben hatten.

»*Da, to bom storil!* Das mache ich!«, sagte ich, um mein aufkeimendes Gefühl von Heimweh zu verdrängen, ihm keinen Platz zu lassen.

»*Prosim!*«, ergänzte ich, ohne sicher zu sein, ob das Wort *Bitte* hier richtig eingesetzt war. Die fremdsprachigen Silben holperten über meine Lippen wie Steine. Selbst meine Stimme schien anders zu klingen, wenn ich mich in Marjans Muttersprache versuchte.

»So, und jetzt sieh genau zu«, sagte Franc und begann, das Pferd aufzuzäumen.

Dabei blickte ich ihm genau auf die Finger, beobachtete, wie er mit einem Kniff mit dem Daumen Dubovina dazu brachte, ihr Maul zu öffnen und die Edelstahltrense aufzunehmen.

»*Dobro dekle!*«, meinte Franc in ruhigem Ton und zog das Zaumzeug über Dubovinas Ohren. Nachdem er die Mähne unter dem Stirnriemen gezupft hatte, verschloss er den Kehlriemen, dann den Nasenriemen und zum Schluss den Sperrriemen, der das Maul umschlossen hielt. Er erklärte mir, dass zwischen Riemen und Maul zwei Finger Platz haben mussten, damit er nicht schnürte und dennoch genug Halt gab. Anschließend machte er sich am Sattel zu schaffen und kontrollierte den Sattelgurt. Dabei zog er den Gurt fest genug, dass der Herrensattel auch bei Verlagerung meines Gewichtes seinen Sitz beibehielt.

»Bitte sehr! *Tukaj je!*«, sagte er und überreichte mir das fertig aufgeputzte Pferd. »Nun aber nichts wie raus auf den Reitplatz.«

»Danke!«, erwiderte ich und nahm den gereichten Zügel entgegen. Nun lag es an mir, mich zu beweisen. Seite an Seite marschierten wir durch die frisch gefegte Stallgasse, hinaus auf den Reitplatz, der sich mit einer massiven Einzäunung von den Weiden abgrenzte.

In der Mitte des Reitplatzes angekommen, zog ich den Sattelgurt noch einmal enger und griff nach dem Steigbügel. In meinem Rücken konnte ich Francs Blicke förmlich fühlen. Er erwartete, dass ich schwungvoll aufsaß und ihn mit meinen Reitkünsten überzeugte.

Die wenigen Male, die ich in einen Herrensattel aufgesessen war, hatte Wenzel mir helfend zur Seite gestanden. Heute war ich allein und musste mich beweisen. Eine Hand umfasste Zügel und Vorderzwiesel, die andere den Steigbügel. Ich schloss die Augen und atmete ein und wieder aus. Dann stieg ich mit dem linken Fuß in den Steigbügel, griff nach dem Hinterzwiesel und federte mich mit dem rechten Bein vom Boden ab.

Du schaffst das!, sprach ich mir Mut zu und streckte das rechte Bein aus, um es in hohem Bogen über den Pferderücken zu schwingen. Und ehe ich michs versah, saß ich im Sattel. Innerlich jubilierte ich laut und kräftig, doch nach außen gab ich mich gelassen, so als ob ich bereits unzählige Male ohne Hilfe aufgesessen hätte. Wie viel einfacher doch alles war ohne die sperrigen Röcke. Nur mit Reithosen bekleidet, fühlte ich mich wendig und frei. Rasch schlüpfte ich in den rechten Steigbügel und griff mit beiden Händen in den Zügel.

Ordentlich aufgesessen, war mir, als hätte ich Francs Zusage bereits in der Tasche. Aber der stand an den Holzzaun gelehnt und wartete darauf, dass ich endlich loslegte. Und das tat ich. Ganz locker ließ ich Dubovina antraben und drehte ein paar entspannte Runden, damit ihre Muskulatur sich aufwärmen konnte und ich ein wenig in den Takt des Pferdes fand.

Auf einer Stute zu reiten fühlte sich anders an. Ihre Statur war schmaler und der Hals bei Weitem nicht so mächtig. Die Schritte erschienen mir etwas weniger ausladend als die der

Hengste, aber schon nach wenigen Runden um den Reitplatz hatte ich mich auf die veränderten Verhältnisse eingestellt.

»Was darf ich dir zeigen, Franc?«, fragte ich selbstbewusst.

»Alles, was du kannst!«, meinte er schmunzelnd und richtete sich neugierig auf.

»Die Frage ist wohl eher: Was kann die Stute?«

Ich fasste den Zügel nach und versuchte Dubovina an einem Seitengang im Schritt. Dabei legte ich verstärkt den Innenschenkel an und verlagerte mein Gewicht auf den inneren Gesäßknochen. Offenbar kannte Dubovina diese Übung und begann sofort, ihre Schritte elegant vorwärts-seitwärts zu setzen. Meine Wangen prickelten, und mein Ehrgeiz bestärkte mich, zur nächsten Lektion überzugehen. Bald schon blendete ich Franc vollends aus und genoss den Ritt auf der jungen Stute.

»Es war wunderbar!«, schwärmte ich Marjan wenig später vor. »Es war, als hätten Dubovina und ich seit Monaten nichts anderes gemacht als Versammlungen und Traversen in sämtlichen Gangarten. Ich kann mich nicht erinnern, je einen Ritt so genossen zu haben.«

Marjan strich über meinen Hals, der erhitzt war von der Anstrengung und Aufregung. In seinem Blick spiegelte sich mein Stolz. Oder war es umgekehrt? Mein Herz pochte, und meine Gedanken kreisten unablässig und schnell durch meinen Kopf. Eine derart freudige Aufgeregtheit hatte ich noch nie empfunden. Mir war, als könne ich alles schaffen, jedes Ziel erreichen und jede Pirouette drehen.

»Dann hat Franc dir den Posten gegeben?« Marjans Augen weiteten sich, so als könne er keine Sekunde länger auf meine Antwort warten.

»Ja, das hat er!« Ich fiel Marjan um den Hals und drückte mich eng an ihn. »Die Bezahlung ist natürlich nicht hoch, aber meine Arbeit beinhaltet Kost und Logis. Viel Geld werde ich nicht brauchen, wir haben hier ja alles, um zufrieden und glücklich zu sein, oder?« Mir war, als erstrahlte mein gesamtes Gesicht.

»Ich bin unglaublich stolz auf dich!« Marjan strich mir eine Haarsträhne hinters Ohr.

»Das darfst du auch! Immerhin habe ich heute gelernt, wie man ein Pferd sattelt und aufzäumt!«

»Hast du das?«, fragte er und klatschte in die Hände.

»O ja! Nun zähle ich endgültig nicht mehr zur feinen Gesellschaft, sondern zur Arbeiterschicht.« Ich legte den Kopf in den Nacken und lachte. »Wie feiert man in Slowenien?«, fragte ich ihn und sprang aufgeregt wie ein Mädchen vor ihm auf und ab, sodass mein geflochtener Zopf immer wieder gegen meinen Rücken schlug.

»Auf jeden Fall mit viel Alkohol!« Marjan lachte, dann zog er mich eng an sich und überschüttete meinen Hals mit Küssen. »Und mit viel körperlicher Liebe!«, ergänzte er und vergrub das Gesicht in meinem Dekolleté.

»Nicht hier!«, sagte ich lachend und versicherte mich, dass wir allein im Stall waren. Niemand außer uns war hier. Noch bevor ich mich Marjan wieder zuwandte, fühlte ich eine prickelnde Aufregung in mir lodern. Dieses Wissen, was geschehen würde, und die Vorfreude darauf. Als unsere Blicke sich trafen, sich ineinander verfingen, war es, als berührte er mich bereits. Rasch öffnete er meine Bluse und bedeckte meine Brust mit Küssen. Als er in meine Brustwarze biss, warf ich meinen Kopf in den Nacken. Wenn Marjan mich berührte, entfesselte er dieses Gefühl von Freiheit in mir, das stets nach mehr verlangte. Marjan lächelte, so als könnte er meine Gedanken lesen.

»Nicht hier?«, meinte er schmunzelnd, während seine Hand über meine Pobacke strich und fest zupackte.

»Nein!«, antwortete ich und wusste, dass ich wenig überzeugend war. Mit beiden Händen packte er mich an der Taille und drückte mich gegen die Wand. Sein Haar roch so herb, dass mir ein lauter Seufzer entfuhr. Mit meinen Fingern kraulte ich durch seine lockigen Strähnen, über seinen Nacken, bis ich mich schließlich an seinem Rücken festkrallte. Ich spürte seinen Atem an meiner Haut, seine Lippen und Hände. Er umfing mich, drückte mich an das kühle Gemäuer und öffnete meine Hose. Ich tat es ihm gleich, öffnete seine Hose und zog sie über seinen Hintern. Das hier würde kein romantisches Liebesspiel werden. Wir wollten es schnell, gierig, innig. Mit festem Griff packte er mein rechtes Bein, hob es an und drückte sich an mich. Ich griff nach seiner Männlichkeit, half Marjan, in meine Körpermitte zu gelangen. Wir stöhnten beide auf, als er in mich eindrang. Mit festen Stößen brachte er mich innerlich zum Beben. Ich stand in Flammen, wollte brennen. Ein Biss in seine Schulter, der Geschmack von Blut auf meiner Zunge. Marjan, der mich fest gegen die Wand drückte und mit jeder seiner Bewegungen unseren Körpern alles abverlangte. Gemeinsam glitten wir dem Höhepunkt entgegen und vergaßen uns in unserer Umarmung.

Als ich wenig später Marjan zusah, wie er seine Hose zuknöpfte und sich verschwitzte Haarsträhnen aus der Stirn strich, lachte ich erschöpft auf.

»Wird es jemals anders sein zwischen uns?«, fragte ich und schloss meine Bluse.

Er lächelte mich an und streckte seine Arme nach mir aus. »Niemals. Du bist so wunderschön, *moje srce!* So wunderschön.« Mit beiden Händen zog er mich nahe an sich heran und küsste mich.

Ich legte meinen Kopf an seine Schulter und atmete im Gleichtakt mit ihm ein und aus.

»Vermisst du Wien?«, fragte er, während er sanft über meinen Rücken strich.

»Nein«, antwortete ich und begann dann erst zu überlegen, ob die Antwort auch der Wahrheit entsprach. Ein Blick durch das kleine Stallfenster eröffnete mir eine Sicht auf die grenzenlosen Weiden, auf denen die Mutterstuten mit ihrem Nachwuchs grasten und dösten. Die Äste der knorrigen Steineichen wogten im Wind, und die Sonne stand hoch am Himmel und übergoss die Schönheit der Natur mit ihrem goldenen Licht.

»Nein, ich vermisse Wien nicht«, sagte ich dieses Mal bestimmter. *Ich bin jetzt hier zu Hause, bei dir zu Hause,* dachte ich und vergrub mein Gesicht in Marjans Halsmulde. Mit einem Kuss verabschiedeten wir uns. Marjan machte sich wieder an die Arbeit, und ich schlenderte hinüber zum Haupthaus, wo ich in der Küche Francs Frau Jožefa antraf, die gerade Fleisch für das Abendessen mit Salz, Pfeffer und Petersilie würzte.

»Kann ich dir helfen? Pomoč?«, fragte ich und zeigte auf die große Menge an Kartoffeln, die darauf zu warten schien, geschält zu werden.

Jožefa lächelte mich an. Es war ein warmes Lächeln, das an einen Sonnenuntergang erinnerte. Ihr braunes Haar schimmerte kupferfarben, und ihr Körper war außergewöhnlich füllig. Eine Umarmung von ihr musste sich unglaublich weich und herzlich anfühlen.

»Ja«, sagte sie und wies mir ein Schneidebrett und ein scharfes Messer zu.

Etwas zögerlich griff ich nach dem Messer und einer Kartoffel. Nichts lag mir ferner, als mich erneut mit meinem Unwissen bloßzustellen, also tat ich, als hätte ich dergleichen schon unzählige Male gemacht. Immer wieder schielte Jožefa zu mir herüber, schwieg aber, als sie mir auf die Finger sah. Nach einigen Kartoffeln hatte ich eine Technik entwickelt, die rasch von der Hand ging und gar nicht so schlecht aussah – fand ich.

»Gefällt es dir bei uns?«, fragte Jožefa in stark gebrochenem Deutsch.

»Ja, sehr! *Da, zelo veliko!*«, antwortete ich. Dann erzählte sie mit warmer Stimme, dass sie des Kaisers wegen Deutsch gelernt hatte.

»Aber nur ein kleines bisschen«, sagte sie und zeigte mit Daumen und Zeigefinger eine kleine Menge an.

»Vielleicht kannst du mir helfen, eure Sprache zu lernen?«

»Sehr gern, hübsches Fräulein!«, erwiderte sie. Dann wischte sie ihre Hände an der Kochschürze ab, die sich um ihre Körpermitte spannte, und umarmte mich. Die Herzlichkeit, die dieser Umarmung entsprang, berührte mich und erweckte eine Sehnsucht, die ich noch vor wenigen Minuten vergessen geglaubt hatte. Ich dachte an Wenzel, Vater und Mutter, an die Hengste der Hofreitschule und meine Pirouetten auf Sardinia. Rasch wischte ich mir eine Träne aus dem Augenwinkel und widmete mich wieder der Kartoffel vor mir.

»Danke! *Hvala!*«

Ich dachte an Mutter, und wie sehr ich mir stets eine ebensolche Nähe zu ihr gewünscht hatte. Und doch hatte sie es vorgezogen, eine gewisse Distanz zwischen uns zu erhalten, anstatt mich einfach in den Arm zu nehmen und auf die Wange zu küssen, wenn ich Trost gebraucht hatte. Wie es ihr wohl erging nach meinem Verschwinden? Bestimmt hasste sie mich, weil ich die segensreiche Heirat mit August ruiniert hatte und sie sich nun einen anderen Plan zurechtlegen musste, wenn sie den Rest ihres Besitzes nicht auch noch verlieren wollte.

Ein tiefer Seufzer entfuhr meiner Kehle, schmerzhaft und beklemmend. War es rechtens gewesen, dass ich meine Familie derart im Stich gelassen hatte? Was, wenn die Heirat mit August tatsächlich die letzte Chance gewesen wäre, um meine Familie vor dem Ruin zu retten?

»Geht es dir gut?«, fragte Jožefa und legte eine Hand an meinen Rücken. Ihre Haut verströmte tröstend Wärme durch meine Baumwollbluse.

»Ja!«, antwortete ich und versuchte mich an einem Lächeln. »Heute Abend wollen wir meine Einstellung auf dem Gestüt feiern, ja?«

»Feiern?«, fragte sie und kniff ihre Augen zusammen.

»Ja, feiern! Und zwar mit einer großen Menge Sliwowitz!«, fügte ich hinzu und tat, als leerte ich ein Glas Obstbrand in einem Zug.

Jožefa lachte. Ihre Wangen färbten sich tiefrot, und ihre füllige Brust wogte bei jedem Auflachen mit. Die gute Laune der herzlichen Frau schwappte auf mich über, ergriff von mir Besitz und verscheuchte die Gedanken an meine Eltern und meine möglichen Verpflichtungen ihnen gegenüber. Ich legte den Kopf in den Nacken und wiederholte meine Geste mit dem imaginären Schnapsglas. Jožefa lachte noch lauter und hielt sich den Bauch mit ihren drallen Fingern, die vom Olivenöl glänzten wie frisch poliertes Silberbesteck.

Am Ende lachten wir beide laut und schallend miteinander.

Draußen dämmerte es bereits, als sich sämtliche Mitarbeiter in der Stube am Esstisch versammelten. Bei Kerzenschein und Petroleumlampen saßen wir beisammen und ließen uns Jožefas Essen schmecken. Der Hunger der Stallarbeiter, Knechte und Bereiter musste sich im Laufe des Tages ins Unermessliche gesteigert haben. Ich konnte es kaum erwarten, zu erfahren, wie ich mich nach meinem morgigen ersten Arbeitstag fühlen würde. Bestimmt würde ich erschöpft ins Bett fallen und hätte keine Kraft mehr, um mich Marjan zu widmen.

Nach dem Essen erhob sich Franc und hielt eine kleine Ansprache. Ich verstand leider kaum ein Wort, nur meinen Namen konnte ich ab und an aus dem Wirrwarr herausfiltern.

»Wovon spricht er?«, fragte ich Marjan flüsternd.

»Er spricht von uns«, meinte Marjan, ohne den Blick von Francs Lippen zu lösen. »Er freut sich, dass ich meinen Weg in die Heimat wiedergefunden habe und tatkräftig den Umbau und die Renovierung der Stallungen unterstütze. Und er freut sich, dass ich in so charmanter Begleitung gekommen bin.« Marjan legte seine Hand auf mein Knie und drückte es sanft. »Er ist stolz, dass eine so begnadete Reiterin aus der Hofreitschule ab sofort den Beritt unserer Stuten übernehmen wird.«

»Das hat er gesagt?«, fragte ich leise und strahlte in die Runde.

Marjan drückte mich an sich und küsste mich auf die Wange, während die anderen Gestütsmitarbeiter mir zuprosteten und applaudierten. Es wurde ein ausgelassener Abend. Es wurde gesungen, musiziert, zu viel getrunken und am Ende sogar getanzt. Die Verhältnisse des Gestüts waren einfach. Es gab keine wertvollen Orientteppiche, nur ein paar Decken, auf denen die Hunde schliefen. Es gab keine Ölgemälde, nur eine Tafel, auf welcher der Dienstplan vermerkt wurde. Die Teller hatten Sprünge in der Glasur, und die Köchin tunkte ihre Finger in den Teig, um ihn zu kosten. Alles hier war anders als das Leben in Wien. Und doch fühlte ich mich in diesen Stunden, an diesen Tagen, reicher als je zuvor.

Am nächsten Morgen brummte mein Kopf, und mein Magen fühlte sich an, als schwappte ein Ozean darin. Einen kühlen Lappen gegen die Stirn gedrückt, verfluchte ich mich dafür, zu viel Sliwowitz getrunken zu haben. Anfangs hatte mein Körper vor jedem Stamper rebelliert, hatte ihn nur angewidert geschluckt, doch schon nach einer Weile hatte ich dem pflaumigen Nachgeschmack des Obstbrandes etwas abgewinnen können. Die Laune war mit jedem Schluck gestiegen, und irgendwann hatte ich sogar das Gefühl, fließend Slowenisch sprechen zu können. Ich erzählte Geschichten in die Runde, die wohl kein Mensch verstanden hatte. Gelacht hatten sie trotzdem – oder gerade deshalb.

Vorsichtig, um nicht zu stürzen, schlüpfte ich in meine Reithosen, knöpfte meine Bluse zu und frisierte mein wirres Haar.

»Meinst du nicht, dass es angebracht wäre, einen Rock zu

tragen?«, fragte Marjan, der sich noch im Bett rekelte und mich beim Ankleiden beobachtete.

»Einen Rock? Niemals!«, sagte ich entrüstet, weil ich der Meinung war, dass wir dieses Thema bereits ausreichend besprochen hätten. Seit meiner Ankunft in Lipica hatte ich keinen Rock und kein Mieder mehr getragen. Ich hatte mich davon befreit, so wie ich mich von den Zwängen meiner Familie befreit hatte. Freilich war ich die einzige Frau hier auf dem Gestüt, die in Männerkleidung den Alltag bestritt, bislang hatte ich aber nicht den Eindruck, dass man sich daran störte. »Warum fragst du das?« Ich blickte Marjan durchdringend an und wartete auf eine Antwort.

»Ich möchte nicht, dass man mit dem Finger auf dich zeigt«, erklärte er und setzte sich auf. Sein Haar stand vom Kopf ab, an der Wange hatte sich das Kissen mit linienförmigen Abdrücken verewigt, und seine Gesichtsfarbe verriet, dass der Alkoholkonsum vom Vortag ihm ebenfalls zusetzte.

»Wer sollte mit dem Finger auf mich zeigen?« Ich stemmte meine Hände in die Taille und stellte mich breitbeinig vor ihn hin. Nein, ich würde mich nicht mehr in die Rolle der unterwürfigen Frau drängen lassen. Kein Rock mehr, kein Mieder, keine aufwendigen Hochsteckfrisuren und keine unbequemen spitzen Schuhe. Ich liebte die Freiheit, die das Leben auf dem Gestüt mit sich brachte.

»Ach, egal. Es spielt keine Rolle.« Marjan rieb sich das Gesicht und griff nach seinem Hemd.

»Hat jemand etwas gesagt? Wenn ja: wer?« Womöglich hatte sich Dea, die Tochter des Gestütsleiters, über meinen Auftritt mokiert? Wobei sie mir bislang außergewöhnlich freundlich begegnet war. Aber das musste nichts bedeuten. In Wien hatte ich jede Menge »Freundinnen«, die sich hinter meinem Rücken über mein scheinbar zu maskulines Auftreten ausgelassen hatten.

»Ich sagte doch, dass es egal ist!« Marjan stand auf und schleppte sich zum Spiegel, füllte sich aus dem Krug frisches Wasser in den Bottich und wusch sich.

»Dich stört es, hab ich recht?«

Marjan nahm die Hände vom Gesicht. Von seiner Haut perlte Wasser, rann über seinen Hals, sog sich am Hemd fest und färbte den hellgrünen Stoff dunkel.

»Unsinn!« Er griff nach einem Leinentuch und tupfte sich das Gesicht trocken. »Ich muss jetzt zur Arbeit – du übrigens auch.« Er zwinkerte mir zu und drückte mir beiläufig einen Kuss auf die Wange. Dann marschierte er aus dem Zimmer und ließ mich ohne ausreichende Antwort allein zurück.

Aber ja, Marjan hatte recht: Mein erster Arbeitstag stand an, und ich konnte es kaum erwarten, die mir zugeteilten Stuten ausreichend zu bewegen und weiter auszubilden. Ich flocht mir einen Zopf und wusch mir den Schlaf aus dem Gesicht. Bekleidet mit Reithosen, Bluse und Reitstiefeln eilte ich über die Stufen und hinaus zu den Stallungen.

In den nächsten Tagen würde ich darauf achten, ob jemand mir und meiner Kleidung besondere Aufmerksamkeit schenkte oder ob es tatsächlich Marjans Stolz war, der meinen Auftritt nicht gutheißen wollte.

Vorerst aber würde ich mich darauf konzentrieren, meine erste Stute ordnungsgemäß zu striegeln, zu satteln und aufzuzäumen. Heute würde ich ohne Francs geschulten Blick meine Reiteinheiten absolvieren. Für den Vormittag hatte man mir vier Stuten zugeteilt, am Nachmittag waren es drei. So viel war ich noch nie zuvor an einem Tag geritten. Ich konnte jetzt schon den pochenden Schmerz in meinem Gesäß erahnen. Dennoch würde ich mir keine Schwäche anmerken lassen, sondern mich in den nächsten Sattel schwingen und meine Arbeit verrichten. Heute, morgen und die Tage danach.

Meine erste Stute zu reiten, verursachte in mir ein Gefühl, das ich kaum in Worte zu fassen vermochte. Im versammelten Galopp querte ich auf Deflorata den Reitplatz und saß so aufrecht im Sattel wie nie zuvor. Ich war Bereiterin. Vielleicht nicht so, wie ich es mir erträumt hatte, aber ich war Bereiterin. Man vertraute mir die Ausbildung der kostbaren Lipizzanerstuten an, damit sich die besten unter ihnen herauskristallisierten. Für die Zucht kamen nur die qualifiziertesten Stuten infrage, und ab sofort oblag es mir, die feinen Unterschiede zwischen den Tieren zu erspüren und zutage zu bringen.

Ich würde Franc nicht enttäuschen. Er sollte nicht bereuen, mir diese Möglichkeit geboten zu haben. Ich würde mein Bestes geben, so wie jeder Bereiter.

Ein leichter Stups mit der Gerte, und Deflorata begann mit jedem Schritt noch mehr zu schwingen. Mein Blick hing zwischen ihren Ohren und bot Ausblick auf die saftig grünen Koppeln, auf denen sich die Mutterstuten am grünen Gras satt fraßen, während die Fohlen hüpfend und tobend mit gespitzten Ohren und hoch getragenen Schweifen die Welt erkundeten.

Kurz dachte ich an meine Heimat, die noch nie so weit entfernt gewesen war wie an diesem Tag.

19

»Margarete!«

Aus weiter Ferne hörte ich jemanden meinen Namen rufen. So weit weg, als beträfe es unmöglich mich.

»Margarete!«

Jemand rüttelte an meiner Schulter, erst nur ganz leicht, dann immer fester, bis ich schließlich aufwachte und die Augen aufschlug. Es war finstere Nacht, nur der Vollmond schickte etwas Licht durch die Ritzen im Vorhang.

»Was …?«, murmelte ich und griff neben mich, um mich zu versichern, dass Marjan hier war.

»*Pridi z mano!*«, fuhr die Stimme der gesichtslosen Gestalt fort.

Ich setzte mich benommen auf und versuchte, zu erkennen, wer in unser Zimmer eingedrungen war und mich geweckt hatte.

»Dea?«, fragte ich, war aber nicht sicher, ob es tatsächlich die Tochter des Gestütsleiters Franc Dolenc war.

»*Da!*«, antwortete sie und zog mich an einer Hand hoch.

Mir war klar, dass es keinen Sinn hatte, sie zu fragen, was sie von mir wollte, weil sie mich nicht verstehen konnte. Also folgte ich ihr und verließ nach einem letzten Blick zum schlafenden Marjan unser Zimmer. Wir tappten die Stufen hinab und aus dem Haupthaus hinaus über den mondbeschienenen Innenhof. Wo wollte sie mit mir hin? Ein mulmiges Gefühl überkam mich hier draußen in der dunklen Stille. Hätte ich Marjan wecken sollen? Ihn bitten, mitzukommen?

»*Pridi z mano!*«, wiederholte Dea und winkte mich zu ihr, nachdem sie wohl gemerkt hatte, dass meine Schritte zögerlicher wurden.

»Ich komme ja schon«, seufzte ich und folgte ihr in eine der Stallungen. Dort tauchten einige Petroleumlampen die Stallgasse in gedämpftes Licht.

»Was machen wir hier?«, fragte ich nun, obwohl ich wusste, dass Dea kein Deutsch sprach. Doch sie ignorierte mich und ging geradewegs in den hinteren Bereich des Stalls. Ich atmete schwer auf und folgte ihr – was blieb mir anderes übrig.

»*Tam, poglej!*«, sagte sie und betrat einen der Einstände, die für die hochträchtigen Stuten vorgesehen waren.

Und dann sah ich sie: Aleppa, die auf dem Boden im Stroh lag und dabei so schwer atmete, als litte sie unter unbändigem Schmerz.

»Aleppa!«, stieß ich aus und näherte mich der Stute, die den Eindruck erweckte, als wäre sie dem Sterben nah. Verzweifelt blickte ich zu Dea, die direkt neben mir stand und die Stute mit einem milden Lächeln bedachte. Dann erst verstand ich: Aleppa würde nicht sterben, sie brächte in Kürze ihr Fohlen zur Welt.

»Wie können wir ihr helfen?«, fragte ich aufgeregt. Noch nie war ich bei der Geburt eines Fohlens dabei gewesen. Wie auch? In der Hofreitschule lebten nur Hengste.

Dea legte beruhigend ihre Hand an meinen Rücken und schüttelte leicht den Kopf. Und da verstand ich, dass sie mich geholt hatte, um dem Wunder beiwohnen zu können. Sie wollte mir vermutlich eine Freude machen. Ich nickte und atmete erleichtert auf. Dea war betörend schön, selbst bei Nacht, wenn sie nur in einem Nachthemd bekleidet und unfrisiert im Stall stand. Ihre dunklen Locken fielen bis in ihre Taille, ihre Lippen waren voll und die Wimpern länger als meine. Ihre Figur glich nicht einmal annähernd der ihrer Mutter – schlank und zierlich stand sie neben mir und schlang ihre Arme um ihre eigene Körpermitte. Ihre sonnengebräunte Haut erinnerte mich an die von Marjan. Für einen kurzen Augenblick fragte ich mich, ob er sich je für Dea interessiert haben könnte? Nein, davon hätte er mir erzählt, oder etwa nicht?

Um dem aufsteigenden Neid Einhalt zu gebieten, wandte ich mich von Dea ab und wieder der Stute zu. Aleppa atmete schwer und stoßweise. Mir war, als könnte ich ihren unbändigen Schmerz mitfühlen, und nichts wäre mir lieber gewesen, als dem armen Tier in seiner Qual zu helfen. Doch ich verstand. Aleppa brauchte keine Hilfe, sie würde ihr Fohlen auch ohne uns zur Welt bringen.

Sollte ich Marjan holen, um der Geburt beizuwohnen? Nein, dieser Moment war uns Frauen vorbehalten. Wir würden unter uns bleiben und nur eingreifen, wenn es Komplikationen gäbe. Doch Aleppa schien eine erfahrene Mutterstute zu sein, die bereits mehr als ein Junges großgezogen hatte.

Aleppas Körper hob und senkte sich immer schneller unter ihren Atemzügen, immer wieder stand sie auf, ging im Kreis und legte sich wieder ins frische Stroh. Die ansteigende Aufregung der Stute übertrug sich auf mich und Dea. Ich krallte mich an meinem Nachthemd fest und atmete im Gleichklang mit der Stute. Wenn es doch nur schon vorbei wäre! Mir war danach, die Augen zu schließen und sie erst wieder zu öffnen, wenn das Fohlen das Licht der Welt erblickt hätte. Wegsehen, so tun, als ob sich Aleppa nicht zu meinen Füßen unter ihren Schmerzen wand. Ich konnte nicht anders und kniete mich zu ihr auf den Boden, strich ihr beruhigend über Hals und Stirn und summte ein langsames Lied.

Tatsächlich schien Aleppa sich unter der Berührung und dem leisen Singsang etwas zu entspannen. Und auch ich fand etwas Entspannung, weil ich nun das Gefühl hatte, Aleppa beistehen zu können. Dea setzte sich neben mich ins Stroh und begann, mit mir zu singen. Dea und ich – jede sang ihr eigenes Lied, und doch ergaben sie zusammen eine klangvolle Melodie. Wir sahen uns an, ihre Augen glitzerten im flackernden Licht der Petroleumlampen. Sie lächelte, und ich lächelte zurück.

Fast war es, als verband uns dieser besondere Moment miteinander. Hier neben Aleppa zu sitzen und gemeinsam der Geburt eines Fohlens beizuwohnen, fühlte sich wichtig an. Ich legte meine Hand auf den Bauch der Stute, Dea streichelte ihren Hals. Gemeinsam holten wir tief Luft.

Und als das schwarze Fohlen endlich neben seiner Mutter im Stroh lag, strahlten wir uns beide an.

»Es ist ein Hengstfohlen«, sagte Dea so deutlich, dass sogar ich sie verstehen konnte. Ich tat es Dea gleich und lugte zwischen die Hinterbeine des Fohlens.

»Wie wunderbar«, antwortete ich und erinnerte mich an Francs Worte, dass ein Großteil der letzten Fohlen Stuten gewesen waren und vermutlich einige von ihnen verkauft werden würden.

Wir beobachteten Aleppa, die ihr Fohlen vorsichtig beschnupperte und säuberte. Es dauerte nicht lange, da versuchte das kleine Hengstfohlen aufzustehen – wackelig und immer wieder zu Boden fallend. Aber es war hartnäckig, versuchte es wieder.

»Er ist ein Kämpfer!«, sagte ich und lachte vor Freude, als er es endlich geschafft hatte. Auf zitternden Beinen machte er sich auf den Weg zu seiner Mutter und suchte nach dem Gesäuge.

Erst als das Fohlen zu Ende getrunken hatte und sich erschöpft ins Stroh fallen ließ, verließen Dea und ich den Stall. Alles, was Mutter und Sohn jetzt brauchten, war Ruhe.

Im Hof angekommen, sah ich hoch zum Himmel, der sich bereits im ersten Morgenrot färbte. Ich streckte meinen Körper durch und massierte meinen Nacken.

»*Hvala!*«, bedankte ich mich bei Dea und warf ihr eine Kusshand zu.

Während Dea sich auf den Weg ins Haus machte, blieb ich noch im Innenhof und beobachtete den Morgenstern, der hell und klar funkelnd meine Freude widerspiegelte.

Und dann war da plötzlich Wenzel, der meine Gedanken überschattete. Mit ihm hatte es unzählige Momente gegeben, die uns miteinander verbanden. Er war mein Schatten und mein Licht, mein Bruder und mein bester Freund. Und er fehlte mir!

Mit einem Mal fiel es mir schwer, frei durchzuatmen.

Wie es Wenzel wohl erging? Wie dachte er über mich, weil ich ihn wortlos verlassen hatte? Reumütig gestand ich mir ein, dass es falsch gewesen war, ihn nicht in meine Pläne einzuweihen. Wenzel hätte es verdient, von meiner Flucht aus Wien zu erfahren. Er hätte eine Erklärung gebraucht und eine letzte Umarmung. In Gedanken sah ich ihn in einer Spelunke sitzen, trunken und enttäuscht – zu Recht. An wen wandte er sich nun, wenn ihn eine Sorge plagte oder er sich über Vater oder über August ärgern musste? Wer bewunderte seine ausgefallene Kleidung, und wer schlenderte mit ihm über den Naschmarkt?

Plötzlich war mir, als hätte ich einen Teil von mir selbst in Wien zurückgelassen. Und vermutlich hatte ich das.

Ich fühlte mich zerrissen und fragte mich, wie ich je wieder heil werden konnte. Hier in Slowenien hatte ich mein Glück gefunden, mein Herz aber hing an meinem Bruder in Wien.

Wunden heilten, neue Wege taten sich auf. Wenzel würde das verstehen, da war ich mir sicher. Dennoch nahm ich mir vor, meiner Familie bald einen Brief zu schreiben, um mich zu erklären und um ihnen die Sorge zu nehmen. Sie sollten wissen, dass es mir hier gut ging, dass ich ein neues Leben begonnen hatte.

»Ich bin doch glücklich hier!«, sagte ich mir. Doch der Zweifel hatte sich an meine Gedanken geklammert und ließ sich nicht abschütteln.

20
AUGUST

Wien im Mai 1875

Margarete war weg. Einfach so. Niemand wusste, wohin sie verschwunden war oder warum. Und auch wenn sie ihren Eltern einen knappen Brief hinterlassen hatte, so war die Sorge um sie dennoch allgegenwärtig und erfüllte den Alltag der Hofreitschule. Jeder kannte sie, die widerspenstige Frau, die glaubte, sich über jedes Gebot hinwegsetzen zu können. Eine Frau im Herrensattel! Ich schüttelte den Kopf.

In diesen Tagen sprach man oft über sie. Über ihre Zöpfe, die wild hinter ihr hergeflattert waren, als sie in jungen Jahren auf ihrem Pony durch die Reithalle galoppiert war. Und man sprach über ihr außergewöhnliches Talent, das dem eines Bereiters würdig war.

Die Gespräche über Margarete erweckten den Eindruck, sie lebte nicht mehr. Ich hielt daran fest, dass sie lebte und eines Tages wieder vor mir stand, um mir ihre Meinung ins Gesicht zu sagen, um mich zu belehren und mich mit ihrem scharfen Blick zu strafen, weil sie jedes meiner Worte ärgerte.

Ich hatte Mühe, mich durch die Langeweile des Alltags zu kämpfen, der sich ohne Margaretes spitze Bemerkungen unglaublich eintönig gestaltete. Es war unaussprechlich, aber Margarete fehlte mir.

»Wie geht es Ihnen heute, Herr Böhm?«

Margaretes Vater starrte mich angesichts der Frage naserümpfend an. Er wirkte kränklich, war blass und hatte wohl etwas an Gewicht verloren.

»Schön, dass du fragst, Bub!«

Ich mochte es, wenn Herr Böhm mich liebevoll mit dem österreichischen Wort *Bub* betitelte. Das machte er bei einigen Bereitern, aber nicht bei allen.

»Leider nichts Neues, aber wir werden mein Madl schon finden. Wichtig ist, die Hoffnung nicht zu verlieren.« Herr Böhm klopfte mir beherzt auf den Rücken.

»Gab es denn in ihrem Abschiedsbrief überhaupt keinen Hinweis?«, fragte ich.

»Nein. Keinen Hinweis. Nur ein knapper Zettel, auf dem stand, dass wir uns keine Sorgen machen müssen. Wirst sehen, auf einmal ist sie wieder da.«

Ich blickte hoch zum Gewölbe, in dem sich Schwalben eingenistet hatten. Niemand sprach es direkt an, aber alle wussten, dass Margarete meinetwegen verschwunden war. Auch wenn ich die Heirat ebenso wenig wollte wie Margarete, so verletzte der Gedanke, dass sie meinetwegen geflüchtet war, meinen Stolz.

»Mach dir nicht zu viele Gedanken. Meine Tochter reagiert manchmal etwas zu forsch. Vermutlich haben wir sie mit der Heirat etwas zu sehr bedrängt.«

»Sie haben es nur gut gemeint, Herr Böhm. So wie meine Eltern. Aber wir beide hätten einfach nicht zusammengepasst. Wir sind so unglaublich verschieden.«

»Seid ihr das?« Herr Böhm sah mich mit zusammengekniffenen Augen an.

Ich schwieg, weil ich nicht wusste, was ich antworten sollte.

»Na, du wirst es schon wissen.« Mit diesen Worten klopfte er mir auf die Schulter und wandte sich von mir ab.

Ich blickte ihm noch eine Weile hinterher, wie er durch die

Stallgasse schlenderte und dabei prüfende Blicke auf seine Hengste warf.

Ich machte mich auf den Weg, schließlich wartete der Reitknecht mit meinem gesattelten Hengst auf mich. Es gab viel zu tun, denn schon in wenigen Wochen sollten wir vor dem Kaiserpaar die Quadrille reiten. Und da es nicht nur für mich, sondern auch für Wenzel der erste große Auftritt würde, mussten wir neben der gemeinsamen Morgenarbeit an unseren Fertigkeiten feilen.

Als ich Presciana am langen Zügel in die Reithalle ritt, trabte Wenzel seinen Hengst bereits in engen Wendungen und hinterließ erste Spuren auf dem frisch geharkten Boden. Sein Blick war so verbissen wie immer, wenn er auf dem Pferd saß. Hatte ich ihn überhaupt jemals lachen sehen? Ich war mir nicht sicher.

Als er mich erblickte, wandte er sich unvermittelt von mir ab und galoppierte Europa an. Schnaubend preschte der Hengst an mir vorbei, seine Ohren gespitzt, der Blick wach.

Wie immer taxierte ich Wenzels Haltung, die stark verbesserungswürdig war. Ohne die stillen Anweisungen seiner Schwester von der Tribüne herab vergaß er, seine Fehler zu korrigieren, die Hände höher zu tragen und den Blick nach vorne zu richten und nicht auf die wehende Mähne des Hengstes. Wenzels Kopf wippte mit jedem Schritt, und seine Schenkel rutschten unruhig am Leib des Pferdes hin und her.

Kaum merklich schüttelte ich den Kopf, auf dem ich nun mit Stolz den Zweispitz des fertig ausgebildeten Bereiters trug. Natürlich konnte ich den Gram meiner Kollegen verstehen. Es war nicht rechtens gewesen, dass man meine Beförderung derart übereilt hatte. Doch diese Entscheidung hatte Vater getroffen, und ich hatte nicht im Traum daran gedacht, sie infrage zu stellen. Warum auch? Ich hatte keine Lust, jahrelang auf den Titel des Bereiters hinzuarbeiten und in den ersten Jahren der Ausbildung womöglich die Stallungen auszumisten, die Pferde zu putzen und für die Bereiter zu satteln.

Ich fühlte mich zu Höherem berufen, konnte mich nicht anfreunden mit der trägen Hierarchie, die der Hofreitschule innewohnte. Wenn jemand Erfolg verdiente, dann stand er ihm zu, und es sollten nicht Jahre damit vergeudet werden, bis es endlich so weit war.

Und wenn ich Wenzels mangelndes Talent betrachtete, war ich nicht sicher, ob er seine Jahre nicht besser in eine andere Ausbildung investiert hätte.

»Grüß dich!«, sagte ich zu Wenzel, als dieser erneut an mir vorbeigaloppierte. Doch er schwieg.

»Kannst du nicht grüßen?«, fragte ich und galoppierte Presciana an, um ihm zu folgen. So dicht wie möglich ritt ich neben ihm her und blieb auf seiner Höhe.

»Guten Tag!«, sagte ich überspitzt und erntete erneut pure Achtlosigkeit. Um Wenzel weiter zu provozieren, gab ich seinem Hengst einen Stups mit der Gerte. Dieser preschte sofort nach vorne, und Wenzel hatte Mühe, ihn wieder unter Kontrolle zu bringen.

»Was soll das!«, rief Wenzel. »Lass mich einfach in Ruhe, hörst du? Ich will mit dir nichts zu tun haben.«

»Ich mit dir auch nicht, dennoch müssen wir gemeinsam an einigen Lektionen feilen.«

»Du kannst feilen, woran du willst, aber sicher nicht gemeinsam mit mir!«

»Dir wird nichts anders übrig bleiben, als dich mit mir zu verbünden, wenn wir vor dem Kaiserpaar eine einheitliche Aufführung präsentieren wollen. Da musst du schon über dein kindliches Gehabe hinauswachsen, mein Lieber.«

Wenzel parierte Europa in den Schritt und wandte sich mir mit einem Blick zu, der so stechend war, dass er mich an seine Zwillingsschwester Margarete erinnerte.

»Wir beide hatten einander nie etwas zu sagen – außer Bosheiten. Du hast mich von Anfang an nur verspottet und bloßgestellt. Und nun trägst du die Hauptschuld am Verschwinden meiner Schwester. Es sollte dich also nicht wundern, wenn ich mit dir nichts zu tun haben möchte.«

Ohne auf Antwort zu warten, versetzte Wenzel seinen Hengst in Galopp. Ich verlangsamte Prescianas Schritt, bis er ganz haltmachte. In meinem Kopf fanden sich keine Gedanken und keine Antworten. Alles in mir war mit einem Mal leer, fast taub. Mein Blick hing an Wenzels Rücken, an seinem Zweispitz, der bei jedem von Europas Galoppsprüngen wackelte.

Sollte ich ihn anbrüllen? Ihn zur Rechenschaft ziehen für seine Beschuldigungen? Ihn später in die Enge treiben, am Revers fassen und ihm mit Gewalt drohen?

Nein, nichts von alledem käme infrage. Nichts von alledem würde etwas ändern. Margarete war nicht mehr da. Es war nicht meine Schuld. Doch wenn ich auf Wenzels hängende Schultern sah, wurde mir bewusst, dass es einen Schuldigen geben musste. Für ihn, der mit seiner Schwester seine engste Vertraute verloren hatte.

Zwillinge. Wie ungleich konnten sie sein?

Wenzel, der bei jeder laut ausgesprochenen Kritik zusammenzuckte, als wäre er vom Blitz getroffen. Durch sein Bestreben danach, allen zu gefallen, hatte er an Haltung eingebüßt. Für seinen Vater hatte er seine Träume aufgegeben – schlimmer noch: Er hatte nie den Mut gehabt, eigene Träume aufkeimen zu lassen, hatte sich stets an den Wünschen seines Vaters orientiert, der nicht ansatzweise daran dachte, die Loyalität seines Sohnes zu honorieren.

Und dann war da Margarete, die stolz und aufrecht durch die Welt ging, ihre Ziele hatte, die sie zu erreichen versuchte – ganz ohne Hilfe, ganz ohne Zuspruch. Ich konnte noch so sehr versuchen, sie mit ihren Reitversuchen im Herrensattel ins Lächerliche zu ziehen, sie würde trotzdem immer wieder aufsteigen, ohne auch nur daran zu denken, auf die Meinung anderer zu hören.

»Was grinst du so blöd?«, fragte Wenzel, als er an mir vorbeigaloppierte.

»Ich grinse nicht!« Unsinn, warum sollte eine störrische Frau wie Margarete mir ein Lächeln entlocken. Sie war verschwunden, und das war auch gut so. Oder nicht?

Als ich wenig später durch die Stallgasse schlenderte, meinen Zweispitz unter den Arm geklemmt und zufrieden mit meiner Reiteinheit, blieb ich bei Sardinia stehen. Vater hatte mir Margaretes einstigen Hengst als Zweitpferd zugeteilt. Und doch war ich noch nicht oft auf ihm geritten. Auf seinem Rücken zu sitzen, fühlte sich nicht richtig an. Da entstand nicht die Vertrautheit, die ich auf Presciana empfand. Sardinia war nicht mein Pferd und würde es auch nicht werden. Er gehörte zu Margarete. Nur unter ihr hatte er das Ausmaß seiner schwungvollen Schritte gezeigt und die Perfektion in verschiedenen Lektionen. Kein anderer Reiter – nicht einmal ich – würde diesen Hengst in solch einer Grazie präsentieren können wie Margarete.

»Du vermisst sie, habe ich recht?« Ich bot Sardinia ein Stück Zucker an, das er laut malmend zerkaute. Dann strich ich ihm sorgsam über den Nasenrücken und fragte mich, ob Margarete wohl jemals zurückkommen würde. Oder hatte die Vorstellung einer Heirat mit mir sie für immer aus ihrer Heimatstadt vertrieben?

»Was für eine fürchterlich eigensinnige Person«, sagte ich an Sardinia gewandt und machte mich auf den Heimweg.

21

MARGARETE

Gestüt Lipica im Juni 1875

Noch bevor ich die Augen öffnete, wurde ich mir des Gefühls von Sommer bewusst. Während ich die Sommermonate in Wien als drückend und verstaubt empfunden hatte, überwog hier das Gefühl von wohltuender Leichtigkeit. Der Lockruf der Zikaden weckte mich morgens und verklang erst spätnachts.

Meine Arbeitstage begannen nun früher, um der Hitze auf dem Reitplatz zu entgehen und die Stuten nach getaner Arbeit auf die Koppeln zu entlassen, wo sie im Schatten der Bäume im sanften Wind grasten und dösten. Die Luft war klar und salzig, der Wind trug würzige Gerüche von Jožefas Kräutergarten durch den Innenhof. Abends saßen wir beisammen und gönnten uns vom Kellergewölbe gekühltes Bier. Als Franc mir in den ersten Tagen gesagt hatte, dass hier alle eine Familie sind, war mir nicht bewusst gewesen, wie ernst er es gemeint hatte. Es verging kein Tag, kein Abend, an dem nicht beisammengesessen, geplaudert, gelacht, gesungen, getrunken wurde. Jeder leistete hier seinen Dienst, und doch fühlten wir uns frei.

Mit Dea verband mich seit der Geburt des Fohlens eine zart wachsende Freundschaft. Die Sprachbarriere stand zwar nach wie vor zwischen dem Rest der Familie und mir, doch mit Dea war es möglich, völlig wortlos zu kommunizieren. Gemeinsam verpflegten wir die hochträchtigen Stuten, die frisch geborenen Fohlen mit deren Mutterstuten. Nie hätte ich gedacht, dass auf einem Gestüt wie diesem solche Unmengen an Arbeit anfallen würden, aber tatsächlich schien immer irgendwo eine helfende Hand gebraucht zu werden. Nachts fiel ich erschöpft ins Bett und in einen tiefen Schlaf, aus dem Marjan mich täglich viel zu früh weckte.

»Es ist schon spät. Solltest du nicht langsam aufstehen?« Marjan stand am Ende des Bettes und zupfte an meinen Zehen.

»Ich bin schon munter. Aber ich glaube, ich verbringe den Tag heute lieber im Bett«, scherzte ich.

»Tja, dann hättest du wohl besser in Wien bleiben sollen, wo deine Eltern sich nicht daran stören, wenn du die Tage im Bett zubringst.« Marjan entfernte sich von mir, schlüpfte in seine Arbeitskleidung und blickte aus dem Fenster.

»Das war doch nicht ernst gemeint«, verteidigte ich mich. »Oder habe ich in den letzten Wochen auch nur einen Arbeitstag zu spät angetreten?«

»Tut mir leid, *moje srce,* ich wollte dich nicht kränken. Die Renovierungsarbeiten gehen viel zu langsam voran. Und kaum bin ich der Meinung, eine Baustelle beseitigt zu haben, lege ich die nächste frei. Die Arbeit scheint kein Ende zu nehmen.«

»Das tut mir leid. Du ackerst so hart, du hättest dir ein paar freie Tage verdient – viel mehr als ich.« Ich stand auf und drückte mich an ihn, schmiegte meinen Kopf an seinen Rücken und umarmte seinen Oberkörper. Die Arbeit hier war anstrengend, für uns beide. Bestimmt war das der Grund, warum Marjan sich an manchen Tagen von mir distanzierte. Ich versuchte, darüber hinwegzusehen, schließlich gab es auch genügend schöne Stunden, in denen wir uns im Arm hielten, lachten und uns liebten.

»Was hältst du davon, wenn wir beide heute nach der Arbeit draußen auf der Wiese zu Abend essen. Nur du und ich.«

»Was stört dich an den anderen? Wir sind hier eine Familie.«
Marjan löste sich aus meiner Umarmung und sah mich etwas
zu ernst an.

»Natürlich sind wir das, aber etwas Zeit für uns allein dürfen
wir uns dennoch gönnen, oder etwa nicht?« Mein Herz raste,
als ich in seinen Augen Verständnislosigkeit ablesen konnte.
Was war nur mit uns passiert? Mit einem Mal war es, als liefe
ich Gefahr, mit jedem Wort in eine gespannte Tretfalle zu stolpern. Ich gab mir Mühe, schließlich liebte ich ihn. Dennoch
hatte auch mein Verständnis für seine körperliche Erschöpfung
und seine Angespanntheit ihre Grenzen.

Ich dachte an den Vorabend, als ich ihn gebeten hatte, Francs
Tochter zu fragen, ob sie mir am nächsten Tag zur Hand gehen
könnte, wenn ich eine der jungen Stuten zum ersten Mal satteln
wollte. Ohne meine Frage zu übersetzen, hatte er seine Stirn
krausgezogen und sich vom Esstisch entfernt. Darauf angesprochen, meinte er, dass es an der Zeit sei, die Sprache zu lernen.

»Du gibst dir keine Mühe, verlässt dich immer nur auf
mich!«, hatte er gesagt.

Die slowenische Sprache war schwierig zu lernen. Jožefa versuchte, mir täglich neue Wörter beizubringen, aber Franc hatte
seine angekündigte Drohung, nicht mehr Deutsch mit mir zu
sprechen, noch nicht wahr gemacht – das Gegenteil war der
Fall: Er nutzte meine Anwesenheit, um seine Deutschkennt-
nisse etwas aufzubessern.

»Sollte der Kaiser uns erneut mit einem Besuch beehren,
möchte ich ihm mit tadellosem Deutsch begegnen. Ich durfte
ihn bereits zweimal hier auf unserem Gestüt willkommen heißen«, hatte er mit geschwellter Brust erklärt. »Er und die Kaiserin lieben ihre Lipizzaner, deshalb ihr Interesse für das Gestüt.«

Mit den Arbeitern verständigte ich mich durchweg mit Kör-
persprache, was auch größtenteils funktionierte. Wenn ich so
darüber nachdachte, hatte Marjan womöglich recht, und ich

208

gab mir nicht ausreichend Mühe. War er deshalb enttäuscht von mir? Weil ich seine Heimat nicht ernst genug nahm, um schnellstmöglich die Sprache zu lernen?

»Also kein zweisames Abendessen?«, fragte ich und schmollte gespielt.

»Nicht heute. Es gibt noch einiges, das ich mit Franc besprechen möchte. Vielleicht morgen, ja?«, meinte er versöhnlich und küsste mich auf die Stirn.

»Versprochen? *Obljuba?*«, hakte ich nach und strich ihm über sein Kinn, auf dem sich ein leichter Dreitagebart abzeichnete. Die Berührung zog mich förmlich näher zu ihm. Sein herber Geruch umfing mich wie eine innige Umarmung. Und während ich seinen Hals liebkoste und sein eben zugeknöpftes Hemd wieder öffnete, waren sämtliche Uneinigkeiten vergessen. Marjan ließ mich gewähren und drückte mich vorsichtig auf unser Bett. Seine Hände glitten über meinen Körper, sein Atem ging schneller, seine Lippen liebkosten meine Brüste, und mit einem Mal war da wieder dieses Gefühl, das mich vor Wochen dazu bewogen hatte, meine Heimat zu verlassen, um mein Leben an der Seite genau dieses Mannes zu führen.

»Ich liebe dich«, hauchte ich, als ich seinen nackten Körper auf und in mir fühlte.

»*Rada te imam!*«, flüsterte er mir ins Ohr, dann gaben wir uns einander hin und vergaßen, dass draußen die Arbeit auf uns wartete.

Als wir uns etwas später voneinander in den Tag verabschiedeten, küsste er mich mit einer Leidenschaft, die mir versicherte, dass unsere Liebe alle Schwierigkeiten, alle Differenzen überdauern würde.

Auf dem Weg zu den Stallungen wurde mir erneut bewusst, wie sehr ich mich in den wenigen Wochen hier an meine Freiheit und Unabhängigkeit gewöhnt hatte. Franc hatte mir meinen Aufgabenbereich zugeteilt und verließ sich darauf, dass ich ihn zu seiner Zufriedenheit ausführte – zu Recht. Die mir zugeteilten Stuten machten enorme Fortschritte und entlockten Franc ein stolzes Lächeln, wenn er mir bei der Arbeit zusah.

Und dann war da noch die finanzielle Unabhängigkeit, die mir erlaubte, mein Leben selbst zu bestimmen. Der Lohn war schwindend gering, schließlich galt Franc meine Arbeit mit Kost und Logis ab. Hin und wieder steckte mir seine Frau augenzwinkernd ein paar Scheine zu. Dieses Geld nahm ich dankend an und sparte es, schließlich wollte ich nicht verschwenderisch sein wie meine Mutter, die sich eines Tages damit konfrontiert sah, dass ihr Vermögen weg war und sie einen Weg finden musste, um an eine neue Geldquelle zu gelangen. Mein Leben würde anders verlaufen. Sollte ich je eine Tochter haben, dürfte sie frei entscheiden, ob sie heiratete und wen. Vielleicht wäre sie aber auch eine Vorreiterin und würde sich an ein Studium wagen oder ihre Stimme für die Rechte der Frauen erheben.

Der Ausblick auf diese mögliche Zukunft gefiel mir und ließ mich aufatmen.

»Guten Morgen, meine Mädchen!«, sagte ich, als ich den Stall der zu bereitenden Stuten betrat, und bekam freudiges Wiehern als Antwort.

»Habt ihr gut geschlafen?« Ich marschierte durch die Stallgasse, direkt zur Sattelkammer, die natürlich um einiges kleiner war als die der Hofreitschule. Hier hatten wir weder für jede Stute einen eigenen Sattel noch auch nur einen der weißen maßgefertigten Schulsättel, wie er für die Sprünge der *Schule über der Erde* benötigt wird. Kurz dachte ich an Sardinia, mit dem ich so gern sämtliche Sprünge erlernt hätte, die zur *Schule über der Erde* gehörten. Sprünge, bei denen das Pferd mit allen vier Beinen abhob und während der Ausführung der Lektion über der Erde schwebte. Nicht alle Hengste waren für Übungen wie der Courbette und der Capriole geeignet, aber Sardinia und ich hätten es geschafft, da war ich mir sicher.

Mit ruhigen und inzwischen gekonnten Handgriffen legte ich der Jungstute Musica das Zaumzeug an und führte sie hinaus in den Innenhof. Musica war eine tänzelnde und nervöse Stute. Bei ihr würde ich die Ausbildung sehr gelassen starten und erst zum nächsten Schritt übergehen, wenn das Erlernte zur Gänze saß und sie nicht mehr nervös machte. Allein den Vorgang des Aufzäumens übten wir bereits seit zwei Wochen. Aber seit ein paar Tagen hatte ich den Eindruck, dass die Metalltrense im Maul und die noch sehr locker verschlossenen Lederriemen des Zaumzeugs für sie kein Problem mehr darstellten. Heute würde ich einen Schritt weitergehen. Wie üblich würde ich sie auf dem Reitplatz einige Runden im Schritt führen, dann die Riemen enger schnallen und die Runden wiederholen. Bislang war an dieser Stelle Schluss gewesen, aber heute würde ich ihr eine leichte Decke auf den Rücken legen. Dabei würde ich sehr genau auf ihre Reaktion achten und mein Tempo der Stute anpassen. Sobald die Decke kein Problem mehr wäre, würde ich zur Satteldecke übergehen, die schwerer, größer und kompakter war.

Musica war das erste Pferd, das ich zur Gänze ausbilden durfte. Demnach war für uns beide alles neu. Sie war eine neugierige, aufgeweckte Stute, die sich an manchen Tagen skeptisch zeigte. Dennoch würden wir unseren Weg gehen. Schritt für Schritt.

Auf dem Weg hinaus zum Reitplatz trottete Musica entspannt neben mir her. Da war eine Nähe zwischen uns, die von Tag zu Tag an Selbstverständlichkeit gewann.

»Wenn du heute brav bist, darfst du den restlichen Tag auf die Koppel. Klingt das verlockend? O ja, das tut es!« Ich lachte kurz auf und tätschelte Musicas Hals.

Wir hatten den Reitplatz schon fast erreicht, da hörte ich ein Kichern. Anfangs kümmerte ich mich nicht darum. Warum auch? Aber dann glaubte ich, Marjans Stimme zu erkennen, und spitzte meine Ohren fast so aufmerksam wie die junge Stute an meiner Seite.

Es war früher Vormittag, eine Zeit, zu der Marjan sich üblicherweise den Renovierungsarbeiten der Stallungen widmete. Was also machte er hier draußen, fernab seiner Arbeit? Ohne meine Schritte steuern zu können, folgte ich den Stimmen, die ich hinter den Büschen am Rande des Reitplatzes vermutete. Je näher ich kam, desto sicherer war ich, dass ich das Lachen Dea zuordnen konnte. Meine Schritte wurden langsamer, je lauter das Gelächter wurde. Etwas in mir sträubte sich dagegen, hinter die Büsche zu blicken und womöglich etwas zu sehen, zu dem ich nicht bereit war.

Mein Atem ging flach, und mein Herzschlag raste. Was würde ich tun, wenn ich die beiden einander in den Armen liegend vorfand? Würde mein Herz zerbrechen? Würde ich laut wüten oder mich leise zurückziehen?

Unvermittelt blieb ich stehen und lauschte dem Gespräch der beiden. Und auch wenn ich kein Wort verstand, so klang es doch sehr vertraut. Ich verfluchte mich dafür, der slowenischen Sprache noch nicht mächtig zu sein. Vielleicht war es nur ein harmloser Plausch zwischen den beiden? War Dea nicht um einige Jahre jünger als Marjan und ich? Und würde Marjan es riskieren, den Zorn von Deas Vater auf sich zu ziehen, weil er eine Grenze überschritt?

Nein, Marjan würde es nicht wagen, Franc zu provozieren und seine Stellung auf dem Gestüt zu riskieren.

Ich wusste, dass es besser wäre, kehrtzumachen, zurückzugehen zu den Stallungen und über meine Beobachtung zu schweigen. Aber dann war da plötzlich dieses Rauschen in meinen Ohren und dieser rasende Puls, der meine Gedanken überlagerte und mich vor die Büsche trieb, hinter denen ich Marjan und Dea vermutete.

Die beiden saßen sich in der Wiese gegenüber, beide gelassen im Schneidersitz, die Arme locker auf den Knien abgelegt. Dea hielt eine Wiesenblume in der Hand und zwirbelte sie zwischen den Fingern hin und her. Als sie mich erblickten, erschraken sie sichtlich. Marjan räusperte sich, und Dea ließ ihre Blume ins Gras fallen.

»Margarete! Was machst du hier?«, fragte Marjan überrascht.

»Ich arbeite«, sagte ich knapp, »im Gegensatz zu dir!«

Marjan rieb sich den Hinterkopf und erhob sich dann aus der Wiese. »Du irrst dich.«

»Tatsächlich? Dann bezahlt Franc dich dafür, mit seiner Tochter zu plaudern?« Ich zog die Augenbrauen hoch und stemmte eine Hand in die Taille. Musica nutzte die Gelegenheit und begann, genüsslich zu grasen.

»Was …«, stotterte Marjan. »Was soll das werden? Bist du eifersüchtig?«

Ich blickte in sein Gesicht und dann in das von Dea, die noch immer in der Wiese kauerte. In ihrer Miene glaubte ich so etwas wie Unsicherheit lesen zu können, Marjan hingegen baute sich selbstbewusst vor mir auf.

»Wenn es einen Grund dafür gibt, dann ja!«, beantwortete ich seine Frage. »Ich habe für unsere Liebe meine Heimat verlassen, weil ich dachte, wir hätten eine gemeinsame Zukunft vor uns. Wenn du denkst, dass ich mich von dir hintergehen lasse, dann irrst du dich.«

»Margarete, beruhige dich.« Während Marjan beide Hände an meine Oberarme legte, sah ich, wie Dea im Hintergrund weghuschte und uns allein ließ. »Natürlich haben wir eine gemeinsame Zukunft vor uns.«

Mein Atem beruhigte sich etwas, dennoch blickte ich zweifelnd in seine Augen.

»Wir gehören zusammen«, fuhr er fort. Er strich mit einer Hand über meinen Nacken und gab mir einen Kuss. Seine körperliche Nähe war vertraut und löste den Rest an Bedenken in mir auf. Ich fühlte mich ein wenig dumm. Ich hatte mich lächerlich gemacht – und das völlig grundlos.

»Tut mir leid«, sagte ich und legte einen Finger an seine Lippen.

»Schon gut«, erwiderte Marjan. »Dea und ich kennen uns seit einer Ewigkeit, da gibt es keinen Grund für Eifersüchteleien.«

Ich nickte und wandte mich Musica zu, die zufrieden am Gras malmte.

»Aber hör zu«, meinte Marjan und griff mir ans Kinn. »Gib nicht mir die Schuld dafür, dass du Wien verlassen hast, ja? Du bist nicht hier, weil du mich liebst, sondern weil du Hoffmann hasst.«

Sein Blick kroch förmlich durch meine Augen in mich hinein. Dann wandte er sich von mir ab und marschierte, ohne sich noch einmal nach mir umzudrehen, davon.

Ich blieb zurück und fragte mich, warum seine Worte so vorwurfsvoll geklungen hatten.

Entschlossen machte ich kehrt, ging zurück zu den Stallungen. Musica ging brav neben mir her. Es schien sie nicht zu stören, dass ich sie zurück in den Stall brachte, ohne mit ihr gearbeitet zu haben.

»Du bist ein liebes Mädchen!«, versicherte ich ihr, nachdem ich ihr das Zaumzeug abgenommen und ihr ein kleines Stück Brot zugesteckt hatte.

»Wir machen morgen weiter, versprochen.« Ich drückte der zierlichen Stute einen Kuss auf die Stirn und ging. Ziellos schlenderte ich umher, wusste nicht, wohin mit mir. Die Auseinandersetzung mit Marjan hatte eine Unsicherheit in mir wachgerufen, die mir ganz und gar nicht gefiel.

Kurz entschlossen machte ich mich auf den Weg in die Küche, um Jožefa zur Hand zu gehen. An ihrer Seite fühlte ich mich stets getröstet, selbst wenn wir nur schweigsam nebeneinanderstanden, Gemüse schnitten oder den Abwasch machten.

»Bist du traurig, *moje dekle?*«, fragte sie, nachdem ich die Küche betreten hatte.

Ich starrte sie überrascht an. Wie konnte es sein, dass eine Frau, die ich erst seit einigen Wochen kannte, meine Gefühle besser lesen konnte als meine Mutter? Jožefa zeichnete mit einem Finger den Lauf einer Träne an ihrer Wange nach und sah mich aus gutmütigen Augen an.

»Das Leben ist nicht immer einfach, hab ich recht?«, fragte ich und lächelte wehmütig.

»*Je to zaradi Marjana?*«, fragte sie.

»Marjan? Ja, es ist wegen ihm. Aber auch wegen mir …« Nachdenklich blickte ich aus dem Fenster, vor dem sich der Obstgarten des Gestüts ausbreitete. Auf den Apfelbäumen formten sich die ersten Früchte, und auf den Beerensträuchern stoben Bienen und Hummeln aufgeregt von Blüte zu Blüte. Wo ich auch hinblickte, alles hier schien zu leben und zu pulsieren. Normalerweise fühlte ich diese Lebenslust, doch heute war es stumm in mir.

Ich sollte mit Marjan sprechen, dafür Sorge tragen, dass unsere Beziehung weiterhin Bestand hatte. Ich sollte ihm von meinen Ängsten erzählen und von meiner Unsicherheit, die ich mehr als alles andere hasste, weil sie mich meiner geliebten Freiheit beraubte.

Und noch ehe Jožefa mir Zwiebel und Messer zuschieben konnte, machte ich mich auf den Weg zu den Stallungen. Bestimmt wäre Marjan inzwischen da und nähme sich die Zeit für ein Gespräch mit mir. Dann könnten wir gemeinsam über meine Bedenken lachen und uns an dem herrlich sonnigen Tag freuen.

Im Stall angekommen, klopfte Marjan tatsächlich gerade die letzten Reste des Putzes vom Gemäuer.

»Margarete!«, sagte er, als er mich erblickte, und legte sein Werkzeug beiseite. »Gar nicht bei der Arbeit?«

Kopfschüttelnd ging ich auf ihn zu und lehnte mich an die

Wand, an der er sich gerade zu schaffen gemacht hatte. Nach den richtigen Worten suchend, nestelte ich an meinen Fingerkuppen und fühlte mich dabei wie ein kleines Mädchen. War es das, was die Liebe mit einem machte? Sie machte einen klein und beraubte einen seiner Selbstsicherheit? Ich wollte Marjan nicht verlieren, aber dieses Gefühl der Unsicherheit wollte ich noch viel weniger. Die Stille zwischen uns fühlte sich an wie eine undurchdringliche Mauer, die uns voneinander abschirmte und nicht zuließ, dass wir Gefühle austauschten.

»Ich glaube dir!« Nachdem dieser Satz über meine Lippen gebröckelt war, sog ich laut und tief Luft in mich auf.

Marjan legte sein Werkzeug beiseite und stand auf. Ein warmes Lächeln erhellte seine Miene, und er drückte mich so fest an sich wie noch nie zuvor. War es, weil unsere erste Auseinandersetzung ihm ebenfalls zugesetzt hatte? Ich roch an seinem Hals und wurde erfüllt von Marjans salzig herbem Geruch. Sein Hemd war von der Arbeit staubig, doch daran störte ich mich nicht. Erleichtert legte ich meinen Kopf an seine Schulter und fühlte eine schwere Last von mir abfallen.

»Bist du denn glücklich hier?«, fragte ich ihn und wich einen Schritt zurück, um ihn ansehen zu können.

»Warum sollte ich nicht? Hier haben wir doch alles.« Mit großer Geste zeigte er nach draußen und dann auf ihn und mich. »Hier mag die Arbeit härter sein als in Wien, aber das, was ich hier schaffe, hat wenigstens Zukunft.«

Ich legte meinen Kopf schief und die Stirn in Falten. Worauf wollte er hinaus?

»In der Hofreitschule wäre ich immer nur der Reitknecht geblieben. Hier kann ich dabei helfen, das Gestüt voranzutreiben und zu vergrößern. Hier kann ich mitwirken, Teilhaber werden und wer weiß, eines Tages vielleicht sogar Gestütsleiter?«

»Gestütsleiter? Wovon sprichst du?« Und dann, ohne es zu wollen, drängte sich mir der Gedanke auf, der alles zu klären schien. In Wien hatte Marjan versucht, dem Oberbereiter nachzueifern, hatte versucht, ihm zu gefallen oder wenigstens aufzufallen. In Wien hatte er versucht, sich der Tochter des Oberbereiters zu nähern, um so vielleicht eine bessere Stellung zu erhalten. Aber seine Versetzung nach Lipica hatte seine Pläne durchkreuzt.

Was er in Wien nicht über mich erreicht hat, versucht er hier über Dea. Diese Erkenntnis raubte mir den Atem und drückte auf meinen Brustkorb. Dea und Marjan.

Marjans Miene veränderte sich, wurde nachdenklich.

»Ich liebe dich.« Er näherte sich mir, legte seine Arme um mich und drückte mich eng an sich. »Aber ich habe auch Pläne für meine Zukunft«, sagte er, als wäre das eine Rechtfertigung für sein Verhalten.

»Aber warum?« *Warum hast du mich dann mitgenommen in deine Heimat? Und warum hast du mir vorgegaukelt, wir hätten eine gemeinsame Zukunft?*

»Ich wollte dich nicht verletzen. Niemals. Zu keinem Zeitpunkt. Das musst du mir glauben. Es ist nur so, dass ich mehr aus mir machen möchte.«

»Wäre es nicht schön, wenn du dieses Ziel allein erreichtest, ohne der Tochter deines Lehrmeisters das Herz zu brechen? Wäre es nicht schön, wenn du erfolgreich wärst, ohne dafür ein Gerüst aus Lügen erschaffen zu müssen?« Ich setzte einen Fuß hinter den anderen, entfernte mich von Marjan, ohne den Blick von ihm abzuwenden. Mit jedem Schritt wurde er kleiner und unbedeutender. Ich hielt seinem Blick stand, während ich mich von ihm entfernte.

»Es ist nicht nur meine Schuld«, versuchte er, sich zu verteidigen. »Du hast dich auch verändert.« Sein Blick wurde finster. »Sieh dich an!«, meinte er und zeigte auf meine Reithosen. »Du siehst aus wie ein Mann, willst vielleicht sogar einer sein, ich weiß es nicht!«

Ich lachte spöttisch auf und schüttelte den Kopf. In diesem Moment wollte ich einfach nur noch weg von ihm. Ich dachte an unsere Küsse, unsere Liebesschwüre und unsere körperliche Nähe. War für Marjan alles nur ein Spiel gewesen? Und dann schluchzte ich laut auf. Nicht, weil ich Marjan verloren hatte, sondern weil der Weg zurück nach Wien vielleicht für immer versperrt war und ich heimatlos war wie eine Feder, die der Wind mit sich trug, in eine weite Ferne und weiter noch.

22

Am Abend saß ich in meinem Zimmer über den kleinen Tisch gebeugt und starrte auf das leere Blatt Papier, das seit einer Ewigkeit vor mir lag. Das Licht der Petroleumlampe flackerte und warf lebendige Schatten an die Wand. Im Haus war es still. Stiller als sonst. Es war, als wagte niemand, auch nur zu atmen.

Nach dem Abendessen hatte ich mit Franc und Jožefa besprochen, dass Marjan ab sofort ein neues Zimmer benötigte, da er und ich kein Paar mehr wären. Die mitleidigen Blicke, die Jožefa mir über den Tisch hinweg zugeworfen hatte, rührten mich beinahe zu Tränen. Und doch würde ich stark bleiben und mich aufrecht den veränderten Verhältnissen stellen. Die Zeit mit Marjan war aufregend gewesen, aber ich würde mich meiner Zukunft stellen und sie allein meistern.

Natürlich hatte sich die Neuigkeit rasch verbreitet, das hatte ich an den Blicken erkannt, die man mir zuwarf, und an der Art, wie man sich sofort wieder von mir abgewandt hatte. Auch war mein Name plötzlich auffallend oft gefallen. Ich gab mich stark und unantastbar – denn das war ich.

Als ich das Zimmer betreten hatte, in dem Marjan und ich uns noch an diesem Morgen geliebt hatten, waren bereits alle seine Kleider weg gewesen. Geblieben waren seine zerknüllten Kissen und die leere Stuhllehne, auf die er stets seine Kleider gehängt hatte.

Ich vermisste seine Nähe, seinen Geruch, seine Stimme, sein Lächeln und seine Berührungen. Mit geschlossenen Augen versuchte ich, seinem letzten Kuss nachzuspüren, seinen Fingern in meinem Haar und seinem Atem an meinem Ohr.

Tränen durchweichten das unbeschriebene Blatt Papier und erinnerten mich daran, dass mich eine dringende Angelegenheit an den Tisch getrieben hatte. Ich musste Vater einen Brief schreiben. An diesem Tag wurde mir bewusst, dass ich viel zu lange damit gewartet hatte. Trotz meines knappen Abschiedsschreibens waren er und Wenzel gewiss in Sorge um mich. Und ebendiese Sorge hatte ich viel zu lange verdrängt, weil in meinem Kopf und meinem Herzen nur Platz gewesen war für Marjan und meine Arbeit.

Aber heute, da ich allein auf meinem Zimmer saß, gab es keine Ausflüchte mehr. Ich würde einen Brief verfassen, in dem ich mich zu erklären versuchte. Vielleicht fänden Vater und Mutter einen Weg, mir zu verzeihen. Bestimmt müsste ich mich herablassenden und besserwisserischen Kommentaren und Blicken stellen, wenn ich wieder in Wien wäre, aber das wäre mir egal. In diesem Moment wünschte ich mich einfach zurück in mein Elternhaus, in mein Zimmer, das prall gefüllt war mit Erinnerungen.

Überall wäre es besser als hier, wo ich Marjan und Dea täglich sehen würde. Oder war es zu früh, um über eine Abreise nachzudenken? Sollte ich um Marjan kämpfen? Unsere Beziehung retten?

Nein, nichts lag mir ferner, als um einen Mann zu kämpfen, der sich nicht aus vollen Stücken für mich entschied, der taktierte, welche Verbindung für ihn die vorteilhafteste war. Meine Zukunft würde ich an der Seite eines Mannes verbringen, für den feststand, dass ich die Einzige war und es für immer bleiben würde.

Meine Zukunft würde sich finden, den Brief aber musste ich

heute schreiben. Vater hatte Nachricht von mir verdient. Ich vermisste ihn und Wenzel. Und die Hofreitschule, Sardinia, die vertrauten Straßen und Gebäude, die feinen Mehlspeisen im *Café Central* – ja, selbst meinen Schneider vermisste ich. Oder war das plötzliche Heimweh einfach nur Resultat meiner zerbrochenen Liebe?

Ich rieb mir die Stirn. Jeder Gedanke strengte mich an. Ich wünschte mir eine Schulter, an der ich mich ausweinen konnte, jemanden, dem ich von meinem Kummer berichten konnte und der meine Sprache problemlos verstand.

»Wenzel«, flüsterte ich und spürte einen dicken Kloß in meiner Kehle anschwellen. Alles, was mir in dieser sternlosen Nacht blieb, war das leere Blatt Papier, das ich mit Worten füllen würde, um es in meine Heimat zu schicken.

Am nächsten Tag gingen Marjan und ich uns aus dem Weg. Ich hatte die ganze Nacht wach gelegen und gegrübelt. Letztendlich war ich bei meinem Entschluss geblieben, nicht um ihn zu kämpfen. Für ihn hatte ich alles aufgegeben, meine Familie enttäuscht zurückgelassen und meinen Ruf ruiniert. Nun würde ich nicht auch noch den Rest meines Stolzes an ihn verschenken. Wozu auch? Offenbar belastete ihn die Trennung kaum. Als ich ihn am Vormittag von Weitem gesehen hatte, hatte er ein fröhliches Lächeln im Gesicht gehabt. Nein, es war nicht nur ein Lächeln, es war vielmehr ein Strahlen gewesen. War er am Ende erleichtert, mich endlich losgeworden zu sein? War seine Liebe nur Heuchelei gewesen? Seine Komplimente, seine Liebesschwüre, die innigen Umarmungen?

Ich versuchte, mich auf meine Arbeit zu konzentrieren, die Stuten bestmöglich zu bereiten und Musicas Ausbildung weiter voranzutreiben. Dieses Pferd war eine wahre Freude. Trotz der Nervosität und ihrer anfänglichen Skepsis ließ sie inzwischen zu, dass ich ihr den Sattel auflegte und den Sattelgurt locker schloss. Der Gedanke an ihre steifen Schritte, als ich sie zum ersten Mal gesattelt um den Reitplatz führte, entlockte mir ein Schmunzeln. Letztendlich hatte sie den Eindruck erweckt, stolz über ihre selbst erbrachte Leistung zu sein.

Noch am selben Nachmittag sattelte ich eine der älteren Stuten und ritt mit ihr ins Dorf, um meinen Brief auf dem kleinen Postamt aufzugeben. Wie immer, wenn ich ins Dorf kam, besah man mich mit schrägen Blicken und tuschelte hinter vorgehaltener Hand. Vermutlich hielten mich hier alle für verrückt, weil ich nur in Hosen bekleidet auf einem Herrensattel ritt. Ein Bild, das man hier noch nie zuvor gesehen hatte.

Was man wohl in Wien zu solch einem Auftritt sagen würde? Bestimmt würde man mich der Hofreitschule verweisen – schon wieder.

Wenzel würde lachen und mir applaudieren, während Vater mich mit hochrotem Kopf auffordern würde, den Reitsaal zu verlassen. Die anderen Bereiter wären außer sich – da würde mir auch die Tatsache, dass sich die Kaiserin Elisabeth im Herrensattel versucht hat, nicht helfen. Die Zeit war einfach nicht reif für eine Frau wie mich. Ob sie das je wäre? Dürften wir Frauen uns je unbekümmert durch die Welt bewegen, ohne Angst haben zu müssen, einer vorgefertigten Erwartung nicht zu entsprechen und den eigenen Ruf zu ruinieren, weil der Rock die Knöchel nicht ordnungsgemäß bedeckte oder man sich zu selbstbewusst verhielt?

Mir war es einerlei, was die Menschen hier von mir dachten. Bei jedem Blick, der mich traf, lächelte ich noch offener und fühlte mich unglaublich wohl dabei. Für einen Moment vergaß ich sogar, dass ein Mann mein Herz gebrochen hatte und mir das Gefühl gab, belanglos zu sein.

»Ich bin nicht auf ihn angewiesen«, sagte ich zu Virtuosa, die den Ritt durch das Dorf offensichtlich genoss. »Ich weiß das, und du weißt das auch, habe ich recht?« Ich tätschelte den blütenweißen Hals der Stute und grüßte ein paar Passanten einnehmend freundlich.

Nachdem ich den Brief auf seine Reise nach Wien geschickt hatte, war mir wohler. Es war, als wäre eine Last von mir gefallen, von der ich lange nicht gewusst hatte, wie sehr sie mich bedrückte. Schon in wenigen Tagen würden meine Eltern und Wenzel diesen Brief erhalten und erfahren, wohin ich mich geflüchtet hatte. Ob sie mir antworten würden? Mich besuchen? Oder mich gar zur Rückkehr und Heirat mit August zwingen würden? Für einen kurzen Augenblick war ich unsicher, ob der Brief eine gute Idee gewesen war, doch dann blickte ich mich um, sah auf die weiten Wiesen, die sich vor mir ausbreiteten, das Gras, das im Wind wogte, das klare Licht, den wolkenlosen Himmel, den Greifvogel, der wild und frei durch die Lüfte tanzte. All das erinnerte mich an meine eigene Freiheit, die ich mir erkämpft und erarbeitet hatte und die ich nicht wieder aufgeben wollte. Bestimmt würde es noch eine Weile dauern, bis Marjan und ich einen akzeptablen Umgang miteinander fänden, aber diese Zeit würde ich überdauern, mich auf meine Stuten konzentrieren und mich abends, wenn die Einsamkeit in mir hochkroch, an ein Buch klammern oder Wenzel einen Brief schreiben. Ich würde bleiben, hier in meiner neuen Heimat. Nach Wien gehörte ich nicht mehr. Die herablassenden Blicke dort würde ich nicht ertragen.

Mein Zimmer fühlte sich ohne Marjan leer und verloren an, doch ich würde es mit neuem Leben füllen und nicht mehr daran denken, wie schön die Nächte an seiner Seite gewesen waren. Marjan wollte mich nicht mehr, also würde ich alles daransetzen, um auch ihn nicht mehr zu wollen. Das konnte doch nicht so schwer sein, oder?

Als ich am Abend meinen Rundgang durch die Stallungen machte, um einen letzten Blick auf die Stuten, Mutterstuten und ihre Fohlen zu werfen, genoss ich die Ruhe, die hier zu dieser

Tageszeit herrschte. Ab und an ein Schnauben, zufriedenes Malmen oder ein Tritt im raschelnden Stroh, mehr nicht. Ansonsten herrschte gedämpfte Stille. Entspannt lehnte ich mich gegen die Wand und genoss die Aussicht auf die vielen Pferderücken und Schweife. Durch die kleinen Fenster fiel rötlich schimmerndes Abendlicht, und mit jedem Atemzug fühlte sich mein Körper schwerer an.

Unglaublich, welchen Wandel mein Leben vollzogen hatte. War ich in Wien zum Nichtstun gezwungen gewesen, so arbeitete ich hier von Sonnenaufgang bis in die frühen Abendstunden. Nie im Leben hätte ich gedacht, dass mein Körper zu so viel Anstrengung fähig wäre – und zu so viel Schlaf.

»Margarete?« Marjan riss mich aus meiner Versunkenheit.

»Ja?«, fragte ich und fühlte mich mit einem Mal hellwach. Ich sah ihm in die Augen und suchte nach einem Anhaltspunkt. Was konnte er von mir wollen? Würde er mich um eine zweite Chance bitten? Mir sagen, dass er ein Dummkopf gewesen war, der seine Entscheidung bereute? Und was würde ich antworten? Oder würde ich ihm einfach um den Hals fallen und meine Erleichterung in die Welt hinausschluchzen?

»Darf ich dich kurz stören?«

Ich nickte und schluckte so laut, dass Marjan es bestimmt hören konnte.

»Es ist so …« Er wich meinen Blicken aus, sah auf seine Schuhe, dann hoch an die Decke, die vom Abendlicht in zartem Rosa leuchtete. Seine Unsicherheit bestätigte mich in der Meinung, dass er mich zurückhaben wollte.

»Was hast du eigentlich vor, jetzt, da wir kein Paar mehr sind?« Noch immer wich er meinem Blick aus.

»Warum willst du das wissen? Störe ich dich?« Mit Marjan zu sprechen fühlte sich seltsam an, dennoch blieb meine Stimme klar.

»Du störst mich nicht, aber …«

»Aber?«, fragte ich und stemmte meine Hände in die Taille.

»Margarete«, sagte er und kam mir näher. Kurz glaubte ich, er wollte nach meiner Hand fassen. »Du kannst hier nicht länger bleiben. Das tut uns beiden nicht gut.«

Ich atmete schwer aus. Marjans Worte trafen mich wie ein Schlag.

»Aber warum soll ich gehen? Du warst es, der mich hierhergebracht hat. Deinetwegen ist das Gestüt nun mein Zuhause.« Das Zittern in meiner Stimme war verschwunden und einer Bestimmtheit gewichen, die mich selbst überraschte. »Deinetwegen habe ich Wien verlassen, und deinetwegen soll ich nun Lipica hinter mir lassen? Nein! Ich bleibe! Du bestimmst nicht über mein Leben!«

In Marjans Augen blitzte etwas auf, das ich nicht zuordnen konnte. War es Hilflosigkeit oder Wut? »Wie soll das funktionieren? Wir werden uns jeden Tag sehen, gemeinsam am Esstisch sitzen und arbeiten. Wie soll ich das ertragen?«

Ich war nicht sicher, was Marjan damit sagen wollte. Immerhin war ich es, die verlassen worden war und die sich mit ihrem Kummer arrangieren musste.

»Für dich wird es einfach sein, immerhin hast du Dea!«, antwortete ich.

»Wenn du denkst, dass Dea dich ersetzen kann, dann irrst du dich.« Seine Stimme war kaum mehr als ein Flüstern. Er kam mir so nahe, dass sein Atem mich warm umfing und ich die Wärme seiner Haut fühlen konnte.

»Was treibst du für ein Spiel?«, fragte ich leise, aber bestimmt und hielt ihn mit beiden Händen auf Abstand.

Marjan atmete schwer auf. Es war, als brannte ihm eine schwere Last auf dem Herzen, etwas, das ihn der Lebensfreude beraubte.

»Ich wollte immer nur dich …«, hauchte er und strich über meinen Arm.

Diese Berührung rief etwas in mir wach, etwas, das mich in seine Umarmung drängte und sich nach seinen weichen Küssen sehnte.

»Dennoch hast du mich verlassen!«, sagte ich und wich so weit zurück, wie es die Wand hinter mir erlaubte.

»Dea ist die Tochter des Gestütsleiters.«

»Also doch!«, fauchte ich und war versucht, ihm meine Fingernägel in die Wangen zu graben. »Was wird wohl Dea dazu sagen? Oder Franc? Oder mein Vater, für den es ein leichtes Spiel wäre, einen Stellungswechsel hier auf Lipica zu arrangieren?«

»Das würdest du nicht!« Marjans Miene hatte sich verfinstert. Noch nie zuvor hatte ich ihn derart in Rage erlebt.

»Ich kann dir versichern, dass ich zu allem fähig bin!«, wetterte ich und fühlte eine unangenehme Hitze in meinen Wangen.

»Du bist so überheblich!« Marjan fasste mich grob am Oberarm. »Du hast doch keine Ahnung vom Leben. Du hast immer nur in Luxus gelebt, und deine einzige Sorge war es, dass deine Haut nicht zu sehr der Sonne ausgesetzt war oder deine Kleider der neuesten Mode entsprachen. In meinem Leben gab es Tage, an denen ich hungern musste, und Nächte, da wusste ich nicht, wo ich schlafen kann.« Marjans Augen glühten förmlich, sein Blick war stechend.

»Und wenn du denkst, dass ich Lipica verlasse, um deine wirre Gefühlswelt zu schonen, dann muss ich dir widersprechen! Hast du schon einmal in Betracht gezogen, selbst das Gestüt zu verlassen?« Ich starrte ihn an, schonungslos und unbeirrt. Und er starrte zurück, wollte nicht der Erste sein, der unserem Blickkontakt entfloh.

»Das kann doch nur ein Scherz sein! Das Gestüt ist meine Heimat. Ich bleibe natürlich hier!« Marjan hob den Zeigefinger. »Ich ertrage deine Nähe nicht …«, meinte er versöhnlicher.

»Dich um mich zu haben, jeden Tag, das würde mein Herz …«
Er ließ den Satz unbeendet zwischen uns hängen.

»Ich lasse mein Leben nicht mehr von deinem Herzen bestimmen. Ich gehe, wenn ich es für richtig halte. Und ich bleibe, solange ich mich hier wohlfühle.«

»Tja«, seufzte Marjan fast verzweifelt.

»Im Leben muss man sich manchmal entscheiden. Und hat man sich für eine Sache entschieden, dann schließt man eine andere automatisch aus.« Meine Stimme war ruhig, und ich meinte jedes Wort so, wie ich es sagte. Ich liebte Marjan, aber ich hatte mit ihm abgeschlossen. Kein Mann dieser Welt war es wert, dass ich dafür meine Ideale verleugnete.

»Aber versteh doch, wenn du bleibst …« Marjan blickte mich an, unterwürfig, verzweifelt, weil er es offenbar nicht ertragen konnte, mich in seiner Nähe zu haben, ohne mich berühren zu dürfen.

»Ich bleibe, solange mir danach ist!«, sagte ich und drängte mich an ihm vorbei, um der drückenden Stimmung im Stall endlich zu entkommen.

Wieder an der frischen Luft, atmete ich tief durch. Warum musste das Leben in manchen Angelegenheiten so kompliziert sein? Warum wurde man vor Entscheidungen und Wendungen gestellt, die unmöglich zu akzeptieren waren?

Ich dachte noch lange über seine Worte nach und über die Verzweiflung und den Zorn, die im Wechsel darin mitgeschwungen waren.

Kurz dachte ich an August, der in seinem Hass gegen mich wenigstens Beständigkeit bewiesen hatte. Seine Arroganz war verlässlich, auf seine Blasiertheit konnte man zählen. Nie im Leben würde ich mich in die Arme dieses Mannes sehnen, und doch sah ich an diesem Abend sein Gesicht klar und deutlich vor mir.

Die Sonne war inzwischen beinahe untergegangen. Ein

schmaler, tiefroter Streifen am Horizont erinnerte noch an den vergangenen Tag, doch auch der verschwand und ließ mich im Dunkeln zurück.

23

»Post für dich«, sagte Jožefa und drückte mir ein Kuvert in die Hand.

Ich starrte auf den Umschlag, der schwerer wog als erwartet. Es war nur Papier, das ich in Händen hielt, dennoch war es ein Stück Heimat, das die lange Reise nach Slowenien hinter sich gebracht hatte und mich nun mit einer Lawine an Gefühlen übermannte.

»Mutter«, flüsterte ich und strich über die vertraute Handschrift. Geradlinig, ohne Schnörkel – so war sie, und zwar in allen Bereichen ihres Lebens.

»Danke, Jožefa.« Mit diesen Worten zog ich mich auf mein Zimmer zurück. Ich wollte für mich sein, wenn ich die Nachricht aus der Heimat las. Niemand sollte mich stören, mir über die Schulter blicken oder mich im schlimmsten Fall weinen sehen.

Nachdem ich die Petroleumlampe entzündet hatte, setzte ich mich auf das Bett, atmete tief durch und starrte andächtig auf den Brief in meiner Hand. Noch bevor ich ihn öffnete, fühlte ich eine unangenehme Aufregung in mir hochsteigen. Warum hatte Mutter den Umschlag adressiert und nicht Vater, an den ich meinen Brief vor etwa zwei Wochen geschickt hatte? Hatte er tatsächlich mit mir gebrochen? Für immer? Freilich hatte ich damit rechnen müssen, aber nun, da sich die Wahrheit mir unmittelbar offenlegte, war ich nicht sicher, wie ich damit umgehen sollte. Würde ich es ertragen, wenn Mutter mir geschrieben hatte, dass ich sie in Zukunft mit Post von mir verschonen möge?

Als ich Wien verlassen hatte, hatte ich alles auf eine Karte gesetzt, wie immer in meinem Leben. Ohne zurückzublicken, war ich gemeinsam mit Marjan in den Zug gestiegen und hatte mich heimlich davongemacht. Blickte ich heute zurück, so musste ich zugeben, dass ich übereilt gehandelt hatte. Aber damals erschien es mir als die einzige Möglichkeit, um Marjan nicht zu verlieren und der Heirat mit August zu entgehen. Würde ich wieder so handeln? Ja, bestimmt. Ein Teil von mir war unbelehrbar, stur und widerwillig. An manchen Tagen konnte ich diesen nicht unbedeutenden Teil von mir nicht leiden. Heute zum Beispiel …

Ich schluckte schwer, dann gab ich mir einen Ruck und öffnete den Brief. Mutters Parfum umfing mich, als ich das Papier aus dem Umschlag nahm, ein Gefühl von Heimat und Familie erfüllte mit einem Mal den kleinen Raum, in dem ich mich befand.

Das Licht war schlecht und erschwerte mir das Lesen – Mutters unleserliche Handschrift machte es nicht einfacher. Ich kämpfte mich durch die Zeilen, angestrengt, konzentriert. Immer schneller flog mein Blick über die Worte, bis ich das Ende des Briefes erreicht hatte. Und weil ich mir sicher war, dass ich falsch gelesen haben musste, fing ich erneut von vorne an. Wort für Wort sog ich in mich auf, versuchte, zu glauben, was Mutter mir mitteilen wollte. Und doch konnte ich es nicht fassen – wollte es nicht wahrhaben. Also begann ich, den Brief erneut von Anfang an zu lesen. Meine Finger zitterten, mein Blick trübte sich und verschluckte ganze Sätze.

»… *hätte ich gewusst, wo ich dich erreiche, hätte ich mich längst gemeldet, aber über deinen Verbleib haben wir erst durch deinen Brief vor ein paar Tagen erfahren … bei uns ist alles im*

Argen ... ich muss dir leider mitteilen, dass dein Vater schwer er-
krankt ist ... kann seit Wochen das Bett nicht verlassen ... ist
schwach, kaum ansprechbar ... die Ärzte machen nicht viel Hoffnung.«

Mein Körper wurde geschüttelt, als säße ich nackt und frie-
rend im Schnee. Rasch legte ich den Brief beiseite, als ob ich
damit alle Probleme von mir schieben könnte. Dann stand ich
auf, ging im Zimmer auf und ab, rieb meine Oberarme, ging
wieder zum Bett, griff nach dem Brief, las ihn erneut, nur um
ihn wieder wegzulegen und wieder meine Runden durch den
Raum zu drehen.

Vater war krank, schwer krank. Und wenn ich Mutters Worten Glauben schenken durfte, stand es sehr schlecht um ihn.
Was, wenn er starb? Das durfte nicht passieren.

Ich biss mir auf die Unterlippe und wusste, dass es dennoch
passieren würde. Ich wusste es, weil mein Herz es mir sagte.

Hastig rannte ich aus dem Zimmer, über den Flur und die
Treppen hinab in die Stube, wo alle anderen noch am Esstisch
versammelt lachten und tranken. Unmittelbar vor dem Tisch
blieb ich stehen und blickte in die Runde – und die Runde blickte zurück. Das Stimmengewirr, das eben noch lebhaft den Raum
erfüllt hatte, war verstummt.

»Mein Vater ...!«, brach es aus mir hervor.

»Was ist mit ihm?«, fragte Marjan.

»... er ist krank. Ich glaube, er wird sterben.« Noch während
ich diesen Satz aussprach, füllten sich meine Augen mit Tränen
und trübten meine Sicht. »Er wird sterben«, wiederholte ich,
weil ich es einfach nicht wahrhaben konnte.

»Herr Böhm ist krank?«, meinte Marjan erschrocken und
stand auf.

»Marjan!« Es war Dea, die Marjans Namen drohend über
den Tisch spuckte – laut und zischend. Sofort hielt Marjan inne,
schien zu überlegen, verharrte.

»Tut mir leid, das mit deinem Vater.« In Marjans Worten lag Mitgefühl, und doch wagte er es nicht, sich mir weiter zu nähern, sondern suchte erneut den Blickkontakt zu Dea.

Es war noch nicht lange her, da war ich der Meinung gewesen, dass wir Freundinnen werden könnten. Da war diese Verbundenheit gewesen, die Liebe zu den Pferden und zu diesem Land. Doch wenn ich jetzt in ihr Gesicht sah, dann war da nur der Zorn einer eifersüchtigen Frau.

Wir hatten uns voneinander entfernt. Dea und ich. Marjan und ich. An manchen Tagen war es einfach, ihr Gekicher zu überhören, an anderen versetzte es mir einen Stich, wenn ich sah, wie sie sich küssten und eng umschlungen über den Hof schlenderten. Er hatte mich einfach ausgetauscht, mich aus seinem Herzen gestrichen.

»Margarete, du kannst hier nicht länger bleiben. Das tut uns beiden nicht gut«, hatte er vor Kurzem zu mir gesagt. Damals hatte ich mich im Recht gesehen, zu bleiben. Ich hatte mein Revier verteidigt, in der Meinung, dass ich hierbleiben wollte. Ich liebte meine Stuten und die Arbeit mit ihnen, aber wenn ich abends über die Wiesen spazierte, dann sehnte ich mich nach den engen Gassen Wiens, nach dem Volksgarten, nach der Turmspitze des Stephansdoms, der über die Hausdächer lugte. Ich vermisste die Hofreitschule mit all ihren Geräuschen und Gerüchen. Ich sehnte mich nach meiner Kaiserstadt, meiner Heimat.

Und nun, da ich Mutters Brief mit dieser schrecklichen Nachricht in Händen hielt, da wusste ich, was ich zu tun hatte.

»Ich muss zurück nach Wien«, sagte ich mehr zu mir selbst als zu Marjan und den anderen.

»Franc, bringst du mich bitte gleich morgen früh zum Bahnhof, ja?«

»Natürlich«, antwortete Franc und nickte verständnisvoll.

»Ich dank dir!« Mit diesen Worten wandte ich mich von den

anderen ab und eilte hoch auf mein Zimmer. Ja, ich musste nach Wien, hatte schon viel zu viel Zeit verloren. Ich würde meine wenigen Habseligkeiten packen und vermutlich schlaflos am Fenster sitzend den Sonnenaufgang herbeisehnen. Ich hatte keine Ahnung, wann der nächste Zug in Richtung Wien abfahren würde, und womöglich musste ich endlos lange warten, aber das war mir egal. Alles war besser, als hier zu verharren, während in meinem Kopf Bilder meines sterbenden Vaters kreisten.

Noch vor dem Frühstück spannte Franc eine der Stuten vor sein Fuhrwerk, mit dem er mich und Marjan vor Monaten abgeholt hatte. Inzwischen war so viel passiert, alles hatte sich verändert. Und während Franc meinen Koffer auflud, blickte ich sehnsüchtig hinüber zu den Stallungen der Stuten. Bestimmt dösten sie noch, meine Mädchen, oder warteten bereits auf die Morgenfütterung … und auf mich.

Ein schmerzhafter Kloß schwoll in meinem Hals an.

»Nimm noch Abschied von ihnen. Wer weiß, wann du wiederkommst«, sagte Franc und lächelte mir sanft zu.

Ich nickte ihm zu und fasste meinen bodenlangen Rock, den ich heute zum ersten Mal seit meiner Ankunft auf Lipica trug. Der schwere Stoff beraubte mich meiner Leichtigkeit, engte mich ein. Und doch würde ich mich wieder daran gewöhnen. Für Vater.

»Es dauert nicht lange.« Meine Stimme war brüchig, tränenerstickt. Und als ich den Stall betrat und in den wohlig vertrauten Geruch nach Pferd und Stroh eintauchte, da wurde mir klamm ums Herz, und ich wusste, dass ich mich mit den Gedanken vertraut machen musste, nicht wieder zurückzukommen.

»Ich werde euch vermissen«, flüsterte ich und wusste nicht, wie ich den Gedanken ertragen sollte, meine geliebten Stuten nicht wiederzusehen. Ich ging zu Musica, mit der mich mehr verband als mit den anderen. Die vielen Stunden der Arbeit, das gewonnene Vertrauen, der Erfolg, die Niederlagen, die Freude, der Stolz.

»Mein wunderschönes Mädchen!«, flüsterte ich und legte meine Stirn an die der Stute. Mit beiden Händen kraulte ich ihre Wangen, ihr Maul und strich über ihren zarten Hals.

»Ich …« Ein schmerzhafter Schluchzer entfuhr meiner Kehle und unterbrach meine Worte. »Sei ein gutes Mädchen, ja?«, flüsterte ich und drückte Musica einen Kuss zwischen die Nüstern. Als ich den Stall verließ, wusste ich, dass ich ein Stück meines Herzens hierlassen würde. Nicht nur wegen Marjan, sondern weil ich dieses Land liebte, diese Weite, die Ruhe, die Kraft, in der ich mich täglich wiederfand.

Mit meiner Fahrt nach Wien würde ich nicht nur Lipica hinter mir lassen, sondern auch meine Freiheit. Und dieser Gedanke schmerzte in diesem Moment wohl am meisten.

»Lass uns fahren«, meinte Franc, nachdem ich wieder bei ihm am Fuhrwerk war.

Ich nickte und ließ mir von ihm hochhelfen. Vorbei waren die Zeiten, in denen ich nur mit Hosen bekleidet wendig und ungehindert auf das Fuhrwerk hüpfte. Ab sofort steckte ich wieder in Unterröcken und einem festen Mieder. Mein Haar war wieder ordentlich hochgesteckt und meine Fingernägel sauber geschnitten. Es war, als hätte ich mich in einen anderen Menschen verwandelt. Einen Menschen, der ich nie wieder hatte sein wollen. Und doch überwog die Sehnsucht, meinen Vater zu sehen, jedes Stechen der Fischbeine und jeden Abschied, den es hier zu nehmen galt.

Franc schnalzte mit der Zunge und ruckte mit dem Zügel. Sofort setzte sich die Stute in Bewegung und ließ das Fuhrwerk anrollen. Ein letztes Mal blickte ich hoch zum Fenster, hinter dem ich die letzten Monate geschlafen, geliebt, gelacht, aber auch geweint hatte. Und noch während ich nach dem richtigen

Fenster suchte, hing mein Blick plötzlich an Marjans Gesicht. Er stand in unserem Zimmer und blickte zu mir herab und ich zu ihm hinauf.

Er sah so tief in meine Augen, dass ich glaubte, er würde meine Seele berühren und jeden meiner geheimsten Wünsche darin lesen.

Leb wohl, sagte sein Blick. Ich nickte ihm zu. Dann wandte ich mich von ihm und dem Gestüt ab. Alles in mir drängte danach, mich ein letztes Mal umzudrehen und zu beobachten, wie das Gebäude mit jedem Augenblick schrumpfte, bis es zur Gänze am Horizont verschwunden war.

Doch ab sofort galt es, meinen Blick nach vorne zu richten und keinen Gedanken daran zu verschwenden, was ich alles hinter mir ließ.

Vater brauchte mich jetzt, und ich brauchte ihn.

24

WENZEL

Wien im August 1875

Es war später Abend, Mutter und ich saßen in ihrem Salon. Sie stickte an einem Taschentuch, und ich hatte bereits zu viele Gläser von Vaters altem Whiskey getrunken. Dennoch hatte ich nicht vor, damit aufzuhören. Mutters Gegenwart war nüchtern kaum zu ertragen.

Seit Vaters Zusammenbruch hatte sie beschlossen, ihre zerbrechliche Seite nach außen zu tragen. In sämtlichen Belangen fragte sie nach meiner Meinung oder Hilfe. Sie schien zu nichts mehr im Alleingang fähig zu sein. Sie kettete mich förmlich an sich, ließ mir keinerlei Freiraum und setzte mich mit Tränen unter Druck, wenn ich das Haus abends für einen Umtrunk mit Bekannten verlassen wollte. Also blieb ich hier. Jeden Abend. Bis sie sich in ihr Schlafzimmer zurückzog und ich frei war für ein paar Stunden.

»Hast du schon gehört? Ein gewisser Metthew Webb hat den Ärmelkanal durchschwommen.« Mutters Stimme war mehr ein Murmeln, viel zu leise und kaum verständlich. Tief über ihre Stickerei gebeugt, setzte sie diese mit ihrer Nadel Stich für Stich fort, ohne dabei erkennbare Fortschritte verzeichnen zu können.

»Mhm!« Ich goss mir ein weiteres Glas ein und lehnte mich in Vaters Ohrensessel zurück.

»Über einundzwanzig Stunden war er unterwegs.«

»Ach!« Ich konnte nicht umhin und musste schwer seufzen. Es interessierte mich wahrlich nicht im Geringsten, wo jemand den Ärmelkanal durchschwamm und wie lange er dafür brauchte.

»Und das alles ohne jegliche Hilfsmittel«, sinnierte sie weiter.

»Unvorstellbar!«, sagte ich und nippte gelangweilt an meinem Glas.

»Vater hätte sich gewiss dafür interessiert. Sportlichen Meisterleistungen konnte er schon immer etwas abgewinnen.« Mutter legte ihre Stickerei beiseite und blickte betreten zur Porträtmalerei, auf der sie und Vater abgebildet waren.

»Soweit ich mich erinnern kann, haben dich Vaters Berichte über irgendwelche Höchstleistungen nie interessiert. Was genau hat sich daran geändert?«

»Was für ein Unsinn«, zeterte sie. »An jedem seiner Worte habe ich gehangen. Und nun, da ich meine Tage allein verbringen muss, vermisse ich seine Stimme, seine Nähe ... einfach alles.«

Ich fragte mich, warum genau Mutter ständig betonen musste, dass sie nun für alles allein die Verantwortung zu tragen und den Alltag zu meistern hatte. Sie und Vater waren weiß Gott kein harmonisches Paar gewesen und hatten niemals auch nur ansatzweise den Eindruck von Liebe oder Zusammengehörigkeit vermittelt.

Wenn doch nur Margarete hier wäre. Mit ihr wäre Mutters zur Schau gestelltes Leid leichter zu ertragen. Alles war mit ihr leichter zu ertragen. Ich vermisste sie jeden Tag. Ihr Lachen, ihr gewinnendes Strahlen, ihre Zuwendung, ihr Verständnis.

Als vor zwei Wochen der Brief von ihr eingetroffen war, hatte helle Aufregung geherrscht. Mit zitternden Händen hatte Mutter ihn geöffnet und ihn mir vorgelesen.

»Sie ist in Slowenien!«, hatte sie sich entrüstet. »Mit einem Mann!« Diese Tatsache hatte sie schwer getroffen.

Für mich spielte es keine Rolle, dass sie mit einem Mann durchgebrannt war. Verletzt hatte mich nur, dass sie mich mit keinem Wort in ihre Pläne eingeweiht hatte. Wir hatten uns doch immer alles erzählt – zumindest war ich der Meinung gewesen. Aber nun musste ich mir eingestehen, dass es einiges gab, das ich von meiner Schwester nicht wusste.

Hatte sie mich nicht eingeweiht, weil sie dachte, mich so vor unseren Eltern schützen zu können? Vater hatte mich dennoch auch Tage nach ihrem Verschwinden noch angebrüllt, mich zu zwingen versucht, die Wahrheit über Margaretes Verbleib preiszugeben. Niemand hatte mir geglaubt, dass selbst ich nichts darüber wusste. In manchen Stunden hatte ich Margarete dafür verabscheut, dass sie mich verlassen hatte, aber in den meisten hatte ich sie einfach nur schrecklich vermisst.

Anfangs hatte ich mich noch tiefer ins Wiener Nachtleben gestürzt, hatte noch mehr Alkohol getrunken, noch mehr Liebschaften gehabt. Mein hedonistischer Lebenswandel hatte die Lücke, die Margarete hinterlassen hatte, zumindest ein Stück zu schließen vermocht. Doch dann kam Vaters Zusammenbruch, der alles verändert hatte.

In den ersten Tagen hatten wir nur an seinem Bett gesessen und gebetet, hatten seine Hand gehalten, die mit einem Mal all ihre Kraft verloren hatte. Doch Vater belehrte uns eines Besseren: Er war nicht bereit, zu sterben. Er wollte leben, kämpfte mit dem Schicksal um seine Daseinsberechtigung. Und ab da glaubten wir an die Möglichkeit einer Genesung – und auf die hoffen wir auch heute noch vergebens. Der Arzt war der Meinung, dass eine schlecht auskurierte Grippe Auslöser der plötzlichen Herzschwäche sein könnte. Aber wenn ich in das Gesicht des Arztes sah, dann war mir klar, dass er es einfach nicht wusste. Morgen würde ich mich auf die Suche nach einem anderen Arzt machen. Vielleicht würde ich im Allgemeinen Krankenhaus einen Spezialisten für Herzkrankheiten finden.

»Wenn die Hitze morgen erträglich ist, könnten wir einen Spaziergang machen. Du und ich. Was meinst du? Etwas frische Luft würde uns sicher guttun.«

Ich seufzte schwer und enthielt mich der Antwort. War das nun mein Leben? Mich um meine Mutter zu kümmern, die in Selbstmitleid zerfloss und von mir erwartete, dass ich sie aufbaute, sie umsorgte und ihre Hand hielt?

Was war mit meinem Leben und meinen Bedürfnissen? Ich fühlte mich wie in einem Gefängnis und begann langsam zu verstehen, wovon Margarete gesprochen hatte, wenn sie meinte, dass ihr Leben vorgefertigt war und sie sich nach Freiheit und Selbstbestimmung sehnte.

Ich lehnte mich in den Sessel zurück, schloss die Augen und lauschte der berieselnden Wirkung des Alkohols in meinem Körper. Warm und weich breitete sich eine Schwere in mir aus, die Mutter samt ihrem Wehklagen und ihrer Stickerei in den Hintergrund rücken ließ. Schlafen. Ich wollte einfach nur schlafen und nicht mehr an Vater denken, der ein paar Zimmer weiter auf das Leben hoffte oder auf den Tod wartete – ich wusste es nicht, und vermutlich war beides der Fall. Ich wollte nicht länger dafür verantwortlich sein, den tristen Alltag meiner Mutter zu ertragen, und nicht mehr an der ungestillten Sehnsucht nach meiner Schwester nagen.

»Margarete?«, schrie Mutter just in diesem Augenblick auf, und kurz befürchtete ich, sie könne meine Gedanken lesen. Doch dann öffnete ich die Augen und sah sie: meine Schwester. Sie stand in der Tür, ihr Blick verunsichert, ihre Miene matt und die Haltung erschöpft.

Ich folgte meinem Impuls, sprang hoch und eilte zu ihr.

»Gretel!« Mit beiden Armen umschlang ich sie und drückte sie fest an mich. Ich brauchte ihre Nähe, ihre Körperwärme, musste sie spüren, um zu begreifen, dass sie wirklich hier in Mutters Salon stand.

»Zenzel«, hauchte sie und erwiderte meine Umarmung. Ich sog ihren Duft in mich auf und stellte mit Verwunderung fest, dass er sich verändert hatte. Ihre Haut und ihre Kleider dufteten nach einer Blume, deren Name mir nicht einfallen wollte.

»Wo kommst du her?«, fragte ich und trat einen Schritt zurück, um sie im Schein der Lampen begutachten zu können.

»Wie siehst du nur aus?« Ihre Haut war zart gebräunt, ihr Haar hatte seinen Glanz verloren, wirkte aber dennoch gepflegt. Sie trug weder Ohrringe noch Ketten, sogar ihrer Ringe hatte sie sich entledigt. Ich ergriff ihre Hände und erschrak. Waren das Schwielen an ihren Fingern und Schmutz unter ihren Fingernägeln?

»Ich habe eine lange Reise hinter mir. Wie geht es Vater? Wo ist er?«

»Möchtest du nicht erst deine Mutter begrüßen?« Es war Mutter selbst, die diese Frage mit Entrüstung geäußert hatte. Sie legte ihre Stickerei beiseite, zog es aber vor, nicht aufzustehen. Die Blicke, mit denen sie Margarete musterte, waren vielsagend, und doch schwieg sie. Zu gegebener Zeit würde sie ihre Vorwürfe nachholen, da war ich mir sicher.

»Natürlich, Mutter.« Margarete deutete einen Knicks an und trat an Mutter heran. Die beiden Frauen blickten einander in die Augen, tief, forschend – beide überlegten offenbar, welche Worte sie nach der Trennung wählen sollten.

»Es tut mir leid, Mama.« Margaretes Stimme zitterte. »Es tut mir leid, falls ich dich in unnötige Sorgen gestürzt habe.«

»Unnötige Sorgen waren es in der Tat«, erwiderte Mutter und griff zu meiner Überraschung nach Margaretes Hand. So versöhnlich hatte ich sie noch nie erlebt.

Meine Schwester blickte fragend zu mir, dann zurück zu Mutter. Vermutlich hatten wir beide mit einer Predigt oder einem lautstarken Schwall an Vorwürfen gerechnet – mit Sicherheit aber nicht mit einer derart entgegenkommenden Haltung.

»Aber wollen wir unseren Groll vorerst beiseitelegen? Im Augenblick haben wir schwerwiegendere Sorgen, nicht wahr? Komm, ich bringe dich zu deinem Vater.« Mutter stand auf, legte ihre Hand an Margaretes Rücken und geleitete sie aus dem Salon, durch den Flur und hinüber in das elterliche Schlafzimmer, in dem Vater auf Genesung hoffte.

Als wir drei den Raum betraten, herrschte dort eine andächtige Stimmung. Auf Vaters Nachtkästchen flackerte eine Kerze, die im Luftzug tanzte und wilde Schatten auf sein schlafendes Gesicht warf. Mutter und ich verharrten im Türrahmen, während Margarete sich langsam dem Bett näherte. Sie zögerte, kämpfte um jeden Schritt. Mit einem kurzen Blick über die Schulter vergewisserte sie sich, nicht allein zu sein.

»Papa!«, flüsterte sie und legte ihre Hand an die vertraute Wange. Ein lautes Seufzen entwich Vaters Kehle, als er die Augen aufschlug und in das Gesicht der vermissten Tochter blickte.

»Mädel! Mein Mädel!« Seine Stimme war brüchig, so als wären es seine letzten gehauchten Worte. Als Vater nach Margaretes Hand griff und sie innig küsste, war ich zutiefst berührt. Und nicht nur ich, sondern auch Mutter, in deren Augen Tränen glänzten. Vermutlich hoffte sie, dass Margaretes Rückkehr Vaters Heilung vorantreiben würde. Und vielleicht hatte sie damit recht, und alles würde gut werden.

Meine Schwester hier in unserer Wohnung zu sehen, war vertraut und fremd zugleich. So viele Wochen war sie weg gewesen. Grundlos, oder etwa nicht? Ich konnte es kaum erwarten, von ihr alles zu erfahren. Womöglich war sie nur hier, um Vater zu besuchen, und reiste in ein paar Tagen wieder zurück zu Marjan. Allein der Gedanke an einen erneuten Abschied von ihr verursachte ein drückendes Gefühl in meiner Magengegend. Und doch wollte ich ihr die Erfüllung ihres Liebesglückes gönnen, egal, ob das einen erneuten Verlust für mich bedeutete oder nicht.

»Endlich ist sie weg«, flüsterte Margarete, nachdem Mutter sich ins Schlafzimmer zurückgezogen hatte.

»Du sagst es. Endlich können wir offen reden!« Ich rückte meinen Stuhl näher zu dem meiner Schwester und lehnte mich neugierig zu ihr hinüber. »Erzähl mir alles!«, forderte ich sie auf.

»Mein lieber Zenzel, bitte verzeih mir, ich bin so erschöpft und kann die Augen kaum offen halten. Ich werde dir alles erzählen, aber erst morgen, ja?«

Tatsächlich sah Margarete völlig übermüdet aus. Ihre Augen waren dunkel umschattet, was aber auch am fehlenden Puder liegen konnte. »Morgen? Wie soll ich das ertragen?«, fragte ich und legte entrüstet beide Hände an meine Wangen.

»Das war natürlich ein Scherz«, antwortete sie und warf lachend ihren Kopf in den Nacken.

Und dann erzählte sie mir alles. Von den Flirts, die sie mit Marjan an der Hofreitschule gehabt hatte, von den heimlichen Treffen mit ihm, von der Panik, August Hoffmann heiraten zu müssen, und von ihrem übereilten Entschluss, mit ihm nach Slowenien zu reisen, um dort auf dem Gestüt Lipica zu leben.

»Warum hast du mich nicht eingeweiht?«, fragte ich, weil mich diese Tatsache am meisten gekränkt hatte.

»Ich wollte unter keinen Umständen, dass Mutter oder Vater von meinem Aufenthaltsort erfahren.«

»Mir konntest du immer vertrauen.«

»Ich weiß. Es tut mir leid.« Sie lächelte mich an, wissend, dass ich ihr so alles verzieh. »Ich habe viele Fehler gemacht. Dich nicht einzuweihen, war gewiss der größte.«

»Dann liebst du ihn, diesen Marjan?« Ich versuchte, mich krampfhaft zu erinnern, wie dieser Reitknecht ausgesehen hatte, konnte mich aber beim besten Willen nicht erinnern. Vermutlich, weil er einfach nicht meinem Schönheitsideal eines Mannes entsprach.

»Ich liebte ihn, trifft es wohl eher.«

Kurz glaubte ich, einen wehmütigen Zug in Margaretes Miene zu erkennen, doch schon im nächsten Augenblick überspielte sie ihre Traurigkeit mit einem strahlenden Lächeln.

»Ihr habt euch getrennt?«

»Er hat sich getrennt.« Da war er wieder, dieser sehnsüchtige Blick, den sie mir vorzuenthalten versuchte.

»Was für ein Narr! Sollte der jemals wieder an der Hofreitschule nach Arbeit fragen, werde ich die Hengste derart überfüttern, dass sie den ganzen Tag nur Pferdemist produzieren, den er wegputzen muss.«

»O Gott, die armen Pferde!«

Wir sahen einander in die Augen, fassten uns an den Händen und begannen zu lachen. Wir lachten so lange, bis Margarete Tränen über die Wangen kullerten. Allerdings war ich nicht sicher, ob sie tatsächlich ihrem Lachen geschuldet waren.

Dennoch schwieg ich und hakte nicht nach. Bestimmt brauchte sie noch etwas Zeit, bis sie mir ihren Kummer anvertraute. Heute war ich einfach nur froh, dass sie wieder zurück war, hier bei mir. Der Rest würde sich finden.

25

MARGARETE

Ich versuchte durchzuatmen, anzukommen, mich einzufügen. Doch so einfach ließ sich die Zeit nicht zurückdrehen, wenn auch nur ein paar Monate vergangen waren. Es war ein Sommer gewesen, der alles verändert hatte. Er hatte mich die Freiheit und die Liebe spüren lassen. Und nun sollte ich mich wieder einsortieren in die Gesellschaft, in Röcke gestopft, ins Mieder geschnürt, das Haar einem Kunstwerk gleich hochgesteckt und die Haut vor der Sonne abgeschirmt, um die noble Blässe zurückzugewinnen. Männer boten mir wieder ihre Hand an, um mir beim Einstieg in die Pferdetramway behilflich zu sein, rückten mir am Esstisch den Stuhl zurecht und machten mir Komplimente, weil ich mich so hübsch herausgeputzt hatte. Ich war wieder in Wien, Lipica war Vergangenheit.

Rückblicke auf die Zeit in Slowenien erfüllten mich mit Stolz. Unglaublich, was ich geschafft hatte. Ich war meine eigene Herrin gewesen, hatte mich keinen dubiosen Regeln zu fügen, brauchte keine unnötigen Stickereien anzufertigen oder Gesangsunterricht zu nehmen. Dort war es egal gewesen, ob ich den Männern zu Gesicht stand, dort durfte ich die sein, die ich war.

Wenn ich die Augen schloss, fühlte ich noch den salzigen Wind, der über meine Wangen strich, und die endlose Weite, die meine Gedanken beflügelte.

Und doch wollte ich nicht mit meinem Schicksal hadern, denn hier am Bett meines Vaters zu sitzen, ihn zu pflegen und mit ihm über unsere gemeinsame große Liebe zur Hofreitschule zu plaudern, war mehr wert als jeder Ritt über die weiten Wiesen in Slowenien.

»Hast du Hunger? Möchtest du etwas Suppe?«, fragte ich ihn, als er die Augen aufschlug. Die meiste Zeit des Tages verbrachte er schlafend, nur selten war er wach genug, um ein Gespräch zu führen, und wenn, dann nur im Flüsterton. Schwach war er und immerzu müde. Sein Herz habe Schuld an dieser lähmenden Erschöpfung, meinten die Ärzte und rieten zu viel Ruhe.

»Herzschwäche«, murmelte ich, während ich Vaters Haar kämmte. »Was wissen die schon. Dein Leben lang warst du gesund, hast als Bereiter gearbeitet und später die Verantwortung des ersten Oberbereiters getragen. Du warst immer standhaft, immer da. Woher also sollte diese plötzliche Herzschwäche kommen?«

Hab ich dein Herz gebrochen, an dem Tag, an dem ich dich verlassen habe? Ich wagte es nicht, diese Frage laut auszusprechen.

Mein Vater lächelte mich an. Es war dieses Lächeln, das mich auf seine Genesung hoffen ließ. Ein Mensch, der am Leben hing, konnte sich auch wieder zurückkämpfen in seinen Alltag. Noch wollte ich nicht wahrhaben, Vater nie wieder auf Gidrane reiten zu sehen.

»Du siehst so traurig aus, mein Mädel.«

»Es geht mir gut, ich bin nur in Sorge um dich.«

»Das brauchst nicht. So ein Urgestein wie ich lässt sich nicht unterkriegen.«

Die Farbe seiner Haut war mehr grau als rosig. Bestimmt mangelte es ihm an frischer Luft. Allerdings sträubte er sich dagegen, dass wir ihn im Rollstuhl durch die Laudongasse schoben.

Vermutlich bräuchte er die Hofreitschule, seine Pferde, um wieder Auftrieb zu erlangen. Nur wie sollten wir die weite Strecke überbrücken? Die Fahrt mit einem Fiaker war zu teuer und die Station der Pferdetramway zu weit entfernt. Doch dann hatte ich eine Idee.

»Ich muss kurz weg, ja? Ruh dich aus, hörst du?«

»Aber …!«, meinte Vater und streckte eine Hand nach mir aus.

Dennoch wandte ich mich ab und machte mich auf den Weg zur Hofreitschule. Ich war aufgeregt. Zum Teil, weil ich seit meiner Rückkehr noch nicht dort gewesen war, zum Teil, weil ich Angst hatte, mein Plan könnte nicht aufgehen. Wie von selbst verlangsamten sich meine Schritte. Was, wenn ich Wenzel nicht antraf? Er war der Einzige, der mir bei der Beschaffung eines Fiakers behilflich sein könnte.

Mein Blick wanderte hoch zum wolkenlosen Himmel. Es war ein heißer Sommertag. Die Herren lüfteten ihre Zylinder, um sich die Stirn mit einem Tuch trocken zu tupfen, manche Damen fächerten sich frische Luft ins Gesicht. Mütter machten sich mit ihren Kindern auf den Weg in die Auen an der Alten Donau, wo die Hitze erträglich war und die Kinder sich im Wasser abkühlen konnten.

Mir war die Hitze egal. Freilich, auf Lipica war der Sommer erträglicher gewesen. Nur mit einer leichten Bluse und Hosen bekleidet, hatte der frische Wind einen die Hitze vergessen lassen. Hier erschwerte mir mein Kleid jeden Schritt, und doch würde ich den Weg zur Hofreitschule zu Fuß absolvieren. Vielleicht täte es mir gut, meine Heimatstadt zu durchschreiten, die imposanten Gebäude zu bewundern und bekannte Gesichter zu treffen. Vielleicht sollte ich Fannie einen Besuch abstatten? Schließlich hatte ich meine Freundin seit dem Ball in der Hofreitschule nicht mehr gesehen. Nein, unmöglich! Deren Gesichtsausdruck, wenn sie mich nach meiner Heimkehr wiedersähe, wäre nicht zu ertragen. Bestimmt war sie entrüstet über meine Liaison mit einem Reitknecht und der »wilden Ehe«, in der wir gelebt hatten. Fannie war eine der Frauen, die ich vor meiner Zeit in Slowenien nur schwer ertragen hatte und zu denen ich nun noch mehr Abstand halten würde. Und doch musste ich einen Weg finden, mich hier wieder heimisch zu fühlen und die Zeit auf Lipica hinter mir zu lassen. Vater brauchte mich jetzt und hier – für unbestimmte Zeit.

Vor den Toren des Michaelertraktes angekommen, hielt ich inne und besah die Gesichter der Herkules-Skulpturen, die allesamt mürrisch in die Welt blickten. Kühl und fast strafend starrten sie mit ihren marmornen Augen auf mich herab und erschwerten mir den Eintritt in das Gebäude, das mir seit meiner Kindheit ein Zuhause gewesen war und mir an diesem Tag seltsam entrückt erschien. Dennoch zwang ich mich, weiterzugehen, den Blicken des Herkules zu entfliehen und die Hofreitschule zu betreten.

Als der vertraute Geruch mich umfing und ich eintauchte in die Atmosphäre, die mich seit jeher in ihren Bann gezogen hatte, keimte in mir ein Gefühl von Heimat auf.

»Fräulein Margarete, wie schön, dass Sie wieder da sind!«, begrüßte mich Albert, einer der Stallknechte, überrascht, als ich durch die Stallgasse marschierte, um vor meiner Suche nach Wenzel Sardinia zu begrüßen. Nickend erwiderte ich den Gruß und eilte möglichst ungesehen hinüber in die Stallungen.

»Grüß dich, mein Freund!«, flüsterte ich meinem Hengst zu und strich ihm über den Hals und die Mähne, bevor ich ihm ein Stück Zucker anbot. »Hast du mich vermisst?«, fragte ich, als er mit seinem weichen Maul meine angebotene Handfläche absuchte, um dann malmend den kleinen Würfelzucker zu verspeisen.

»Ich hab dich vermisst«, sagte ich und musste feststellen, dass es die Wahrheit war. Wie gern würde ich Sardinias Sattel aus der Sattelkammer holen und ihn eigenhändig aufzäumen, um da anzuknüpfen, wo wir vor Monaten aufgehört hatten. Die tägliche Arbeit mit den Stuten hatte mich gekräftigt, meine Haltung verbessert und meine Strebsamkeit geschärft. Kurz dachte ich an Musica, mit der ich Fortschritte erreicht hatte, die mich noch heute mit Stolz erfüllten. Aus einer jungen, nervösen Stute hatte ich ein elegantes Pferd geformt, das eines Tages Mutter prächtiger Fohlen werden würde.

Ob mein Herz sich für immer ein wenig nach Lipica sehnen würde? Nach der Freiheit, die mich erwachsen hatte werden lassen?

Als Schritte lauter wurden, blickte ich auf. Mit etwas Glück wäre es Wenzel, mit dem ich meinen Plan, Vater in die Hofreitschule zu bringen, besprechen könnte. Doch es war nicht mein Bruder. Vielmehr sah ich mich sogleich dem strengen Blick des Oberstallmeisters ausgesetzt.

»Fräulein Margarete?«, fragte er und spitzte nachdenklich die Lippen.

»Herr Hoffmann!« Ich deutete einen Knicks an und blickte auf das Stroh, in dem mein exquisites Schuhwerk versunken war. Doch dann hob ich das Kinn an und blickte ihm geradewegs in die Augen. Es gab nichts, wofür ich mich zu schämen brauchte. Freilich hatte ich die Heiratspläne meiner Eltern und der Hoffmanns mit Füßen getreten, und doch fühlte ich mich im Recht. Ich war nun eine erwachsene Frau und durfte für mich selbst entscheiden.

Hoffmanns herablassender Blick sagte allerdings etwas anderes.

»Fräulein Böhm, was bilden Sie sich ein? Ich hoffe doch sehr, dass Ihr Besuch hier in der Hofreitschule eine einmalige Ausnahme bleibt. Ansonsten müsste ich Sie sofort aus den Stallungen verbannen.«

Aufrecht stand ich da, blickte Hoffmann unverwandt ins

Gesicht und ließ seine Worte unkommentiert über mich ergehen.

»Hätten Sie den Anstand besessen, meinen Sohn wie vereinbart zu heiraten, würde ich Sie jederzeit hier willkommen heißen, aber da Sie es vorgezogen haben, August zu diffamieren, bleiben die Tore der Hofreitschule für Sie in Zukunft verschlossen.«

Ich griff in Sardinias Halfter, um mich festzuhalten. Hoffmanns Stimme war gefasst, aber seine Blicke überzeugten mich von seiner Abneigung gegen mich.

»Es tut mir leid, dass ich Sie und Ihre Gattin enttäuscht habe«, gab ich offen zu und hoffte, damit die Wogen etwas zu glätten.

»Als ob es nur um meine Gattin und mich ginge.« Hoffmann lachte kurz auf. »Haben Sie eine Ahnung, wie August bloßgestellt wurde? Mit dem Finger hat man auf ihn gezeigt, ihn ausgelacht und sich hinter seinem Rücken die Mäuler zerrissen. Können Sie sich vorstellen, was das für den tadellosen Ruf meines Sohnes bedeutet?«

Ich atmete schwer auf. Darüber hatte ich mir tatsächlich keine Gedanken gemacht. Warum auch? Er und ich waren einander stets abgeneigt gewesen. Und hatte er es nicht auch verdient, dass man ihn bloßstellte? Vielleicht half ihm das, die Welt aus einer anderen Perspektive zu betrachten und etwas mehr Verständnis für die Belange anderer an den Tag zu legen.

»August ist ausreichend von sich selbst überzeugt, um mit ein paar belustigenden Kommentaren umgehen zu können, meinen Sie nicht, Herr Hoffmann?«

»Natürlich kann er damit umgehen. Aber wenn Sie und Ihre gnädige Frau Mutter der Meinung sind, dass die Heiratspläne nun, da Sie wieder in der Stadt sind, erneut von uns ins Auge gefasst werden, haben Sie sich geirrt!« Hoffmann zwirbelte aufgeregt an seinem Schnauzer.

»*Sie* müssen sich irren! Weder meine Mutter noch ich ...«

»Ist das so?«, unterbrach mich Hoffmann und kam auf mich zu. Dabei legte er eine Hand auf Sardinias Rücken und tätschelte ihn zur Beruhigung. Mich konnte diese Geste allerdings nicht von seinen guten Absichten überzeugen. Dennoch versuchte ich, standhaft zu bleiben.

»Warum war die gnädige Frau Mutter dann gestern bei meiner Gattin zum Tee und hat sie angefleht, Ihnen gegenüber Nachsicht walten zu lassen. Sie hätten sich während Ihrer Abwesenheit verändert, hätten an Reife gewonnen und wären unserem Sohn eine bessere Ehefrau denn je. Genau das waren ihre Worte. Unser Sohn hat eine rechtschaffene Gattin verdient und keine wie Sie ...« Mit einer wegwerfenden Geste und einem verächtlichen Blick unterstrich er seine Aussage. Seine Augen glühten förmlich, und für einen kurzen Augenblick jagte er mir Angst ein. Doch ich verharrte in völliger Starre, was mir nicht schwerfiel angesichts der Mitteilung, die Hoffmann mir zugetragen hatte. Mutter hielt also immer noch an ihrem Plan mit der Hochzeit fest. Ich konnte es nicht fassen.

Und ich hatte mich bereits gewundert, warum sie mir mit lieblicher Zuwendung begegnete, wo ich doch ihr Vorhaben derart durchkreuzt hatte. In meiner Brust pochten Zorn und Verzweiflung um die Wette. Und für einen Moment wünschte ich mich wieder zurück nach Slowenien, wo das Gras an meinen Waden kitzelte und die Rufe der Greifvögel meine Blicke dem Himmel zuwandten.

»Sie müssen mir glauben, dass mir nichts ferner liegt als die Heirat mit Ihrem Sohn!«

»Und diese Aussage soll das Verhältnis zwischen uns beiden nun auflockern, oder was meinen S'?«

Seinen Blick auf mich gerichtet, fragte ich mich, wie ich mich aus dieser Situation befreien konnte.

Dann war es August, der plötzlich hinter uns in der Stallgasse auftauchte und mich mit großen Augen anstarrte.

»Margarete?«, fragte er, als wäre er nicht sicher, ob er es mit einer Täuschung zu tun hatte.

»Ich kümmere mich schon darum, August! Lass uns lieber allein«, meinte Hoffmann bestimmt.

»Worum kümmerst du dich?«, stellte August die Frage, die auch mir auf der Zunge lag. Dabei musterte er mich, als hätte er mich seit Jahren nicht gesehen.

»Hier braucht sich niemand um mich zu kümmern!«, sagte ich forsch und drängte mich zwischen Hoffmann und Sardinia vorbei in die Stallgasse zu August.

»Niemand!«, betonte ich mit Nachdruck und zupfte mein Mieder zurecht. »Es tut mir leid, wenn meine Mutter Ihre Gattin mit ihren dubiosen Vorstellungen behelligt hat, aber glauben Sie mir: Das war nicht in meinem Sinne! Guten Tag, die Herren!« Ich nickte den beiden kurz zu und eilte dann in Richtung Ausgang – schnell genug, um nicht erneut in ein Gespräch verwickelt werden zu können, und langsam genug, um nicht den Eindruck zu erwecken, ich wäre mit der Situation überfordert.

Vor der Hofreitschule angekommen, blieb ich stehen und holte tief Luft.

»Diese unmögliche Frau!«, fauchte ich, ohne auf die Passanten zu achten.

In meinem Kopf herrschte ein Durcheinander, das sich unmöglich ordnen ließ. Fassungslos starrte ich über den Michaelerplatz, den gerade ein Fiaker querte. Eigentlich hatte ich Wenzel meinen Plan unterbreiten wollen, Vater in einem Fiaker in die Hofreitschule zu bringen. Aber nun hatte sich dieser Plan zerschlagen.

Wie hatte ich auch glauben können, dass man mir nach meiner Flucht aus Wien mit purer Freundlichkeit begegnete. Ich musste mit den Konsequenzen meines Handelns leben.

Ich war nicht mehr dieses dumme Mädchen, das sich kopflos in ein Abenteuer stürzte und nicht an die Auswirkungen dachte. Vielmehr war ich erwachsen nach Wien zurückgekehrt und blickte meinen Fehlern ins Gesicht. Ich würde nicht mehr fliehen, auch wenn Lipicas Ruf in manchen Momenten verlockend war. Ich würde bleiben und für meine Irrtümer geradestehen.

»Ich habe es nicht geglaubt, dass du wieder hier bist.«

Erschrocken wandte ich mich um und blickte direkt in Augusts Gesicht. Er stand vor mir und sah mich an, als könnte er seinen Augen nicht trauen.

»Doch, bin ich«, sagte ich möglichst freundlich. »Seit einer Woche etwa.«

Er nickte und wirkte mit einem Mal unsicher.

»Ich glaube, ich schulde dir eine Erklärung«, fuhr ich fort und suchte in seinem Blick nach einer Gefühlsregung. »Und eine Entschuldigung.«

»Nein, tust du nicht«, meinte er und legte eine Schüchternheit an den Tag, die ich nicht von ihm kannte. Hatte ich ihn mit meinem Weggang aus Wien tatsächlich bloßgestellt?

»Niemand hat deine plötzliche Abreise besser verstanden als ich, glaub mir«, erklärte er und lächelte verhalten.

»Es war dir gegenüber nicht gerecht, das weiß ich jetzt. Könnte ich die Zeit zurückdrehen …«

»… würdest du dennoch weggehen«, beendete August meinen Satz.

»Ja, würde ich.« Wir lachten. Und angesichts unseres angespannten Verhältnisses war das tatsächlich eine Wohltat.

»Alle waren geschockt, als du plötzlich weg warst. Und dann diese dämlichen Witze der Bereiter. Ich hätte die Zügel straffer halten sollen oder dir die Sporen geben. Lauter solchen Müll eben.«

August lächelte, aber es war kein ehrliches Lächeln, vielmehr erzwungen, so als wollte er seine wahren Gefühle verstecken.

»Aber du warst doch auch gegen diese Heirat, oder? Ich dachte, ich tue uns beiden einen Gefallen, wenn ich verschwinde.«

»Als ob du dabei an mich gedacht hättest.« Er lachte trocken auf und hatte natürlich recht. Keinen einzigen Augenblick hatte ich an ihn gedacht. Weder während der Planung für die geheime Flucht noch während der Zugfahrt.

»Hätte ich dich einweihen sollen? Aber wir haben doch kaum miteinander gesprochen, und wenn, haben wir gestritten.«

»Du hast recht. Und vermutlich war es in Ordnung so, wie es war«, meinte er, aber irgendwas sagte mir, dass er nicht ehrlich war. »Trotzdem ist es vermutlich besser, wenn du eine Weile nicht hierherkommst. Mein Vater hat die Sache wohl noch nicht verdaut.«

»Und du?«, fragte ich und verschwieg, dass mir Herrn Hoffmanns Gefühlsleben völlig egal war und ich dennoch die Hofreitschule besuchen würde, wenn mir danach war. Auch wenn mein Vater nicht im Dienst war, so bekleidete er dennoch das Amt des ersten Oberbereiters, und als seine Tochter hatte ich uneingeschränkten Zugang zu den Gebäuden der Hofreitschule.

»Um mich brauchst du dir keine Sorgen zu machen«, meinte er und lächelte mit einem Mal gewohnt überheblich. »Mach dir lieber Gedanken über deinen Bruder.«

»Was ist mit Wenzel?«

August legte den Kopf schief und schien zu überlegen, wie er es am besten vortragen konnte. »Er scheint seine Arbeit nicht besonders ernst zu nehmen.«

Das hat er doch noch nie, hätte ich gern geantwortet, aber ich schwieg, um meinem Bruder nicht in den Rücken zu fallen. Tatsächlich war es kein Geheimnis, dass Wenzel nicht mit voller Begeisterung dem Beruf des Bereiters nachging, also zuckte ich mit den Schultern und sah August stur in die Augen.

»Er erscheint nicht zur Morgenarbeit – so wie heute.« August blickte hinter sich und anschließend zu mir. »Und wenn er hier ist, macht er den Eindruck, als habe er die halbe Nacht durchgezecht.«

Den letzten Satz hatte August geflüstert, dennoch durchfuhr er mich, als hätte er ihn mir laut ins Ohr gebrüllt.

»Du musst dich irren!«, sagte ich vorschnell. Tatsächlich hatte Wenzel sich verändert, hatte Wiens Nachtleben für sich entdeckt, hatte mir von seinen Männerbekanntschaften erzählt und davon, wie sehr er sein Leben genieße, seit Vater nicht mehr in der Lage war, ihn ständig zu überwachen und zu maßregeln. Aber würde er deshalb seine Pflichten vernachlässigen oder sogar betrunken zum Dienst erscheinen?

»Du weißt, dass ich recht habe«, sagte August, seine Miene verfinsterte sich.

»Also wirst du ihn wieder bei deinem Vater diffamieren?«

»Wieder?«, fragte er und zog die Augenbrauen so hoch, dass sie beinahe unter seinem Zweispitz verschwanden. »Weder kann ich mich daran erinnern, ihn je bei meinem Vater in Verruf gebracht zu haben, noch habe ich in diesem Fall dergleichen vor.«

»Natürlich hast du dich über ihn lustig gemacht, und zwar bei jeder sich bietenden Gelegenheit.«

»Das ist aber wohl etwas völlig anderes, als ihn in Verruf zu bringen, findest du nicht?«

»Dann belass es dabei. Ich werde mit Wenzel ein ernstes Wort sprechen und ihn an seine Pflichten als Bereiter erinnern. Versprich du mir nur, dass du ihn nicht bei deinem Vater meldest.«

»Dir scheint sehr viel an deinem Bruder zu liegen, habe ich recht?« Seine Züge wurden weich, fast fürsorglich.

»Natürlich tut es das, er ist mein Zwillingsbruder.«

»Zwillinge ähneln einander, nicht wahr? Aber ist es nun Wenzel, der zu weibisch ist, oder bist du zu sehr Mann?«

»Du machst es einem nicht leicht, dich zu mögen, habe ich

recht? Aber vielleicht braucht ein Mensch wie du auch keine Freunde.«

»Ein Mensch wie ich?«, stutzte er und verschränkte die Arme vor dem Brustkorb.

»Ein von Ehrgeiz zerfressener Mensch, der keine Rücksicht nimmt auf die Bedürfnisse anderer.« Ich atmete tief ein und stemmte meine Hände in die Taille. Er sollte auf keinen Fall der Meinung verfallen, er könnte sich über mich stellen. Wenn er wüsste, was ich auf dem Gestüt Lipica alles geleistet hatte. Von morgens bis abends hatte ich meine Stuten versorgt und beritten, ohne einen Reitknecht an meiner Seite zu haben, der eines meiner Pferde putzte oder sattelte. Das Leben dort war hart gewesen, aber heute war ich froh darüber, wie sehr es mich gestählt hat – innerlich und äußerlich.

»So bin ich nicht. Nicht nur.«

»Du kannst also auch anders sein als abstoßend?«

»Was?« August lachte beherzt auf.

»Beweis es mir! Hilf mir, meinen Vater in die Hofreitschule zu bringen. Ich weiß, dass ihm der Besuch hier helfen wird, zu seinen alten Kräften zu finden.«

Zwischen Augusts Augen furchte sich eine tiefe Falte. Vermutlich würde er mich abweisen, mich für verrückt erklären, weil ich ihm eine derartige Last aufzubürden versuchte.

»Also gut, ich helfe dir«, meinte er gelassen. »Gleich heute? Jetzt? Ich bin bereit.«

»Heute wäre wunderbar«, antwortete ich gefasst, obwohl ich innerlich jubilierte und ihn am liebsten umarmt hätte.

»Gut, dann organisiere ich uns einen Einspänner. Warte hier, in Ordnung?«

Mit diesen Worten machte er sich auf den Weg zurück in die Hofreitschule. Seine Schritte waren lang, seine Haltung aufrecht. Er nahm den Zweispitz vom Kopf und strich mit einer Hand durch sein dichtes Haar, das in der Sonne glänzte.

Kurz bevor er im Eingang der Hofreitschule verschwand, wandte er sich zu mir um und lächelte. Und ohne es verhindern zu können, lächelte ich zurück und winkte ihm zu.

Erst als ich ihn nicht mehr sehen konnte, starrte ich auf meine Hand, als hätte ich mich verbrannt.

»Was soll das? Bist du völlig verrückt? Beruhig dich lieber mal ganz schnell!«, schalt ich mich und versuchte, mich auf Vater zu konzentrieren, und auf seine Freude, wenn er heute in seine geliebte Hofreitschule fahren konnte.

Kurz suchte mich der tückische Gedanke heim, dass ich nach diesem Tag in Augusts Schuld stehen würde, doch damit würde ich mich erst befassen, wenn Vater wieder wohlbehalten im Bett lag, mit einem seligen Lächeln im Gesicht und dem Glanz in den Augen, den ihm nur der Anblick seiner Pferde entlocken konnte.

26

Wenig später saß ich neben August auf dem Kutschbock. Er lenkte das Pferd gekonnt und zielstrebig durch die Straßen Wiens, während ich versuchte, die Anspannung aus meinem Körper zu vertreiben. Es fühlte sich seltsam an, ihm so nahe zu sein und dabei keinen Groll zu empfinden, so wie früher. Immer wieder blickte ich aus den Augenwinkeln zu ihm hinüber. Er wirkte zufrieden, besonnen, hielt die Zügel locker in der Hand und ließ das Pferd in leichtem Trab durch die Straßen marschieren.

»Gefällt es dir denn bei uns in Wien?«, fragte ich, als August den Einspänner in die Josefstädter Straße lenkte.

»Ja!«, sagte er freiheraus, ohne überlegen zu müssen. »Die Menschen hier sind etwas … anders, aber ansonsten fühle ich mich wohl.«

»Wie sind wir denn?«, fragte ich und zog die Lippen kraus. Ich hielt seinem Blick stand, lehnte mich zurück und wartete gespannt.

»Na ja, die Menschen in Wien sind unfreundlich. Nicht alle«, meinte er und hob abwehrend die Hand. »Grantig ist das österreichische Wort, habe ich recht?«

August blickte zu mir und wirkte dabei etwas unsicher, so als hätte er sich eben selbst in eine unmögliche Situation gebracht, aus der er sich nur schwer wieder befreien konnte.

»Du kannst nicht bestreiten, dass man hier auffallend oft herablassend behandelt wird. Die Wiener verbreiten schlechte Laune und sind gereizt.« August atmete erleichtert auf, so als habe er eine wichtige Prüfung bestanden.

»In einer Stadt voller herablassender Menschen fällst du nicht auf. Ist es das, was dich stört?« Ich stieß ihn fast schon freundschaftlich mit dem Ellbogen an.

»Du tust mir unrecht. Manchmal zumindest.« August grinste und lenkte den Fiaker in die Laudongasse. August wartete im Flur, während ich Vaters Zimmer betrat und ihm von unserem bevorstehenden Ausflug erzählte.

»Das ist ja vielleicht eine Überraschung, mein Madl!«, meinte er und tätschelte liebevoll meine Wange.

»Frische Luft und Lipizzaner, das ist alles, was du brauchst, um wieder gesund zu werden«, sagte ich und drückte ihm einen Kuss auf die Wange. Nachdem ich Vater in Gehrock und Zylinder geholfen hatte, gingen wir gemeinsam hinaus auf den Flur.

»August! Du?«, meinte Vater überrascht. »Ich hatte gedacht, Wenzel würde mich abholen.«

August und ich wechselten Blicke. Verzweifelt suchte ich nach einer Lüge, um Vater nicht enttäuschen zu müssen. Dass Wenzel Bereiter an der Hofreitschule war, war Vaters ganzer Stolz, und dieser Freude wollte ich ihn nicht berauben.

Zugleich nahm ich mir vor, gleich an diesem Abend ein Gespräch mit Wenzel zu führen. Es war nicht tragbar, dass er seine Karriere und den Ruf der Familie wegen seiner Trinkerei aufs Spiel setzte. Wobei ich mir eingestehen musste, dass ich mit dem Ruf der Familie mindestens ebenso leichtfertig umgegangen war wie mein Bruder. Gerade in der Laudongasse erntete ich fast täglich verachtende Blicke. Manche Damen wandten sich unverhohlen von mir ab oder erwiderten weder meinen Gruß noch meine Blicke.

»Wenzel hat es sich nur ungern nehmen lassen, Sie zu diesem Ausflug abzuholen, aber er hat noch wichtige Vorkehrungen zu treffen, wegen des bevorstehenden Auftritts vor dem Kaiserpaar in ein paar Tagen«, log August und sah mich mit großen Augen an. Ich nickte ihm erleichtert zu und hakte mich bei Vater unter, um die Wohnung zu verlassen und das Thema Wenzel in den Hintergrund zu rücken.

Es war mir nicht recht, dass wir Vater anlogen, aber schlimmer wäre es, ihm die Wahrheit über die Nachlässigkeit seines Sohnes zu unterbreiten.

Ich versuchte, meinen Vorwand für die Flucht aus Wien aufrechtzuerhalten, dass ich keine andere Wahl gehabt hatte. Aber war das die Wahrheit?

»Ah, die Quadrille im Sommer vor dem Kaiserpaar.« Vater lächelte wehmütig. »Ich hatte so sehr gehofft, bis dahin wieder im Einsatz zu sein, aber das war wohl ein Irrtum.« Seine Mundwinkel zuckten, fast so, als kämpfte er gegen Tränen an. »Umso besser zu wissen, dass mein Sohn unsere Familie dort vertreten wird.«

»Wenzel wird deinem Namen alle Ehre machen, Papa!«, sagte ich und hoffte, dass es die Wahrheit war.

August half Vater über die Treppen und geleitete ihn hinaus zum Fiaker. Ich nahm bei Vater auf der Rückbank Platz und schmiegte mich eng an ihn. Während wir am üppig begrünten Burggarten vorbeizogen und an der Staatsoper, aus deren geöffneten Fenstern Gesang, Violinen und Pauken zu hören waren, blickte ich immer wieder verstohlen zu August, der vor uns schweigend auf dem Kutschbock saß. Ein seltsames Gefühl tat sich in mir auf, während ich meinen Blick über seine breiten Schultern und den Rücken gleiten ließ. Fast war es, als löste Augusts Anblick in mir einen wohligen Schauder aus. Aber das war doch eigentlich völlig unmöglich, oder? Und doch war da diese Sehnsucht, meine Hand nach ihm auszustrecken und sein

Haar zu berühren – zugegeben, es war eine sehr leise Sehnsucht, aber sie war irritierenderweise da und ließ sich nicht verdrängen.

Ich schüttelte kaum merklich den Kopf und schmiegte mich wieder an Vaters Schulter.

»Wie kommt es, dass August uns begleitet? Ist er denn gar nicht zornig, weil du die Hochzeit hast platzen lassen?«, flüsterte Vater mir ins Ohr.

»Er tut das nur für dich«, sagte ich leise und lugte noch einmal verstohlen zu August, der uns mit charmanter Selbstverständlichkeit durch Wien kutschierte.

Wenig später gingen wir durch die Hofreitschule. Vater hatte sich bei mir und August untergehakt und bat uns, ihn in die Sattelkammer zu führen, um dort nach dem Rechten zu sehen. Überraschenderweise war er zufrieden mit dem Glanz der Zaumzeuge und der Ordnung der Sättel. Anschließend wollte er in die Stallungen, um seinen Hengst Gidrane zu begrüßen, dann in den Reitsaal und in seinen Arbeitsraum – schließlich galt es, überall nach dem Rechten zu sehen. Er schien erleichtert zu sein, dass der Betrieb auch ohne seine ständige Anwesenheit funktionierte. Und er war gleichermaßen erleichtert, als er die eine oder andere Unordnung bemängeln konnte. Wir mussten zahlreiche Pausen einlegen, in denen Vater gegen die Wand gelehnt oder in der Loge sitzend neue Kraft schöpfte. Mehr als einmal befürchtete ich, ihn mit diesem Ausflug überfordert zu haben, dennoch überwog das Strahlen in seinem Gesicht jede Erschöpfung.

Als wir in die Reithalle sahen, arbeiteten gerade Rudolf und Florian mit einem Hengst.

»Ich glaube kaum, dass Rosza gut genug ist für die *Schule über der Erde*«, meinte Vater und setzte sich auf einen der Stühle, die für Zuschauer vorgesehen waren.

»Da bin ich ganz Ihrer Meinung, Herr Böhm, aber Oberbereiter Riedl sieht das wohl anders. Er denkt, Rosza hätte ausreichend Potenzial für die *Schule über der Erde*.«

»Potenzial hat er wohl, aber ich fürchte, dass es dem Hengst an der nötigen Ruhe fehlt. Er bräuchte noch ein oder zwei Jahre, um diesem Schwierigkeitsgrad gewachsen zu sein«, erklärte Vater und formte seine Augen zu schmalen Schlitzen, um jede Bewegung verfolgen zu können. Oberbereiter Riedl führte Rosza am langen Zügel, trabte neben dem Hengst her und setzte ihm mit der Gerte einen kleinen Impuls ans Hinterteil. Rosza quittierte diesen Stups mit einem bockigen Sprung zur Seite. Vater lachte laut auf.

»Der springt nicht«, sagte er schadenfroh und schüttelte den Kopf.

»Sei nicht so streng, Vater, bestimmt stehen sie erst am Beginn der Ausbildung«, versuchte ich ihn zu besänftigen. »Vermutlich haben Sie recht, Herr Böhm«, meinte August und verfolgte aufmerksam das Training der Bereiter mit dem Hengst.

»Natürlich habe ich recht«, meinte Vater und stemmte sich mühsam aus seinem Sessel.

»Komm her, Bub«, sagte er zu August und hakte sich wieder bei ihm unter. Ein letztes Mal blickte er über die Schulter – schmunzelnd, weil der erneute Versuch, Rosza zu einem Sprung zu animieren, wieder fehlschlug und der Hengst verärgert mit den Hinterbeinen ausschlug.

Vater lachte trocken auf, dann gab er die Richtung vor, in die er geführt werden wollte.

»Ich glaube, für heute ist es genug«, meinte er und atmete schwer.

August und ich nickten einander über Vaters Kopf hinweg zu. Hatte ich bislang auf Vaters rasche Genesung gehofft, so musste ich mir an diesem Nachmittag eingestehen, dass er schwächer war als vermutet. Unzählige Male bat er um Pausen, um zu verschnaufen und Kraft zu tanken. Seine Gesichtsfarbe rötete sich, und seine Augen wollten den alten Glanz nicht wiedererlangen.

Als August uns in die Laudongasse zurückgebracht hatte, war Vater letztendlich zu schwach, um die Treppen hochzusteigen.

»Erlauben Sie?«, fragte August und deutete mit beiden Händen an, Vater tragen zu wollen.

Kurz schien Vater mit sich zu ringen und blickte hoffnungsvoll die Treppen hoch. Dann aber wandte er sich August zu und meinte: »Sei so gut, Bub, allein schaffe ich es nicht.«

Ohne ein weiteres Wort zu verlieren, hob August meinen Vater an und trug ihn die Treppen hoch. Beim Anblick meines kraftlosen Vaters schnürte sich mir die Kehle zu.

Sosehr ich den Ausflug mit ihm genossen hatte, so sehr hatte er auch seinen Gesundheitszustand aufgezeigt. Bei der nächsten Visite unseres Arztes würde ich um eingehendere Untersuchungen bitten. Vater war noch zu jung, um sich mit einem derart schlechten Zustand abfinden zu müssen. Es musste doch irgendeine Art von Therapie geben, die man bislang nicht in Betracht gezogen hatte.

»Ich mache mich auf den Weg, oder braucht du und dein Vater noch etwas?«, meinte August an der Eingangstür stehend.

»Nein, du hast schon genug getan«, sagte ich und lächelte.

»Was für ein Tag, nicht wahr?«

»Ja, was für ein Tag!«, wiederholte ich. »Allerdings musst du zugeben, dass ich mich heute kaum wienerisch grantig gezeigt habe, nicht wahr?« Ich blickte ihn herausfordernd an und wartete auf einen seiner üblichen Konter.

»Tatsächlich habe ich dich noch nie zuvor derart herzlich erlebt. Fast könnte ich die Margarete von heute ins Herz schließen.«

Nachdem er diesen Satz ausgesprochen hatte, sah er mich erschrocken an.

»Ich geh dann«, sagte er rasch und huschte die Treppen hinab.

»Danke für alles!«, rief ich ihm hinterher und schloss die Tür. Die Stirn gegen die kühle Wand gelehnt, schloss ich die Augen und ließ mir Augusts Worte durch den Kopf gehen.

Fast könnte ich die Margarete von heute ins Herz schließen.

Dieser Satz klang wie ein Echo in mir nach, durchfuhr mich wie ein prickelnder Schauder und lähmte meine Gedanken. Ich wollte ihn nicht wahrhaben, und doch entfachte er in mir eine Aufregung, wie ich sie noch nie erlebt hatte. Dieser eine Satz stellte alles infrage, was ich bisher über August zu wissen geglaubt hatte. Wollte er mir sagen, dass er mich mochte? Oder womöglich sogar mehr als das? Sein Entgegenkommen, die fürsorgliche Art, mit der er Vater behandelt hatte, seine netten Worte, sein ehrliches Lächeln – all das brachte meine vorgefertigte Meinung über ihn ins Wanken.

Um aus meinem Gedankenkarussell auszusteigen, drückte ich mich von der Wand ab und ging hinüber zu Vater. Sein Schlafzimmer war abgedunkelt und kühl, ganz im Gegensatz zum Rest der Wohnung, in dem die sommerliche Hitze sich angestaut hatte.

Ich setzte mich an Vaters Bett und griff nach seiner Hand. Seine Haut war trocken, seine Atmung ging ruhig und entspannt.

»Das war ein schöner Ausflug, mein Madl, ich dank dir!«, sagte er schwach und drückte meine Hand.

»Ich wusste, dass es dir gefallen würde«, erwiderte ich und dachte daran, wie sehr auch ich den Tag genossen hatte. Die Fahrt mit August, die Lipizzaner, die Atmosphäre der Hofreitschule, die in mir immer etwas zum Leben erweckte, das ansonsten zum Schlummern verurteilt war.

Was Mutter wohl sagen würde, wenn sie von unserem Ausflug erfuhr? Bestimmt würde sie mich mit Vorwürfen überhäufen, weil ich den kranken Vater durch die spätsommerliche Hitze gekarrt hatte. Vielleicht würde sie aber auch einsehen, wie wichtig diese Fahrt für ihn gewesen war – und für mich.

»Du vermisst die Pferde ebenso wie ich, habe ich recht?«, fragte er und schlug müde die Augen auf.

»Ja«, antwortete ich tränenerstickt.

»Ich entschuldige mich, mein Madl!«

»Wofür entschuldigst du dich?«

»Dass die Zeit nicht reif ist für ein Talent wie dich! Du bist eine fabelhafte Reiterin und hättest in der Quadrille weiß Gott eine bessere Figur gemacht als Wenzel. Und doch verwehrt die Männerwelt dir deinen Erfolg. Ich möchte, dass du weißt, wie stolz ich auf dich bin und immer war. Und sollte ich je zu meiner alten Kraft zurückfinden, werde ich in der Hofreitschule für eine Aufbruchstimmung sorgen, wie sie das alte Gemäuer noch nie erlebt hat.«

»Wir werden es ihnen zeigen. Gemeinsam!« Meine Stimme zitterte. Zum einen, weil ich wusste, dass es nie dazu kommen würde, zum anderen, weil mich Vaters Zugeständnis zutiefst berührte. Wenn er dazu bereit war, gesellschaftliche Zwänge neu ordnen zu wollen, folgten ihm vielleicht andere Männer. Frauen würden laut werden und ihre Rechte einfordern. Eine neue Ära könnte anbrechen. Ein Zeitalter, in dem das Geschlecht eine untergeordnete Rolle spielte und vielmehr zählte, was ein Mensch zu sagen hatte und welche Ziele er verfolgte. Und in diesem Augenblick wurde mir bewusst, dass es immer Pforten gab, die man durchschreiten konnte – man musste nur den Mut dazu finden.

»Ihr beiden seid Träumer«, meinte Mutter, als ich wenig später Vaters Schlafzimmer verlassen hatte. Sie stand am Fenster ihres Salons und starrte hinab auf die Straße. Ohne ein Wort zu erwidern, gesellte ich mich zu ihr und folgte ihrem Blick hinaus in die menschenleere Stadt. Die Hitze des Tages zwang die Menschen, in ihren Häusern zu bleiben und dort zu verharren, bis der nahende Abend die unerträglichen Temperaturen verdrängte und einlud zu einem kleinen Spaziergang durch einen Park oder einem Getränk in einem Straßencafé.

Ein herrenloser Hund irrte durch die Laudongasse. Er schien den Temperaturen zu trotzen und hob bei jedem Haus mindestens einmal seine Hinterpfote, um sein Revier ausreichend zu markieren. Ich beobachtete sein emsiges Treiben, bis er aus meinem Blickfeld verschwunden war.

»Träume sind nichts Schlechtes, Mama«, sagte ich und blickte zu ihr. Ihre Wangen waren gerötet, ihre Stirn glänzte, dennoch trug sie ihr hochgeschlossenes schwarzes Kleid, dessen Rock schwer an ihrer Taille hing. Ich kannte keine Frau, der so viel an ihrem Auftreten lag wie meiner Mutter. Keine einzige Haarsträhne wagte es, sich aus der Hochsteckfrisur zu befreien, ihre Augenbrauen waren fein gezupft und die Haut gepflegt.

»Träume hindern einen am Vorankommen.«

»Und was, wenn sie die einzige Motivation dafür sind? Was, wenn man ohne Träume sein Ziel gar nicht kennen würde?«

»Die Ziele eines Träumers sind nicht gleichzusetzen mit denen eines ambitionierten Realisten.«

»Warum sollte es einem Träumer an Ambition fehlen?«

»Ganz einfach: Weil er am Leben vorbeiträumt!« Mutter war lauter geworden, ihre Nasenflügel blähten sich. »Während du mit dem Reitknecht deine Träume gelebt hast, haben sich hier in Wien Augusts Eltern gegen eine Heirat mit dir entschieden. Und weißt du was: Niemand versteht ihren Entschluss besser als ich. Ich würde meinen Sohn auch nicht verheiraten wollen mit einer Frau wie dir.«

»Aber Mutter …!«

»Nein, halt den Mund!«, schnitt sie mir das Wort ab und erhob drohend den Zeigefinger. »Ich habe alles getan, um dir eine

Zukunft ohne Geldnöte zu ermöglichen. Und was machst du? Frau Hoffmann hat mir heute eindeutig zu verstehen gegeben, dass eine Heirat zwischen dir und August völlig ausgeschlossen ist. Sie haben für ihn wohl schon eine passendere Partie gefunden. Eine junge Frau, die sich zu benehmen weiß.«

Ein kalter Blitz durchzuckte mich. War das der Grund gewesen, weshalb August mir heute derart freundlich begegnet war? Weil er sich bereits einer anderen Frau versprochen hatte und ich keine Bedrohung mehr als mögliche Ehefrau für ihn darstellte?

»Und wir bleiben auf unserem Schuldenberg sitzen«, fuhr Mutter unbeirrt fort. »Dein Vater ist krank und zu schwach, um Geld zu verdienen, und dein Bruder verprasst das wenige, das wir noch haben, in den schmierigsten Lokalitäten Wiens. Und du scheinst nicht einmal zu verstehen, was du angerichtet hast! Du bist so selbstsüchtig! Alles, woran du denken kannst, sind deine dämlichen Rösser. Aber die werden dir keine Kleider kaufen oder dich satt machen. Nicht mehr lang, und wir werden gezwungen sein, unser Haus zu verkaufen. Unser Haus! Und dann?« Mutter schluchzte laut auf und bedachte mich mit einem Blick, der sich messerscharf in meinen Kopf bohrte.

»Mutter, glaub mir, nichts würde ich lieber tun, als unsere Familie vor dem finanziellen Ruin zu retten, aber ich konnte mir dafür unmöglich eine lieblose Ehe mit einem Mann wie August Hoffmann aufbürden. Wir finden eine andere Lösung, versprochen.« Ich legte versöhnlich meine Hand auf ihre Schulter, doch sie wandte sich von mir ab und verließ den Raum.

Und ich stand da und lauschte dem endlosen Kreisen meiner Gedanken. August konnte nicht die einzige Lösung für unser Problem sein. Und auch nicht die Heirat mit einem anderen vermögenden Mann. Es musste eine Lösung geben, in der ich frei bleiben durfte. Denn eines schwor ich mir: Niemals würde ich mich verkaufen – an keinen Mann der Welt.

27

Es war bereits spät in der Nacht, und Wenzel war noch immer nicht heimgekehrt. In mir rumorte eine Unruhe, die nicht zum Stillstand kommen wollte. Ich musste dringend mit meinem Bruder sprechen. Ihm musste klar werden, dass er seine Stellung in der Hofreitschule leichtfertig aufs Spiel setzte, wenn er weiterhin trunken zum Dienst erschien. Und ich musste ihm offenlegen, dass der Lohn, den er verdiente, vorerst in die Familie einfließen musste. Es durfte nicht sein, dass er in Nachtlokalen sämtliches Geld ausgab, während Mutter gezwungen war, unser Dienstmädchen Martha zu entlassen. Solange wir keine adäquate Lösung gefunden hatten, mussten wir an einem Strang ziehen. Und wenn das bedeutete, dass wir Kleider und Schmuck verkauften oder beim Einkauf von Lebensmitteln achtsamer waren, wäre das für mich das geringste Problem.

Dennoch war ausschlaggebend, dass Wenzel seinen Posten in der Hofreitschule nicht verlor, was wiederum bedeutete, dass er ab sofort nüchtern und voller Ehrgeiz zum Dienst zu erscheinen hatte.

Ich ging in Vaters Salon auf und ab. Durch die weit geöffneten Fenster strömte klare Nachtluft, die die Vorhänge wehen ließ und Vaters aufgeschlagene Tageszeitung umblätterte. Je länger ich durch das Zimmer schritt, desto mehr spürte ich eine Unruhe durch meinen Körper wallen, die meinen Puls unangenehm rasen ließ. Ich atmete gegen diese aufkeimende Panik an, versuchte, sie zu verdrängen, und sprach mir Mut zu. Aber was, wenn Mutter recht behielt und wir kurz vor dem Ruin standen? Wenn wir aus unserer Wohnung ausziehen und einen Großteil unserer Habe hinter uns lassen mussten? Für mich stellte ein Umzug kein Problem dar, ich war jung und flexibel, aber wie würde Vater es verkraften, wenn er sein Zuhause verlor?

Ich musste mit Wenzel sprechen. Heute. Jetzt. An meinen Fingerkuppen knabbernd, blickte ich aus dem Fenster. Von der Straße drang Gelächter zu mir herauf, von Weitem ertönte Musik, und aus irgendeinem Fenster hörte man das Geschrei eines Säuglings.

Die Nacht war klar und mondbeschienen – und selbst in dunkelster Finsternis hätte ich keine andere Entscheidung getroffen als diese: Ich griff nach dem hellblauen Seidentuch, warf es um meine Schultern und eilte aus der Wohnung. Nichts war schlimmer, als zu warten. Die Gabe der Geduld war mir nicht in die Wiege gelegt worden, und so machte ich mich mitten in der Nacht auf die Suche nach meinem Zwillingsbruder. Ich musste ihn über den Ernst der Lage aufklären. Es konnte nicht sein, dass er die Nächte durchfeierte, während Vater immer schwächer wurde und Mutter um ihre Zukunft bangte.

Das Leben war ungerecht, nicht nur für uns Frauen. In diesem Fall hatte Wenzel keine andere Möglichkeit, als seiner Pflicht als Sohn nachzukommen. Er musste in der Hofreitschule sein Bestes geben.

Während meine Schritte von den Hausmauern widerhallten, kehrte in mir ein wenig Ruhe ein. Die frische Luft und die Bewegung verlangsamten mein Gedankenkarussell und verdrängten die Unruhe aus meinem Körper.

Die Ringstraße war zu dieser nächtlichen Stunde überaus belebt. Nur gut, dass weder Mutter noch Vater von meinem nächtlichen Ausflug wussten – eine Frau ohne Begleitung, und dann auch noch nachts, das wäre nicht nur für meine Eltern eine schreckliche Vorstellung. Zielstrebig marschierte ich zum *Café Bellaria,* das Wenzel in seinen Erzählungen mehrmals erwähnt hatte. Mit etwas Glück fände ich ihn dort und müsste nicht länger allein durch die Stadt irren.

Für eine Dame schickte es sich nicht, ein Lokal ohne Begleitung zu betreten, doch das war mir in diesem Moment einerlei.

Türen und Fenster des Cafés waren weit geöffnet, und so erfüllten die Klänge von Wienerliedern die Museumsstraße. Vor dem Café tanzte ein Pärchen eng umschlungen, und ein Mann lehnte trunken an einer Hausfassade, den Zylinder tief in die Stirn gezogen.

Ich atmete scharf ein und marschierte hinein. Das Licht war gedämpft, die Luft verqualmt und die Besucher derart in ihre Gespräche vertieft, dass man kaum Notiz von mir nahm.

Das war es also, das Nachtleben Wiens? Tatsächlich hatte ich es mir aufregender vorgestellt. Aber gewiss gab es Lokale, die anrüchiger waren als das *Café Bellaria.* Nur an wenigen Tischen saßen Damen, deren Brüste aus den Ausschnitten quollen und die sich laut kichernd einer möglichen Kundschaft anbiederten.

Ich drehte meine Runde durch das Lokal und verlor schon fast die Hoffnung, meinen Bruder hier zu finden. Gerade als ich beschlossen hatte, das nächste Lokal aufzusuchen, sah ich ihn. Er kauerte auf einem Sessel im hinteren Bereich. Sein Haar hing in Strähnen in die Stirn, die Augen konnte er nur mit Mühe offen halten. In einer Hand hielt er einen Bierkrug, mit der anderen stützte er sein Kinn.

So hatte ich Wenzel noch nie gesehen. Ich wusste nicht, ob ich zornig, traurig oder voller Scham sein sollte. Was für einen armseligen Anblick er bot. Wenn Vater ihn so sähe …

Aber vielleicht war gerade das der Grund für seinen Absturz – dass er Vaters Erwartungshaltung nicht mehr gewachsen war. Und kannte ich den Druck, den die Eltern auf einen ausübten, nicht mindestens so gut wie Wenzel? War ich nicht ungerecht, wenn ich nun von ihm verlangte, dass er seinen verhassten Posten als Bereiter nicht verlieren durfte? Schließlich hatte ich mich auch vor meiner Pflicht als Tochter gedrückt und war mit Marjan nach Slowenien geflohen. War es nicht auch Wenzels Recht, sein Leben nach seinen Vorstellungen zu führen?

Ich stand da und blickte auf meinen Bruder hinab. Es war, als klammerte sich eine eiskalte Hand um mein Herz. Wie unglücklich musste Wenzel sein, wenn er Abend für Abend sein Leben in Alkohol ertränkte, um der Realität zu entfliehen.

»Der ist nicht mehr zu haben«, lallte mir eine Stimme ins Ohr.

Erschrocken wandte ich mich um und blickte in ein mir fremdes Gesicht. Ein junger Mann, vom Alkohol gezeichnet, wankend und um Haltung bemüht.

»Der gehört mir«, setzte er nach und grinste. Wie von selbst wich ich einen Schritt zurück, um dem Alkoholdunst, der ihn umgab, zu entweichen.

»Nein, du irrst dich: *Der* gehört zu mir!« Ohne auf Antwort des Fremden zu warten, ging ich zu Wenzel und versuchte, ihn hochzuziehen.

»Wenzel, verdammt, steh auf!«, versuchte ich, die laute Musik zu übertönen. »Komm schon!« Ich fasste ihn an den Schultern und schüttelte ihn, während ich weiter auf ihn einredete. Als er schließlich die Augen öffnete und mich erkannte, erschrak er und ließ zu, dass ich ihn hinter mir her aus dem Café zog.

»Was ist nur los mit dir?«, fragte ich ihn, während wir uns vom Café entfernt und in die Stille der Nacht eingetaucht waren. »Betrinkst dich derart, dass du kaum noch gehen kannst!«

Wenzel hatte einen Arm um meine Schultern gelegt und ließ sich von mir stützen.

»Ja, ja, beruhig dich. Hörst dich an wie Mutter«, lallte er.

»Und wie du stinkst!« Angewidert wandte ich das Gesicht von ihm ab.

»Wie Mama!«, sagte er provokant und fiel stolpernd fast aufs Kopfsteinpflaster.

»Morgen früh musst du nüchtern sein! Es ist die letzte Probe vor dem großen Auftritt.«

»Der Auftritt vorm Kaiser interessiert mich nicht.«

Ich beschloss, den Rest des Weges zu schweigen. Jedes Wort war Verschwendung, solange Wenzel derart trunken war. Wie gut, dass ich ihn gesucht und gefunden hatte, womöglich hätte er sonst die Nacht im Lokal zugebracht oder wäre abgeschleppt worden, ohne Kontrolle darüber, von wem. Ich wünschte meinem Bruder, dass er einen Mann kennenlernte, der seine Seele berührte und ihn glücklich machte. Aber würde er auf diese Weise und in diesen Spelunken die Liebe finden? Wohl kaum.

»Es wird alles gut, Wenzel! Ich bring dich heim und begleite dich morgen zur Generalprobe in die Hofreitschule. Wir schaffen das.«

Den Rest des Weges gingen wir schweigend durch die Straßen Wiens. In der Laudongasse angekommen, schleppte ich Wenzel ächzend und so leise wie möglich die Treppen hoch in unsere Wohnung, wo ich ihn in sein Bett beförderte. Noch während ich ihm Hemd und Schuhe auszog, fiel er in einen Schlaf, der einer Bewusstlosigkeit glich. Er schnarchte laut und gleichmäßig, während er den Gestank von Tabakqualm und Alkohol verströmte. Und als ich so auf ihn hinabblickte, fragte ich mich, ob wir am Ende beide dazu verurteilt waren, ohne Liebe durchs Leben zu gehen.

Ich dachte an Marjan, seine innigen Umarmungen, seine Küsse und seine Liebesschwüre. Ich dachte an das Gestüt Lipica, das Gras, das im Wind wogte, und das leise Wiehern der Stuten, wenn ich morgens den Stall betrat. Ich vermisste meine Mädchen und die würzige Luft.

Es war einfach, sich nach der Ferne zu sehnen. Tatsächlich war mein Leben aber hier in Wien, und ich musste mich ihm stellen.

»Und *du* musst das auch!«, flüsterte ich Wenzel zu, zog die dünne Decke bis an seine Schultern und verließ sein Zimmer.

»Ich hätte nicht verschlafen!«, brummte Wenzel am nächsten Morgen, als wir uns gemeinsam auf den Weg zur Hofreitschule machten.

»Dass ich nicht lache! Du würdest vermutlich mittags noch im Bett liegen, wenn ich dich nicht mit frischem Kaffee abgefüllt hätte.«

Wenzel schirmte seine Augen vor dem Tageslicht ab und enthielt sich einer Antwort.

»Schon morgen reitest du in der Quadrille, und auch wenn du diese Ehre nicht zu schätzen weißt, solltest du dich ausreichend vorbereiten. Du reitest nicht für dich, sondern auch für deine Kollegen. Keiner von denen hat es verdient, sich deinetwegen zu blamieren, hörst du?«

Vermutlich hörte ich mich schon wieder an wie Mutter oder Vater, aber im Grunde hatte ich recht. Wenzels Kollegen verließen sich auf ihn. Er war es ihnen schuldig, wenigstens diesen einen Auftritt fehlerfrei zu meistern.

Ich würde von der Tribüne aus die Probe haargenau verfolgen, um sie mit Wenzel im Anschluss besprechen zu können. Und ich würde ihn auf jeden noch so kleinen Fehler hinweisen – zumindest hoffte ich, dass es sich nur um kleine Fehler handeln würde.

Ohne etwas anderes in Erwägung zu ziehen, setzte ich mich während der Morgenarbeit auf meinen angestammten Tribünenplatz. Vater war nicht hier, und August würde es nicht erneut wagen, mir meinen Platz zu verweigern. Nicht nach dem gestrigen Tag, da war ich mir sicher.

Fast war es wie früher. Mein Blick haftete an Wenzel. Ich beurteilte seine Haltung und achtete darauf, ob er aus seinem Hengst Europa auch wirklich das Beste herausholte.

Tat er nicht. Wenzels Reitkunst hatte erschreckend an Klasse verloren. Der beste Bereiter war er noch nie gewesen, aber was er heute bot, war beinahe eine Zumutung. Seine Schultern hingen, seine Arme baumelten haltlos an seinem Oberkörper, die Waden schienen ebenfalls ihren Platz am Pferd nicht finden zu wollen. Sein Kopf wippte schlimmer denn je, und seine Hände trug er so tief, dass sie beinahe am Hals des Pferdes auflagen. Aber seine Haltung war lange noch nicht das Schlimmste. Er schaffte es einfach nicht, Europa präzise durch die verschiedenen Lektionen zu leiten. Die Durchführung einer jeden Übung wirkte schlampig und kraftlos. Beinahe schämte ich mich für meinen Bruder. Wie war es möglich, dass er Vaters Belehrungen allesamt vergessen hatte? Oder war es ihm tatsächlich egal?

Nach der Morgenarbeit, an der sämtliche Reiter ihre Hengste gesondert trainierten, verabschiedeten sich die Bereiteranwärter aus dem Reitsaal und überließen den Platz der Quadrille, die aus acht Lipizzanern und ihren erfahrenen Reitern bestand.

Vaters Nachfolger hatte gewiss eine unterhaltsame Abfolge an Lektionen zusammengestellt, die das Kaiserpaar begeistern sollte. Hoffentlich schaffte Wenzel es wenigstens, die Formation nicht zur Gänze zu zerstören.

Das Orchester stimmte die Instrumente für die gemeinsame Probe, und die Bereiter besprachen sich in der Mitte des Reitsaals. Ich würde mir die Abfolge der Lektionen genau einprägen und sie Wenzel bis zum großen Auftritt morgen immer und immer wieder aufsagen wie ein Gebet. Er durfte sich und die Quadrille nicht vor dem Kaiserpaar bloßstellen.

Als die Bereiter ihre Pferde in Aufstellung brachten, herrschte vollkommene Stille im Saal. Nur die Geräusche der Straße drangen durch die geöffneten Fenster. Hufgeklapper der Fiakerpferde, Gesprächsfetzen und das Lachen von Kindern – alles in weite Ferne entrückt.

Ich wagte es nicht, zu atmen, während ich auf die Hengste blickte, die in ihrer Ausgangsposition verharrten und auf das Einsetzen der Musik warteten.

Ich wartete darauf, dass Wenzel zu mir hochsah, damit ich ihm letzte Anweisungen geben konnte. Und als könnte er meine Blicke auf sich fühlen, hob er den Kopf und sah mir direkt in die Augen. *Hände höher, Schultern zurück,* formte ich tonlos mit den Lippen und drückte meinen Rücken durch. Wenzel nickte und befolgte meine stummen Anweisungen.

Schon besser, dachte ich und atmete erleichtert auf.

Als dann die ersten Klänge der Violinen einsetzten, löste sich meine Anspannung auf. Die Lipizzaner setzten sich in Bewegung, formierten sich, tanzten. Es war, als würde die Musik sie tragen, vorantreiben, schwebend durch den Reitsaal gleiten lassen. Es war magisch und erfüllte mich mit einem unglaublichen Glücksgefühl, das mir Tränen in die Augen trieb.

»Wunderschön!«, flüsterte ich, als Wenzel flüchtig zu mir hochsah. Hier und jetzt, inmitten der Quadrille, wirkte er nicht länger fehl am Platz. Er gehörte hierher, machte einen konzentrierten Eindruck, war präsent und ließ Europa durch die verschiedenen Lektionen gleiten wie eine Feder im Wind. Wäre Vater an diesem Tag mit mir auf der Tribüne gewesen, er hätte laut applaudiert und seinem Sohn eine Kusshand zugeworfen, so wie er es bei mir gern gemacht hatte.

Ich glaube, es war das erste Mal seit meiner Rückkehr, dass ich mich zugehörig fühlte. Die ganze Welt und auch meine wirren Gedanken um Marjan und meine Zukunft rückten in den Hintergrund und machten Platz für meine Bewunderung.

Es war eine herrliche Darbietung. Die acht Hengste teilten sich auf – vier von ihnen galoppierten zur rechten Seite, die anderen zur linken. Immer wieder kreuzten sich ihre Wege, wobei jede Begegnung bis ins Detail geplant war. Die Wege der Hengste kreuzten sich einmal diagonal, dann fädelten sie sich wieder auf wie eine Perlenkette. Pferde und Reiter waren hoch konzentriert und aufeinander abgestimmt. Während zwei der Hengste mittig eine Piaffe darboten und auf der Stelle ihre Schritte schwangen, galoppierten die anderen Hengste in engem Kreis um sie herum.

Als Mersucha, einer der talentiertesten Hengste, am Ende der Vorführung eine Capriole vollführte und dabei mit allen Beinen gleichzeitig hochsprang und dann mit den Hinterbeinen ausschlug, da lachte ich vor Freude auf. Das weiße Ballett – so nannte man die Quadrille, und in diesem Augenblick wurde mir wieder einmal bewusst, warum: Die Hengste tanzten über den frisch gekargten Boden, vollführten ihre einstudierten Lektionen, und in manchen Augenblicken ließen sie mich vergessen, dass sie von Menschenhand geführt wurden.

Und als ich an diesem Vormittag in der Hofreitschule saß und dieses wunderbare Schauspiel verfolgte, da ergab mit einem Mal alles Sinn: Die Ausbildung der Stuten in Lipica, die Wahl, welche von ihnen als Mutterstute geeignet waren, die liebevolle Aufzucht der Fohlen bis hin zu den Jährlingen, die sich auf den Weiden austoben durften, um später kräftig genug zu sein für die ›Kunst der Hohen Schule‹. Nicht alle Hengste schafften den Weg in die Hofreitschule, aber wenn sie erst einmal ausgebildet waren, verzauberten sie die Herzen aller Zuschauer. Das Kaiserpaar würde begeistert sein. Mit Recht.

Die aufkeimende Eifersucht, weil es mir versagt blieb, vor der Kaiserin mein Können zu zeigen, verdrängte ich und freute mich, dass meinem Bruder diese Ehre zuteilwerden würde.

Nachdem die Probe beendet war, stand ich auf und applaudierte, so laut ich konnte. Wenzel blickte stolz zu mir hoch, August lüftete seinen Zweispitz, und auch die restlichen sechs Bereiter nickten mir wohlwollend zu oder winkten. Alle waren sich bewusst, wie gelungen ihre Generalprobe verlaufen war. Die Bereiter gaben die Zügel frei, lobten ihre Hengste ausgiebig und besprachen sich, während die Pferde mit ausgestreckten Hälsen ihre Entspannung suchten.

»Du warst unglaublich«, jubelte ich, als ich Wenzel wenig später in der Stallgasse entgegeneilte und ihm um den Hals fiel. »Ich bin so stolz auf dich!«

Wenzel drückte mich eng an sich und lachte erleichtert auf. August ging an uns vorbei. Und noch während ich einen herablassenden Kommentar von ihm erwartete, setzte er ein breites Grinsen auf. Und da wurde mir bewusst, dass auch von ihm eine große Anspannung abgefallen und auch er stolz auf sich war und den Moment nicht mit Scherzen auf Kosten meines Bruders zerstören wollte. Dankbar lächelte ich zurück und fragte mich, ob ich August je zuvor derart fröhlich gesehen hatte.

»Morgen haben wir unseren großen Auftritt«, sagte Wenzel und löste sich aus unserer Umarmung. »Du wirst doch dabei sein, wenn das Kaiserpaar samt seinen Gästen unserer Vorführung beiwohnt, oder?«

»Ich bin nicht sicher, ob es mir gestattet ist!«

»Seit wann interessiert es dich, was gestattet ist und was nicht?«, fragte August und zwinkerte mir zu.

Verwundert über den Scherz, musterte ich August und lächelte dann.

»Natürlich sehe ich mir die Vorführung an. Ich würde nur ungern verpassen, wenn du scheiterst!«, hätte ich fast gesagt, aber dann entsann ich mich seiner Hilfsbereitschaft, die er mit einer Selbstverständlichkeit meinem Vater gegenüber an den Tag gelegt hatte, und schwieg. Rasch machte ich mich auf den Heimweg, denn schließlich musste ich Vater von Wenzels imposantem Auftritt erzählen. Er würde platzen vor Stolz, da war ich mir sicher. Und vielleicht fänden Wenzel und ich sogar eine Mög-

lichkeit, Vater zur Aufführung in die Hofreitschule zu bringen. Wenn er Wenzel mit eigenen Augen in der Quadrille reitend sehen könnte, wäre das heilsamer als jedes vom Arzt verordnete Medikament.

Alles würde gut werden, da war ich mir an diesem sonnigen Tag mehr als sicher. Mit einem Lächeln spazierte ich nach Hause, reckte das Gesicht der Sonne entgegen, sog den Geruch von Sommer tief in mich auf und erfreute mich an den blühenden Blumenrabatten im Volksgarten. Es war ein besonderer Tag. Ich fühlte mich leicht, beschwingt, so als schwebte ich durch die Stadt wie eben noch die Lipizzaner durch den Reitsaal. Meine Wangen prickelten vom ständigen Lächeln, und mein Herz klopfte ein paar Takte schneller als sonst. Und mit einem Mal wurde mir die Veränderung bewusst. Mit einem Mal sah ich sie klar vor mir: Marjan! Ich hatte den ganzen Tag noch kein einziges Mal an ihn gedacht. Ich vermisste weder ihn noch Lipica. Ich war wieder zu Hause. Und auch wenn ich noch nicht genau wusste, was ich damit anfangen sollte, so ließ ich dennoch zu, dass August sich immer wieder in meine Gedanken schmuggelte und mir dabei ein Lächeln abgewann.

28

Seit einer Ewigkeit irrte ich durch Wien, durchsuchte sämtliche Lokale, von denen Wenzel mir erzählt hatte, fragte Gastwirte und Kellner, ob sie meinen Bruder kannten und, wenn ja, wann sie ihn zuletzt gesehen hatten. Großteils bekam ich nur genervtes Kopfschütteln als Antwort und den Hinweis, dass man zu tun habe und ich nicht länger im Weg stehen solle.

Meine Füße schmerzten, und mein Mieder sog sich eng an meine Haut. In der Stadt herrschte drückende Hitze, die Sonne schien grell vom Himmel und erhitzte jede noch so dunkle Gasse. Ich war erschöpft und hätte mich am liebsten in meinem Zimmer verkrochen, aber ich konnte nicht. Ich musste weitersuchen, Wenzel finden und ihn zur Hofreitschule bringen, wo er in wenigen Stunden seinen Auftritt vor dem Kaiserpaar absolvieren musste. Sein erster Ritt in der Quadrille, und er war nicht zur Stelle. Es war mir unbegreiflich, wie Wenzel derart verantwortungslos sein konnte.

Fluchend irrte ich mal wieder durch die Straßen und versuchte, meinen Groll einzudämmen – was mir nicht gelingen wollte. Ich war nicht stolz auf die Wahl an Schimpfwörtern, die mir für meinen Bruder einfielen, aber wenn ich ehrlich war, hatte er es nicht besser verdient. Zudem wären meine Schimpftiraden sein geringstes Problem, wenn er nicht pünktlich in der Hofreitschule einträfe.

»Ja, der Böhm Wenzel war letzte Nacht hier!« Als ich diese Worte aus dem Mund eines Kellners in der Innenstadt hörte, waren die schmerzenden Füße vergessen.

»Wissen Sie, wohin er gegangen ist? Oder mit wem?« Der Kellner war außerordentlich groß. Ich musste den Kopf in den Nacken legen, um ihm ins Gesicht blicken zu können.

»Der ist oft hier, meist so sturzbetrunken, dass er sich kaum noch auf den Beinen halten kann. Wenn dieser Taugenichts Ihr Mann ist, dann tun Sie mir leid!«

Halten Sie den Mund!, hätte ich gern gefaucht, schwieg aber. Zum einen, weil ich mich wohl damit abfinden musste, dass der schlaksige Kellner recht hatte, zum anderen, weil ich mir noch mehr Informationen von ihm erhoffte. Ich tupfte mir die Stirn trocken und sehnte mich nach einem Schluck Wasser aus dem Glas, das der Kellner auf dem Tablett vor sich trug.

»Ich bin seine Schwester und muss ihn dringend finden!«

»Wie dringend?«, fragte er und zwinkerte erneut.

»Ich habe kein Geld bei mir, falls Sie darauf anspielen.«

»Oje, ohne Geld gibt's hier gar nichts«, meinte er und machte sich auf den Weg zu seinen Gästen.

Ich stand an der Theke und blickte ihm hinterher. Im Grunde wusste ich nun genauso wenig wie noch vor einigen Minuten. Wenzel war hier gewesen, hatte getrunken und war irgendwann verschwunden. Er konnte überall sein. In jeder Wohnung, jedem Lokal oder in irgendeinem Busch in jedem Park der Stadt. Es war aussichtslos. Ich ließ mich auf einen Sessel plumpsen und überlegte. Inzwischen war es bestimmt schon Mittag, und in etwa einer Stunde sollte Wenzel nüchtern und ordentlich gekleidet in der Hofreitschule eintreffen.

Was, wenn er inzwischen zu Hause wäre und sich bereits für seinen Auftritt vorbereitete? Vielleicht sollte ich zurück in unsere Wohnung. Und wenn er dort nicht war, dann sollte ich mich vielleicht auf den Weg in die Hofreitschule machen. Wenn ich

Glück hatte, wäre er dort. Wenn nicht, musste ich ihn beim stellvertretenden Oberbereiter und bei Herrn Hoffmann entschuldigen.

Was sollte ich den beiden sagen? Die Wahrheit? Oder dass er krank war oder einen Unfall hatte?

Ich atmete schwer auf und konnte nicht fassen, dass Wenzel mich in diese Situation gebracht hatte. So stolz war er gewesen auf sich und seine Leistung. Und nun das.

Matt erhob ich mich und verließ ohne ein weiteres Wort das Lokal. Draußen sah ich mich um, orientierte mich und stellte fest, dass ich mich nicht unweit der Hofreitschule befand. Ohne weiter nachzudenken, machte ich mich auf den Weg dorthin. Es spielte keine Rolle, war doch ohnehin schon alles verloren. Wenn ich nach Hause ginge, versetzte ich nur Mutter und Vater in Unruhe.

Je näher ich der Hofreitschule kam, desto langsamer wurden meine Schritte und desto schwerer fiel mir jeder Atemzug.

»Zenzel, wo bist du nur?«, flüsterte ich und klammerte mich an meinen nachtblauen Rock aus leichter Seide.

Und dann sah ich ihn. Mit geschlossenen Augen stand er an die Statue des Kaisers Joseph II. gelehnt und bewegte sich nicht. Schlief er? Hastig hob ich meinen Rock an und eilte zu ihm.

»Wenzel!«, rief ich aus und presste beide Hände auf meinen Mund, als ich erkannte, dass er völlig betrunken war. »Wenzel! Was machst du nur?« Ich umfasste sein Gesicht, tätschelte seine Wangen. Erst nur ganz leicht, dann fester, bis er schließlich die Augen aufschlug.

»Gretel … meine Gretel!«, lallte er und stolperte einen Schritt zur Seite.

»Pass auf!«, rief ich und stützte ihn. »Wenzel! Nicht mehr lange, und der Auftritt vor dem Kaiserpaar beginnt! Und du …!« Ich konnte es nicht fassen. Mein Bruder war unfähig, sich in den Sattel zu schwingen, geschweige denn, in der Quadrille zu reiten.

Und auch wenn ich mit so etwas gerechnet hatte, so war ich nun doch zornig und hilflos. Der Gedanke, dass das Kaiserpaar womöglich bereits auf dem Weg in die Hofreitschule war und eine fehlerfreie Vorführung erwartete, verursachte mir Bauchschmerzen.

»Wenzel!«, rief ich verzweifelt und wütend zugleich. Ich packte ihn an den Schultern und schüttelte ihn mit aller Kraft. Doch anstatt wacher zu werden, stürzte er zu Boden. Auf dem Hintern sitzend, blickte er benommen um sich und versuchte, sich hochzukämpfen.

»Warum hast du das gemacht?«, lamentierte ich und reichte ihm die Hand.

»Ich bin doch pünktlich, oder etwa nicht?«, fragte er und stützte sich wankend am Sockel der Statue ab.

»Pünktlich, ja«, stimmte ich ihm zu. »Aber wie willst du so reiten? Wenzel! Du verlierst deinen Posten als Bereiter. Schlimmer noch: Dein Ruf wird in ganz Wien für immer zerstört sein.«

»Dann gehe ich eben auch nach Slowenien, so wie du!«, sagte er, tippte mit dem Zeigefinger gegen meine Schulter und grinste verschroben.

»Zenzel, ich glaube, du verstehst den Ernst der Lage nicht.« Ich biss mir so fest auf die Unterlippe, dass es wehtat. Wie konnte es sein, dass meinem Bruder nichts an seiner Zukunft lag? Hatte er sich derart verloren, dass er die durchzechten Nächte seinem Ansehen vorzog?

Was für eine armselige Erscheinung er doch abgab, dabei hätte es sein großer Tag werden sollen. In diesem Moment empfand ich Mitleid mit ihm – aber auch Wut. Und das nicht, weil er betrunken und nicht einsatzfähig war, sondern weil er die Privilegien, die ihm als Mann bereits in die Wiege gelegt worden waren, mit Füßen trat. Ihm wurde all das geschenkt, wonach ich ein Leben lang gestrebt hatte – nur weil er ein Mann war.

Was gäbe ich dafür, wenn ich nur ein einziges Mal in der Quadrille reiten dürfte – vor den Augen des Kaiserpaares. Nie wieder im Leben würde ich auch nur einen Wunsch äußern und den Rest meiner Tage ein glückseliges Lächeln auf den Lippen tragen, weil mir diese Auszeichnung zuteilgeworden war.

Während ich in das teilnahmslose Gesicht meines Bruders blickte, wurde mir bewusst, wie ungerecht die Welt war – für uns beide. Ich war bis in die letzte Zelle meines Körpers eifersüchtig. All meine Gedanken waren verseucht von diesem Gefühl der Missgunst. So aufgebracht und wütend, wie ich war, erkannte ich mich nicht wieder. Das war nicht ich. Ich liebte meinen Bruder, tat alles für ihn und brachte jedes Opfer. Oder etwa nicht?

»Wenn es dir so wichtig ist, dann reitest eben du an meiner Stelle!«, lallte er und versuchte, die Augen zu öffnen.

»Wie stellst du dir das vor?«, fragte ich und starrte ihn an. Doch bereits einen Atemzug später begann ich, den Vorschlag meines Bruders zu hinterfragen.

Das war unmöglich.

Nein, das war es nicht!

Ich trat einen Schritt zurück und musterte Wenzels Kleidung. Er trug schwarze Hosen und einen leicht verknitterten Frack. Der Kragen seines Hemdes war nicht zugeknöpft, und sein Seidenschal hing lose um seinen Hals.

»Wir brauchen deine Uniform! Du musst mir helfen, hörst du?«, sagte ich. Als er nicht antwortete, fasste ich ihn grob am Kinn. Die Zeit war knapp. Nicht nur, dass der Auftritt immer näher rückte, ich hatte auch die Befürchtung, dass ich meinen Plan nicht mehr durchführte, wenn wir ihn nicht sofort umsetzten.

»Meine Uniform? Die hängt im Umkleideraum«, meinte er lang gezogen und zeigte auf das Gebäude der Hofreitschule hinter ihm.

»Komm!« Ich fasste ihn am Arm und schleppte ihn neben mir her. Mehr als einmal stolperte er und konnte nur mit Mühe einen erneuten Sturz verhindern.

»Wir nehmen den Seiteneingang. Wenn wir Glück haben, ist er geöffnet!« Das hatten wir und konnten uns unbemerkt ins Innere der Hofreitschule schleichen.

»Ich kann unmöglich selbst in die Umkleideräume der Bereiter. Das musst du für mich tun. Schaffst du das?«

Wenzel nickte.

»Sprich mit niemandem. Hol einfach deine Kleider, deine Stulpenstiefel, deinen Zweispitz, Handschuhe und Gerte. Vergiss ja nichts, hörst du? Und dann kommst du wieder hierher.«

Wenzel blickte mich derart weggetreten an, dass ich davon ausging, er würde an seinem Auftrag scheitern.

»In den Umkleideraum, deine Sachen holen und wieder zu mir. Schaffst du das? Konzentrier dich und sieh niemanden an. Sprich kein Wort, wenn du jemandem begegnest, und halt die Luft an, damit niemand deinen Schnapsatem riecht!«

Wenzel zögerte.

»Geh jetzt!«, befahl ich und gab ihm einen vorsichtigen Stups in die richtige Richtung. Nun blieb mir nichts anderes, als zu warten und zu hoffen, dass Wenzel rasch wieder hier war und niemand ihn oder gar seinen erbärmlichen Zustand entdeckte. An die Wand gedrückt, kroch die Kühle des Gemäuers durch mein Mieder und schmiegte sich erfrischend an meine Haut.

Wusste ich auch wirklich, was ich da vorhatte? War es nicht verrückt, in die Kleider meines Bruders zu schlüpfen und an seiner Stelle den Auftritt in der Quadrille zu meistern? Was, wenn mich jemand erkannte? Wenzel und ich sahen uns unglaublich ähnlich. Wir hatten beide fein geschnittene Züge, volle Lippen und gerade Nasen. Und wenn ich mir den Zweispitz tief in die Stirn zog, dann würde man mein Gesicht gewiss nicht erkennen. Wenzel war ein wenig größer als ich und schmaler, aber wenn ich mein Korsett enger schnürte, um meine Brüste etwas flacher zu drücken, dann müsste es gehen.

Ich legte eine Hand auf meine Brust, schloss die Augen und atmete ruhig gegen meine Aufregung an. Alles würde gut gehen, wenn ich nur selbstbewusst an meiner Rolle als Wenzel festhielt.

Und dann überkam mich ein weiterer Gedanke, der meine Aufregung erneut schürte: Ich fühlte mich verpflichtet, den Ruf meines Bruders und somit meiner Familie zu wahren. Meine Familie hatte es nicht verdient, erneut einem ungerechten Spott ausgesetzt zu sein. Mit meiner Abreise nach Slowenien hatte ich uns schon genug Schaden zugefügt, jetzt bot sich die Gelegenheit, wieder etwas gutzumachen.

»Hier …« Wenzel hatte es tatsächlich geschafft, unentdeckt seine Kleider zu holen. Und er hatte nichts vergessen. Er schwankte, als er die Arme ausstreckte, um mir seine Beute zu überreichen. Der Geruch, den er ausstrahlte, war heftig.

»Danke!«, sagte ich und nahm die gesamte Ausstattung entgegen. »Und du versteckst dich jetzt am besten irgendwo, wo dich niemand finden kann!« Ich überlegte, welcher Platz dafür geeignet war. Vielleicht in einem der Pferdestände? Oder in der Futterkammer?

»Am besten, ich gehe nach Hause und leg mich ins Bett.« Wenzel wirkte völlig erschöpft.

Ich war nicht sicher, ob es eine gute Idee war, wenn er sich allein auf den Heimweg machte. Allerdings musste ich zugeben, dass sich eine gewisse Erleichterung in mir ausbreitete. Wenn Wenzel sich nicht mehr hier in der Hofreitschule befände, dann bestünde keine Gefahr mehr, dass man ihn entdeckte und unser Schwindel aufflog.

»Also gut, dann geh! Aber sei vorsichtig, ja?«, flüsterte ich ihm zu und schob ihn vorsichtig zum Seitenausgang.

»Viel Erfolg! Du bist eh der bessere Bereiter von uns beiden ...«, lallte er und versuchte, mich zu umarmen.

Ich drückte mich fest an meinen Bruder und fühlte eine große Traurigkeit in mir aufsteigen. Wie musste Wenzel sich gefühlt haben, all die Jahre in meinem Schatten. Ich, die immer gelobt wurde vom Vater, und er, der es ihm nie hatte recht machen können. War das der Grund, warum er sich in den Alkohol flüchtete?

Ich blickte ihm noch hinterher, bis er hinter der Statue des Kaisers Franz II. verschwunden war. Wann genau hatte ich übersehen, dass Wenzel sich derart verloren hatte? Er brauchte dringend Hilfe. Am besten würde ich noch heute das Gespräch mit ihm suchen. Etwas musste sich ändern – und zwar dringend.

Rasch machte ich mich auf den Weg hinter die Tribüne, wo ich hoffte, mich heimlich umkleiden zu können. Nun war ich ganz und gar auf mich gestellt. Es war an mir, Wenzels Posten zu retten und meinen eigenen Traum zu erfüllen: Ich würde vor der Kaiserin reiten!

29

Nachdem ich Wenzels Uniform angezogen hatte und an mir hinunterblickte, fühlte ich mich keineswegs fremd. Vielmehr war es, als wäre ich nach einem langen Traum aufgewacht und wäre endlich ich.

Über meinem straffen Korsett passte sich Wenzels Frack beinahe perfekt an. Das Mieder war um meine Brüste so eng geschnürt, dass sie kaum mehr als solche erkennbar waren. Nur Wenzels Reitstiefel und Handschuhe waren zu groß, aber damit würde ich mich arrangieren müssen. Mit einem letzten Griff kontrollierte ich, ob ich auch alle Haarsträhnen unter dem Zweispitz versteckt hatte, dann straffte ich den Sitz meines Fracks und marschierte in die Stallungen, um Wenzels Hengst Europa gestriegelt und gesattelt vom Reitknecht entgegenzunehmen. Der Hengst war der Einzige, der den Schwindel sofort entlarven würde. Noch nie zuvor war ich auf ihm geritten, ich musste also doppelt so konzentriert reiten wie sonst.

Als ich mich den Stallungen näherte, hörte ich Schritte hinter mir. Es waren nicht die Stiefel eines Mannes, die an den Wänden widerhallten, vielmehr vernahm ich das Rascheln eines Seidenrockes und die klackenden Geräusche von Damenabsätzen.

Ich trat einen Schritt beiseite und wandte mich um, um der Dame – wie es sich für einen Herrn schickt – Vortritt zu gewähren. Den Kopf gesenkt, um mein Gesicht zu verbergen, schluckte ich schwer und hoffte, dass die Dame rasch an mir vorüberginge und unmöglich meinen Schwindel erkennen konnte.

Du bist ein Mann, Margarete, also verhalte dich so!, wiederholte ich in Gedanken und lugte vorsichtig an der Dame hoch, die an mir vorüberschritt. Der in Falten gelegte Rock aus üppig bestickter elfenbeinfarbener Seide schwang bei jedem Schritt im Takt. Die Dame trug edle Handschuhe aus farblich passender Spitze, das Mieder war um die Taille auffallend eng geschnürt, und als ich das füllige dunkle Haar erblickte, das sich aufwendig geflochten bis über ihre Hüften ergoss wie ein Wasserfall, da erschrak ich mit einer Heftigkeit, dass ich glaubte, in Ohnmacht zu fallen.

Die Kaiserin höchstpersönlich schritt an mir vorbei. In der Hand trug sie einen Fächer, mit dem sie ihr Gesicht zur Hälfte bedeckte.

Rasch verneigte ich mich so tief, dass sie mir unmöglich ins Gesicht blicken konnte. Ich starrte angespannt auf ihre Schuhspitzen, die bei jedem Schritt neugierig unter ihrem bodenlangen Rock hervorlugten, und hoffte, dass der Moment der Begegnung rasch verstreichen möge.

Fast war ich schon geneigt, erleichtert aufzuatmen, als sie plötzlich stehen blieb und sich mir zuwandte.

In meinem Kopf dröhnte jeder einzelne Schlag meines Herzens, meine Atmung setzte aus. Wenn die Kaiserin mich als Frau erkannte, dann war alles vorbei. Wer weiß, mit welcher Strafe Wenzel und ich zu rechnen hatten, wenn unser Tausch aufflog. Könnte man mich womöglich wegen Betrugs belangen?

Die Kaiserin verharrte, bewegte sich nicht von der Stelle und ließ mir keine andere Wahl, als sie anzusehen. Mit geschlossenem Mund und von der Hitze geröteten Wangen musterte sie mich. Dabei war ihr Blick neugierig und wach.

Jeder Muskel meines Körpers stand unter einer Anspannung, der ich nicht mehr lange standhalten würde. Mit hochgezogenen Augenbrauen taxierte sie meinen Körper mit einer Sorgfalt, die offenlegte, dass sie mein Geheimnis erkannt hatte. Noch einmal strich ihr Blick über meine Brust, meine Schultern und haftete letztendlich an meinem Gesicht. Wir sahen einander in die Augen. Eindringlich und fragend. Mit all meiner Kraft versuchte ich, meine Aufregung zu verschleiern. Ob das ein Fehler war? Wäre es besser, sie demütig um Vergebung zu bitten? Nein, ich wollte standhalten und bis zum Schluss an meiner mir angeborenen Rolle des Bereiters standhalten.

Und dann passierte etwas, womit ich nicht gerechnet hatte: Die Kaiserin lächelte – nur ein klein wenig und doch erkennbar.

Mein Mund fühlte sich trocken an, mein Gesicht war starr und kalt wie eine Maske, mein Kopf unfähig, auch nur einen Gedanken zu spinnen.

Und noch bevor ich ergründen konnte, warum die Kaiserin mir ein Lächeln schenkte, zwinkerte sie mir verschwörerisch zu und ging dann weiter.

War das eben wirklich passiert, oder war es nur einer meiner Träume gewesen? Mein Blick hing am Rücken der Kaiserin Elisabeth, verfolgte jeden ihrer Schritte, bis sie letztendlich beim Aufgang zu den Tribünen verschwunden war.

Das Lächeln der Kaiserin und ihr Zwinkern, beides erfüllte mich mit einer Aufgeregtheit, die mich für einen Moment jede Abfolge der Quadrille vergessen ließ. Aber da war auch eine Vorfreude, die unmöglich zu übertrumpfen war. Gleich würde ich vor Kaiserin Elisabeth reiten, und sie wusste, wer ich war. Sie würde womöglich jede meiner vorgeführten Lektionen aufmerksam und neugierig verfolgen. Und vielleicht wäre sie sogar ein klein wenig stolz auf mich als reitende Frau.

Beflügelt von der Begegnung, schritt ich weiter zu den Stallungen, wo sich bereits sämtliche Bereiter eingefunden hatten.

Es wurde der Sitz des Sattelgurtes kontrolliert und ein letztes Mal die Mähne gekämmt. August schloss mit zitternden Fingern seinen Frack und rückte seinen Zweispitz zurecht, bevor er in seine Reithandschuhe schlüpfte.

August war aufgeregt? Eine derartige Gefühlsregung hätte ich ihm tatsächlich nicht zugetraut. Bislang war ich sicher gewesen, dass ein Mann wie er jede Aufgabe mit einem überheblich nach vorne geschobenen Kinn meisterte.

Mit ausgedehnten Schritten marschierte ich an ihm vorbei, direkt zu Europa, den einer der Reitknechte bereits am Zügel vorgeführt hatte. Mit gespielter Selbstverständlichkeit tätschelte ich Europa am Hals und ließ ihn zur Begrüßung an meiner Hand schnuppern. Ohne unnötige Zeit verstreichen zu lassen, stieg ich in Wenzels Sattel und fasste die Zügel nach. Es war das erste Mal, seit ich in Wien war, dass ich auf einem Pferd saß. In Slowenien hatte ich auf verschiedenen Stuten Erfahrung gesammelt, es dürfte also kein Problem sein, heute auf Europa zu reiten. Europa allerdings hatte bislang nur mit Wenzel gearbeitet; er kannte nur ihn als Bereiter und würde womöglich auf meine gesetzten Paraden anders reagieren als erwartet.

Ich versuchte mich zu beruhigen. Immerhin waren Wenzel und ich seit Kindertagen gemeinsam geritten, hatten beide Unterricht bei Vater genossen und arbeiteten von daher auch ähnlich impulsiv mit unseren Pferden. Europa schritt willig voran, als ich ihn in Richtung Reitsaal antrieb. Die anderen Bereiter taten es mir gleich und ritten stillschweigend hinter mir her. Alle waren in den Ablauf der Kür vertieft, gingen gedanklich noch einmal jede Lektion, jeden Schritt durch. Ich war froh darüber, dass ich am Vortag den gesamten Ablauf mit Wenzel unzählige Male besprochen hatte. Mir würde schon kein Fehler unterlaufen.

Die rangälteren Bereiter begegneten der Aufführung vor dem Kaiserpaar vermutlich mit einer gewissen Gelassenheit, doch mir war, als wirbelte eine Aufregung ungebremst durch meinen Körper. Ich schloss die Augen, atmete ein und langsam wieder aus. Wenn ich nicht wollte, dass sich meine Anspannung auf Europa übertrug, musste ich rasch dafür Sorge tragen, dass mein innerer Sturm wich.

»Ist alles in Ordnung mit dir, Wenzel?« Es war Wilhelm, der mich plötzlich ansprach. Wilhelm war ein erfahrener und ruhiger Bereiter, der sich stets um die jüngeren Kollegen sorgte und sie unterstützte, wann immer es vonnöten war.

Der Schrecken durchfuhr mich wie ein Blitz. Sofort wandte ich mich von Wilhelm ab und trieb meinen Hengst an.

»Nein, alles ist gut«, versicherte ich mit möglichst tiefer Stimme.

Und kaum beschritten wir einer nach dem anderen den Reitsaal, der frisch geharkt vor uns lag, da fiel jede Aufregung von mir ab. Meine Gedanken waren klar, meine Atmung entspannt, meine Muskeln schmerzten nicht mehr. Die leichte Übelkeit, die mich noch eben befallen hatte, war einer freudigen Erregung gewichen.

Ich zwang mich, nicht hochzublicken zur Kaiserloge. Ein erneuter Blick in das Gesicht der Kaiserin würde meine Konzentration endgültig zum Erliegen bringen. Mein einziger Blick galt dem Reitsaal, der sich vor den gespitzten Ohren meines Lipizzaners ausbreitete. Kopfnickend erwiesen wir dem Kaiserpaar die Ehre und stellten uns anschließend in der Mitte des Reitsaals in der eingeübten Positionierung auf.

Kurz befürchtete ich, mir könnte doch ein Patzer unterlaufen, doch als die Musik einsetzte, war es, als läge sich mir jeder Schritt zu Füßen. Jede Passage, jeder Galoppwechsel, alles geschah wie von selbst. Jede Formation der Gruppe, jeder Wechsel, jede Figur verlief, als hätte ich sie bereits unzählige Male durchritten. Auf Europas Rücken im Takt der Musik durch den Reitsaal zu tanzen hatte etwas Erhebendes. Ich war Teil der

Quadrille, so wie ich es mir seit einer Ewigkeit erträumt hatte. Heute lebte ich meinen Traum. Jetzt. Hier. Dieser Moment war für die Ewigkeit. Meine Ewigkeit. Ein Lächeln wich meiner Anspannung und ließ mich schwebend den Reitsaal queren. Europas Schritte schwangen kraftvoll und weich zugleich, die Zügel lagen leicht in meiner Hand, bedurften kaum einer Spannung. Europa reagierte auf jede noch so sanft gesetzte Parade. Und da wurde mir bewusst, dass Wenzel vielleicht nicht die beste Haltung im Sattel hatte, sehr wohl aber verfügte er über ein Feingefühl, das seinem Pferd Vertrauen und Freude an der Arbeit vermittelte.

Es stimmte mich fast ein wenig traurig, dass mein Bruder diesen erhebenden Moment nicht selbst erleben durfte. Stattdessen lag er inzwischen wahrscheinlich in seinem Bett und schwor sich, nie wieder Alkohol zu trinken, wenn er nur diesen Kater heil überstünde. Vermutlich war mein Mitleid für ihn übertrieben, schließlich war es seine Entscheidung gewesen, der Trinkerei den Vorzug vor seiner Karriere zu geben. Wenn ich jedoch die nächsten Minuten weiterhin derart mühelos überstünde, dann war die Gefahr, dass Wenzel seinen Posten als Bereiter verlor, zumindest vorerst gebannt.

Um uns für die letzte Formation vorzubereiten, suchte ich Blickkontakt mit August, der auf meiner Höhe ritt und dessen Weg sich mit meinem kreuzen würde.

Bestimmt war es meiner Aufregung und meiner Euphorie zuzuschreiben, dass ich ihm lächelnd zunickte. August wandte sich von mir ab, nur um mich wie vom Blitz getroffen erneut anzustarren. Ich konnte seinen Schock förmlich fühlen, als er erkannte, dass nicht Wenzel auf Europa saß, sondern ich.

Tausend Gedanken ratterten durch meinen Kopf, ließen ihn förmlich überschäumen.

Hör auf, Margarete! Konzentrier dich!, schalt ich mich und wandte meinen Blick von August ab. Vor der letzten Aufstellung galt es noch, eine Diagonale in der Passage zu absolvieren. Dabei kreuzten sich die Wege von jeweils zwei Lipizzanern. Wichtig war, dass unsere Hengste im selben Tempo schwangen, um die Abfolge nicht zu stören. Nur noch diese eine Lektion, dann hätte ich es geschafft. Meine Aufregung stieg erneut, als ich mich der Mitte der Reithalle näherte und ich mit dem entgegenkommenden Bereiter Augenkontakt halten musste, um unsere Pferde im richtigen Tempo und an der richtigen Stelle kreuzen zu lassen. Florian näherte sich mit seinem Hengst dem Kreuzungspunkt und blickte in mein Gesicht. Sein misstrauischer Blick traf mich und kostete mich meine Konzentration.

»Margarete?«, formte er mit den Lippen und kniff verwundert die Augen zu.

Ich erwiderte seinen Blick mit weit aufgerissenen Augen und schüttelte kaum merklich den Kopf. In meiner Miene lag ein Flehen, eine stumme Bitte. Wir kreuzten unsere Bahnen und entfernten uns wieder voneinander. Mein Mund fühlte sich trocken an, und meine Hände zitterten. Gleich hätte ich es geschafft. August hatte mich erkannt, und auch Florian, dennoch hatte ich die Vorführung fehlerfrei bestritten und würde es mir erlauben, nach Beendigung einen Blick zur Kaiserin zu werfen, um in ihrem Gesicht lesen zu können, wie zufrieden sie mit unserer Darbietung war. Nur noch diese eine Lektion, dann dürfte ich den Reitsaal verlassen – ein Gedanke, der mich zum Teil erleichtert, zum Teil wehmütig stimmte. Ich wollte nicht, dass es vorbei war. Ich wünschte mir, dieser Ritt möge ewig dauern. Hier auf Europa, mit den anderen Bereitern im Reitsaal der Hofreitschule, vor den Augen des Kaiserpaares. Niemals würde ich diesen Tag vergessen, dieses Gefühl, das schwor ich mir.

Wenn wir die Reithalle verlassen hätten, würde man mich zur Rede stellen, dessen war ich mir bewusst. Ich würde mich den Vorwürfen stellen, würde erklären müssen, wie es zu dem Tausch hatte kommen können, ohne dabei Wenzel in Schwierigkeiten zu bringen. Vielleicht sollte ich eine Krankheit erfinden? Eine, die ihn daran gehindert hatte, seinen Platz in der Quadrille einzunehmen. Oder vielleicht sollte ich einfach so schnell wie möglich das Gebäude der Hofreitschule verlassen, um den Anschuldigungen zu entgehen. Die Gemüter könnten sich beruhigen, und morgen, wenn Wenzel zur Morgenarbeit erschien, wäre vielleicht die schlimmste Entrüstung abgeebbt. Nein, wäre sie nicht.

Die Musik baute sich zum Finale auf, wurde lauter und füllte den Saal bis zum hintersten Platz der Tribünen aus. Die Pauke gab den Takt der Schritte vor, und die Töne der Violinen kreisten durch die Lüfte und nahmen mich mit auf ihre Reise.

Als August und mein Weg sich kreuzten, warf er mir einen Blick zu, der erkennen ließ, wie sehr er um Haltung rang. Mit ihm würde ich mich später befassen, jetzt galt es, in der Mitte des Saals Aufstellung zu beziehen, während die Musik langsam verstummte und Platz machte für den Applaus des Publikums.

Jetzt erst erlaubte ich mir, zu den Tribünen hochzusehen. Die Loge des Kaiserpaares war mit üppigem Blumenschmuck ausstaffiert, und direkt hinter blühenden weißen und roten Rosen, die mit Schleifen und Schärpen aufgeputzt die Balustrade der Loge beherrschten, saß das Kaiserpaar mit seinen geladenen Gästen.

Die Damen applaudierten aufgeregt, die Herren klatschten etwas beherrschter. Beim Blick in das Gesicht der Kaiserin pochte mein Herz heftig, und als ich in ihre strahlenden Augen blickte, überschlug es sich regelrecht. Aufrecht saß sie da, als wäre sie über alles erhaben, und vermutlich war sie das auch. Unser Blickkontakt brachte den Lauf der Welt zum Erliegen. Es gab nur noch sie und mich und ihr warmes Lächeln, das alle Last von meinen Schultern nahm. Kaiserin Sisi lächelte mich an. Weich und anerkennend. Diese Miene war das größte Lob, die höchste Auszeichnung, die ich in meinem Leben je erhalten hatte. Sie nickte mir zu, gemessen und bedeutsam, so als wollte sie das Geheimnis, das uns verband, bekräftigen.

Nach einem ehrerbietigen Gruß an das Kaiserpaar galoppierten wir unsere Hengste an und verließen den Reitsaal. Draußen angekommen, fühlte ich das Adrenalin durch meinen Körper pulsieren. Es war, als könnte ich die ganze Welt für mich einnehmen. Da war eine unbändige Kraft in mir, die einen Mut und einen Stolz in mir entfachte, dass ich kurz versucht war, laut zu jubeln. Doch ich maßregelte mich und rief mich zur Zurückhaltung auf. Jubeln durfte ich erst, wenn ich die Hofreitschule verlassen hatte. Alles, was ich jetzt tun musste, war, meinen Hengst an den Reitknecht zu übergeben und mich aus dem Gebäude der Hofreitschule zu stehlen, bevor der Schwindel aufflog. Ich dachte an August und seinen Blick, der mich während der Aufführung wie vom Blitz getroffen durchbohrt hatte. Er hatte mich erkannt, das war sicher. Aber würde er mich verraten? Ich konnte es mir nicht vorstellen. Nicht, nachdem er mir und Vater gegenüber so hilfsbereit und nett gewesen war. Vielleicht spräche er mich unter vier Augen darauf an, weil er die Hintergründe für den Rollentausch mit meinem Bruder erfahren wollte, aber ich hoffte, dass er sein Geheimnis ebenso für sich behielte wie die Kaiserin. Und wer weiß, vielleicht schaffte August es, meine Leistung in der Quadrille anzuerkennen. Immerhin hatte ich auf diesem Weg den Auftritt vor dem Kaiserpaar gerettet, dessen war er sich bestimmt bewusst.

Und Florian? Er war ein stiller und in sich gekehrter Mann. Er würde von sich aus mit niemandem über seine Beobachtung sprechen, da war ich mir sicher.

Ich steckte Europa noch ein Stück Zucker zu und drückte gesenkten Hauptes den Zügel in die Hände des Reitknechts. Dann wandte ich mich grußlos ab und marschierte eilig in Richtung Seitenausgang. Je näher ich der Tür kam, desto sicherer fühlte ich mich. Ich hatte es tatsächlich geschafft. Wenn auch nur für einen einzigen Auftritt, so war es mir dennoch gelungen, Teil der Quadrille zu sein. Und ich hatte meine Sache bravourös gemeistert, hatte Europa tanzend durch den Reitsaal schweben lassen, hatte jede Lektion, jede Figur mit absoluter Präzision ausgeführt. Dieser eine Tag würde für den Rest meines Lebens in mir strahlen und glänzen. Ich würde die Erinnerung daran wie einen kostbaren Schatz hüten. Dieser eine Auftritt hatte mir klargemacht, dass alles möglich war! Wirklich alles!

»Wenzel!«

Gerade als ich das Tor nach draußen öffnen wollte, riss Augusts Stimme mich aus meiner Euphorie. Ich hielt den Atem an und kniff die Augen zu.

»Wenzel!«, wiederholte er spöttisch. »Oder sollte ich lieber *Margarete* sagen?«

Wie gern hätte ich die Augen geschlossen gehalten, um seinem herablassenden Anblick zu entgehen. Aber ich wusste, dass ich keine Wahl hatte. Ich musste mich ihm zuwenden und ihm ins Gesicht blicken. Und wer weiß, vielleicht würde sich sein Hohn in Grenzen halten, wenn ich ihm nur direkt genug begegnete.

Wortlos nahm ich meine Hand von der Türklinke und drehte mich um – ganz langsam, um mich gedanklich auf die folgenden Vorwürfe einzustimmen. Und Vorwürfe würde es geben, wenn ich dem süffisanten Ton seiner Stimme Glauben schenken durfte.

Als ich mich ihm zugewandt hatte, stellte ich mich breitbeinig auf und verschränkte die Arme vor der Brust. Ich starrte ihn an, völlig emotionslos, und erwartete schweigend, was immer er mir zu sagen hatte.

»Haben wir noch immer Karneval? Oder Fasching, wie ihr in Österreich zu sagen pflegt.« Er lachte kurz auf und verschränkte wie ich die Arme vor dem Brustkorb.

Ich schwieg und starrte ihn kühl an. Er musste mir schon mehr bieten, wenn er mich zu einem Streit herausfordern wollte.

»Weiß mein Vater davon?«, fragte August und zeigte mit einem Finger auf meine Stulpenstiefel und meinen Frack.

»Warum sollte er davon wissen? Die Vorführung ist gelungen, das Publikum zeigte sich begeistert, und keiner außer dir scheint sich an einem weiblichen Bereiter gestört zu haben.«

»Das nennt man Betrug! Wenzel ist derjenige, der den Posten des Bereiters bekleidet, nicht du! Und Frauen sind in diesem Amt weder erlaubt noch erwünscht. Du hättest niemals in der Quadrille auftreten dürfen. Niemals! Und wenn der Kaiser dich nicht rügt, dann mit Sicherheit mein Vater.«

Inzwischen hatten sich einige Bereiter hinter August versammelt. Allesamt musterten mich mit aufgerissenen Augen und murmelten hinter vorgehaltener Hand. Ich konnte förmlich spüren, wie die Luft im Raum von Augusts Spott vergiftet wurde.

»Du kannst mich mit deinem Hochmut nicht beeindrucken! Und wenn du es genau betrachtest, wirst du erkennen, dass ich der Quadrille nicht geschadet habe. Vermutlich habe ich sogar ein besseres Bild abgegeben als du!« Ich hatte August die Worte förmlich entgegengespuckt, weil ich keine Lust mehr hatte, mich von ihm kleinreden zu lassen. Mit meinem Können als Reiterin brauchte ich mich nicht zu verstecken. Das Gegenteil war der Fall.

August blickte mich stur an und schien nach den richtigen Worten zu suchen. Dabei war ich sicher, dass er sie nicht finden würde – schließlich hatte ich ihm erfolgreich die Stirn geboten.

»Du hast doch keine Ahnung, Margarete! Immer wieder sprichst du von meinem Hochmut und übersiehst dabei deinen eigenen.«

Ich neigte den Kopf, als verstünde ich kein Wort.

»Es wird Zeit, dass du und dein Bruder der Realität in die

Augen seht! Beide seid ihr weder unersetzlich noch besonders. Ihr seid gewöhnlich. In jeder Hinsicht.«

Gewöhnlich. Diese Worte trafen mich. Denn wenn ich eines nicht war, dann das. Und August war sich dessen bewusst.

Doch was erwiderte man einem Menschen, dessen Charakter derart verseucht war mit der eigenen Überheblichkeit, dass er seine Mitmenschen nur noch schemenhaft wahrnahm?

Ich wusste nur eines: Ich hatte keinen Fehler begangen, sondern das einzig Richtige getan – für meine Familie.

Als ich in die Gesichter der Bereiter blickte, wurde mir allerdings bewusst, dass keiner von ihnen auf meiner Seite stand. Ihre Mienen waren voller Ablehnung, Enttäuschung und Zorn. Ich schluckte schwer, bevor ich mich ihren Anschuldigungen stellen musste.

30
AUGUST

Das war nicht Wenzel – oder etwa doch? Obwohl mein erster Auftritt in der Quadrille meine volle Konzentration forderte, konnte ich nicht umhin, immer wieder zu Europa zu schielen und auf dessen Bereiter. Die langen schlanken Beine konnten unmöglich die von Wenzel sein. Aber gut, wenn ich ehrlich war, hatte ich noch nicht oft einen Blick auf die Statur meines Kontrahenten geworfen. Bislang hatte ich ihn eher gemieden, störte mich an seiner Unzuverlässigkeit und seinem Mangel an Leidenschaft, die er für seinen Beruf empfand und der sich auf das Zusammenspiel aller Bereiter auswirkte. Seine Vorliebe für Männer war mir egal, alles, was ich von ihm als Kollegen erwartete, war, dass er seiner Arbeit mit Leidenschaft und Präzision nachging – und das war nicht der Fall.

Presciana und ich waren in Hochform, konnten die Formation des Auftrittes vermutlich auch im Schlaf einwandfrei abliefern. Vielleicht war das der Grund, warum ich mir immer wieder erlaubte, Wenzel zu taxieren. Die Zwillinge ähnelten einander auf unglaubliche Weise, nur Wenzels Augen- und Kinnpartie war ein klein wenig markanter als Margaretes feine Züge. Etwas irritierte mich beim Anblick von Wenzel, ich konnte es nur nicht benennen. Doch dann durchfuhr es mich wie ein Blitz: Wenzels Haar reichte im Nacken fast bis zu den Schultern. Doch bei diesem Reiter war jedes Haar fein säuberlich unter dem Zweispitz versteckt. Auch der angedeutete Backenbart fehlte. Es konnte also nur Margarete sein. Aber warum? Welchen Grund mochte es haben, dass seine Schwester für ihn einsprang? War er zu aufgeregt gewesen? Oder am Ende betrunken? Vermutlich Letzteres. Seit Herr Böhm krankheitsbedingt seinen Posten als Oberbereiter nicht mehr beziehen konnte, war zu beobachten gewesen, wie Wenzel dem eigenen Verfall ausgeliefert war. Solange sein Privatleben sich nicht auf die Arbeit an der Hofreitschule ausgewirkt hatte, war es mir egal gewesen. Doch sein mehrmaliges Fernbleiben unserer Trainingseinheiten beeinflusste die Arbeit der gesamten Quadrille und konnte so nicht länger hingenommen werden.

Und vermutlich sah sich Margarete in der Rolle, ihren Bruder zu schützen und zu decken, wann immer es nötig war – so wie gerade eben.

Ihr Reittalent war beeindruckend, ihre Haltung im Sattel so unglaublich grazil und dennoch gefestigt, dass ich ihr am liebsten stundenlang zugesehen hätte. Und wie sie ihre Hände trug, die Schultern straffte und ihre Unterschenkel sich geradezu Europas Statur anpassten. All das wirkte beinahe majestätisch. War sie überhaupt schon jemals zuvor auf Europa geritten? Es war doch unmöglich, dass sie auf einem ihr fremden Hengst einfach so in der Quadrille ritt. Dafür benötigte es wochenlange Übung, und selbst dann schafften es nur die wenigsten von uns zur Perfektion. Aber sie, Margarete, war perfekt. Fast schon zu perfekt, um ihren untalentierten Bruder zu ersetzen.

Wie würde Wenzel wohl entschuldigen, dem Auftritt vor dem Kaiserpaar ferngeblieben zu sein. Wie ich meinen Vater kannte, war das für ihn ein Grund für eine Entlassung.

Sobald wir die Vorführung abgeschlossen und den Reitsaal verlassen hätten, würde ich mich auf Margarete stürzen und sie zur Rede stellen. Dabei durfte ich mich weder von ihrem Blick noch ihrer Redegewandtheit aus der Fassung bringen lassen.

Wenig später ritten wir im Galopp aus dem Reitsaal, stiegen von den Hengsten ab und übergaben sie unseren Reitknechten und Eleven – natürlich nicht, ohne meinem Presciana vorher ein Stück Zucker zuzustecken und ihm ordentlich den erhitzten Hals zu tätscheln.

»Er war großartig!«, sagte ich zu Hans, dem jungen Eleven, der so sehr danach strebte, eines Tages Bereiter zu werden, dass er die Arbeit für zwei Männer leistete.

Dann hielt ich Ausschau nach Margarete. Sie war nicht da! Hatte sie sich womöglich schon aus dem Gebäude geschlichen, um ja nicht entdeckt zu werden?

Ich drängte mich durch das Getümmel von Bereitern, Hengsten und Stallknechten, die aufgeregt über die Vorführung sprachen, sich gegenseitig Lob zukommen ließen oder anerkennendes Schulterklopfen. Auf derartige Wertschätzung konnte ich verzichten, wichtiger war, Margarete zu finden. Mit gestrecktem Hals überblickte ich die Köpfe meiner Kollegen, die sich allesamt hier im Innenhof versammelt hatten. Ich musste sie erwischen. Jetzt!

Und dann erblickte ich sie. Sie eilte geradewegs zum Seitenausgang. Den Zweispitz noch immer auf dem Kopf, huschte sie wendig durch das Getümmel und setzte zum Spurt an. Und ich rannte ihr hinterher. Fast tat sie mir leid, als sie siegessicher ihre Hand auf die Türklinke legte, aufatmend, weil sie der Meinung war, es geschafft zu haben, ohne aufgeflogen zu sein. Und sie wusste: Wenn sie die Anlage der Hofreitschule erst verlassen hatte, konnte sie untertauchen im Getümmel der Fiaker, Spaziergänger und Radfahrer.

Mein Glück war, dass ihr die Stulpenstiefel ihres Bruders wohl ein Stück zu groß und schwer waren und sie deshalb um einiges langsamer vorankam, als ihr lieb war. Mein Blick haftete an ihren schlanken Oberschenkeln, die in Reithosen eine unglaublich gute Figur machten.

»Wenzel!«, rief ich, als sie gerade das Tor öffnen wollte. Sie erstarrte und überlegte wohl, wie sie nun weiter vorgehen sollte.

»Wenzel!«, wiederholte ich ein wenig spöttisch. »Oder sollte ich lieber *Margarete* sagen?«

In diesem Moment wünschte ich mir, dass es tatsächlich Wenzel wäre, der sich zu mir umwandte, damit ich Margarete diese Schmach ersparen konnte. Aber natürlich war es nicht Wenzel. Ich hatte mit meiner Vermutung richtiggelegen.

Und obwohl ich sie in die Enge getrieben hatte, stand sie aufrecht vor mir und bot mir die Stirn. Sie würde alles tun, um ihren Bruder zu schützen. Ging ich womöglich zu weit? Sollte ich den Tausch der Zwillinge auf sich beruhen lassen? Nein, ich konnte und wollte nicht dulden, dass eine Frau in Hosen uns zum Gespött machte. Und ich konnte nicht zulassen, dass Wenzel ungeschoren davonkam.

»Dir ist bestimmt klar, dass dein Bruder ab sofort aus seinem Dienst entlassen ist, oder?«, fragte ich und durchbohrte sie regelrecht mit Blicken. »Er hat hier nichts mehr zu suchen.«

»Das bestimmst nicht du, August!«, spuckte sie mir entgegen.

»Wie bist du nur auf die lächerliche Idee gekommen, dich als Mann zu verkleiden und die Stelle deines Bruders einzunehmen?«, fragte ich und ging mit ausladenden Schritten auf sie zu. »Wo ist er überhaupt?«

»Er ist krank!«, antwortete sie knapp und hielt meinem Blick stand.

»Und das gibt dir das Recht, dich zu verkleiden und die ganze Hofreitschule ins Lächerliche zu ziehen?«

»Wenn du mich einfach durch diese Tür hättest gehen lassen, hätte es niemand bemerkt.«

»Also ist es jetzt meine Schuld, wenn du und dein Bruder in Schwierigkeiten geratet?«, fragte ich und blickte vorwurfsvoll auf sie hinab.

»Was ist hier los!« Es war mein Vater, der sich plötzlich zwischen Margarete und mich stellte. Seine Schultern wirkten ausladender als gewöhnlich. Breitbeinig baute er sich auf und stemmte seine Hände in die Hüften. Sein Blick wanderte verächtlich über Margaretes Gesicht und die Empire-Uniform ihres Bruders.

»Ich kann Ihnen alles erklären«, setzte Margarete an, doch Vater unterbrach sie, indem er die Hand hob und sie mit seinen Blicken durchbohrte.

»Nimm den Zweispitz vom Kopf!«, forderte er Margarete auf. Die senkte ihr Haupt und griff zögerlich nach ihrer Kopfbedeckung. Sofort fiel ihr dunkles Haar fließend über ihre Schultern.

»Was für eine Schande!«, fauchte Vater und riss Margarete den Zweispitz wutentbrannt aus den Händen.

Ich blickte in die Gesichter der anwesenden Bereiter und konnte in ihren Mienen ehrliche Entrüstung ablesen.

»Erklär mir bitte einer, wie das passieren konnte?« Mit einer abwertenden Handbewegung deutete Vater auf Margarete, so als wäre sie unwürdig, die Uniform des Bereiters zu tragen – und in seinen Augen war sie das ja auch.

»Mich als Wenzel zu verkleiden war die einzige Möglichkeit.« Margaretes Stimme war klar und furchtlos, in ihrem Blick lag keine Reue. Das Gegenteil war der Fall: Sie wirkte stolzer denn je. Und freier. Ihr Haar fiel über ihre linke Schulter, die Wangen waren gerötet, und ihre Lippen wurden von einem siegessicheren Lächeln umspielt. Wie konnte sie nach alldem noch immer denken, sie sei im Recht?

»Haben Sie die Vorführung der Quadrille verfolgt, Herr Hoffmann?«, fragte sie meinen Vater spitz. »Falls ja, würden Sie sagen, dass ich meinen Bruder bestmöglich vertreten habe?«

»Margarete!«, zischte ich leise. Ich wusste sehr wohl, worauf sie hinauswollte, aber Vater würde sich von ihr in keine Ecke drängen lassen.

»Es spielt keine Rolle, ob ich dich gesehen habe oder ob es mir gefallen hat. Tatsache ist, dass du dich in der Uniform deines Bruders unter die Bereiter geschlichen hast. Du hast deren Vertrauen benutzt und die gesamte Quadrille der Lächerlichkeit preisgegeben. Dein Betrug mag für das Publikum unentdeckt geblieben sein, aber allein die Vorstellung, dass der Kaiser dich als Frau erkannt haben könnte, treibt mir die Schamesröte ins Gesicht. Wie bitte schön hätte ich das erklären sollen? Ich möchte gar nicht wissen, wie viele Männer ihren Posten verloren hätten, wenn man den Schwindel eher aufgedeckt hätte. So ist es wenigstens nur der talentlose Wenzel Böhm.« Vater schnaubte, prustete und sprühte vor Zorn.

Sogar in Margaretes Miene zeichnete sich nun ein gewisser Schrecken ab. Es war, als würde ihr erst jetzt bewusst, welchen Schaden ihr Vorgehen hätte mit sich bringen können.

»Sie dürfen meinen Bruder nicht entlassen, Herr Hoffmann! Das war allein meine Idee, glauben Sie mir!«

»Und wo ist Wenzel, unser begnadetes Reittalent?«, fragte Vater und sah sich um.

Hinter mir ertönte leises Gelächter unter den Bereitern. Und während sich in den Gesichtern meiner Kollegen Belustigung abzeichnete, kämpfte Margarete gegen das Aufsteigen ihrer Tränen an. Klein und hilflos stand sie mit einem Mal da, den Blicken und dem Hohn der Anwesenden ausgeliefert.

Was hatte ich nur gemacht?

Margarete wandte sich ab, drückte erneut gegen die Tür des Seitenausgangs, nur dass sie dieses Mal niemand aufhielt.

»Und wenn wir schon dabei sind: Du hast ab sofort Hausverbot!«, rief Vater ihr hinterher.

Ohne sich noch einmal umzudrehen, schritt sie durch die Tür und schloss sie. Dann war sie weg. War einfach weg. Weder Wenzel noch Margarete durften die Hofreitschule wieder betreten. So fühlte es sich also an, wenn man sein Ziel erreicht hatte.

Da war kein triumphales Feuerwerk, das sich tief in mir entfachte und einen siegessicheren Freudentaumel auslöste. Wenn ich genau in mich hineinhorchte, war da nur ein dumpfes Geräusch, das von meinem miserablen Charakter zeugte.

Unweigerlich drängte sich mir Margaretes Gesicht auf, das gestrahlt hatte, als sie auf Europa Teil der Quadrille gewesen war. Und nun irrte sie allein durch die Straßen Wiens und die satte Hitze, die sich durch ihren braunen Gehrock fraß und jeden ihrer Schritte zur Qual werden ließ. Etwas in mir drängte mich, ihr nachzueilen. Doch ich verharrte im Innenhof der Hofreitschule und starrte auf die Tür des Seiteneingangs – in der Hoffnung, dass er sich erneut öffnen möge.

Die schadenfrohe Versammlung von Bereitern und Stallknechten löste sich auf. Mein Vater klopfte mir wohlwollend auf die Schulter und ging seines Weges. In wenigen Tagen würde niemand mehr über Margarete reden. Weder über ihren Schwindel noch über ihren Ritt in der Quadrille. Es würde sein, als ob nichts dergleichen je geschehen war.

Und ich? Ich würde mich keinen einzigen Moment lang als Sieger sehen, denn am Ende hatte ich verloren – ich wollte es mir nur nicht eingestehen.

31

MARGARETE

Es war noch früher Morgen, als ich nur mit meinem Schlafmantel bekleidet an Vaters Bett saß und seine Hand hielt, die kalt und schwer in meiner lag. Hatte ich gehofft, dass sein Zustand sich bessern würde, so musste ich mir jetzt eingestehen, dass dem nicht so war. Er wurde immer schwächer, war nur selten wach, sondern dämmerte durch den Tag, aß kaum und war nur selten klar genug, um einem Gespräch zu folgen.

Es war, als zöge er sich langsam aus dieser Welt zurück. Solange er noch hier war, wollte ich möglichst jeden Augenblick mit ihm verbringen, mich an seinen Lachfalten sattsehen, die mich an bessere Tage erinnerten – an Lebkuchen unterm Christbaum, Spaziergänge durch den Prater, Gelächter, weil ich keinen geraden Ton auf meiner Violine spielen konnte.

»Wir hatten es wirklich schön, nicht wahr?«, flüsterte ich und strich sanft über Vaters eingefallene Wange. Meine Augen füllten sich mit Tränen, die meine Sicht trübten.

»Ich habe alles falsch gemacht«, hauchte ich so leise, dass ich mich selbst kaum hörte. »Es ist meine Schuld, dass man Wenzel seines Dienstes verwiesen hat. Warum bin ich auch immer der Meinung, mich schützend vor ihn stellen zu müssen? Wenzel darf eigene Fehler machen und muss lernen, dafür geradezustehen.«

Und was, wenn es gar kein Fehler gewesen war? Schließlich

machte Wenzel nicht den Eindruck, als bedrückte ihn die Entscheidung des Oberstallmeisters. Seit Wenzels Entlassung vor drei Tagen hat er sich immerhin nicht mehr betrunken, sondern hatte klaren Verstandes neue Pläne für seine Zukunft geschmiedet. Er schien voller Tatendrang und frischer Energie zu sein. Es war, als hätte ihn die Hofreitschule eingeengt und ihn jeder Freiheit beraubt.

Ein Glück für Wenzel, dass diese Zeiten nun vorbei waren. Traurig stimmte mich nur die Tatsache, dass man auch mir den Zutritt zur Hofreitschule verwehrte. Ich verstand Herrn Hoffmanns Entscheidung, schließlich hatte ich die gesamte Belegschaft hintergangen. Niemand wollte mich dort mehr sehen. Nie wieder. Und wenn ich ehrlich mit mir war, dann hatte der Oberstallmeister dieses Verbot zu Recht ausgesprochen. Es war meine Entscheidung gewesen, mich zu verkleiden und an Wenzels statt in der Quadrille zu reiten. Der Ruf der gesamten Hofreitschule hätte darunter in Mitleidenschaft gezogen werden können.

Freilich war es ungerecht, dass man uns Frauen die Möglichkeit, Bereiterin zu werden, verwehrte, aber das war noch lange kein Grund, eigene Regeln aufzustellen. Ich schämte mich so sehr, dass ich beschlossen hatte, Vater nichts davon zu erzählen. Weder, dass man Wenzel entlassen hatte, noch, dass ich auf betrügerische Weise versucht hatte, seinen Posten zu retten. Vater würde es nicht verstehen, und vielleicht war es sogar gut, dass er nie davon erfahren sollte. Die Hofreitschule war sein Leben gewesen, und zu wissen, dass seine beiden Kinder das Gebäude nicht wieder betreten durften, wäre eine Schmach für ihn.

Müde bettete ich meinen Kopf neben Vater, schloss die Augen und versuchte, mich wegzuträumen. Die Frage war nur: Wohin? Meine Sehnsucht nach Slowenien war verklungen. Sosehr ich die Freiheit dort genossen hatte, heute wusste ich, dass meine Zukunft an einem anderen Ort stattfinden würde.

Schwer seufzend horchte ich in mich hinein und suchte nach

einem Funken, der mein Feuer wieder entfachen konnte. Aber da war nichts. Nur diese träge Müdigkeit, die mich seit Tagen befallen hatte. Eine Erschöpfung, die mich jeder Energie und aller Lebenslust beraubte. Ich versuchte, mich zu erinnern, seit wann mich diese Niedergeschlagenheit im Griff hatte, und kam zu dem Schluss, dass sie nach meinem Ritt in der Quadrille eingesetzt hatte. Vermutlich waren die lebensverändernden Umstände schuld daran, dass mein Drang nach Veränderung verstummt war. Der Rauswurf aus der Hofreitschule und Vaters Erkrankung. Vielleicht musste ich mich einfach nur erholen, um wieder zu meiner alten Energie zu finden.

Ich schlenderte hinüber in mein Zimmer, wo Martha mich bereits erwartete, um mir beim Ankleiden behilflich zu sein. Sie nahm mir meinen Morgenmantel ab und half mir ins Korsett. Mühsam zerrte sie an den Haken und ächzte dabei angestrengt auf, während ich den Bauch so fest wie möglich einzog und die Luft anhielt.

»Jössas!«, schnaubte sie und machte eine kurze Pause.

»Was ist los?«, fragte ich über die Schulter. »Hab ich zugenommen?«

»Es ist so, gnädiges Fräulein …«, sagte sie und brach kurz ab. »Sie haben nicht nur um die Taille zugelegt, sondern auch an der Brust. Und nun frage ich mich, ob es sein kann, dass Sie … verzeihen Sie, wenn ich das frag, aber kann es sein, dass Sie in anderen Umständen sind?« Martha räusperte sich verlegen und machte sich dann wieder an den Haken meines Mieders zu schaffen.

»In anderen Umständen?«, fragte ich sie.

»Na ja, schwanger eben!«, entgegnete sie knapp.

»Schwanger?« Meine Stimme überschlug sich. Erschrocken legte ich eine Hand an meinen Mund und wandte mich Martha zu. »Warum sollte ich schwanger sein?«, fragte ich entrüstet.

»Verzeihen Sie, gnädiges Fräulein, ich dachte, weil Sie mit

diesem Mann durchgebrannt sind, hätten Sie auch das Bett miteinander geteilt.«

Ich schluckte laut und blickte durch mein Zimmer, während sich in meinem Kopf unzählige Fragen überschlugen. Natürlich wusste ich, wie man schwanger wurde, ich hatte auf Lipica ja unzählige Male dabei zugesehen, wie man Hengst und Stute sich paaren ließ, um für Nachwuchs zu sorgen. Und natürlich wusste ich, dass es bei uns Menschen nicht anders funktionierte. Marjan und ich hatten unzählige Male miteinander geschlafen, und doch war mir nie der Gedanke gekommen, dass daraus eine Schwangerschaft resultieren könnte. Ich fühlte mich dumm, unsagbar dumm.

Mein Blick wanderte an meinem Körper hinab – über meine Brüste, die seit Tagen spannten und schmerzten, zu meinem Bauch. Es war unmöglich. Ich konnte nicht schwanger sein.

»Schon gut«, sagte ich abwehrend zu Martha, »sieh einfach zu, dass du dieses Korsett geschlossen bekommst, ja?«

Während Martha sich weiter abmühte, hing mein Blick am Fenster, und in meinem Kopf war nur diese eine Bitte: dass es nicht wahr sein möge!

Nachdem ich angekleidet war und Martha sich zurückgezogen hatte, eilte ich hinüber in Mutters Salon. Mit einer gewissen Erleichterung stellte ich fest, dass sie nicht zu Hause war. Ihren Blick, ihre Verzweiflung und ihre Vorwürfe, weil sie unter diesen Umständen unmöglich die so dringend benötigte Partie für mich fände, würde ich noch früh genug über mich ergehen lassen müssen. Jetzt brauchte ich dringend einen Menschen, an dessen Schulter ich mich ausweinen konnte. Jemanden, der mir Mut machte und mich in den Arm nahm.

Auf der Suche nach Wenzel eilte ich in sein Zimmer. Doch auch er war nicht da. Hatte er nicht erzählt, dass er sich an der Universität für ein Jurastudium immatrikulieren wollte?

Ich gönnte meinem Bruder von Herzen, dass er diesen Weg beschritt und endlich ein Ziel gefunden hatte, das seine Leidenschaft entfachte und seinem Leben einen Sinn gab. Trotzdem wünschte ich mir in diesem Moment nichts sehnlicher als seine tröstende Nähe, seinen Rat und Zuspruch.

Vater schlief und würde eine Weile ohne mich auskommen. Also griff ich nach meinem spitzenbezogenen Schirmchen und eilte aus der Wohnung.

Sollte ich zur Universität gehen, in der Hoffnung, Wenzel dort zu finden? Nein, ich wollte ihm seinen großen Tag nicht mit meinen schlechten Nachrichten verderben. Aber zu wem sollte ich sonst? Ich hatte keine Freundin, bei der ich mich hätte ausweinen können. Mein Leben hatte immer nur aus meiner Familie und der Hofreitschule bestanden. Und nun verlor ich beides.

Mit einem Mal verstand ich Mutters Befürchtungen unsere Zukunft betreffend. Vaters und Wenzels Lohn fehlten. Die kostbaren Malereien und Schmuckstücke hatten wir bereits veräußert. Für ihre kostbaren Vasen suchte Mutter bereits nach Käufern, aber dann?

Wie würden wir weiter vorgehen, wenn das Geld zur Neige ginge? Mutter hatte sich auf meine Heirat mit August verlassen und darauf, dass die Hoffmanns mit ihrem Vermögen unseren Schuldenberg tilgten. Doch die Möglichkeit dieser Heirat hatte ich für immer zerstört. Und das war auch gut so. Dennoch blieb das Problem unserer Zukunft.

Mit einer Hand strich ich über meinen Bauch und hoffte erneut, dass mein Gefühl mich trog und ich nicht schwanger war. So bestünde noch immer die Möglichkeit einer Heirat in eine vermögende Familie. Aber würde ich mich dieses Mal Mutters Willen beugen? Vermutlich hatte ich keine Wahl. Vater benötigte ärztlichen Beistand und Medikamente, die wir uns bald nicht mehr leisten könnten.

Und wenn ich dann auch noch ein Kind bekäme …

Der Gedanke an eine Mutterschaft drückte schwer auf meine Stimmung. Ein Kind würde alles verändern. Mein Bauch würde sich wölben, meine Brüste weiter anschwellen, und an die Schmerzen der Geburt wollte ich gar nicht erst denken. Ein Kind. Noch nie zuvor hatte ich mich gefragt, ob ich überhaupt welche wollte. Würde ich eine gute Mutter sein? Wie hält man ein Neugeborenes? Was macht man, wenn es schreit? Wenn man nächtelang keinen Schlaf bekommt? Ein Kindermädchen würden wir uns nicht leisten können. Ich wäre völlig auf mich gestellt. Und was, wenn unsere finanzielle Lage uns aus der Wohnung drängte? Wo würden wir leben?

Jede dieser Fragen raubte mir die Luft zum Atmen. Ich fasste an meine Brust und atmete schwer. Mir wurde schwindelig, die Häuser um mich herum drehten sich und nahmen mich mit auf ihre rasante Fahrt. Wenn ich verhindern wollte, dass ich ohnmächtig auf die Straße stürzte, musste ich mich setzen. Auf meinen Schirm gestützt, schleppte ich mich zur nächsten Parkbank und versuchte, mich zu beruhigen. Den Kopf in den Nacken gelegt, blickte ich hoch zum Geäst des Ahorns, das die prallen Sonnenstrahlen von mir abschirmte.

Dann erst blickte ich um mich und stellte fest, dass ich mich inmitten des Stadtparks befand. So weit war ich bei diesen sommerlichen Temperaturen gegangen? In meiner Verzweiflung musste ich jedes Zeit- und Orientierungsgefühl verloren haben. Und nun saß ich hier. Allein. Meine Sorgen und Ängste waren meine einzigen Begleiter.

Aber was, wenn ich gar nicht schwanger war, sondern mein Körper mich mit seinen Symptomen täuschte? Konnte die ausbleibende Blutung nicht auch meinen inneren Strapazen geschuldet sein? Die Trennung von Marjan, die Abreise aus Slowenien, Vaters Erkrankung und die finanziellen Sorgen der Familie? Kurz atmete ich erleichtert auf, doch dann griff ich an meine schmerzende Brust, dachte an meine ständig wiederkehrende Übelkeit und die Müdigkeit, die seit Längerem meinen Alltag bestimmte. Waren das nicht eindeutig Anzeichen einer Schwangerschaft? Ich hatte zu lange weggesehen, aber jetzt musste ich mich wohl mit der nahenden Veränderung in meinem Leben auseinandersetzen. In meinem Körper wuchs ein Kind heran. Mein Kind. Und Marjans Kind.

Marjan. Hatte er ein Recht darauf, von seiner Vaterschaft zu erfahren? Ich schüttelte den Kopf und blickte ungläubig hinab auf meine Körpermitte. Nein, ich wollte Marjan nicht mehr in meinem Leben haben und er mich bestimmt nicht in seinem.

Sollte ich die Möglichkeit in Betracht ziehen, mir von einer kundigen Frau helfen zu lassen? Aber selbst, wenn ich eine fände, so bliebe immer noch die Gefahr, daran zu sterben oder ins Zuchthaus gehen zu müssen – keines von beidem wollte ich in Betracht ziehen. Ich musste mich damit abfinden, Mutter zu werden. Und zwar allein. Ohne Marjan und vermutlich auch ohne Mutters Unterstützung.

Ich wollte stark sein, und doch überkam mich eine Verzweiflung, die mir die Tränen in die Augen trieb. Mit aller Kraft schluckte ich gegen die sich ausbreitende Hilflosigkeit in mir an. Es würde sich ein Weg finden, daran wollte ich festhalten. Ich würde das Gesicht nicht in Händen vergraben und mit meinen Schluchzern die Blicke der Passanten auf mich ziehen. Ich würde vielmehr Hoffnung schöpfen, dass sich alles zum Guten wendete.

Mein Blick wanderte durch den sonnenbeschienenen Park. Wolken zeichneten ihre Schatten auf die saftige Wiese, die zum Picknick einlud. Damen flanierten unter den üppigen Bäumen, plauderten, lachten. Ein Reiter trabte locker und entspannt auf seinem Lipizzaner über den befestigten Weg in meine Richtung.

Ein Lipizzaner? Sofort schirmte ich das grelle Licht mit meinen Händen ab und taxierte den Reiter. War das nicht August auf seinem Hengst Presciana? Unwillkürlich verdrehte ich die Augen. Kamen normalerweise nicht Prinzen auf ihren weißen Pferden angeritten, um ihre Angebetete zu retten? In diesem Fall war es leider nicht so. Wenn ich an diesem Tag einen Menschen nicht sehen wollte, dann war es eindeutig August. Mir fehlte es an Kraft, um ihm die Stirn zu bieten, wenn er seinen Spott über mich ergehen ließe.

Dieser Mann hatte mir und meiner Familie so übel mitgespielt, dass ich ihm lieber den Rest meiner Tage aus dem Weg gehen wollte. Allein der Anblick, wie er stolz auf seinem Hengst durch den Park ritt, so als gehöre ihm die Welt und das Fußvolk müsse bereitwillig beiseitetreten, um ihm Platz zu machen, verursachte mir eine Übelkeit, die nichts mit einer möglichen Schwangerschaft zu tun hatte.

Vergessen war der Schwindel, der mich vor wenigen Minuten auf die Parkbank gezwungen hatte. Rasch erhob ich mich und eilte flotten Schrittes in die entgegengesetzte Richtung. Ich konnte nur hoffen, dass August mich nicht bereits erblickt hatte und mir folgte. Aber nein, das würde er nicht. Gewiss mied er eine Begegnung mit mir ebenso wie ich mit ihm.

Trotzdem beschloss ich, mich rasch aus dem Stadtpark zu entfernen. Das saftige Gras umspielte meine Knöchel. Bald hätte ich das schmiedeeiserne Tor erreicht und könnte außerhalb des Parks in einer Seitenstraße verschwinden. Dann erst würde ich mein Tempo verlangsamen und über die Schulter blicken, um mich zu versichern, dass August nicht denselben Weg genommen hatte.

Sosehr ich mich auch bereits in Sicherheit wog, mit einem Mal wurde Hufgeklapper hinter mir lauter. Und obwohl ich wusste, dass ich unmöglich ein Pferd abhängen konnte, legte ich an Tempo zu. Ich hob meinen Rock an, um meine Schrittlänge zu vergrößern. Und obwohl ich das Schnauben des

Hengstes hinter mir hörte, blickte ich stur geradeaus auf das Eingangstor des Parks. Ich würde es schaffen. Ich musste es schaffen.

»Warte!«

Verdammt. Wissend, dass ich verloren hatte, verlangsamte ich mein Tempo. Stehen bleiben würde ich trotzdem nicht. Ich würde weiter voranschreiten, immer dem Ausgang entgegen, und dabei so tun, als könnte ich ihn weder hören noch sehen. Ich schottete mich vor Augusts Gegenwart ab, machte mich taub für seine Rufe und blind für seine Anwesenheit.

»Nun warte doch!«, rief er erneut, als er bereits direkt neben mir herritt.

»Komm schon, lass mich mit dir reden!«

Nein, niemals! Kein einziges Wort.

Nur noch ein kurzes Stück, dann könnte ich in die Betriebsamkeit des Kaiser-Wilhelm-Rings eintauchen. Eine Mischung aus Zorn und Verzweiflung wallte durch meinen Körper und mein Gemüt. Dieser Tag war einfach schrecklich. Wenn er doch endlich ein Ende fände. Und doch wusste ich, dass ich keine Ruhe fände. Nirgendwo. Und auch wenn ich mich nachts unter meiner Bettdecke vergraben hätte, würden die Gedanken um meine Schwangerschaft um mich kreisen wie hungrige Geier.

»Margarete! Hör mir wenigstens kurz zu. Bitte!«

August war von Presciana abgestiegen und führte ihn am Zügel neben sich her. Er selbst schritt so dicht neben mir, dass sich unsere Oberarme berührten. Ich gönnte ihm den Triumph nicht und starrte weiterhin stur geradeaus.

»Es tut mir leid!«

Die Worte der Entschuldigung ließen mich aufhorchen.

»Mein Verhalten war völlig unangebracht. Ich habe nicht gewollt, dass man dich und deinen Bruder aus der Hofreitschule wirft.«

Schweigen.

»Na gut, vermutlich wollte ich dich demütigen, weil ich Betrüger nicht ausstehen kann.«

»Aha!«, rief ich aus und blieb blitzartig stehen. Ich wandte mich August zu und blickte ihm so tief in die Augen, dass er sich unangenehm berührt von mir abwandte.

»Du bist eine Frau und hast nichts in der Quadrille verloren!«

»Ha! Du hast einfach nur Angst vor einer Frau, die besser sein könnte als du«, erwiderte ich herablassend.

»Angst? Das hättest du wohl gern! Dich auf Europa reiten zu sehen, das war für mich unerträglich!«, fuhr er fort und tätschelte verlegen Prescianas Hals.

»Unerträglich?«, fragte ich, weil ich keine Ahnung hatte, was August mir damit sagen wollte.

»Eine weibliche Konkurrentin? Ein Skandal für einen selbstverliebten Menschen wie mich.«

Ich legte die Stirn in Falten und blickte August verdutzt an. Wovon sprach er da eigentlich? »Dass du selbstverliebt bist, weiß ich, aber ich wundere mich gerade über diese Selbsterkenntnis deinerseits.« Ich verschränkte die Arme vor der Brust und musterte August, so als sähe ich ihn zum ersten Mal.

»Ich war ein Idiot!«

»Nur weiter so!«, sagte ich. »Langsam kommen wir der Sache näher.«

August lachte. Es war ein ehrliches, offenes Lachen, das ich noch nicht oft an ihm gesehen hatte. Das Erschreckende daran war, dass es mir gefiel. So widerlich dieser Mann sein konnte, wenn ihm daran lag, war er dennoch zu echter Herzlichkeit fähig.

»Es war meine Überheblichkeit, die mir im Weg gestanden hat. Ein weiblicher Bereiter, der am Ende womöglich über mehr Talent verfügte als ich … diesen Gedanken habe ich nicht ertragen. Und dafür schäme ich mich heute. Wirklich.« August legte eine Hand auf seine Brust, um seine Aussage zu bekräftigen. »Ich bereue mein Verhalten dir gegenüber. Du hast die Quadrille perfektioniert. Und anstatt dich vor allen lächerlich zu machen, hätte ich dir diesen geheimen Triumph gönnen sollen.«

»Nett, dass du das sagst.« Kurz dachte ich an meinen Auftritt vor dem Kaiserpaar und an das immense Glücksgefühl, das mich damals durchflutet hatte. Wie gern würde ich noch einmal diesen absoluten Schwebezustand erleben. Allein der Gedanke lichtete mein besorgtes Gemüt.

Doch nun war ich womöglich schwanger und musste mich monatelang schonen. An Reiten durfte ich vermutlich nicht einmal denken.

Ich konnte fühlen, wie meine Schultern nach unten sackten. Mir war danach, mich einfach auf den Boden sinken zu lassen und mich im warmen Gras einzurollen, um mich vor meinen Problemen zu verstecken. Aber es würde kein Versteck geben, an dem mich meine nahende Mutterschaft nicht heimsuchen würde. Es gab keinen Ausweg. Und keine Hoffnung. An diesem Tag im August 1875 fühlte ich mich nackt und klein, und ich konnte mir damals nicht vorstellen, dass je wieder glanzvollere Zeiten Einzug halten sollten.

32

»Du siehst schrecklich aus!«, sagte August nach einer Weile. Dabei lag kein Spott in seiner Stimme. Vielmehr klang seine Stimme ungewöhnlich weich, fast mitfühlend. Presciana knabberte genüsslich am Gras und kümmerte sich nicht um uns.

»Lass uns ein paar Schritte gehen, ja?«, schlug August vor. Seite an Seite schlenderten wir durch den Stadtpark, machten immer wieder Halt, damit Presciana Gras zupfen konnte.

Tatsächlich verspürte ich an Augusts Seite eine gewisse Beruhigung, die sich in mir ausbreitete.

»Wenn ich mit meinem Vater spreche, wird er dir gewiss wieder Zutritt zur Hofreitschule gewähren. Was meinst du?«

Ich überlegte. Wollte ich nach allem, was vorgefallen war, wieder zurück in die Hofreitschule? Die Frage war wohl eher: Würde ich es ein Leben lang ohne meine Lipizzaner aushalten? Die Antwort war eindeutig.

»Danke, es wäre schön, ab und an wieder die Hofreitschule besuchen zu können. Sardinia vermisst mich bestimmt. Und ich vermisse ihn.«

»Würdest du ihn denn gern wieder reiten?«, fragte August vorsichtig.

Ich konnte seine erwartungsvollen Blicke fühlen. »Natürlich würde ich gern wieder reiten. Wer würde das nicht wollen!«, antwortete ich und wandte mich ihm zu.

»Stimmt, wer würde das nicht wollen«, meinte er und nickte nachdenklich. Konnte es wirklich sein, dass die Liebe zu Pferden und zur ›Hohen Schule der Reitkunst‹ eine Verbindung zwischen uns schaffte?

»Wer reitet Sardinia im Moment?«, wollte ich wissen und fühlte dabei eine solche Sehnsucht nach meinem Hengst, dass es beinahe schmerzte. Wie gern würde ich ihn sehen, ihn hinter den Ohren kraulen, bis er genüsslich die Augen schloss und den Kopf entspannt an meinen Brustkorb lehnte.

»Sardinia ist einer der am besten ausgebildeten Hengste der Hofreitschule, der gehört natürlich auch in die besten Hände.«

»Also in deine?«, fragte ich und zog die Stirn kraus.

»Du scheinst mir eine überaus kluge Frau zu sein, Margarete Böhm. Warum habe ich das nicht schon früher erkannt?«, meinte August und lachte herzhaft auf.

»Du hattest nur immerzu Angst vor einer klugen Frau wie mir – wie alle Männer.«

»Vermutlich war es das.« Er blickte nachdenklich zum Himmel hoch und schwieg. Dabei wirkte er zufrieden und entspannt. »Geht es dir denn wieder besser? Du wirktest vorher so verzweifelt.«

»Verzweifelt …«, wiederholte ich und blickte hinab zu meinen Schuhspitzen, die bei jedem Schritt kurz im Gras versanken. »Manchmal passieren Dinge im Leben, mit denen man einfach nicht gerechnet hat«, sagte ich leise. »Und dann gelangt man an einen Punkt, an dem man nicht mehr weiterweiß.«

»Und an diesem Punkt bist du gerade?«

»Ich fürchte, ja.«

»Ist es wegen des Reitknechts?« Diese Frage schien August unangenehm zu sein. Er verspannte sich und entfernte sich ein Stück von mir.

»Nein, Marjan gehört zu meiner Vergangenheit.«

August nickte und schien erleichtert aufzuatmen. »Dann wegen der Erkrankung deines Vaters?«

Kurz überlegte ich, ob ich mich August einfach anvertrauen sollte. Die Gelegenheit war günstig, und alles in mir drängte mich förmlich dazu, einen Menschen ins Vertrauen zu ziehen. Aber August? Der Mann, der mich immer wieder getäuscht hatte?

»Ja, es ist wegen meines Vaters. Ich fürchte, er wird nicht wieder gesund.«

»Ich schätze die Arbeit von Herrn Böhm sehr. Er war ein guter Oberbereiter.«

»Ja, und das ist er noch! Wollen wir die Hoffnung nicht schon ganz aufgeben«, sagte ich und sah in Gedanken meinen Vater vor mir. Mit seinem Zweispitz auf dem Kopf, die Zügel hoch getragen und ein zufriedenes Lächeln im Gesicht, weil er jeden Ritt auf seinen Hengsten in vollen Zügen genoss.

Und mit einem Mal wurde mir bewusst, dass August in die Heirat mit mir vielleicht eingewilligt hatte, weil er meinem Vater tatsächlich zugetan war. Vielleicht hätte August es als Ehre gesehen, den ersten Oberbereiter als Schwiegervater zu haben. Und ich hatte die Pläne aller umgestoßen, nur weil ich zu stolz gewesen war für eine arrangierte Ehe. Lieber hatte ich das Abenteuer gesucht mit einem Mann, der niemals meine Zukunft hätte sein können. Wieder war da dieses Gefühl in meinem Brustkorb. Ein Gefühl wie ein Knoten, der sich nicht lösen wollte und der mich beständig an die Folgen meiner Entscheidungen erinnerte.

»Ich muss zurück in die Hofreitschule«, meinte August und strich Presciana sanft über den Hals. Dieser stupste ihn liebevoll gegen den Oberarm, was August wiederum mit einer Umarmung seines Kopfes quittierte. Der freundschaftliche Umgang der beiden erwärmte mein Herz. Ein Mann, der das Vertrauen eines Pferdes genoss, konnte doch im Herzen nicht schlecht sein.

»Soll ich dich noch ein Stück begleiten? Du siehst so blass aus.«

»Nein, ich schaffe den Rückweg auch allein.«

Ich konnte August ansehen, dass ihm nicht wohl dabei war, mich ohne Begleitung zurück in die Laudongasse gehen zu lassen. Trotzdem bestand ich darauf. Mein Kreislauf hatte sich stabilisiert, aber ich brauchte dringend noch eine Weile für mich, bevor ich zu Hause ankam und Mutter gegenübertrat, der ich noch verschweigen würde, dass ich vermutlich schwanger war. Es gab so vieles, worüber ich mir klar werden musste.

August stieg in den Sattel und fasste in den Zügel, bevor er sich kopfnickend von mir verabschiedete.

»Danke!«, sagte ich und meinte es so. Die Zeit mit August hatte tatsächlich Ruhe in mir einkehren lassen. Vielleicht sollte ich mir einfach ein paar Tage Zeit geben, bevor ich mit meiner Mutter oder Wenzel über meine Schwangerschaft sprach.

Schwangerschaft. Dieses Wort erfüllte mich noch immer mit einer unwirklichen Distanz. Dennoch würde ich den Mut nicht verlieren und darauf hoffen, dass meine Geschichte ein gutes Ende fände.

»Margarete?«, rief August mir hinterher. »Was hältst du davon, wenn wir uns morgen zu einem kleinen Spaziergang treffen?« Er schien die Luft anzuhalten, während er auf Antwort von mir wartete. Beinahe hilflos sah er auf seinem Hengst sitzend zu mir herab. In seinem Blick spiegelte sich seine stumme Bitte, ihn nicht abzuweisen.

Aber wollte ich das wirklich? Mich erneut mit August treffen? Worüber sollten wir sprechen, und wohin sollte diese Verabredung führen?

Doch ein Blick in seine Augen ließ alle meine Bedenken nichtig erscheinen.

»Gern«, antwortete ich und fühlte ein aufgeregtes Prickeln in den Wangen.

»Ich hole dich ab, wenn ich darf.«

Ich nickte und wunderte mich über die aufsteigende Vorfreude, die warm durch meinen Körper rieselte.

»Dann bis morgen Nachmittag?« August strahlte förmlich – beinahe so, als hätte er einen Wettkampf gewonnen. War ich das für ihn? Eine Trophäe? Ich musste daran denken, dass August mich mehr als einmal hinters Licht geführt hatte. Ihm war nicht zu trauen. Und doch sagte mein Gefühl mir, dass etwas in ihm sich verändert hatte und er eine erneute Chance verdiente.

Er hatte den Stadtpark schon lange verlassen, da blickte ich ihm noch immer hinterher. Ich hatte keine Ahnung, worauf wir beide uns zubewegten. Aus irgendeinem Grund fühlte es sich richtig an. Aber natürlich war mir bewusst, dass er das Weite suchen würde, sobald er von meiner Schwangerschaft erführe.

Eine unglaubliche Traurigkeit beschwerte mein Gemüt und trieb mir Tränen in die Augen. Das Grün der saftigen Wiesen und der üppig belaubten Blätter zerfloss regelrecht unter meinen Sorgen und Ängsten.

Zu Hause angekommen, sah ich nach Vater. Er schlief noch immer und hatte meine Abwesenheit vermutlich gar nicht bemerkt. Ich betupfte seine trockenen Lippen mit etwas Lavendelöl und wusch ihm Gesicht und Hände mit kühlem Wasser. Dann setzte ich mich zu ihm ans Bett und betrachtete ihn stillschweigend. Meine Blicke strichen über seine Nase, die ebenso geradlinig war wie meine eigene. Die schwungvollen Augenbrauen und hohen Wangenknochen ähnelten ebenfalls den meinen. Der Gedanke, dass mein Kind wiederum mir gleichen würde, ließ mich zum ersten Mal mit gewisser Freude an meine Schwangerschaft denken. Ich würde meine Werte an meinen Sohn oder meine Tochter weitergeben. Vielleicht hätten wir dieselben Interessen, denselben Humor. Vielleicht teilten wir unsere Liebe zu den Pferden und die Abneigung gegen längst überholte Konventionen. Meine vorsichtige Freude war wie das Flackern einer Kerze, das mit jedem Gedanken an Kraft gewann und meine Sorgen für den Moment verdrängte.

Ich war ich – und hatte ich bislang nicht jede Hürde gemeistert? Warum dann nicht auch diese?

Alles würde gut werden. Irgendwie.

33

»Ich habe uns beiden gestern Karten für die *Zauberflöte* gekauft. Diese Inszenierung soll grandios besetzt sein«, meinte Mutter am Frühstückstisch, während sie mit dem Finger schnippte. Sofort eilte Martha heran und goss Mutter dampfenden Kaffee in die Tasse.

Ich verfolgte das Schauspiel mit einem gewissen Widerwillen. Die Art, wie Mutter unser Dienstmädchen behandelte, ließ in mir eine gewisse Scham aufkeimen. Martha war der letzte Rest an Personal, den wir uns noch leisten konnten, und inzwischen hatte Mutter mehr als einmal angemerkt, dass es nur noch eine Frage der Zeit sei, bis sie auch Martha aus ihrer Stellung entlassen musste. Die Vorstellung, dass das treue Dienstmädchen uns nicht mehr durch unsere Tage begleiten sollte, stimmte mich traurig. Ich mochte Martha mit ihrer ruhigen Art, ihrer Freundlichkeit und Verschwiegenheit.

Ich blickte zu Wenzel, der neben mir am Tisch saß, und rollte mit den Augen. Mein Bruder zwinkerte mir zu und nahm dann einen Bissen von seiner Buttersemmel.

»Als du vor wenigen Tagen meintest, dass unser Vermögen kaum noch ausreicht, um den Alltag zu meistern, waren da Luxusgüter wie Konzertkarten nicht inkludiert?«

»Diese Karten sind kein Luxusgut, sondern eine Investition in unsere Zukunft.«

Ich schob meinen Teller von mir, mein Appetit war ohnehin meiner aufkeimenden Übelkeit gewichen.

»Wie meinst du das?«, fragte ich, obwohl ich sehr wohl wusste, worauf sie hinauswollte.

»Marie Wilt in der Rolle der Königin der Nacht wird unzählige Zuseher anziehen. Die Karten für eine Vorstellung sind außergewöhnlich kostspielig, es wird also nur betuchtes Publikum erscheinen. Und wenn wir dich ordentlich herausputzen, meine Liebe, wirst du gewiss den einen oder anderen Blick auf dich ziehen. Ich werde zur Stelle sein und dich in Gespräche verwickeln, dann sollte sich der Rest von selbst ergeben. Du siehst blendend aus – nun ja, heute vielleicht nicht. Aber mit genügend Puder übertünchen wir deine Augenringe, und so wird schon ein Interessent anbeißen.«

»Anbeißen? Ich bin kein Fisch, Mama!« Ich lehnte mich in meinen Sessel zurück und blickte Hilfe suchend zu Wenzel, der über meine Bemerkung lachte. Doch der schien keine Lust zu haben, sich in unsere Diskussion einzumischen, und schlürfte lieber lautstark an seinem Kaffee.

»O doch, das bist du! Und ich werde die Angelschnur weit genug auswerfen, damit den Köder auch ja genug Herren zur Kenntnis nehmen!« Mutters Miene war verbissen, ihre Stimme harsch. Sie machte keine Scherze, sondern würde ihren Plan, mich an den Höchstbietenden zu verschachern, durchziehen, damit sie in ihrer Wohnung bleiben könnte und sich von keiner ihrer geliebten Porzellanfigurinen mehr zu trennen brauchte.

»Dein Plan wird nicht aufgehen, Mutter!« Ich starrte sie über den Tisch hinweg an.

»Und ob er das wird. Er muss!« Mutters Stimme war lauter geworden, forsch und fast drohend.

»Mama!«, sagte ich betont leise, um ihre Aufmerksamkeit zu erlangen. »Dein Plan wird nicht funktionieren.«

»Dieses Mal akzeptiere ich keine Ausflüchte. Du wirst dich

nach meinen Wünschen richten, wenn du nicht die Verantwortung dafür tragen willst, dass dein kranker Vater und ich unser Zuhause verlieren.« Das war sie, die ›Bombe‹, mit der Mutter glaubte, alles erreichen zu können.

»Für Vater würde ich alles tun, das weißt du, aber Mutter, wenn ich sage, dein Plan wird nicht aufgehen, dann meine ich das auch genau so.«

»Wovon sprichst du?«, fragte sie und stellte ihre Tasse aus feinem Porzellan scheppernd auf die geblümte Untertasse. Inzwischen schien auch Wenzels Interesse erwacht zu sein. Mit hochgezogenen Augenbrauen blickte er mich an und fragte sich wohl, was genau ich meinte und warum er noch nicht eingeweiht worden war. Und hätten wir einander am Vortag gesehen, so hätte ich mich ihm anvertraut. Doch so hatte sich keine Gelegenheit ergeben, und ich hatte mein Geheimnis ungeteilt mit in eine schlaflose Nacht genommen. Ruhelos hatte ich mich im Bett hin und her gewälzt und sämtliche Möglichkeiten abgewogen – doch leider hatte ich feststellen müssen, dass es derer nicht viele gab.

»Mama, kein Mann wird mich mehr heiraten wollen.« Ich schluckte schwer. Auch wenn sich in mir so etwas wie eine vage Vorfreude auf das Kind eingestellt hatte, so änderte sich dennoch nichts an den Problemen, die meine Schwangerschaft mit sich brachte. Mutter nun vom endgültigen Aus ihrer Heiratspläne zu erzählen, erwies sich als fast unmöglich.

»Wovon sprichst du?« In Mutters Miene zeichnete sich eine Ahnung dessen ab, was ich ihr zu sagen versuchte. »Warum sollte dich kein Mann zur Ehefrau haben wollen? Freilich eilt dir ein gewisser Ruf voraus, seit du in wilder Ehe gelebt hast, mit diesem … Reitknecht. Aber die Zeit lässt jeden noch so haarsträubenden Skandal verblassen. Und wenn du dich benimmst, bist du eigentlich eine recht passable Partie!«

»Ich weiß!« Meine Stimme zitterte. Ihr Anblick verströmte

geradezu Angst vor dem, was ich ihr sagen könnte. Wenzel legte eine Hand auf meine und starrte mich mit ernster Miene an.

»Mama, da ist etwas, das ich dir sagen muss!« Ich biss fest auf meine Unterlippe und wünschte mir nichts sehnlicher, als die nächsten Worte nicht aussprechen zu müssen. »Ich bin schwanger.«

»Was?« Mutter drückte beide Hände auf ihren Mund und starrte entrüstet über den Tisch hinweg zu mir. Ihrem Blick ausweichend, sah ich hinüber zu Wenzel, dessen Miene wie versteinert war.

Ich lehnte mich in meinen Stuhl zurück und kämpfte mit aller Kraft gegen meine Tränen an. Der Wunsch, stark zu bleiben, fühlte sich nach diesem Geständnis unmöglich an. In mir wogte eine Mischung aus Erleichterung und Verzweiflung. Wenzel drückte meine Hand, fest und lange. Vermutlich hatte er keine Ahnung, wie viel Halt er mir damit gab. Er war da, er würde immer da sein und mir beistehen.

»Seit wann weißt du davon?« Mutters Stimme war ein Flüstern, kaum hörbar und kraftlos.

»Erst seit gestern.«

»Warst du beim Arzt?«

»Nein, noch nicht.«

»Dann ist es auch noch nicht sicher!« Mutters Ausdruck war forsch, fehlte gerade noch, dass sie mit der Faust auf den Tisch schlug.

»Doch, das ist es«, erwiderte ich mit einer gewissen Verwunderung.

»Woher willst du das wissen?«

»Mutter, ich denke, Gretel kennt ihren Körper besser als du!« Endlich schaltete sich Wenzel ein und kam mir zu Hilfe.

»Du als Mann kannst ohnehin gar nichts dazu sagen.«

Wenzel und ich sahen uns mit einer Mischung aus Ungläubigkeit und Entsetzen an.

»Morgen gleich gehst du zur Hebamme und lässt dich von ihr untersuchen.«

Ich zog es vor, nicht zu widersprechen. Vielleicht war ein Gespräch mit einer Frau vom Fach tatsächlich hilfreich.

»Was hast du dir nur dabei gedacht!« Mutter erhob sich energisch vom Frühstückstisch und ging hinüber zum Fenster. Die Stirn in tiefe Falten gelegt, sah sie hinunter auf die Straße. Der Blick auf die flanierenden Menschen hatte sie schon immer beim Nachdenken unterstützt. Das hatte sie mir mal anvertraut. Es verschaffte ihr eine gewisse innere Ruhe, wenn sie hinabsah auf die Herren und Damen, ihre Kleider begutachtete und die Zylinder und Schirmchen. Der Blick von hier oben auf die Menschen da unten verschaffte ihr ein Gefühl von Erhabenheit. Und wenn ihr Leben außer Kontrolle geriet – so wie in diesem Augenblick –, dann suchte sie wohl umso intensiver danach.

»Vorwürfe werden die Schwangerschaft nicht ungeschehen machen!«, meinte Wenzel und klopfte aufgeregt mit den Fingerkuppen auf den Tisch.

»Keine Vorwürfe aber auch nicht!«, meinte Mutter bestimmt. »Am liebsten würde ich dich ohrfeigen, Kind!«

»Auch eine Ohrfeige wird nicht besonders hilfreich sein«, entgegnete Wenzel gelassen.

»Doch, sie würde *mir* helfen – und zwar außerordentlich!« Mutter stampfte mit dem Fuß auf wie ein kleines ungeduldiges Mädchen. »Wie sollen wir uns jetzt aus unserer finanziellen Misere retten?«

»Wir werden eine Lösung finden«, meinte Wenzel mit Bedacht.

»Welche? Sag schon!« Mutter fuhr herum und durchbohrte Wenzel und mich förmlich mit ihrem messerscharfen Blick. »Du widmest dich deinem Studium, euer Vater liegt im Sterben, und Margarete befindet sich in einer unverheiratbaren Situation.«

Unverheiratbar. Ich war nicht sicher, ob Mutter dieses Wort gerade erfunden hatte oder ob es tatsächlich existierte.

»Wie wäre es, wenn du die Verantwortung für dein Leben nicht immer in die Hände anderer legst, Mama?« Bereits im selben Moment, in dem Wenzel die Frage gestellt hatte, wusste ich, dass er zu weit gegangen war. Mutter stemmte die Hände in die Taille und glühte regelrecht vor Zorn.

»Du denkst, ich mache es mir einfach, ja? Ich sitze nur in meinem Salon und grüble darüber, wie ich meinen Kindern das Leben schwer machen kann!«

Wenzel und ich enthielten uns einer Antwort. Doch tatsächlich musste ich mir eingestehen, dass ich es mir genauso vorstellte.

»Du musst das Kind – falls es überhaupt zutrifft – nicht behalten! Es gibt Möglichkeiten …«, meinte Mutter und sah mich eingehend an.

»Ich weiß von diesen Möglichkeiten, aber sie kommen für mich nicht in Betracht.«

»Warum?«

Diese Frage war ein Vorwurf und sollte mich erneut an meine Pflichten als Tochter erinnern.

»Es ist viel zu gefährlich, Mama! Viele Frauen sterben nach so einem Eingriff.«

»Viele Frauen sterben auch bei der Geburt oder im Wochenbett.«

»Hör auf!« Wenzel stand vom Tisch auf und starrte Mutter drohend an. »Versuch ja nicht, Gretel Angst zu machen oder sie in deine Schublade zu zwängen. Bestimmt weiß sie sehr genau, was zu tun ist.«

»Wüsste sie, was zu tun ist, hätte sie sich gar nicht erst in diese Lage gebracht.«

»Mama!«, flüsterte ich fassungslos und legte eine Hand auf meinen Brustkorb. Auch wenn ich von Mutter keinerlei Unterstützung erwartet hatte, so verletzte mich die Art, wie sie mit mir und über mich sprach, doch zutiefst.

Ohne ein Wort des Abschieds verließ ich den Esstisch und zog mich in mein Zimmer zurück, um mich für das Treffen mit August fertig zu machen.

Nach dem Gespräch mit Mutter zitterten meine Hände so heftig, dass ich es kaum schaffte, mir meine Ohrringe anzustecken. Vor dem Spiegel sitzend, blickte ich mir selbst tief in die Augen und fragte mich, ob ich meiner Zukunft gewachsen war. Ich wollte immer die Starke sein, die, die sich gegen Konventionen auflehnt und ihren Willen durchsetzt; dass man mich hört und ernst nimmt, aber wenn ich jetzt in meine Augen blickte, fragte ich mich, ob es wichtig war, dass jemand mich ernst nahm. Ich war erwachsen und brauchte nicht länger die bewundernden Blicke anderer, um mich stark zu fühlen. Ich würde Mutter sein und meinem Kind ein Leben bieten, in dem nicht nach dem Geschlecht geurteilt wurde, sondern nach Charakter und Werten. Ich wollte an eine Zukunft glauben, in der eine Frau nicht mehr abhängig war von der Heirat mit einem wohlhabenden Mann. Wir sollten aus Liebe heiraten und nicht, weil wir die Eltern vor dem finanziellen Ruin zu retten hatten.

Ich griff nach meiner Puderdose und sah sie eingehend an. Die vielen Schnörkel, die sich verspielt um den Deckel rankten. Rosenornamente in Rosatönen – für eine Frau gemacht, um ihr in ihrem nichtssagenden Alltag Freude zu bereiten. Rasch stellte ich die Dose zurück an ihren Platz und besah mich erneut im Spiegel. Ja, meine Augenringe zeugten von tagelanger Übelkeit, und doch würde ich sie nicht überdecken, nur um der Welt da draußen etwas vorzugaukeln, das ich nicht war. Ich wollte ich sein, und zwar aus vollster Überzeugung. Wenn ich etwas in Slowenien gelernt hatte, dann doch, dass ich kein Zierrat war, sondern eine Frau, die anpacken konnte und ihr Leben auch allein meisterte. Ich lächelte meinem Spiegelbild zu, und es lächelte zurück.

Ich schaffe das. Schließlich bin ich nicht die erste Frau, die ein Kind bekommt, dachte ich und seufzte auf.

Als August wenig später an der Wohnungstür klopfte, fühlte ich eine unerklärliche Freude in mir kribbeln. Das strahlende Lächeln, mit dem er mich begrüßte, ließ mich den Ärger mit Mutter endgültig vergessen, und als er nach meiner Hand griff und mir einen Kuss auf den Handrücken hauchte, durchfuhr mich ein angenehmer Schauder.

»Bist du so weit?«, fragte er und bot mir seinen Arm an.

Ich nickte und hakte mich bei ihm unter, fühlte seine Nähe und sog seinen herben Duft ein. Meine Finger lagen eng um seinen Oberarm, spürten ihn durch den dünnen Wollstoff seines Gehrocks. War ich ihm je so nahe gewesen? Aus dem Augenwinkel musterte ich sein Profil und rief mir in Erinnerung, wie oft er mir übel mitgespielt hatte. Wenzel hatte seinen Posten verloren, und mich hat er vor allen Bereitern bloßgestellt. Doch gestern war er da, hatte mich zu trösten versucht, sich entschuldigt und mich von meiner Verzweiflung abgelenkt. Warum also sollte ich ihm keine Chance geben? Zudem war es ein harmloser Spaziergang, den er mit mir geplant hatte. Aufgeregt versuchte ich, ein möglichst unverfängliches Gespräch in Gang zu bringen.

»Wie geht es deinem Vater?«, fragte August.

»Er schläft viel. Ich glaube, die Hitze strengt ihn zunehmend an.«

»Das tut mir leid«, meinte er betreten.

»Schon gut, sag mir lieber, wohin wir gehen?«

»Hm!«, brummte er und blickte hoch zum Himmel. »Ich wohne erst seit ein paar Monaten hier in Wien, wäre es da nicht an dir, mir die Stadt zu zeigen?«

Ich blickte zu August hinüber, der immer noch hoch zum Himmel starrte, und folgte seinem Blick. Ein Schwarm Tauben zog über die Dächer und änderte dabei ständig seine Formation. Es war, als wäre das Gefüge von Vögeln ein eigenständiges Lebewesen, das nach den Wolken griff oder sich um die eigene Achse drehte.

»Wie lange hast du Zeit?«, fragte ich. Noch ehe August antworten konnte, zog ich ihn zum nächsten Fiaker und wies den Fahrer an, uns zum Prater zu kutschieren. Dieser hob seine Melone an und nickte mir zu dienstbeflissen zu, ehe er seine beiden Rappen mit einem lauten Schnalzen der Zunge in Bewegung setzte.

»Prater?«, fragte August und grinste.

»Lass dich überraschen«, sagte ich und lehnte mich entspannt zurück. Auf unserem Weg zeigte ich August die kürzlich fertiggestellte Votivkirche, zu deren Vollendung nur noch die Innenausbauten fehlten. Anschließend überquerten wir die Donau über die Augartenbrücke und fuhren am Donaukanal entlang.

»Was ist das?« Die Fassungslosigkeit, die in Augusts Stimme lag, ließ mich schmunzeln. Mit großen Augen starrte er auf ein Gebäude, das bis in den Himmel zu ragen schien.

»Das ist die Rotunde. Ein Gebäude, das eigens für die Weltausstellung vor zwei Jahren gebaut wurde. Sie ist der weltweit größte Kuppelbau. Es wundert mich, dass ein scheinbar gebildeter Mann wie du noch nicht von ihr gehört hat!«

»Scheinbar gebildet …!« August lachte auf und ging nicht näher auf meine Neckerei ein. Fasziniert vom imposanten Bau, der ganz Wien zu überblicken schien, fand er wohl nicht die richtigen Worte, um seine Ehre zu verteidigen.

Am Ziel angekommen, stiegen wir aus dem Fiaker und flanierten über die Hauptpromenade des Praters. Vorbei an den Unterhaltungsbuden, den Würstelständen und Kaffeehäusern.

Je mehr wir miteinander redeten und lachten, desto weiter rückte meine vorgefasste Meinung über August in den Hintergrund. Der herablassende und hinterhältige Charakter war verblasst und hatte Platz gemacht für einen Mann, der mich auf charmante Weise unterhielt, mich galant an seinem Arm untergehakt über die breiten Promenaden führte und aufmerksam zuhörte, wenn ich etwas erzählte.

In keinem Moment machte sein Verhalten den Anschein, als wäre es aufgesetzt, und doch erinnerte ich mich immer wieder daran, mich ihm nicht zu sehr zu öffnen, um später nicht enttäuscht zu werden.

Im Schatten einer breit gewachsenen Linde hielten wir eine kleine Rast ab, ließen uns in der Wiese nieder und streckten die Beine von uns. Die Menschen flanierten auf den Wegen an uns vorbei, Hunde tollten zwischen den Bäumen umher, ein Mädchen zog ein Holzpferd auf Rädern hinter sich her, und zwei Jungen balgten sich im Gras. Von Weitem hörte man das Rauschen der Donau, und über uns flüsterten die Blätter im Wind.

»Eigentlich wollte ich mit dir ins Kunsthistorische Museum, aber an so einem schönen Sommertag ist es hier draußen am schönsten«, sagte ich und beobachtete ein Eichhörnchen, das durch die Äste einer Pappel flitzte.

»Du hast recht. Ins Museum können wir auch mal an einem verregneten Herbsttag gehen.«

Überrascht blickte ich August in die Augen. Was wollte er damit andeuten? Wollte er sich ab nun regelmäßig mit mir treffen? Hatte er am Ende ernsthafte Absichten? Und was war mit mir? Könnte ich derartige Gefühle erwidern? Ich sah auf seine Lippen und horchte in mich hinein. War da der Wunsch, ihn zu küssen und ihm so nahe zu sein wie Marjan?

Aus dem Augenwinkel linste ich zu August hinüber, der seinen Kopf entspannt gegen den Baumstamm gelehnt hatte und hochblickte zum Blätterdach. Ein weicher Zug umspielte seine Lippen, und plötzlich tauchte die Frage in mir auf, wie sich ein Kuss von ihm wohl anfühlte. Mir war danach, meine Hand auszustrecken und seine Wange mit dem Bartschatten zu berühren. Allein der Gedanke entfachte in mir ein Feuerwerk der Gefühle. August war ein ganzes Stück größer als Marjan, hatte breitere Schultern und kantigere Züge. Ich schloss die Augen und stellte mir vor, wir beide stünden unter einem Baum, und er umschloss mit beiden Händen mein Gesicht, beugte sich zu mir herab und küsste mich. Seine Lippen waren weich und erkundeten mit einer sorgsamen Wärme die meinen, während seine Hände über meinen Hals strichen und dann meine Taille umfingen …

Das Bellen eines Hundes riss mich aus meinen Tagträumen. Räuspernd wandte ich mich von August ab und rieb mir die müden Augen. Hatte ich nicht vor etwas mehr als einer Stunde beschlossen, mein Leben frei und ohne Mann zu bestreiten? Und nun saß ich da und wünschte mich an die Lippen des Mannes neben mir – des Mannes, der mich mehr als einmal schwer getäuscht hatte.

Um mich abzulenken von meinen ausufernden Gedanken, strich ich den Rock glatt und hoffte, dass die Hitze rasch wieder aus meinen Wangen wich.

»Ich bin schwanger!«

Hatte ich diesen Satz eben laut gesagt oder nur gedacht? Ein Blick in Augusts entsetztes Gesicht reichte für eine Antwort aus. Sofort presste ich eine Hand auf meinen Mund und erwiderte seinen fassungslosen Blick.

»Was?«, fragte er und schluckte laut.

»Verzeih, ich wollte nicht …«, sagte ich und versuchte, den turbulenten Sturm in meinem Kopf zu ordnen. Warum hatte ich das gesagt? Es gab keinen Grund dafür. Oder war es richtig gewesen, für klare Verhältnisse zu sorgen? August hatte die

Wahrheit verdient, ehe er sich in Pläne stürzte, die mich womöglich miteinschlossen. Ich blickte ihm in die Augen und er mir. Es war unmöglich, zu sagen, was er dachte und fühlte. Ich hatte ihn mit einer Wahrheit konfrontiert, die er vermutlich niemals in Erwägung gezogen hätte. Schweigend starrte er mich an, ließ nicht erkennen, welche Gedanken durch seinen Kopf kreisten.

»Du erwartest ein Kind?«, fragte er und ließ den Blick über meinen Bauch wandern.

Unwillkürlich legte ich eine Hand auf meine Körpermitte.

»Verzeih«, sagte August und lenkte den Blick hoch zu meinen Augen. »Seit wann weißt du davon?«

»Noch nicht lange. Du bist nach meiner Familie der Erste, dem ich es erzähle.«

»Und dem Reitknecht … äh, entschuldige, diesem Marjan?«

»Ich möchte nicht, dass er es weiß.«

»Aber er ist der Vater, er muss es erfahren!«

»Muss er?«, fragte ich überspitzt. »Mir wäre lieber, ich müsste nie wieder ein Wort mit ihm wechseln.« Als ich es ausgesprochen hatte, wusste ich, dass es die Wahrheit war. Ich wollte Marjan nicht mehr sehen, ihn nicht mehr sprechen und schon gar nicht gemeinsam mit ihm ein Kind großziehen.

»Er ist nicht der Richtige, um meinem Kind ein Vater zu sein. Ich schaffe das auch sehr gut allein«, sagte ich. Nie im Leben würde ich vor August zugeben, dass ich Hilfe brauchte.

»Das weiß ich doch. Dennoch solltest du ihn in einem Brief darüber in Kenntnis setzen.«

»Ich werde darüber nachdenken«, sagte ich, obwohl ich wusste, dass dieses Thema bereits für mich abgeschlossen war.

»Da fällt mir gerade ein«, meinte August zögerlich und starrte auf seine Hände, »dass ich noch einmal nach Presciana sehen wollte. Ich musste heute die Morgenarbeit abbrechen, weil er mehrmals gehustet hat. Womöglich braucht er noch eine Gabe

Fenchel und Anis in sein Futter, um besser abhusten zu können. Das verstehst du doch sicher, oder?«

Ohne auf Antwort zu warten, stand er auf und bot mir seine Hand an. Kurz starrte ich ihn fragend an, suchte nach Worten, nach irgendetwas, das ich sagen konnte, doch ließ ich den Augenblick schweigend verstreichen, griff nach Augusts Hand und ließ mich von ihm hochziehen.

»Natürlich verstehe ich dich, August. Ein krankes Pferd hat immer Vorrang!«

Ein krankes Pferd hat immer Vorrang, was für ein Unsinn. Mir war danach, mich zu ohrfeigen oder im Boden zu versinken. Aber wie rettete man sich aus einer Situation, die einfach viel zu kompliziert war, um sie unvorbereitet zu meistern.

August wollte weg. Weg von mir. Und tatsächlich konnte ich ihn verstehen. Gäbe es eine Möglichkeit, ich wäre auch vor mir geflohen, aus dieser Situation, die mich völlig aus der Bahn warf und deren Zukunft ich nicht gewachsen war. Hatte ich bis eben gehofft, in August einen Freund zu finden oder mehr, musste ich mich nun wohl damit abfinden, dass man als Mutter eines unehelichen Kindes eine Geächtete war.

Ich atmete tief durch, versuchte mich an einem Lächeln und redete mir ein, dass sich eine Möglichkeit finden würde.

34

AUGUST

»*Ich bin schwanger!*«

Diese Worte hallten in meinem Kopf nach und brannten sich in meinen Gedanken fest. Auf dem Weg vom Prater zur Hofreitschule versuchte ich, mir darüber klar zu werden, was dieser eine Satz mit mir machte. War ich enttäuscht? Wütend? Traurig? Ich wusste es nicht. Nur dass er mich überforderte, das konnte ich mit Gewissheit sagen. In meinen Gedanken tobte ein Sturm, mein Herz raste, während ich verbissen auf die Straße vor mir blickte. Der Weg vom Prater zur Hofreitschule war nicht weit genug, um Klarheit zu finden.

Bevor ich herausfinden konnte, was dieser eine Satz für eine Bedeutung hatte, sollte ich vielleicht besser danach fragen, was es bedeutet hätte, wenn Margarete ihn nicht laut ausgesprochen hätte. Wären wir uns nähergekommen? Hätten wir uns an diesem sonnigen Nachmittag im Prater geküsst? Uns wieder verabredet? Uns vielleicht verliebt?

Aber wie sollte ich mich in die Frau verlieben, die mir bis vor Kurzem noch ein derartiger Dorn im Auge gewesen war. Ich hätte damals einfach schweigen können, es hinnehmen, dass sie anstatt Wenzel in der Quadrille vor dem Kaiserpaar aufgetreten war. Aber von Ehrgeiz zerfressen, hatte ich nicht eher Ruhe gefunden, bevor ich Margarete ihres Stolzes beraubt hatte.

Sie war die bessere Reiterin – nicht nur besser als ihr Bruder

Wenzel, sondern auch besser als ich. Ohne wochenlang an dieser Kür zu arbeiten, hatte sie die Abfolge gemeistert, ohne sich auch nur einen einzigen Fehltritt zu leisten. Aus dem Augenwinkel hatte ich sie beobachtet, jede ihrer Lektionen geprüft. Wäre sie nur halb so gut geritten, wäre mir der Schwindel vermutlich nie aufgefallen, aber so …

Und nun war da plötzlich ein neues Gefühl in mir erwacht. Es war weich, warm und begann durch meinen gesamten Körper zu pulsieren, wenn sie mir gegenüberstand, mich anlächelte oder sich bei mir unterhakte. Ihre Nähe verursachte in mir eine Art Stillstand, der dennoch tosend eine Gedankenflut verursachte. Ich wollte ihr nahe sein, sie berühren, vielleicht sogar küssen. Wie es sich wohl anfühlte, wenn unsere Lippen sich berührten und sie sich an mich schmiegte? Sie war stark und löste dennoch den Wunsch in mir aus, sie zu beschützen.

Es war verrückt. Sie verfolgte mich, war immer da – in meinen Gedanken und Sehnsüchten.

Als der Michaelertrakt vor mir erschien, verlangsamten sich meine Schritte, bis ich schließlich zum Stillstand kam. Und während mein Blick auf der türkisfarbenen Kuppel der Hofreitschule hing, die mit einer goldenen Krone vollendet wurde, verlangsamte sich mein Atem mit einem Mal. Es war eine innere Gewissheit, die sich samten in mir ausbreitete und mich zur Ruhe kommen ließ. Mit einem Mal wusste ich, wo ich hingehörte und wo der Platz war, an dem ich diesen inneren Frieden ein Leben lang verspüren würde.

Ich senkte meinen Blick von der Kuppel hinab zu der Statue des Herkules, der den Kampf gegen den ägyptischen König Busiris gewonnen hatte. Er thronte über ihm, blickte siegessicher auf seinen Gegner hinab.

Der Anblick der marmornen Statuen hatte mich sonst immer beeindruckt – schließlich war ich selbst ein Mann, der es gewohnt war, die Oberhand zu behalten. Ich fühlte mich stark und dem Leben gewachsen. An diesem Tag allerdings nicht. Etwas war mit mir passiert, hatte mich schwach werden lassen und unsicher.

Ich dachte an Margarete und ihre Sorgen. Warum nur hatte ich ihr vorgeschlagen, Marjan über ihre Schwangerschaft in Kenntnis zu setzen? Was, wenn Marjan sie zur Frau nahm und zu sich nach Slowenien holte? Ich wollte nicht, dass Margarete wieder verschwand. Wien war leer, wenn sie nicht hier war.

Aber natürlich zählten meine Wünsche in diesem Fall nicht. Es ging darum, was für Margarete und ihr Kind das Beste wäre.

Ich beschloss, die Gedanken um Margaretes Zukunft zu verdrängen – schließlich musste ich mich am Ende ohnehin ihren Wünschen beugen. Und letztendlich würde sie sich für den Mann entscheiden, der sie auf Händen getragen, und nicht für den, der sie mit Füßen getreten hatte.

Seufzend machte ich mich auf den Weg in die Stallungen, um nach Presciana zu sehen. Dass er mitten im Sommer an Husten litt, war zwar nicht ungewöhnlich, beunruhigte mich aber trotzdem. Wenn Prescianas Zustand sich nicht deutlich verbessert hatte, würde ich noch heute nach dem Tierarzt schicken. Zusätzlich würde ich Vaters Ratschlag befolgen und mit ihm einen Spaziergang durch den Burggarten machen. Etwas Bewegung an der frischen Luft wäre der Heilung bestimmt förderlich. Bestimmt wäre der Husten in wenigen Tagen auskuriert, dennoch musste ich darauf achten, dass der Hengst sich schonte. Die Lipizzaner waren nicht nur stolzer Besitz der Hofreitschule und somit des Kaiserpaares, sie waren durch ihre langjährige Ausbildung immens wertvoll und bekamen rund um die Uhr die beste Pflege, damit sie bis ins hohe Alter fit blieben. Zudem war er mir ans Herz gewachsen und ein treuer Begleiter.

Als ich den Stall betrat, spürte ich sofort, dass etwas nicht stimmte. Irgendwas war passiert, davon zeugten die Unruhe der Tiere und das Stimmengewirr am anderen Ende der Stallgasse.

Vater, Wilhelm, Florian und einige der Stallknechte standen eng beisammen. Ihre Stimmen klangen leise und bedrückt. Sie murmelten, schüttelten die Köpfe. Noch bevor ich zum Geschehen eilen konnte, hielt mich etwas zurück. Ich schluckte fest und zwang mich ans Ende der Stallgasse.

Als die Bereiter und Stallknechte mich erblickten, verfielen sie in betretenes Schweigen, starrten mich an und traten zögerlich beiseite.

»Tut mir leid, August!«, flüsterte Wilhelm und klopfte mir bekräftigend auf die Schulter.

Und dann sah ich ihn. Mein Atem stockte. Hatte bis eben noch Margarete meine Gedanken beherrscht, so war sie nun blitzartig aus meinem Kopf verschwunden, hatte Platz gemacht für die Sorge um meinen treuen Hengst Presciana, der reglos auf dem Boden lag.

»Was …!« Ich stürzte an den Männern vorbei und fiel vor meinem Hengst auf die Knie. Es war, als wäre die Zeit stehen geblieben. Mit einem Ohr auf Prescianas Brustkorb gepresst, versuchte ich, seinen Herzschlag zu kontrollieren. Nichts. Ich fuhr hoch, wandte mich seinem Kopf zu, hielt eine Hand vor seine Nüstern, um den Atem zu spüren. Nichts. Dann konzentrierte ich mich auf seine geschlossenen Augen, öffnete sie sorgfältig und suchte nach einer Reaktion in seinen Pupillen. Nichts.

»Was ist mit ihm? Wo ist der Tierarzt?! Habt ihr schon nach ihm geschickt?«

»August, du siehst doch, dass der Hengst tot ist«, meinte Vater und trat nah neben mich.

»Presciana ist ein junger Hengst, warum sollte er einfach sterben? Er hatte doch nur Husten.« Ich schüttelte den Kopf. Mein Hengst und ich, wir waren ein eingespieltes Ensemble, wir vertrauten uns, verließen uns aufeinander und erkannten schon an den kleinsten Bewegungen des anderen, was wir brauchten. Presciana konnte es nicht leiden, wenn ich meine Sporen einsetzte, dann passierte es schon mal, dass er mit einem heftigen Sprung zur Seite versuchte, mich abzuwerfen. Und er mochte es nicht, wenn ich versuchte, ihm die Courbette beizubringen. Den Sprung, bei dem er zuerst mit den Vorderbeinen vom Boden abheben musste, um sich anschließend auch mit den Hinterbeinen in die Luft zu drücken, mochte er einfach nicht.

»Nicht alle Hengste sind für die *Schule über der Erde* geeignet, Junge!«, hatte Herr Böhm mir zu erklären versucht. Lieber solle ich mich auf die Stärken konzentrieren und das Beste aus ihm herausholen, statt ihn zu etwas zu zwingen, das er einfach nicht beherrschte. Dankbar für den Rat hatte ich mich daran gehalten und mit Feingefühl versucht, Prescianas Stärken zu fördern.

Und nun lag mein treuer Freund leblos vor mir. Ich strich mit beiden Händen über sein Fell, in dem noch ein Rest an Körperwärme hing. Ich starrte auf seine Nüstern und wartete darauf, dass sie sich unter einem kräftigen Atemzug blähten, er aufsprang und heftig schüttelnd das Stroh aus der weißen Mähne abzuwerfen versuchte. Doch mit jedem Augenblick wurde mir klarer, dass es nicht mehr dazu kommen würde. Presciana würde reglos auf dem Stallboden liegen bleiben. Diese Wahrheit traf mich mit einer Wucht, die ich nicht erwartet hatte. Mein Pferd leblos vor mir liegen zu sehen, erfüllte mich mit einer so tiefen Traurigkeit, die mir den Atem raubte.

»Husten kann heimtückisch sein und das Herz schwächen. Und wer weiß, vielleicht hatte er einen angeborenen Herzfehler. Meintest du nicht kürzlich, dass du den Eindruck hast, er wäre viel zu schnell außer Atem und nicht mehr so belastbar?«, meinte Vater mit rauer Stimme.

»Ich habe seine Trägheit dem heißen Wetter zugeschrieben. Aber vielleicht habe ich da falschgelegen«, sagte ich nachdenklich. »Was ist überhaupt passiert?«, fragte ich und blickte in die Gesichter der Männer neben mir. Wilhelm zuckte mit den Schultern, Florian wich meinem Blick aus, nur einer der Stallknechte trat hervor und starrte mich blass und unterwürfig an.

»Ich hab grad die Stallgassn gekehrt, gnädiger Herr, und plötzlich ist er umgfallen. Einfach so! Ich kann's mir net erklären! Er war sofort hinüber. Ich konnte ihm nicht mehr helfen! Ich hab wirklich alles versucht!« Seine Stimme zitterte, und sein Blick war wässrig.

»Das weiß ich doch!«, sagte ich und konnte förmlich sehen, wie eine große Last von dem jungen Stallknecht abfiel.

Im Stroh sitzend, starrte ich in das vertraute Gesicht von Presciana – ungläubig und hoffnungslos. »Mein Junge!«, flüsterte ich und legte eine Hand an seine Stirn. Noch nie zuvor hatte ich jemanden verabschieden müssen, der mir derart ans Herz gewachsen war. Wer würde mich jetzt mit einem freudig aufgeregten Stampfen begrüßen, wenn ich morgens den Stall betrat? Wer würde tölpelhaft mein Gesicht abschlecken und mich zum Lachen bringen? Wer meine Aufregung vor einem Auftritt teilen?

Presciana und ich waren uns in vielerlei Hinsicht ähnlich gewesen und hatten uns gegenseitig genauso akzeptiert, wie wir waren. Und nun?

Vater würde mir einen neuen Hengst zuteilen. Vermutlich Herrn Böhms Gidrane oder Margaretes Hengst Sardinia. Beiden könnte ich nicht gerecht werden. Beide würden nie zu mir gehören, wie Presciana es getan hatte.

Während das Fell des Hengstes unter meiner Hand immer kühler wurde, wurde mir bewusst, dass ich ihn loslassen musste. Und vermutlich nicht nur Presciana, ich musste auch Margarete aus meinem Herzen entlassen. Ihr Platz war an der Seite des Vaters ihres Kindes, mit dem sie es großziehen würde.

Wer war ich dann noch, ohne meinen Freund und ohne die Frau, die mich nicht nur unentwegt herausgefordert, sondern auch verzaubert hatte?

Margarete. Sie war die Einzige, in deren Nähe ich mich in diesem Augenblick sehnte. Sie würde meinen Schmerz verstehen, sie könnte ihn lindern.

Ein letztes Mal kraulte ich Presciana am Kinn, so wie er es immer gemocht hatte, dann stand ich auf.

»Vielleicht ist es besser, wenn du gehst, mein Junge. Der Abdecker kann jeden Moment kommen, und ich glaub, es ist besser, du siehst nicht zu, wie man das tote Tier abtransportiert.« Vater legte einen Arm um meine Schulter.

Diese Berührung war tröstlich und warm. Bestimmt hatte er recht. Ich sollte nicht dabei sein, wenn der Abdecker und seine Männer meinen Hengst durch die Stallgasse zogen, um ihn draußen auf dem Karren zu verladen.

An der Stalltür angekommen, drehte ich mich um, konnte immer noch nicht glauben, dass es das letzte Mal war, dass ich Presciana sehen würde. Wie war es möglich, dass man in so kurzer Zeit ein so enges Band zu einem Tier knüpfte?

Meine Füße fühlten sich schwer an, fast musste ich sie über die Straße schleifen. Mir war, als hinge eine schwere Decke um meine Schultern, die jeden Schritt zusätzlich hemmte.

Vor der Hofburg blieb ich stehen und sah hoch zum Bronzestandbild des Prinzen Eugen, der auf seinem Pferd sitzend den Heldenplatz überblickte. Viel zu lange hatte ich das Amt des Bereiters mit Ruhm und Anerkennung verbunden. Jetzt erst verstand ich, dass es so viel mehr war. Als Bereiter oblag mir die Verpflichtung, eine Tradition fortzuführen und dem Kaiser zu dienen, wann immer er es für richtig hielt.

Anstatt Hochmut auszustrahlen und mich als Einzelkämpfer zu sehen, hätte ich es als Ehre sehen sollen, dass ich von einer Truppe langjähriger Bereiter aufgenommen worden war. Anstatt die Ratschläge teils naserümpfend zu ignorieren, hätte ich sie dankbar annehmen sollen. Ich war kein Held, kein Mann, zu dem man aufblicken musste. Warum nur hatte ich mich so lange dafür gehalten? Jetzt, da ich mein Pferd verloren hatte, fühlte ich mich nackt und verstand, dass ich ohne Presciana ein Nichts war.

Schweren Herzens zog ich weiter. Ohne zu wissen, wohin, und ohne zu wissen, zu wem. Ich wusste nur, dass sich meine Welt an diesem Tag gewandelt hatte und ich eine Weile brauchte, um mit ihrem neuen Tempo Schritt halten zu können. Und ich versuchte den Gedanken an Presciana, der womöglich in diesem Moment aus dem Stall transportiert wurde, zu verdrängen.

Wie viele Hengste wohl schon vor Presciana in der Hofreitschule gedient hatten? Und wie viele Bereiter?

Letzten Endes waren wir beide nur kleine Rädchen im großen Ganzen. Dennoch hatten wir unseren Beitrag geleistet, um die Tradition weiterbestehen zu lassen.

35

MARGARETE

Lieber Marjan, es gibt etwas …

Alles in mir sträubte sich, den Satz zu Ende zu schreiben. Ich wollte Marjan nicht über meine Schwangerschaft in Kenntnis setzen. Nicht heute und auch nicht morgen. Niemals. Es war mein Kind. Es würde in meinem Bauch heranwachsen, ich würde es zur Welt bringen und es an meiner Brust nähren. Ich würde es in den Schlaf wiegen, es waschen und windeln. Und ich würde das alles allein schaffen – ohne ihn.

Weder würde ich zurück nach Slowenien gehen, noch wollte ich, dass Marjan zu mir nach Wien zog. Er gehörte nicht hierher. Nicht nach Wien, nicht in mein Leben.

Ich dachte an August, der die Meinung vertrat, dass Marjan ein Recht hatte, über seine Vaterschaft aufgeklärt zu werden. Und vielleicht hatte er damit recht.

Trotzdem legte ich meinen Federhalter beiseite und lehnte mich zurück. Auf das leere Blatt Papier starrend, ließ ich meinen Gedanken freien Lauf.

Was würde ich nicht dafür geben, wenn es nichts Marjans Kind wäre, sondern …

Nein, diesen Gedanken wollte ich nicht zulassen, er kam mir unecht vor und fremd. Wie würde mein Leben aussehen, wenn ich mich nicht gegen die Eheschließung mit August gesträubt hätte und inzwischen mitten in den Hochzeitsvorbereitungen steckte? Wäre ich glücklich? Wohl kaum. Schließlich hatten August und ich keinen guten Start gehabt. Gehasst hatten wir uns, er mich mindestens so sehr wie ich ihn. Die Ehe wäre zum Scheitern verurteilt gewesen. Damals. Aber heute hatte sich die Lage verändert. Er hatte sich verändert. Und ich mich vielleicht auch.

Heute begegneten wir einander vorsichtiger, liebevoller und zuvorkommend. Dennoch war seine Reaktion auf meine Schwangerschaft eindeutig gewesen. So schnell wie möglich hatte er sich von mir verabschiedet und das Weite gesucht.

Tränen tropften auf das Blatt Papier, das noch immer darauf wartete, beschrieben zu werden.

August hatte recht. Ich musste diesen Brief schreiben – wenn auch nur aus einem Pflichtgefühl heraus. Marjan würde ich nicht wieder in mein Leben lassen.

Ich holte tief Luft, legte meinen Kopf in den Nacken und hoffte von Herzen, dass mein Schicksal sich fügen würde und ich mein Glück fände – auf welche Weise auch immer.

Dann griff ich nach dem Federkiel, beugte mich über das Briefpapier und begann, in möglichst knappen Worten zusammenzufassen, was ich Marjan zu sagen hatte. Dabei versuchte ich zu verdeutlichen, dass ich keinerlei Erwartungen an ihn hatte. Und insgeheim hoffte ich, dass der Brief auf seinem Weg nach Lipica verloren ging und Marjan nie von unserem Kind erfahren würde.

Nachdem ich den Brief am nächsten Tag auf die Reise geschickt hatte, erfüllte mich eine Unruhe, die nur schwer zu ertragen war. Nun würde Marjan unweigerlich von meiner Schwangerschaft erfahren und womöglich mit dem Wunsch, mich zu heiraten, an mich herantreten. Für Mutter wäre dies vielleicht eine glückliche Fügung, immerhin wäre so wenigstens meine Zukunft gesichert. Stets hatte ich davon geträumt, unabhängig zu sein, hatte die Verbindung mit August ausgeschlagen, um frei zu sein, und nun fühlte ich mich in die Ecke gedrängt. Weder sollte mein Kind in ärmlichen Verhältnissen aufwachsen, noch wollte ich einen Mann heiraten, den ich nicht liebte.

Bedrückt ging ich in Vaters Schlafzimmer und setzte mich an sein Bett. Was gäbe ich dafür, wenn er wenigstens noch einmal aufwachte, um mit mir zu reden. Er würde mir den richtigen Rat erteilen. Er wüsste, was zu tun war. Nach meiner Hand würde er greifen und mir Mut machen mit seiner bloßen Anwesenheit.

»Papa!«, flüsterte ich und strich über seine Wange. Die Haut war kühl und trocken. Ich griff nach einem Baumwolltuch, tunkte es in die Schüssel mit frischem Wasser und träufelte Vater etwas davon in seinen Mund.

»Trink ein wenig, damit zu wieder zu Kräften kommst!«, sagte ich – wissend, dass dies nicht der Fall sein würde.

»Wie geht es ihm?« Es war Mutter, die das Schlafzimmer betrat und am Bettende stehend meinen schlafenden Vater betrachtete.

Ich zuckte nur mit den Schultern. Wir wussten alle, wie es um ihn stand und dass seine Tage gezählt waren, wenn er nicht bald aufwachte, um Nahrung zu sich zu nehmen.

»Und wie geht es dir?« Ihre Stimme war sanft und löste etwas in mir aus, nach dem ich mich sehnte, seit ich von meiner Schwangerschaft erfahren hatte: Geborgenheit.

»Ich weiß es nicht, Mama«, wimmerte ich und war selbst überrascht über meinen Gefühlsausbruch. Heftige Schluchzer durchzuckten meinen Körper, während ich das Gesicht in meinen Händen vergrub.

»Ist ja gut, mein Kind!«, hauchte sie und kam zu mir. Ihren Arm um mich gelegt, drückte sie mich an sich und wogte leicht hin und her, als wäre ich ein Säugling, der in den Schlaf geschaukelt werden musste. Tatsächlich beruhigte mich die beständige Bewegung, und mit einem Mal übermannte mich Müdigkeit.

»Wenn doch nur die Zeit stehen bliebe. Genau jetzt!«, flüsterte ich. Hier in diesem Zimmer, umgeben von Vaters gleichmäßigen Atemzügen und Mutters Hand, die durch mein Haar strich, rückten alle Sorgen in den Hintergrund. Der Wunsch, erwachsen zu werden, hatte mich zu schnell eingeholt und ließ sich nun nicht mehr umkehren. Mein Schluchzen versiegte ebenso wie meine Tränen. Umgeben von meinen Eltern hatte ich das Gefühl, nicht mehr allein zu sein mit meiner Sorge.

»Ich kenne deine Ängste nur zu gut, mein Mädchen.« Mutters Stimme war zerbrechlich wie nie zuvor. Überrascht blickte ich hoch in ihr Gesicht, dessen Züge an Härte verloren hatten. Fast wirkte sie, als hätte auch sie ihren Frieden gefunden, in diesem Zimmer, das abgekapselt war von der Außenwelt. Und vermutlich war ihr ebenso bewusst, dass die Tage gezählt waren, an denen sie dem Atem ihres Mannes lauschen konnte.

»Wenzel hat in der Nähe der Universität eine kleine Wohnung gefunden. Er wird bald ausziehen. Und dein Vater wird uns ebenfalls bald verlassen. Die Wohnung hier ist uns beiden dann zu groß. Wir verkaufen sie und mieten uns eine, die günstig ist und dennoch gut gelegen. Mit dem Verkauf des Hauses und der Möbel müssten wir genügend Geld erhalten, um eine Weile über die Runden zu kommen. Und wenn wir dann erst zu dritt sind, fällt uns schon etwas ein, wirst sehen«, sagte sie.

Ich nickte dankbar, schloss die Augen und lehnte mich wieder an sie.

»Wir schaffen das auch ohne einen Mann …« Ihre Stimme zitterte. »… das verspreche ich!« Dann schlang sie die Arme um mich und weinte gemeinsam mit mir.

Wenig später machte ich mich auf den Weg in den Volksgarten. Ich brauchte frische Luft und etwas Bewegung. Die Stunden an Vaters Bett zehrten an meinen Kräften und an meinem Gemüt. Wäre es am Ende ein Segen, wenn er die Krankheit hinter sich lassen und friedlich im Kreise seiner Familie einschlafen könnte?

Noch konnte ich dem Gedanken, Vater loszulassen, nichts Gutes abgewinnen. Ich wollte, dass er gesund wurde und wieder am Familienleben teilnahm. Ich wollte, dass er sein Enkelkind in die Arme schloss und an sich drückte. Ich wollte ihn noch einmal lachen sehen.

Es war früher Nachmittag, die Sonne schien kräftig vom Himmel und erhitzte die Stadt, die ohnehin schon unter dem langen Sommer ächzte. Die Straßen waren staubig, die Luft drückend. Doch in wenigen Minuten hätte ich den Volksgarten erreicht und könnte im Schatten der Bäume neue Energie schöpfen. An einen kräftigen Baumstamm gelehnt, würde ich mit geschlossenen Augen die Ruhe genießen und versuchen, einen Moment innezuhalten. Dass Mutter mich nicht länger mit Vorwürfen bedrängte, erleichterte mein Gemüt und machte mir Hoffnung. Ja, sie und ich, wir würden es schaffen. Große Veränderungen standen uns bevor, aber die würden wir meistern und uns in einer kleineren Wohnung für die Zukunft rüsten. Nun blieb nur noch zu hoffen, dass Marjan meinen Brief möglichst unbeantwortet ließ oder mich zumindest nicht mit Forderungen oder Wünschen konfrontierte. Wie war es nur möglich, dass Gefühle sich derart veränderten? Vor wenigen Wochen noch war ich der Meinung gewesen, an Marjans Seite mein Glück zu finden. Wir hatten uns geliebt – oder etwa nicht? War es nur eine lose Schwärmerei gewesen? Und wenn ja, wie sah dann echte Liebe aus?

»Fräulein Margarete?«

»Ja?«, fragte ich überrascht, und als ich mich umwandte,

blickte ich in das freundliche Gesicht eines wenig talentierten, aber sehr ambitionierten Bereiteranwärters.

»Robert, nicht wahr? Was machst du hier?«, fragte ich neugierig.

»Ach, ich muss nur Herrn Hoffmanns Uniform zum Schneider bringen.«

Sofort richtete ich meine Aufmerksamkeit auf Augusts Reitfrack, den Robert über dem Arm trug. Mir war danach, die Hand auszustrecken und den Stoff zu befühlen und daran zu schnuppern.

»Wie geht es dir? Was macht deine Ausbildung? Kommst du gut voran?«, fragte ich und riss den Blick von Augusts Frack los.

»Eigentlich geht es mir gut, danke. Und ja, tatsächlich habe ich das Gefühl, immer besser zu werden. Das Reiten ist mein Leben, wissen Sie? Allerdings stehen in der Hofreitschule noch alle unter Schock wegen Presciana.«

»Augusts Hengst? Was ist mit ihm?« Mit einem Mal fühlte ich mich hellwach und aufgeregt.

»Er ist tot, gnädiges Fräulein Böhm. Einfach so.«

»Was?« Bestürzt legte ich eine Hand an meinen Mund. »Warum? Was ist passiert?«

»Er ist einfach tot umgefallen. Mitten am Tag.«

»Aber …« Während sich in meinem Kopf die Gedanken überschlugen, fehlte es mir dennoch an Worten. Presciana war ein so treuer und gutmütiger Hengst, der stets bestrebt gewesen war, seinem Reiter zu gefallen. Er war jung gewesen und entstammte einer hervorragenden Mutterstute, die mich während meiner Zeit auf Lipica immer wieder beeindruckt hatte mit ihrer Stärke und ihrem Ausdruck.

Wie würde es August nach diesem Verlust gehen? Bestimmt war er verzweifelt. Sollte ich zu ihm gehen? Mit ihm reden? Ihn in die Arme schließen? Nein, das wäre wohl übertrieben. Dennoch gab es für mich in diesem Moment nichts anderes als den

Wunsch, August zu sehen. Er brauchte mich – zumindest hoffte ich das.

Hastig verabschiedete ich mich von Robert und wandte mich von ihm ab. Kurz musste ich mich orientieren, um die richtige Richtung einzuschlagen. Die Familie Hoffmann wohnte in einer der überteuerten Wohnungen am Graben, gleich gegenüber der Pestsäule. Es dauerte nicht lange, bis ich mir die richtige Strecke in meinem Kopf zurechtgelegt hatte und loseilte. Der Weg war nicht weit, und wenn ich mich beeilte, würde ich in einer halben Stunde dort sein. Blieb nur zu hoffen, dass August auch da war.

Wie schrecklich, der arme Presciana. Unwillkürlich musste ich an Vaters früheren Hengst Famosa denken, den ich über alles geliebt hatte und der in meinem Beisein gestorben war. Famosa war ein altes Pferd gewesen und hatte viele Jahre lang der Hofreitschule gedient. Mit ihm hatte Vater die höchsten Sprünge gezeigt, stolz und mächtig war er gewesen, und dennoch treu und warmherzig. Zur Begrüßung hatte er auf der Suche nach einem Stück Zucker stets meine Röcke zerwühlt. Und ich hatte ihn jedes Mal gewähren lassen und dabei laut gekichert. Es hat uns damals verzweifeln lassen, ihn sterben sehen zu müssen.

»Nie wieder werde ich einem so großartigen Hengst begegnen wie dir, mein Bub!«, hatte Vater unter Tränen geflüstert, als Famosa bereits auf seinem weichen Strohbett gelegen hatte.

Kurz blieb ich stehen und tupfte mir die Tränen von den Wangen. Wie seltsam, dass man den Schmerz mancher Verluste ein Leben lang in sich trägt. Man kann ihn für eine Weile verdrängen, so tun, als ginge das Leben einfach weiter, aber in manchen Momenten brach sie wieder durch, die schmerzvolle Erinnerung, die einen daran erinnerte, wie kurz das Leben war.

Als die Pestsäule in mein Blickfeld rückte, wurden meine Schritte langsamer. Die goldene Dreifaltigkeit thronte auf der Spitze der barocken Säule, die üppig mit Engeln und goldenen

Wappen ausgeschmückt war. Meine Füße schmerzten im engen Schuhwerk, und mein Atem ging hastig vom flotten Marsch. Mit ein paar Handgriffen tastete ich meine Frisur ab und strich lose Haarsträhnen über meinen Hinterkopf. Dann strich ich meine Röcke glatt und klopfte den Staub aus dem Stoff.

Hier am Graben war Markttag, und jede Menge Menschen tummelten sich zwischen den Obst- und Gemüseständen. Der Geruch von frischem Brot und Gewürzen stieg mir in die Nase, und eine alte Frau, die lautstark frischen Apfelstrudel anpries, zog kurz meine Aufmerksamkeit auf sich.

»Nein, danke!«, winkte ich ab, als die Alte mich auf ihre Backwaren hinwies. Verärgert schüttelte sie den Kopf und murmelte ein paar Worte in meine Richtung, von denen ich froh war, sie nicht verstanden zu haben.

Dann eilte ich zum Haus, in dem die Hoffmanns ihre Wohnung hatten, und trat durch die schwere Eingangstür ins kühle Treppenhaus. Mit dem Schließen der Tür sperrte ich auch den Straßenlärm aus. Nur noch leise und gedämpft drangen Stimmen durchs Gemäuer. Ich blickte die Treppen hoch, die mich von Augusts Wohnung trennten, und suchte nach den richtigen Worten, mit denen ich meinen Besuch rechtfertigen konnte. Nachdem mir nichts einfallen wollte, beschloss ich, einfach hochzugehen und mir dann spontan etwas Passendes einfallen zu lassen. Ich seufzte schwer, denn schließlich wusste ich, dass Improvisieren nicht meine Stärke war. Gewiss würde ich stotternd vor August – oder schlimmer noch: vor seiner Mutter – stehen und mich fürchterlich blamieren.

Als ich an der Tür klopfte, überkam mich eine innere Ruhe. Ich wusste, dass ich besonnen sein musste, wenn ich August eine Stütze sein wollte.

Der Dienstbote öffnete mir die Tür und wies mich an, ihm zu folgen. Ich war erstaunt über die Größe der Wohnung. Die Hoffmanns mussten unglaublich reich sein, wenn sie sich in einem der Innenbezirke eine solche Residenz leisten konnten. In einem Salon sitzend, wartete ich auf August. Der Raum war ausstaffiert mit Ölgemälden in protzigen Goldrahmen, mit teuren Vasen und Statuen. Die Wände waren mit hochwertiger Seidentapete ausgekleidet, und die Fenster wurden umrahmt von bodenlangen Samtvorhängen.

Und obwohl ich selbst aus gutem Hause stammte, fühlte ich mich hier in diesem goldverbrämten Zimmer völlig fehl am Platz. Jeder Gegenstand in diesem Salon verdeutlichte mir die Macht und den Reichtum der Familie. Und mit einem Mal verstand ich, warum August so war, wie er war. Wenn man in solchem Prunk aufwuchs, konnte man vermutlich gar nicht anders, als zu glauben, man wäre etwas Besonderes, zu dem die gesamte Welt aufzuschauen hatte.

Als die Tür sich öffnete und August den Salon betrat, war mir, als überschlüge sich mein Herz. Ich hatte ihn noch nie zuvor derart leger gekleidet gesehen. Weder trug er einen Gehrock noch eine Halsbinde. Der Kragen des Hemdes war unverschlossen und bot einen Blick auf den Ansatz seiner Brustbehaarung. Beschämt über meine Blicke, wandte ich mich sofort wieder seinem Gesicht zu. Das Haar war offenbar ungekämmt und fiel ihm in wilden Strähnen in die Stirn. Er wirkte ungezähmt und frei, aber auch niedergeschlagen und müde.

»Margarete, du, hier?«, fragte er und trat auf mich zu.

»Ja«, sagte ich und war entsetzt, weil mir sonst nichts einfallen wollte. Wo waren die tröstenden Worte, die ich August sagen wollte?

»Es tut mir so leid«, flüsterte ich. »... das mit Presciana.«

August nickte und trat so nahe an mich heran, dass ich die Wärme seines Körpers fühlen konnte. Der schwere Geruch von Sandelholz umfing mich, benebelte meine Sinne. Und dann, ohne zu wissen, warum, und ohne darüber nachzudenken, umarmte ich ihn. Ganz eng drückte ich mich an ihn und legte meine Hände um seinen Nacken. Dabei vergrub ich das Gesicht in seiner Halsgrube und sog den Geruch seiner Haut tief in mich ein. Meine Stirn berührte seine Haut, und für diesen Augenblick war mir, als hätte ich mich nie zuvor einem Menschen näher gefühlt.

Vielleicht lag es daran, dass ich ihn überrumpelt hatte, oder weil er sich ebenso nach dieser Nähe sehnte wie ich. Ohne zu zögern, erwiderte er meine Umarmung und schmiegte sich eng an mich. Unsere Wangen berührten einander, warm, weich und so innig, dass ich aufschluchzen musste.

»Verzeih!«, sagte August, entließ mich aus der Umarmung und trat einen Schritt zurück. Ohne seine Nähe fühlte ich mich plötzlich nackt und hilflos.

»Wie geht es dir?«, fragte ich, um von der Situation abzulenken.

»Ich weiß es nicht«, antwortete er und ging zum Fenster. »Es ging alles so schnell. So ganz habe ich den Tod noch immer nicht begriffen, schätze ich.«

»Ich weiß, was du meinst.«

»Ja? Ich nicht.« Er lachte kurz und schmerzhaft auf. »Der Gedanke, dass Presciana nicht mehr auf mich wartet, wenn ich die Stallungen betrete, dass ich ihn nie wieder reiten werde, nie wieder durch seine Mähne streichen oder seine weichen Nüstern berühren werde. Sein treuherziger Blick, wenn er ein Stück von meinem Apfel wollte …« August schmunzelte, als er in Gedanken das Bild seines Hengstes in Erinnerung rief.

»Kann ich irgendetwas für dich tun?«

»Dass du hier bist, ist schon genug, glaub mir.« Er wandte sich mir zu und lächelte. »Wie geht es dir?«

»Mir?« Diese Frage überforderte mich. Wie ging es mir eigentlich? Ich war verwirrt, traurig, hilflos, wurde gequält von Zukunftsängsten und morgendlicher Übelkeit.

»Mir geht es gut, danke!«, sagte ich, weil ich sicher war, dass

August nichts von meinen Beschwerden hören wollte. Er hatte genug mit seinen eigenen Sorgen zu kämpfen.

»Und ich habe dir gehorcht und einen Brief an den Kindsvater geschrieben.«

»Sehr gut!«, sagte er und lächelte wehmütig. »Ich wünsche dir von Herzen, dass du glücklich wirst.«

»Das wünsche ich mir auch«, sagte ich.

»Marjan wäre verrückt, wenn er dich nicht heiraten wollte.«

»Wäre er das? Ich kenne mindestens einen Mann, der sich gegen eine Verbindung mit mir gesträubt hat.«

»Ja?« August grinste und kratzte sich verlegen am Nacken. »Vermutlich, weil er der Meinung war, dass du ihn nicht ausstehen kannst.«

Nun war ich es, die beschämt zu Boden blickte.

»Wir hatten wohl keinen guten Start, nicht wahr?«, erwiderte ich und fragte mich, wie man es schaffte, nach so viel Groll die entstandene Distanz zu überwinden und noch einmal von vorne zu beginnen. Wie sollte ich August davon überzeugen, dass nicht Marjan der richtige Mann für mich war, sondern er? Dann dachte ich an meine Schwangerschaft und wie ungerecht es von mir wäre, ihm die Verantwortung für ein fremdes Kind aufzubürden.

»Nein, den hatten wir nicht. Aber Margarete, wenn Marjan dich tatsächlich nicht heiraten möchte, dann ...«

Mein Herz setzte ein paar Takte aus, und mein Blick hing an seinen Lippen. Was, wenn er mir sagen wollte, dass er Gefühle für mich hatte? Was, wenn er mich heiraten wollte? Die Zeit schien trotz der sommerlichen Temperaturen eingefroren zu sein.

»... verspreche ich dir, dass ich für dich und dein Kind da sein werde. Ich werde mich um euch kümmern, egal, ob du Geld brauchst oder jemanden, der dein Kind in den Schlaf singt.«

Geld? Das war es also, was er mir bieten wollte? Mein Herz

brach leise in tausend Stücke und riss jede Hoffnung auf ein glückliches Ende mit sich in die dornige Tiefe.

»Als ob du singen könntest!«, sagte ich und lachte aufgesetzt.

»O ja, man sagt, ich wäre ein begnadeter Sänger, eines großen Opernhauses würdig.« Er lachte, aber es war kein echtes Lachen.

War es möglich, dass wir beide uns etwas vorgaukelten? Dass wir beide Gefühle füreinander hegten und nicht wussten, wie wir sie dem anderen gestehen sollten?

Wenn ja: Sollte ich die Hürde überwinden oder darauf warten, dass er den Mut dazu fand?

Wie verworren das Leben doch war.

Draußen färbte das Licht der untergehenden Sonne die Dächer rotgolden. Tauben flatterten auf der Suche nach einem Schlafplatz von einem Fenstersims zum nächsten. Die Verkäufer bauten ihre Marktstände ab und verpackten die Waren in Körben und Kisten. Es war ruhig geworden im Graben. Und es war ruhig geworden zwischen August und mir.

Ich beschloss, mich zu verabschieden und mich auf den Weg nach Hause zu machen. Es war Zeit …

36

»Post für Sie, gnädiges Fräulein!«, sagte Martha und legte einen Brief auf den Esstisch. Ich stellte meine Tasse Tee auf die Untertasse und starrte auf die geschwungene Schrift, in der mein Name geschrieben worden war.

Es war ein lauer Tag im September, und dennoch fröstelte ich und zog mein Schultertuch aus leichter Wolle enger um meinen Oberkörper.

»Von wem ist er?«, fragte Mutter und legte ihr Frühstücksbrot auf den Teller. Dann wischte sie ihre Finger an der Stoffserviette ab und griff neugierig nach dem Umschlag. »Aus Slowenien«, sagte sie kühl.

»Ich weiß«, flüsterte ich.

»Mach ihn auf! Na los!«, forderte Mutter mich auf und drückte mir den Brief wirsch in die Hand.

Ich starrte auf den cremeweißen Umschlag, der schwer in meinen Händen wog – schwerer als jeder Brief zuvor. Mutter redete nach wie vor auf mich ein, doch ihre Stimme rückte in den Hintergrund und war mit einem Mal kaum noch hörbar. Es gab nur noch mich und diesen Brief, von dem ich nicht wusste, ob ich den Inhalt erfahren wollte oder nicht.

Ich dachte an meine ersten Begegnungen mit Marjan, sein Lächeln, seine Küsse, die ein Feuer in mir ausgelöst hatten. Ich dachte an unsere Liebesnächte, in denen wir eng umschlungen im Bett lagen und nicht genug voneinander bekommen konnten. Wir hatten zusammen gelacht, uns eine gemeinsame Zukunft ausgemalt. Letztendlich war alles anders gekommen, aber das war vermutlich nur zu unserem Besten. Wir hätten uns nicht glücklich gemacht, nicht ein ganzes Leben lang. Die Trennung war wichtig und richtig gewesen. Wäre da nicht unser ungeborenes Kind, hätten wir nie wieder voneinander gehört.

Mit Bedacht öffnete ich den Umschlag und entfaltete das Briefpapier. Nur wenige Sätze füllten das weiße Papier. Ich atmete tief, ganz tief ein, versuchte, mich zu sammeln, und begann, den Brief zu überfliegen. Es war, als läse ich die Worte eines Fremden, eines Menschen, dem ich noch nie begegnet war und der unendlich weit weg von mir ein Leben führte, mit dem ich nicht das Geringste zu tun hatte.

Liebe Margarete,
deinen Brief habe ich erhalten, und somit auch die Nachricht von deiner Schwangerschaft.
Ich bitte dich höflich, von weiteren Briefen an mich abzusehen.
Dea und ich sind seit Kurzem verheiratet und wollen eine eigene Familie gründen.
Bestimmt hast du Verständnis für meine Bitte.
Ich wünsche dir nur das Beste.
Mit verbindlicher Empfehlung
Marjan.

Ich faltete den Brief wieder ordentlich und steckte ihn zurück in den Umschlag.

»Was hat er geschrieben, dieser Stallknecht?«, fragte Mutter ungehalten.

»Genau das, was ich von ihm erwartet hatte. Er möchte weder mich noch das Kind jemals wiedersehen.«

»Was? Ist der verrückt? Entführt dich nach Slowenien, schwängert dich, und dann lässt er dich im Stich? Er muss dich heiraten, aus dir eine ehrbare Frau machen.«

»Er *ist* inzwischen verheiratet, Mama!«

Mutter weitete ungläubig die Augen und schluckte schwer.

»Abgesehen davon hätte ich niemals seine Frau werden wollen. An seiner Seite wäre ich nicht glücklich geworden.«

»Langsam frage ich mich, an wessen Seite du glücklich zu werden gedenkst. August Hoffmann hast du ausgeschlagen und nun auch den Vater deines Kindes. Auf welchen Mann wartest du eigentlich? So groß wird die Auswahl nicht mehr sein, wenn du erst Mutter eines unehelichen Kindes bist!«

»Mama!« Meine Stimme überschlug sich vor Entrüstung. »Ich warte auf gar keinen Mann!«

Ich seufzte empört auf und versuchte herauszufinden, was dieser Brief mit mir machte. Im Grunde war ich erleichtert, denn Marjans Ablehnung bedeutete, dass er niemals Besitzansprüche an mich stellen würde. Er würde das Kind nicht sehen wollen, und somit könnte ich ihn getrost für immer aus meinem Leben streichen. Es gab keinen Marjan mehr, und wenn mich eines Tages jemand nach dem Kindsvater fragte, konnte ich ebenso gut sagen, dass dieser verstorben sei.

»Du hast selbst gesagt, dass wir es auch ohne Mann schaffen werden!« Ich blickte eindringlich über den Tisch in Mutters Gesicht. Die Falten um ihre Augen waren tiefer geworden, außerdem hatte sie an Gewicht verloren und war zusehends ergraut. Arme Mama. Dennoch konnte ich die Lage für sie nicht verändern oder ihr einen Teil ihrer Bürde abnehmen. Wir alle würden unser Familienoberhaupt verlieren und künftig auf den gewohnten Luxus verzichten müssen. Aber deshalb machte ich mir keine Sorgen. Ich würde Arbeit finden, um meinen Lebensunterhalt allein zu bewältigen. Vielleicht suchte eine wohlhabende Familie nach einer Lehrerin oder einer Zofe für die Kinder des Hauses? Ich würde eine Lösung finden, da war ich mir sicher.

»Mama!« Wenzels Stimme riss mich aus meinen Gedanken. Mein Bruder war nur noch selten zu Hause bei uns. Meist verbrachte er die Tage an der Universität und in seiner Wohnung. Er genoss das neue Leben, war angekommen und glücklich. An der Universität durfte er endlich der sein, der er war. Er brauchte sich nicht mehr zu verstellen und den leidenschaftlichen Bereiter mimen, um Vater zu gefallen. Zielstrebig besuchte er seine Vorlesungen und schrieb seine Arbeiten, lernte in der Bibliothek und arbeitete nebenher in einer Kanzlei.

Ich vermisste ihn. Kein Mensch war mir näher als er, aber vermutlich freute ich mich gerade deshalb so sehr mit ihm. Wir würden uns niemals ganz verlieren, egal, wie weit wir voneinander entfernt waren oder wie beschäftigt. Es würde sich immer wieder eine Brücke zueinander finden, ein Abend, an dem wir leise plauderten, uns alles erzählten, auch die größten Geheimnisse.

Mutter sprang förmlich vom Stuhl und eilte aus dem Zimmer. Ich folgte ihr, lief hinter ihr her über den Flur und bis nach hinten in Vaters Schlafzimmer. Dort tauchten wir ein in die kühle Dunkelheit, die ihn umgab.

»Wenzel, was ist?«, fragte Mutter leise.

Seit Tagen hatte Vater das Bewusstsein nicht mehr erlangt. Die Ärzte waren der Meinung, dass sein Weiterleben an ein Wunder grenzte. Vermutlich lag es an Mutters hingebungsvoller Fürsorge. Täglich gab sie ihm in kleinen Portionen Suppe ein, die er bereitwillig schluckte. Dennoch war er nur noch ein Schatten, die Augen eingefallen, die Wangenknochen hervorstechend, die Haut dünn, fast durchsichtig. Und doch hatte er die Kraft, zu atmen und am Leben zu bleiben. Ich bewunderte Vater für seine unbändige Stärke – oder sollte ich lieber hoffen, dass er die Kraft fand, loszulassen?

»Ich glaube, es geht ihm nicht gut«, flüsterte Wenzel. »Schlechter als sonst. Er atmet kaum noch.«

Mutter drängte an Vaters Bett, griff nach seiner Stirn und fühlte seinen Puls. Wann war sie derart fürsorglich geworden? Ich konnte mich nicht erinnern, dass sie uns als Kinder jemals eine solche Pflege hatte zukommen lassen. Egal, ob wir krank oder einfach nur traurig waren – Mutter war die Letzte im Haushalt, die sich um uns gekümmert hätte. Dafür hatten wir unser Kindermädchen oder Vater, aber sicher nicht sie. Aber die Zeit verändert uns, und die Angst vor dem endgültigen Verlust machte offenbar alles möglich. Mein Blick haftete an Mutter, die liebevoll Vaters Gesicht wusch und ihm dabei sanfte Worte zuflüsterte.

In diesem Augenblick wurde mir bewusst, dass ich sie liebte. Sie konnte schroff sein, bestimmend und zügellos, aber hier und jetzt, als sie Vater das Haar aus der Stirn strich und ihn anlächelte, da verzieh ich ihr alles.

Und ich hoffte, dass ich meinem Kind meine Liebe jeden Tag zeigen könnte. Ich würde es umarmen, küssen, mit ihm lachen und ihm sagen, wie sehr ich es liebte. Ich würde keinen Tag damit warten, sondern es sofort an mich drücken, um ihm meine Wärme zu spenden.

»Schlägt sein Herz noch?«, fragte Wenzel zaghaft.

»Ja, aber sehr schwach. Ich fürchte, es ist bald so weit. Margarete, komm zu uns, damit wir eurem Vater gemeinsam beistehen können.«

Mein Atem wurde schneller, und mein Herz raste so, dass ich befürchtete, es wollte in meinem Brustkorb zerspringen. Sosehr es in meinem Inneren tobte, so erstarrt war ich nach außen. Mein Blick hing an Vaters Gesicht, über das die Schatten der flackernden Kerze tanzte. Ich wollte zu ihm, mich an ihn drücken und ihm sagen, wie sehr ich ihn liebte, und doch stand ich unbeweglich mitten im Raum.

»Komm, er soll wissen, dass wir da sind.« Mutter streckte mir ihre Hand entgegen.

Ich wollte danach greifen, aber alles, wozu ich fähig war, war, meinem tosenden Herzschlag zu lauschen und auf Vaters Brustkorb zu starren, der sich nur noch kaum merklich hob und senkte. »Er darf nicht sterben!«, hauchte ich.

»Aber genau das wird er jetzt. Komm!« Mutter stand auf, kam zu mir und legte ihren Arm um meine Schulter, um mich an Vaters Bett zu führen. Ihre Nähe strahlte eine Ruhe aus, die mich erdete und mir Kraft spendete. Ihre Hand ruhte auf meiner, ihre Energie durchströmte mich und ließ mich innerlich stiller werden. Es war, als hätte Mutter ihre gesamte Kraft, ihre ganze Liebe, die sie für mich fühlte, genau für diesen einen Moment aufgespart, um mir jetzt und hier mit voller Wucht eine Stütze zu sein. Und ich nahm sie dankbar an, setzte mich zu Vater ans Bett und griff nach seiner kühlen Hand.

»Wir sind alle da, Papa!«, schluchzte ich und griff nach Wenzels Hand, damit wir einen Kreis bildeten. Jeder hielt die Hand eines anderen. Wir waren eine Familie. Jetzt und für immer. Die Zeit mochte uns voneinander trennen, aber im Herzen blieben wir vereint.

Ich hielt Vaters Hand mit der meinen und Wenzels Hand mit der anderen. Mutter stand neben mir und drückte mich an sich, während wir gemeinsam das »Vaterunser« beteten und warteten. Mit jedem Senken seines Brustkorbes hoffte ich, dass er sich noch einmal hob. Wenigstens noch einmal … Ich war nicht bereit, ihn gehen zu lassen, aber hier ging es nicht um mich. Vater durfte seinen Frieden finden, losgelöst von Schmerz und Leid. Und letztendlich betete ich genau dafür. Für seinen Frieden.

Später konnte ich nicht mehr sagen, ob es Stunden gewesen waren oder nur Minuten, aber ich würde mich ein Leben lang an seinen letzten Atemzug erinnern, den er angestrengt und erschöpft ausatmete.

Und dann kehrte diese Stille in den Raum ein, die so greifbar war, dass sie mich umfing wie eine Umarmung. Es tat nicht weh, und ich musste nicht weinen. Es war einfach still. Und es war vorbei. Vater hatte es geschafft, hatte sich vom Leben abgewandt und sich »auf den Weg gemacht«.

Mutter küsste Vaters Stirn, Wenzel strich ihm über die Wange, und ich legte mich auf seine Brust, durch die nie wieder das Pochen seines Herzens dringen würde.

Es war dunkel im elterlichen Schlafzimmer, dunkler als die finsterste Nacht. Und doch wusste ich, dass wieder helle Tage kommen würden. Vater hatte wie Mutter die Frau aus mir gemacht, die ich war – und als solche würde ich standhaft und stark durch mein Leben schreiten.

»Ich werde den Pfarrer holen«, meinte Wenzel und verließ den Raum.

Mutter nickte. Wir wussten alle, dass Vater keinen Wert auf einen Pfarrer gelegt hätte, dennoch wollten wir alles richtig machen.

Für Papa.

Zum letzten Mal.

37

Der Altarbereich der Votivkirche war derart mit Blumenschmuck überladen, dass man Vaters Sarg kaum sehen konnte.

Wenzel, Mutter und ich saßen in der vordersten Bankreihe und harrten der Dinge. Wir hielten uns an den Händen, während wir auf den offenen Sarg starrten. Immer wieder zwang ich mich, wegzusehen, und doch dauerte es nie lange, bis mein Blick wieder zu Vaters eingefallenem Gesicht wanderte. Die Haut wirkte wächsern, die Züge verfremdet. Dieser Körper hatte nichts mehr zu tun mit dem stattlichen Mann, der einst den Bereitern der Spanischen Hofreitschule Befehle erteilt hatte.

»Wie geht es dir?«

Ich wandte mich um. August saß direkt hinter mir zwischen den Bereitern und Obrigkeiten der Hofreitschule. Alle waren sie gekommen, um meinem Vater die letzte Ehre zu erweisen. Vor den Leichenwagen hatte man zwei Lipizzaner gespannt, die den Sarg nach der Messe zum Friedhof transportieren würden. Alles war so, wie Vater es sich gewünscht hatte.

Ich zuckte mit den Schultern. Nach so viel Aufregung und Sorge fühlte ich mich einfach nur müde. Wenn das Begräbnis doch nur schon vorbei wäre, der Priester seine Predigt schon gehalten hätte, der Leichenzug bereits zum Friedhof marschiert wäre und Vaters Sarg längst in die Erde hinabgeseilt worden wäre.

Ich sehnte mich nach dem Alleinsein. Ganz für mich wollte ich sein, die Augen schließen und an nichts mehr denken müssen.

In der Wohnung erinnerte noch alles an Papa. Aus dem Salon roch es noch nach Pfeife, im Waschraum stand noch sein Rasierpinsel, und neben der Eingangstür warteten seine blank geputzten Schuhe. Es war, als wäre er noch immer unter uns.

Ich blickte wieder zum offenen Sarg, um mir erneut zu verdeutlichen, dass er nicht mehr lebte.

Mutter drückte meine Hand und ich die ihre. Wir waren einander nähergekommen, nun, da Wenzel nicht mehr bei uns wohnte, sondern zu einem Studienkollegen gezogen war. Gleich am nächsten Tag würden wir eine kleine Wohnung besichtigen, und wenn sie uns gefiel, so rasch wie möglich umziehen.

Ich wollte nicht mehr weinen, nicht mehr trauern. Vielmehr wollte ich nach vorne blicken, meiner Zukunft entgegen. Und wenn ich die Augen schloss und mich konzentrierte, dann konnte ich Augusts Atemzüge hören und im Nacken spüren. Er war da, immer. Er war wie ein Netz, das mich auffing, wenn ich stürzte, oder ein weiches Tuch, das sich um mich schmiegte und vor Kälte schützte. Er war da, mit diesem Lächeln, das mich so wunderbar erwärmte.

Wir versuchten, einander Freunde zu sein. Freunde – ich und der Mann, für den ich vor gar nicht langer Zeit unbändigen Groll empfunden hatte. Aber da waren kein Groll mehr, kein Hass und keine herausfordernden Blicke.

Ich blickte hoch zum Pfarrer, der zur Gänze in seiner Predigt aufging. Dennoch war ich zu müde, um seinen Worten zu folgen. Ich wollte sie nicht hören, die Zitate über die Ehrfurcht vor Gott und den Tag des Jüngsten Gerichts.

Dennoch musste ich diese Zeremonie über mich ergehen lassen. Am besten wäre es wohl, wenn ich die Augen schloss und mich einfach treiben ließe. Ich könnte in Gedanken ganz allein für mich Abschied nehmen von Vater. Ich könnte einige Erinnerungen wachrufen. Meine erste Reitstunde zum Beispiel, als er mich in den Sattel gehoben und begeistert applaudiert hatte, weil wir beide diese große Liebe zu Pferden teilten.

Ich vermisste die Hofreitschule, und ich vermisste das Reiten. Alles hatte sich verändert oder war im Wandel. Und vielleicht war das gut so. Das Leben durfte sich neu ordnen, sich in neuen Farben präsentieren. Wer weiß, was es noch zu bieten hatte.

Irgendwann war der Pfarrer fertig mit seiner Predigt, die Sargträger kamen und schlossen den Sarg. Gemeinsam marschierten wir im Trauerzug zum Friedhof. Es war ein kühler Tag im September. Dunkle Wolken hingen bedrohlich vom Himmel und schickten dicke Tropfen auf uns herab. Ich zog den Kragen meines dunkelgrauen Mantels enger um den Hals und rückte meinen schwarzen Seidenhut zurecht. Mein Mieder hatte Martha auf meine Anweisung etwas lockerer geschnürt, damit mich bei der langen Zeremonie keine Schwindelzustände ereilten.

Wenzel und Mutter marschierten direkt hinter dem Leichenwagen, ich hielt ein paar Schritte Abstand zu den beiden. August schloss auf und ging an meiner Seite.

»Du solltest dich in der Öffentlichkeit nicht mit mir sehen lassen«, flüsterte ich ihm zu, um mich von meinen trüben Gedanken abzulenken.

»Was?«, fragte er und trat einen Schritt näher an mich heran. Wir gingen im Gleichschritt, hinter uns wurden Gebete rezitiert und Trauerlieder gesungen.

»Wenn erst mein Bauch noch sichtbarer wird, könnte man sonst noch denken, es ist von dir!«, flüsterte ich hinter vorgehaltener Hand.

»Da mach dir mal keine Sorgen«, sagte August und lächelte mir zu. »Was die Leute denken oder reden, das war mir schon immer egal.«

»Das glaube ich dir sofort«, flüsterte ich zurück und musste tatsächlich schmunzeln. Ich glaubte ihm, denn so, wie er sich bewegte, die Menschen um ihn herum ignorierte und den Trauermarsch mit seiner stolzen Haltung überragte, war es schwer vorstellbar, dass es anders sein könnte.

Am Familiengrab stehend, überkam mich eine schmerzhafte Welle der Trauer. Es war an der Zeit, dass das Begräbnis ein Ende fand und wir den Verlust abschließen durften. So viele Wochen hatte Vater krank im Bett gelegen und auf den Tod gewartet – und wir mit ihm. Es war genug. Ich wollte einfach nur noch, dass der Priester seine Bibel beiseitelegte und uns in unsere Leben entließ.

Während der Sarg in die Grube abgeseilt wurde, legte August eine Hand an meinen Rücken. Ruckelnd wurde der Sarg in die Tiefe gehievt. Immer weiter, immer tiefer. Ob Vater zufrieden gewesen war mit seinem Leben? Oder ob er etwas bereute? Hatte es Dinge gegeben, die er noch erleben, abschließen oder sagen wollte?

Bei dem Gedanken, dass es eines Tages zu spät sein könnte für Geständnisse und Zuwendungen, fühlte ich einen schweren Druck auf der Brust.

Der Tod eilte mit großen Schritten auf uns zu, ohne dass wir davon Kenntnis nahmen. Dinge ließen sich nicht unendlich auf morgen verschieben, irgendwann konnte es einfach zu spät sein.

Zu spät. Diese beiden Worte hingen ungesagt an meinen Lippen, drückten auf mein Gemüt und erschwerten mir jeden Atemzug. Was, wenn man eines Tages meinen Sarg in die Tiefe abseilte und ich unausgesprochene Gefühle und Geheimnisse mit mir in die Ewigkeit trug?

Ich legte eine Hand auf meine schmerzende Brust. Es kostete immense Kraft einzuatmen. Da waren so viele Gefühle in mir, von denen niemand wusste.

»August!«, hauchte ich und griff nach seiner Hand.

»Ich bin ja da!«, sagte er und kreuzte meine Finger mit seinen.

Tränen perlten über meine Wangen, verschmolzen mit den Regentropfen auf meiner Haut.

Ich blickte auf unsere Hände, die einander hielten, als wäre es schon immer so gewesen. Der Zorn auf August war längst verblasst. Der Tag, an dem er mich in der Hofreitschule bloßgestellt hatte, spielte keine Rolle mehr. Wir hatten beide Fehler gemacht und versuchten beide, sie wiedergutzumachen.

Seine Hand war warm und passte sich der meinen an, als wären sie für nichts anderes gemacht, als einander zu halten.

»Ich bin immer für dich und dein Kind da«, sagte August, als wir etwas später allein am offenen Grab standen.

Mutter und Wenzel waren mit den anderen Trauergästen zum Gasthaus aufgebrochen, aber mir war nach keinem Beisammensein mit anderen Menschen.

»Ich weiß, das hast du mit bereits gesagt«, erwiderte ich und erinnerte mich an sein Angebot, mich jederzeit finanziell zu unterstützen. Ein Angebot, das ich hoffentlich nicht annehmen musste.

»Ich habe nur das Gefühl, es dir immer wieder sagen zu müssen, damit du auch wirklich darauf zurückkommst, wenn es nötig ist!« August stand dicht neben mir und sah mich eindringlich an.

»Ich danke dir!« Ich griff nach seiner Hand, so als wäre es eine Selbstverständlichkeit, dass wir einander berührten. Ihm so nahe zu sein, beruhigte mich. An seiner Seite fühlte sich das Leben heller an.

»Margarete?« Augusts Stimme war leiser als sonst, fast schüchtern.

»Ja?« Ich wandte mich ihm zu und sah in sein Gesicht. Es war offensichtlich, dass ihm etwas auf dem Herzen lag. War es möglich, dass er so empfand wie ich? Dass er sich mir öffnen wollte, um nicht eines Tages bereuen zu müssen, es nicht getan zu haben? Hier an Vaters Grab war bestimmt kein romantischer Ort für eine Liebeserklärung, andererseits gab es vielleicht auch keinen besseren.

August trat einen Schritt näher an mich heran.

»Ich bewundere dich«, sagte er und blickte mir dabei in die Augen. Aufgeregt, wie ich war, hatte ich Mühe, seinem Blick standzuhalten.

»Noch nie zuvor habe ich eine Frau getroffen, die so mutig ist wie du!«

Ich schüttelte leicht den Kopf.

»Doch!«, fuhr er fort. »Nenn mir eine Frau, die es wagen würde, sich als Bereiter zu verkleiden, um ihren Bruder zu schützen. Oder eine, die auf den Herrensattel umsteigen würde, weil sie das für besser geeignet hält. Oder eine, die eine Heirat mit einem wohlhabenden und gut aussehenden Mann ausschlagen würde, weil sie eigenständig und frei bleiben möchte.«

»So gut aussehend ist er gar nicht!«, scherzte ich, um meine Unsicherheit zu überspielen.

August lächelte breit und griff nach meiner Hand. »Und ich bewundere dich für die Opfer, die du für dein Kind auf dich nimmst. Ich weiß jetzt schon, dass du eine ganz wunderbare Mutter sein wirst.«

»Du denkst, dass ich eine gute Mutter sein werde?«

»Ja, natürlich!«

»Das wundert mich, weil ich nämlich genau das nicht denke. Wäre ich eine aufopfernde Mutter, hätte ich dann nicht alles getan, um den Kindsvater für mich zu gewinnen? Mein Kind wird damit leben müssen, dass man es schmäht, weil es unehelich ist. Man wird es hänseln, verhöhnen und mit dem Finger darauf zeigen. Ich fühle mich schrecklich, weil ich es dieser Schmach aussetzen muss.«

»Dann heirate mich!«

»Was?« Es war, als hätte man mir mit einem Knüppel auf den Kopf geschlagen. Ruckartig fühlte ich mich in eine andere Gefühlslage versetzt. Hatte ich eben noch auf Augusts Liebesgeständnis gehofft, war mir nun, als taumelte ich rückwärts einem Abhang zu. In meinem Kopf dröhnte es, als stünde ich direkt neben den laut läutenden Turmglocken der Votivkirche.

»Wenn du mich heiratest, dann ersparst du deinem Kind genau diese Herabwürdigung. Jeder würde glauben, es wäre unseres.«

»Aber ...«

»Wir beide ... wir mögen uns doch, oder etwa nicht? Wir würden eine angenehme Ehe führen.«

Eine angenehme Ehe? Diese Aussage versetzte mir einen Stich in die Brust.

»Du würdest mich des Kindes wegen heiraten?«, fragte ich, um einen möglichst unbefangenen Ton bemüht. Bestimmt meinte er es nur gut mit mir und hatte sich nicht einmal ansatzweise überlegt, wie sein Angebot auf mich wirken könnte.

Je länger ich über diesen Antrag nachdachte, desto schlimmer empfand ich ihn. Ich fühlte mich August zugetan, und er empfand gewiss wie ich. Aber ihm unter diesen Umständen mein Jawort zu geben, kam nicht infrage. Was wäre das für eine Ehe? Ich wollte Liebe, Leidenschaft, begehrt werden und kein Zusammenleben, das sich *angenehm* gestaltete.

Den Blick auf Vaters Sarg gerichtet, fühlte ich mich plötzlich einsam. Was, wenn ich mein Leben allein verbringen würde, ohne Mann? Wenn ich nie die Erfüllung fände, die ich mir von Marjan und nun von August erhofft hatte?

Wir schaffen es auch ohne Mann, das waren die Worte meiner Mutter gewesen. Und sie sollte recht behalten. Ich war frei und ungebunden. Das Leben lag noch vor mir, und ich durfte gespannt sein, was es für mich bereithielt.

»Aber sehnst du dich nicht nach der großen Liebe?«, fragte ich unverblümt.

August sah mich verdutzt an und schien um eine Antwort zu ringen.

»Ich danke dir von Herzen für dein Angebot«, sagte ich, um ihn aus seiner Misere zu retten. »Aber lass uns doch beide weiter an die Liebe glauben und nicht aus Vernunft heiraten. Das haben wir beide nicht verdient.« Ich atmete erleichtert aus und hoffte, dass August mich verstand und nicht böse mit mir war oder enttäuscht.

Der Totengräber kam und begann, Erde auf Vaters Sarg zu schaufeln. Die Erdklumpen trommelten auf den Sargdeckel und verschluckten ihn letztendlich ganz. Die Vorstellung, dass mein geliebter Vater für immer unter der Erde lag und ich ihn nie wieder sehen konnte, schnürte mir die Kehle zu. Sein Tod wurde in diesem Moment so greifbar wie noch nie zuvor. Nichts konnte ihn mehr zurückbringen.

»Komm, lass uns gehen. Deine Mutter wartet bestimmt schon auf dich«, meinte August und legte seine Hand an meine Taille, um mich vom Grab wegzuführen.

Ich nickte nur und ließ mich von ihm leiten.

»Es war ein anstrengender Tag, nicht wahr?«, fragte August, während wir über den gekiesten Weg zwischen den Gräbern schlenderten.

»Ich bin fürchterlich müde«, antwortete ich und wünschte mich nur noch nach Hause in mein Bett. Mir war danach, mich von August zu verabschieden und dem Leichenschmaus fernzubleiben.

»Sei mir nicht bös, August, aber ich werde nach Hause gehen.«

»Aber deine Familie ...«

»Die wird es verstehen.«

»Ich könnte ...«

»Nein, ich brauche keine Begleitung, danke!« Ich schmunzelte und berührte sanft seine Hand.

»Du kennst mich einfach zu gut, nicht wahr?«, fragte August und war sichtlich erleichtert darüber, dass wir wieder zurück zu unserem lockeren Umgang gefunden hatten.

»Ja, ich kenne dich«, sagte ich bestimmt und blieb stehen.

»Das wären tatsächlich die idealen Voraussetzungen für eine angenehme Ehe, oder?«, fragte ich und versuchte mich an einem Lachen. Doch August blickte nur beschämt zu Boden. Vielleicht hatte er nun verstanden, wie verletzend sein gut gemeinter Vorschlag für mich gewesen war.

»Ich dank dir. Für alles!« Ich drückte seine Hand zum Abschied und wandte mich von ihm ab, um mich allein auf den Heimweg zu machen.

Als ich mich Schritt für Schritt von ihm entfernte, konnte ich förmlich seine Blicke in meinem Rücken fühlen. Was er wohl dachte? Wenn ich doch nur ansatzweise wüsste, was in diesem Mann vor sich ging.

Ich spazierte gerade durch den mittleren Bogen des Schottentors, als meine innere Stimme mich plötzlich innehalten ließ. Von hier war es nicht weit zur Hofreitschule, und alles in mir sehnte sich danach, Vaters Hengst Gidrane einen Besuch abzustatten. Die Bereiter waren gewiss noch vollzählig beim Leichenschmaus zugegen, es würde sich also niemand an mir stören. Ohne weiter zu überlegen, schlug ich die entgegengesetzte Richtung ein und marschierte in Richtung Michaelertrakt. Mit einem Mal war mir leicht ums Herz. Meine Schritte wurden schneller, fast war mir, als schwebte ich über die regenfeuchte Schottengasse. Der Himmel klarte auf, und Sonnenstrahlen wärmten meine Haut. Und auch wenn ich heute meinen Vater zu Grabe getragen hatte, so erfreute ich mich an dem Leben, das in mir wuchs.

Der Tod war nicht unbedingt das Ende. Das Leben war geheimnisvoll und erfand immer wieder neue Wege. In einigen Monaten würde ich mein Kind in den Armen halten, und vielleicht fände ich in seinem Gesicht auch die Züge meines Vaters wieder.

Ich konnte es kaum erwarten ...

38

WENZEL

Ich griff nach meinem Zylinder und wischte mit einem Tuch über dessen schwarze Seide, um sie vom Staub zu befreien. Er sollte glänzen, wenn ich mich auf den Weg zur Universität machte. Nun, da Vater es mir nicht mehr verbot, trug ich mein Haar etwas länger, und es fiel inzwischen in leichten Wellen über meine Schultern. Endlich durfte ich der Mann sein, der ich schon immer sein wollte. Das Gefühl, wenn ich in den Spiegel blickte, war endlich keine Demütigung mehr für mich, sondern erfüllte mich mit Mut und vielleicht sogar ein wenig Stolz.

Freilich hatte ich mir einige Fehltritte geleistet ... meine Alkoholeskapaden, mein Zwiespalt mit Vater und meine Unverlässlichkeit in der Hofreitschule, die letztendlich zu meiner Entlassung geführt hat. Dennoch hatte jede dieser Fehlentscheidungen mich dahin gebracht, wo ich heute war. Und genau hier war ich glücklich. Glücklich, weil ich endlich ein Ziel vor Augen hatte. Glücklich, weil sich mir jeden Tag bestätigte, dass das Jurastudium genau mein Fach war. Glücklich, weil mein Professor mich schätzte, lobte und großes Potenzial in mir sah.

Das hatte noch nie jemand zuvor – am allerwenigsten ich selbst. Aber nun durfte ich an mich glauben, an meine Entscheidungen und mein Wissen.

Nachdem ich den Zylinder glänzend genug poliert hatte,

setzte ich ihn mir auf den Kopf, rückte ihn zurecht, zog ein paar Haarsträhnen hervor und betrachtete mich im Spiegel. Tatsächlich fand ich, dass ich gut aussah. Eigentlich stand mir jedes Kleidungsstück, solange es nicht der Uniform des Bereiters ähnelte. Als Bereiter war ich, wie ich fand, eine Schmach gewesen, und heute frage ich mich, warum ich mich so lange damit gequält habe. Nur um Vater zu gefallen? Um einmal im Leben Lob von ihm zu ernten?

Ich seufzte schwer auf. Vater fehlte mir. Die Trauer um ihn war allgegenwärtig, ebenso wie die Gedanken an das Versprechen, das ich ihm gegeben habe. Und auch wenn ich nicht wusste, ob Vater mich gehört hatte, so wollte ich dennoch alles daransetzen, um mein Versprechen zu halten, und mich um meine Mutter und meine Schwester kümmern. Ich würde mein Studium rasch vorantreiben und nebenher arbeiten, um die beiden finanziell unterstützen zu können.

»Alles wird gut«, sagte ich zu meinem Spiegelbild und lächelte – einfach, weil mir danach zumute war. Sämtliche Unterlagen in meiner Ledertasche verstaut, konnte ich mich jederzeit auf den Weg machen. Meine Wohnung lag nur ein paar Straßen von der Universität entfernt. Dort lebte ich mit zwei anderen Studenten, die meinen Ehrgeiz und meine Motivation teilten. Tagsüber besuchten wir Vorlesungen, lernten in der Bibliothek und schrieben unsere Arbeiten. Abends besprachen wir bei einem Glas Wein interessante strafrechtliche Fälle oder Gesetze und verloren dabei jegliches Zeitgefühl.

»Fertig?«, fragte Hans und stellte sich eng neben mich vor den Spiegel. Er war ein Stück kleiner als ich, trug sein Haar streng gescheitelt und legte keinen sonderlich großen Wert auf die Qualität seiner Kleidung. Sein Haar stand wirr vom Kopf ab, und hinter seinen runden Augengläsern wirkte sein Blick scharfsinnig und wach. Ich mochte ihn. Sehr sogar. Er blieb in jeder Situation ruhig und besonnen. Sein Sinn für Gerechtigkeit war bewundernswert, und sein Atem roch meist herrlich nach der Schokolade, die er so gerne naschte.

Als unsere Blicke sich im Spiegel trafen, musste ich lächeln. An seiner Seite erfüllte mich ein Gefühl von Einklang. Ein Gefühl, von dem ich mehr wollte.

»Ich warte seit einer Ewigkeit auf dich«, antwortete ich und spürte mit einem Mal, dass es genauso war.

Kurz dachte ich an die vielen Liebhaber, mit denen ich das Bett geteilt hatte. Nacht für Nacht war ich auf der Suche nach etwas gewesen, das unauffindbar schien. Was der eine Mann mir nicht hatte geben können, das hatte ich mir vom nächsten erhofft … und nicht gefunden.

Aber wenn ich neben Hans stand und in seine wachen Augen sah, dann spürte ich etwas, das sich warm in mir ausbreitete und mich erleichtert aufatmen ließ.

»Wie geht es deiner Mutter?«, fragte Hans, während wir das Treppenhaus hinabschlenderten.

»Überraschend gut«, antwortete ich. »Sie bereitet alles für den Umzug vor.« Vermutlich lag es an den vielen Aufgaben, die es zu bewältigen gab, aber tatsächlich ging Mutter mit dem Verlust ihres Mannes sehr gut um. Hatte ich erwartet, dass sie ihre Tage laut schluchzend und um Aufmerksamkeit heischend verbrachte, so war das Gegenteil eingetreten. Sorgsam sortierte sie Vaters Papiere, entsorgte seine Kleidung und verkaufte Möbel und Malereien, für die es in Zukunft an Platz oder Verwendung mangelte. Und wenn ich mich nicht irrte, dann glomm in ihr so etwas wie Vorfreude auf ihr Enkelkind auf.

»Die Wohnung hier in der Laudongasse werde ich nicht vermissen«, hatte sie am Vorabend gesagt und gemeinsam mit Martha Gläser in Zeitungspapier gerollt und in Kisten verstaut. »Sehr wohl aber das Leben, das ich hier geführt habe.«

Diese Worte schmerzten mich mehr als erwartet. Und mit einem Mal war da dieser übermächtige Wunsch gewesen, beruflich rasch voranzukommen, um meiner Mutter das Leben zu ermöglichen, das sie verdient hatte. Die Wohnung, die sie und Margarete beziehen würden, war einwandfrei, zwar etwas abgelegen, aber dafür in ruhiger und sicherer Lage. Die Nachbarn machten einen tadellosen Eindruck, und die Miete war erschwinglich – vorausgesetzt, Mutter könnte noch einiges an Wertgegenständen verkaufen.

Für Mutter eine adäquate Lösung zu finden war bestimmt machbar, aber was war mit Margarete? Es machte zwar den Eindruck, als freue sie sich mittlerweile auf ihr Kind, damit waren aber ihre Probleme noch lange nicht gelöst. Einst Tochter aus gutem Hause, Tochter des Oberbereiters der Hofreitschule, talentiert, auffallend schön und wortgewandt, hätte man meinen können, ihr stünde die Welt offen. Doch dann hat sich das Blatt gewendet. Margarete selbst hatte ihr Blatt gewendet. Ihre Entscheidung war es gewesen, die Pläne unserer Eltern zu durchkreuzen. Von diesem Marjan verleitet, hatte sie sich in ihr Unglück gestürzt. Und nun hatte sie die Folgen zu tragen. Allein.

Der Gedanke, dass man Gretel aufgrund ihres unehelichen Kindes ächten könnte, war zermürbend. Aber was konnte ich tun, um sie zu unterstützen? Eine meiner Männerbekanntschaften bitten, sie des Scheines wegen zu ehelichen? Würde sie das wollen?

»Victor, wir haben uns ja schon ewig nicht mehr gesehen, aber weißt du noch, wir hatten einige ziemlich heiße Nächte miteinander? Ach ja, da wäre noch was: Könntest du meine Schwester heiraten? Das wäre echt nett von dir.«

Ich schüttelte den Kopf. Da musste sich dringend eine andere Lösung finden. Oder sah ich am Ende ein Problem, wo gar keines war? Was, wenn Margarete ihr Kind lieber allein großzog, ohne die Hilfe eines Mannes?

Sie war stur und voller Tatendrang. Und auch wenn die harten Zeiten ihre Ausstrahlung etwas gemildert hatten, so war ihre unbezähmbare Seite nach wie vor unübersehbar. Der Mann, der es mit ihr aufnehmen konnte, musste erst einmal gefunden werden. Schmunzelnd dachte ich an Margaretes uneinsichtigen Blick, den sie zutage trug, wann immer ihr jemand die Stirn zu bieten versuchte.

»... ist das nicht unerhört?« Es war Hans, der mich aus meinen Gedanken riss. Vor uns tat sich das geradlinige Gebäude der Universität auf, und ich frage mich, wie lange ich schon in mein Gedankenkonstrukt abgetaucht war.

»Was ist unerhört?«, fragte ich schüchtern, weil ich nur ungern zugab, die letzten Minuten den Erzählungen von Hans nicht gefolgt zu sein.

»Was unerhört ist?«, fragte Hans und stellte sich mir in den Weg. Die Hände in die Taille gestemmt, starrte er mich mit geweiteten Augen an. »Unerhört ist, dass ich ausgerechnet dem schlechtesten Zuhörer der Welt meine intimsten Geheimnisse anvertraut habe.«

»So sind sie wenigstens in Sicherheit. Hat doch auch etwas Gutes, oder?«, meinte ich zaghaft und kniff die Augen zu, um ihn gegen die Sonne blickend gut erkennen zu können.

»Du bist mir einer!« Hans lachte auf und legte seine Hand an meinen Oberarm. Ich mochte es, wenn er mich berührte. Dabei glomm stets die Sehnsucht nach mehr in mir auf.

So vielen Männern hatte ich mich hingegeben oder hatte sie mir genommen. Und nun, da ich für jemanden tiefe Gefühle hegte, war es mir unmöglich, den nächsten Schritt zu tun.

Ich senkte den Kopf und blickte hinab auf unsere Schuhspitzen: Meine waren blank poliert, das schwarze Leder glänzte und spiegelte das Licht der Vormittagssonne. Seine waren abgetragen und stumpf. Doch so unterschiedlich die Schuhe auch waren, sie harmonierten dennoch miteinander. Wichtig war allein, wie wir uns positionierten, dass wir für unsere Ziele einstanden und die beschützten, die wir liebten und die des Schutzes bedurften.

Ich konnte es kaum erwarten, mein Studium zu beenden. Und um die Gerechtigkeit in die Welt zu tragen, würde ich lernen – Nacht für Nacht und jeden Tag. Es gab so viel Wissen, das ich mir aneignen musste, so viele Gesetze und Paragrafen – doch für jeden davon würde ich Platz schaffen in meinen Gehirnwindungen, da war ich mir sicher.

Und solange Hans an meiner Seite war, wusste ich, dass ich mit diesem Bestreben nicht allein war. Er würde mich mit seinem Lächeln ermutigen, weiterzulernen, wenn selbst der stärkste Kaffee mich nicht mehr wach halten konnte. Und er würde meine Fragen beantworten, wenn ich keine Energie mehr hatte, Antworten zu finden.

Er war mein bester Freund, mein liebster Vertrauter, und vielleicht würde sich eines Tages die Hoffnung erfüllen, dass aus uns beiden Geliebte würden.

Und wenn ich es schaffte, für einen einzigen Moment den Straßenlärm und das Stimmengewirr auszublenden, dann könnte ich vielleicht seinen Herzschlag hören.

39
MARGARETE

Ich schreckte hoch und starrte mit aufgerissenen Augen auf den Wecker auf meinem Nachttisch. Der tickte vor sich hin, wie er es seit vielen Jahren mit einer präzisen Verlässlichkeit tat. Es war spät, beinahe Mittag!

Warum hatte Mutter mich nicht längst geweckt? Sie konnte es doch sonst nicht ausstehen, wenn ich nicht pünktlich um sieben Uhr am Frühstückstisch erschien.

Rasch sprang ich aus dem Bett und bereute meinen Elan sofort wieder. Ein Schwindelanfall drückte mich zurück auf die Matratze, wo ich die Beine hochlegte, die Hände auf meine Körpermitte gelegt, ruhig atmete.

Inzwischen kannte ich die kleinen Gebrechen, welche die Schwangerschaft mit sich brachte, und dank hilfreicher Ratschläge der Hebamme wusste ich sie inzwischen zu beheben. Sobald sich der Schwindel gelegt hätte, würde ich langsam aufstehen, etwas trinken und mein Gesicht mit kaltem Wasser erfrischen. Dann erst würde ich eine Kleinigkeit essen und mich für den Tag fertig machen.

Ich stand bereits in der Küche und goss frisches Wasser aus einem irdenen Krug in ein Glas, als jemand an der Wohnungstür klopfte.

»Martha?«, rief ich in die Wohnung hinein, erhielt aber keine Antwort. »Mama?« Wieder nichts. Ich war allein und nur mit einem Nachthemd bekleidet. So konnte und wollte ich nicht an die Tür gehen. Demnach würde ich mich still verhalten und darauf warten, dass der unangemeldete Besuch wieder das Weite suchte. Währenddessen nippte ich am Wasser und konnte die wohltuende Wirkung sogleich spüren. Dann griff ich gierig nach einem Stück Brot, das aufgeschnitten auf dem Tresen lag.

Wieder klopfte es an der Tür.

»Nein!«, rief ich gedanklich und biss herzhaft ins Brot.

Wo Mutter wohl war? Vielleicht auf dem Friedhof, um Vaters Grab zu besuchen? Bestimmt wäre sie bald zurück.

»Ist jemand da?«, hallte es durch die verschlossene Wohnungstür, gefolgt von erneutem Klopfen.

Etwas ließ mich innehalten und das Brot beiseitelegen. War das nicht die Stimme von August gewesen? Barfuß tappte ich über den Parkettboden im Flur und blieb unmittelbar vor der Wohnungstür stehen. Vergessen waren der Schwindel und die Tatsache, dass ich nur mit einem Nachthemd bekleidet war. Vorsichtig presste ich ein Ohr an die Tür. Den Atem angehalten und mit geschlossenen Augen lauschte ich. Doch alles, was ich hören konnte, war das aufgeregte Pochen meines Herzens. Es schlug so laut, dass ich befürchtete, man könnte es bis nach draußen auf den Flur hören.

»Margarete?«

Erschrocken trat ich einen Schritt zurück. Augusts Stimme hatte so nahe geklungen, als stünde er neben mir und spräche mir direkt ins Ohr.

»Bist du hier, Margarete?«

Ohne zu antworten, öffnete ich die Tür und blickte in Augusts Gesicht. Blass sah er aus, so als hätte er eine schlaflose Nacht hinter sich.

»Störe ich dich?«, fragte er und schluckte.

Ich schüttelte nur den Kopf und öffnete die Tür etwas weiter, damit er eintreten konnte. Im Flur angekommen, blieb er stehen und nestelte an einem Paket, das er in seinen Händen trug. Ich blickte vom Paket hoch in sein Gesicht und wieder zurück.

»Das ist für dich«, sagte er und überreichte es mir zaghaft.

Ich starrte auf die rote Schlaufe, die das Päckchen krönte, und fragte mich, ob August sie gebunden hatte. Auch wenn ich nicht wusste, was er mit diesem Geschenk bezweckte, so war ich dennoch gerührt.

»Darf ich es öffnen?«

August nickte und lächelte vorsichtig. Er wirkte nervös und unsicher. Fast war es, als hielte er den Atem an, während er gebannt auf meine Hände starrte, welche die Schlaufe zu öffnen versuchten. Nachdem ich das Band entfernt hatte, hob ich den Deckel an und schlug das zartgelbe Seidenpapier auseinander.

»Was …?« Ich griff in das Paket und holte eine fein säuberlich zusammengelegte Hose aus feinstem Rehleder hervor. August nahm mir die Schachtel ab, damit ich sein Geschenk eingehend begutachten konnte. Nachdem ich die Hose entfaltet hatte, hielt ich den Bund an meine Taille. Sie würde passen, ja, aber was wollte er mir mit diesem Geschenk sagen?

»Ich habe mir sagen lassen, dass die Kaiserin Sisi genau so eine Reithose unter ihren Röcken trägt.«

»Wirklich? Sie greift sich ganz unglaublich weich an. Bestimmt hat man mit ihr einen wunderbaren Halt im Sattel.«

»Ganz bestimmt sogar.«

»Nur dass ich im Moment lieber auf jegliche Reiteinheiten verzichten muss.« Ich zog die Augenbrauen hoch und lugte vorsichtig hoch in sein Gesicht.

»Dieses Geschenk soll dich daran erinnern, dass dein Leben noch immer voller Abenteuer sein wird. Ein Kind zu bekommen, bedeutet nicht, dass man seine Träume begraben muss.« Seine Stimme war ruhig, so als hätte er sich bereits im Vorfeld genau überlegt, was er mir sagen wollte.

»Nein, ich werde meine Träume nicht begraben«, entgegnete ich und lächelte ihn an.

»Margarete?« Seine Stimme war leise geworden und brüchig. Er griff nach meiner Hand und hielt sie ganz fest. »Ich weiß, ich bin nicht der perfekte Mann. In manchen Situationen bin ich unmöglich, und vermutlich wird sich das nicht ändern. Aber ich arbeite an mir, versuche, der Mann zu sein, den du und dein Kind verdient haben.«

»Was …?« Ich wollte Worte formen, eine Frage, einen Satz, aber es gelang mir nicht. Ich stand nur da, fühlte Augusts warme Hand, die meine hielt, spürte den kühlen Parkettboden unter meinen Füßen und diese schrillen Fragen in meinem Kopf. Worauf wollte August hinaus? Wollte er mir sagen, dass er mich liebte? Was würde ich erwidern? Liebte ich ihn auch? Mein Gefühl sagte »Ja«! Aber war es genug, um mein Leben mit ihm zu verbringen?

»Als ich dir angeboten habe, dich zu heiraten, um dein Kind zu schützen, habe ich etwas Wichtiges vergessen.«

Ich blickte in seine Augen und sah alles. Ich sah seinen Wunsch, mich zu küssen und in die Arme zu schließen. Ich sah ihn, wie er mich vor den Altar führte und mein Kind auf die Stirn küsste. Ich sah, wie er es von ganzem Herzen liebte, so als wäre es unseres. Ich sah, wie er mich zum Lachen brachte und wie wir Hand in Hand durch den Volksgarten schlenderten.

Mein Herz pochte so heftig, als wollte es ihm sagen, dass es dieselben Wünsche hegte.

»Was hast du vergessen?«, fragte ich so leise, dass ich nicht sicher war, ob er mich hörte.

»Ich möchte dich nicht nur des Kindes wegen heiraten. Es gibt Tausende Gründe dafür, dich heiraten zu wollen.« Er wich meinem Blick aus, sah hinab auf unsere Hände, die miteinander verschmolzen waren.

»Es gibt keine zweite Frau, die so ist wie du, Margarete. Du bist eigensinnig, zielstrebig und ehrlich. Noch nie habe ich eine Frau so reiten gesehen wie dich. Du bringst mich zum Lachen und treibst mich in den Wahnsinn. Deinetwegen möchte ich ein anderer Mensch sein, und deinetwegen wünsche ich mir, ich könnte die Zeit zurückdrehen, um einige Dinge ungesagt zu machen. Ich wünschte, ich könnte das Bild, das du dir von mir gemacht hast, ändern, damit du mich so siehst, wie ich heute bin.«

»Wer bist du heute?«, hauchte ich leise, weil ich Angst hatte, das Strahlen, das um uns herum entstanden war, zu zerstören.

»Ich bin der Mann, der dich liebt – von ganzem Herzen. Immer. Dich – samt deinem wilden Blick, der mir immer wieder Angst einjagt, und samt deinem Gang, der an den eines forschen Mannes erinnert. Samt deinem Vokabular, das mich immer wieder aufs Neue bloßstellt, und samt deinem unzähmbaren Haar, das sich von keiner Haarnadel und keinem Hut beeindrucken lässt.«

»So wie du das alles aufzählst, möchte man meinen, ich wäre eine ganz schreckliche Person«, sagte ich schmunzelnd und trat einen Schritt näher an ihn heran.

»Vermutlich bist du das: schrecklich! Und ich bin einfach nur blind vor Liebe und erkenne nicht das Grauen, dem ich eigenhändig entgegensteuere«, meinte er und lachte schüchtern.

»Du liebst mich?«, fragte ich. Wir standen so eng voreinander, dass seine Wärme mich umfing.

August nickte.

»Und ich liebe dich! Von ganzem Herzen«, flüsterte ich. »Ist das nicht völlig verrückt?«

»Völlig verrückt!«, wiederholte August meine Worte und umfasste mit beiden Händen mein Gesicht.

Ich schloss die Augen und vergaß die Welt, ließ mich einfach nur treiben, schwebend, gleitend. Alles wollte ich vergessen und heute und hier mein Leben neu beginnen. Ich wollte diesen Augenblick, bevor Augusts Lippen meine berührten, im Gedächtnis bewahren. Dieses Prickeln, diese Aufregung, die einherging mit der allergrößten Ruhe, wollte ich in mir einschließen und mich an schlechten Tagen daran nähren.

Sein warmer Atem umfing mich und strich über meine Wangen wie der ewige Wind, der über die Wiesen Lipicas strich. Und dann, kaum spürbar und doch so innig wie nichts zuvor, verschmolzen seine Lippen mit meinen – weich und behutsam. Meine Lippen an seinen. Eine Ewigkeit.

Ich dachte an eine leichte Sommerbrise, die das Laub einer Magnolie zum Tanzen brachte. Und ich dachte an die Donau, die sich kräftig rauschend durch ihr Flussbett schlängelte. Jeder Sonnenuntergang und jeder Sonnenaufgang ergab mit einem Mal Sinn.

Kurz dachte ich an Marjan, und wie sicher ich gewesen war, dass kein Kuss der Welt mich mehr berühren könnte als seiner. Doch dann war Marjan auch schon wieder aus meinen Gedanken verschwunden, und es gab nur noch August, dessen Lippen süßlich schmeckten und die meinen so zart berührten, dass ich glaubte, mich zu verlieren.

August so nahe zu sein, ihn zu berühren, zu umarmen, seinen Atem zu spüren und seine Lippen zu schmecken war surreal. Aber es war kein Traum, es war echt.

Langsam lösten wir uns voneinander und blickten uns in die Augen. Sein Lächeln war ansteckend und drängte mich, ihn erneut zu küssen.

»Ich frage mich gerade«, sagte ich und strich ihm über die Schläfe, »was schlimmer ist: dich zu hassen oder ein Leben lang von deiner Liebe abhängig zu sein.«

»Du hast mich nie gehasst!«, entgegnete er mit einer Sicherheit, die mich schmunzeln ließ.

»O doch, das habe ich!«, sagte ich lachend und kniff ihn leicht in den Oberarm. »Du möchtest lieber nicht wissen, wie sehr!«

»Nein, das möchte ich wirklich nicht!« August lachte und

legte seine Arme um meine Taille. Ganz eng drückte er mich an sich, und ich ließ es zu, schmiegte mich an ihn und genoss dieses neue und noch fremde Gefühl der Nähe. So lange hatte ich mich nach dieser Umarmung gesehnt, vielleicht sogar länger, als ich es mir eingestehen wollte. Und nun, da es so weit war, fühlte es sich an wie in einem Traum.

Seine Hände strichen über mein dünnes Baumwollhemd, fassten meine Taille, streiften über meinen Rücken. Ich schloss die Augen und ließ mich fallen, spürte nur noch ihn. Meine Fingerspitzen strichen durch sein Haar, über sein Ohr und seine Wange. Mit beiden Armen umschlang er mich, drückte mich an sich und küsste mich so innig, als ob er ein Leben lang darauf gewartet hätte.

Ich öffnete die Knöpfe seines Fracks und strich ihn von seinen Schultern.

»Komm!«, hauchte ich ihm ins Ohr, nahm ihn an der Hand und leitete ihn in mein Zimmer. Dort angekommen, verschloss ich die Tür, damit wir ungestört waren.

August strich durch mein Haar und küsste mich erneut. Doch dieser Kuss ließ jede Vorsicht, jede Scham hinter sich und erkundete gierig meine Lippen und meinen Hals. Als seine Hände an meine Brüste fassten, entfuhr mir ein leises Stöhnen. Ich vergrub mein Gesicht in seiner Halsbeuge, sog seinen Geruch nach Sandelholz und Lavendel in mich ein.

Dann öffnete ich sein Hemd und drängte mich an seinen nackten Oberkörper. Ich spürte seine Wärme, seine Kraft und sein Verlangen. Jeder Muskel seines Oberkörpers stand unter Anspannung. Mit meinen Fingerkuppen strich ich über seine Brust und seinen Bauch, der von seiner Arbeit als Bereiter gestählt war. Die Wärme seiner Haut verschwamm mit meiner, die Berührungen flossen über unsere Körper wie goldener Honig. Langsam schob er mein weißes Nachtkleid hoch, zog es mir über den Kopf, bis ich völlig nackt vor ihm stand. Wortlos ließ er seine Blicke über meinen Körper streichen, dann umfasste er mich, hob mich an und trug mich zum Bett.

Seine Hände strichen über meinen Körper und lösten ein aufgeregtes Prickeln in mir aus. Als seine Lippen meine Brustwarze umschlossen, entfuhr mir ein lustvoller Schrei. Seine Zunge liebkoste meine Brust, während seine Hand über meinen Bauch strich und weiter zu meiner Körpermitte. Seine Fingerspitzen berührten mich an meiner empfindlichsten Stelle, entfachten in mir ein Feuer, das mich aufbäumen ließ.

Ich wollte es ihm gleichtun und seine Körpermitte liebkosen, doch seine Berührung ließ mich jedes Vorhaben vergessen. Den Kopf in den Nacken gedrückt, wartete ich wie von Sinnen darauf, dass mein Körper sich entlud und mich befreite von der Woge, die sich in mir aufbaute. Ich konnte nicht länger warten, wollte ihn in mir spüren, wissend, dass ich nur dann Befriedigung empfinden würde.

Mit einem Griff an Augusts Schulter drückte ich ihn auf den Rücken und setzte mich auf ihn. Ich musste ihn sehen, ihm in die Augen schauen, damit ich mir sicher sein konnte, dass das hier gerade wirklich passierte und nicht nur ein Traum war.

Und während ich den Rhythmus vorgab, der uns beide aufstöhnen ließ vor Lust, packte er mich an meinen Schenkeln und hielt sich an mir fest, als dürfte er mich um keinen Preis der Welt mehr verlieren.

Keinen Menschen hatte ich je so gefühlt, keiner hatte mich je so berührt - so tief und intensiv, dass mein gesamter Körper auch bebte, als wir bereits eng umschlungen nebeneinanderlagen, uns streichelten und küssten. Wir verschmolzen in unserer Liebe und wussten beide, dass diese Verbindung unzertrennlich war.

»Wenn Mutter jetzt mein Zimmer betreten könnte, dann würde sie in Ohnmacht fallen!«, sagte ich und küsste seine

Schläfe, seine raue Wange und seine Lippen, die nach meinem Parfum schmeckten.

August lachte und drückte mich noch enger an sich. Ich war glücklich. Grenzenlos glücklich.

»Ich fürchte, die wird mir bald nicht mehr passen!«, sagte ich, als mein Blick auf die Reithose fiel, die August mir geschenkt hatte und die nun neben unserem Bett aus zerwühlter Kleidung lag. Sobald ich diesen Satz ausgesprochen hatte, überkam mich eine Beklemmung. War es richtig gewesen, jetzt, in diesem innigen Moment, Marjans Kind, das ich in meinem Leib trug, anzusprechen? Erschrocken legte ich eine Hand an meinen Mund und starrte August an.

»Denkst du, ich hätte vergessen, dass du ein Kind erwartest? Aber sag, ich bin nicht sicher, ob es für das Kind von Schaden sein könnte, wenn wir …« Besorgt ließ er den Blick zu meinem Bauch wandern und dann wieder hoch in mein Gesicht.

»Ich kann mir nicht vorstellen, dass dem Kind etwas schaden kann, das mir solche Freude bereitet.«

Da war es wieder, dieses warme Lächeln, das Augusts Lippen umspielte und das mir jede Angst nahm und mich von sämtlichen Bedenken befreite. »Wenn du je gedacht hast, dass dieses Kind ein Hindernis für mich darstellen könnte, dann irrst du dich. Ja, ich hätte dich geheiratet, um deinen Ruf und den des Kindes zu schützen, aber viel lieber heirate ich dich, weil meine Liebe dir gehört – euch beiden.« Vorsichtig legte er eine Hand auf meinen Bauch.

Fassungslos lauschte ich Augusts Worten. War es möglich, dass dies der Mann war, der meinen Bruder und mich unzählige Male diffamiert und sich über meine Träume, meine Reitkünste und meine Familie lustig gemacht hatte? Was war nur mit ihm passiert, dass er diese Wandlung vollzogen hatte?

August zog mich eng an sich und küsste mich.

»Diesen Moment habe ich mir unzählige Male erträumt. Du

und ich, wie wir uns küssen«, murmelte er zufrieden und strich mir eine Haarsträhne hinters Ohr.

»Hast du das?«

»Ja, aber nie, wirklich niemals warst du in meinen Träumen nackt. Schade eigentlich, du siehst bezaubernd aus!«

Ich blickte an unseren entkleideten Körpern hinab und schmunzelte.

»Wir sehen beide nicht schlecht aus«, erwiderte ich schmunzelnd und strich mit der Fingerspitze über seinen Bauch. »Aber vielleicht sollten wir uns doch lieber wieder ankleiden – bevor Mutter, Martha oder Wenzel uns ertappen!«

Was Mutter wohl sagen würde, wenn sie von den Neuigkeiten erfuhr? Und Wenzel! Und Vater … er hätte sich über einen ehrgeizigen Schwiegersohn wie August gefreut und ihn herzlich in der Familie willkommen geheißen. So hätte er endlich einen Sohn gehabt, mit dem er über die Hofreitschule hätte fachsimpeln können, ohne dass der sich dabei gelangweilt in eine andere Welt träumte, wie Wenzel es stets getan hatte.

»Wenn du befürchtest, dass dich an meiner Seite ein eintöniges Leben erwartet, irrst du dich ein weiteres Mal in mir«, meinte er, während er mir dabei half, mein Mieder zuzuschnüren. »Ich brauche dich in der Hofreitschule. Niemand reitet mit so viel Gefühl wie du! Du bist unentbehrlich für die Hengste. Und gemeinsam werden wir die Fesseln der Gesellschaft sprengen und der Welt zeigen, dass eine Frau mindestens so geeignet ist für die Hohe Schule wie ein Mann. Nichts wünsche ich mir mehr, als deinen Traum in Erfüllung gehen zu lassen, die erste Bereiterin der Hofreitschule zu werden.«

»Um die Gesellschaft davon zu überzeugen, müssen wohl noch ein paar Jahre vergehen«, sagte ich und zog die Stirn kraus.

»Ein paar Jahre? Die haben wir! Versprochen!«, sagte August und schien es tatsächlich so zu meinen. Dann küsste er meinen Nacken.

40

»Weißt du was?«, fragte ich, als wir wenig später durch die Stadt schlenderten. »Du hast recht! Es ist an der Zeit, dass die Gesellschaft einsieht, dass Frauen dieselben Rechte haben sollten wie ein Mann. Ich rede nicht nur davon, dass ich Bereiterin in der Hofreitschule werden möchte, sondern davon, dass eine Frau niemanden um Erlaubnis bitten sollte, wenn sie studieren möchte oder arbeiten, um ihr eigenes Geld zu verdienen. Eine Frau sollte nicht des Geldes wegen einen Mann heiraten müssen, den sie nicht liebt. Eine Frau sollte nicht als schmückender Zierrat angesehen werden, der gerade mal für eine Stickerei oder eine musikalische Unterhaltung taugt. Es gibt so viele Hürden, die es zu bewältigen gibt.«

»Wir werden nicht alle Hürden abreißen, das weißt du, oder?« August legte seinen Arm um meine Taille und zog mich enger an sich. »Aber wir werden unser Bestes geben und uns nicht unterkriegen lassen.«

»Du wirst mich unterstützen?«

»Immer. Egal, ob du nur in Reithosen bekleidet trainieren oder ein politisches Amt übernehmen möchtest.«

Ich sah hoch in Augusts Gesicht und wusste, dass er es ernst meinte.

Eng an seine Schulter geschmiegt, erstrahlte Wien in völlig neuem Glanz. In den Straßen, deren Staub mich sonst angewidert hatte husten lassen, entdeckte ich mit einem Mal herrlichen Stuck an den Hausfassaden. Das Kirchengeläut, das sonst in meinen Ohren dröhnte, klang heute wie liebliche Musik. War das so, wenn man über die Maßen glücklich war? Dass man sich an rein gar nichts mehr störte, sondern einem die Welt erschien wie ein herrlich funkelnder Planet, der das Universum erhellte?

August küsste mich auf die Stirn. Dabei spürte ich sein Lächeln, seine Liebe. Und wieder war da diese eine Frage: Wie war das möglich? Hatte August recht, wenn er sagte, dass ich ihn zu keinem Zeitpunkt wirklich gehasst hatte? Vermutlich spielte die Vergangenheit keine Rolle mehr. Heute liebten wir uns und standen zu unseren Gefühlen.

Welcher Mann schenkte einer Frau eine Reithose anstatt eines Verlobungsringes? Ich grinste breit: Kein Geschenk hätte mich mehr erfüllt als dieses.

»Nichts wünsche ich mir mehr, als deinen Traum in Erfüllung gehen zu lassen, die erste Bereiterin der Hofreitschule zu werden.« Das waren seine Worte gewesen. Es gibt Ziele, die man nicht aus den Augen verlieren darf und für die es sich zu kämpfen lohnt.

Eines meiner Ziele war es gewesen, vor der Kaiserin zu reiten und mich vor ihr unter Beweis zu stellen. Die Kaiserin, die ich so sehr bewunderte für ihr Talent und ihr Durchsetzungsvermögen. Sie war stark, resolut und dabei so unsagbar anmutig. Ich erinnerte mich an den Tag, an dem ich sie im Herrensattel hatte reiten sehen. Damals war in mir der Wunsch gewachsen, es ihr gleichzutun. Und das hatte ich. Als Mann verkleidet, hatte ich die Quadrille vervollständigt. Mein ganzes Leben lang werde ich mich an diesen Freudentaumel erinnern. Ich auf Europa, inmitten der Bereiter, vor den Augen des Kaiserpaares. Noch immer hallten die Klänge des Orchesters in meinen Ohren nach, und noch immer fühlte ich den Schwung, mit dem ich Europa durch die Lektionen geführt hatte. An diesem Tag war alles möglich gewesen. Ein lang gehegter Traum war mit diesem Auftritt in Erfüllung gegangen – und nun war es an der Zeit, an meinen nächsten Traum zu glauben.

August wollte mir die Rückkehr an die Hofreitschule ermöglichen, und der Gedanke, wieder reiten zu dürfen, ließ mich tief einatmen. Es war, als hätte ich seit meinem Rauswurf aus der Hofreitschule die Luft angehalten, aber nun lebte ich wieder.

»Möchtest du ein Stück Kuchen im *Café Demel*? Zur Feier des Tages?«, fragte August.

»Ein Stück Verlobungskuchen? Das klingt gut«, antwortete ich und merkte mit einem Mal, wie hungrig ich war – hungrig nach Leben, nach allem, was die Zukunft mir bieten würde.

Ich dachte an das Gefühl von Freiheit, das ich während meiner Zeit in Lipica empfunden hatte. Damals war ich der Meinung gewesen, mich nirgendwo sonst derart entfesselt fühlen zu können. Heute wusste ich es besser: Es lag nicht an der Landschaft, die mich umgab, oder den Menschen. Es lag immer nur an mir, ob ich mich frei fühlte.

Wir spazierten durch die Schauflergasse, vorbei am Michaelertrakt. Und als mich der Geruch nach Pferd umfing, war mir, als hätte ich endlich mein Zuhause erreicht. Mit geschlossenen Augen sog ich die Luft tief in meine Lunge, und fast war mir, als säße ich auf meinem Hengst und galoppierte durch den Burggarten. Die weiße Mähne des Lipizzaners flatterte im Wind, und die Hufe donnerten auf den gekiesten Weg, während ich den Kopf in den Nacken legte und zum wolkenlosen Himmel blickte.

»Du möchtest gar kein Stück Kuchen, hab ich recht? Du möchtest lieber Sardinia in der Hofreitschule besuchen.«

»Ha! Wie kann ein Mensch mich nur so gut kennen wie du?«

Und als wir die Richtung änderten und uns auf den Weg zur Hofreitschule machten, da wurde es mir bewusst: Es gab nicht nur einen Pfad, der für uns vorherbestimmt war. In regelmäßigen Abständen gelangten wir an Kreuzungen, die es uns erlaubten, in eine andere Richtung zu blicken. Und so durften wir uns erlauben, uns für einen der möglichen Wege zu entscheiden. Meine Wege waren manches Mal verzweigt gewesen. Im Nachhinein wunderte ich mich, dass ich es dennoch geschafft hatte, dort anzukommen, wo ich hingehörte.

»Da wäre noch etwas, das ich mit dir besprechen möchte«, meinte August geheimnisvoll. Er räusperte sich und wandte den Blick von mir ab. »Nachdem Presciana gestorben ist ...« Seine Stimme klang brüchig und verriet, wie sehr ihn dieser Verlust noch immer bedrückte. »... nun ja, die letzten Wochen habe ich hauptsächlich mit deinem Sardinia gearbeitet, aber ganz ehrlich: Der ist mindestens so dickköpfig wie du und hat mir mehr als einmal klargemacht, dass wir niemals harmonieren werden. Und wenn das Kind erst da ist, steht er ohnehin wieder ganz dir zur Verfügung. Natürlich.«

»Natürlich«, sagte ich schmunzelnd und hatte direkt ein Bild vor Augen, wie sich August verzweifelt um Sardinias Mitarbeit bemühte.

»Mein Vater hat eingesehen, dass ich mit deinem Hengst nicht arbeiten kann, und hat mir angeboten, es mit Gidrane zu versuchen.«

»Vaters Hengst?«, fragte ich verwundert, weil ich nicht damit gerechnet hatte, dass man dieses wunderbare Pferd noch keinem anderen Reiter zugeteilt hatte.

»Ja, das Pferd deines Vaters. Ich würde ihn nur zu gern reiten, aber nur unter der Voraussetzung, dass es für dich in Ordnung ist.«

Direkt vor der übermenschlich großen Statue des Herkules, die den Haupteingang der Hofreitschule zierte, hielt ich inne. Das lockige Haar des griechischen Halbgottes kringelte sich auf dessen Haupt, während dieser finster und siegessicher in die Welt starrte. Auf mich machten diese Statuen immer einen furchteinflößenden und gefühlskalten Eindruck. Für mich strahlten sie nichts Ruhmreiches aus – nicht einmal ein bisschen. Herkules schien sich einfach zu nehmen, was er wollte, ohne Rücksicht auf die Gefühle anderer. Vielleicht durfte ein Halbgott das, wer weiß. Und wenn ich ehrlich war, hatte ich lange Zeit genau diese Eigenschaft in August gesehen: Rücksichtslosigkeit. Allerdings hatte er sich geändert. Er war nicht mehr dieser Kerl, der auf andere herabsah und sie demütigte. Heute sorgte er sich um andere und bemühte sich um sie.

»Gidrane und du werden sicher ein tolles Gespann«, sagte ich und legte eine Hand an Augusts Wange. Unter meinen Fingern konnte ich sein Lächeln fühlen, hell und warm.

Kurz dachte ich an Mutter und ihre Überzeugung, dass eine Frau nur an der Seite eines Mannes Glück und Lebensinhalt finden konnte.

Ich wusste es besser: In mir fühlte ich eine Stärke, eine Reife, die mich auch ohne Mann durchs Leben leiten würde. Jeden Tag und jede Nacht. Und allein das Wissen um diese Stärke ließ Augusts Umarmung zu. Er wusste, dass er mich nicht zu leiten brauchte, sondern dass wir nebeneinander hergehen würden, Seite an Seite, einander die Hände reichend … ein Leben lang.

Epilog

AUGUST

Margarete fasste die Zügel nach, um mit der Arbeit zu beginnen. Wie unglaublich gut sie aussah in ihren Reithosen und der grazilen Figur, die sie im Herrensattel machte.

Meine Frau hatte es tatsächlich geschafft, dass sich niemand mehr darum scherte, ob sie nun ein Kleid trug oder in einen Damensattel aufsaß. Es war, als hätten meine Kollegen es aufgegeben, sich eine Meinung über sie zu bilden. Es war einfacher, Margarete zu akzeptieren, als mit dem Finger auf sie zu zeigen.

Warum sollte man auch jemanden schmälern, der für seine Träume einstand?

»Deine Mama ist die beste Reiterin, die ich je gesehen habe«, erzählte ich Elisabeth, die an mich gekuschelt neben mir auf der Tribüne saß. Mit ihren großen Augen blickte sie mich an und lauschte meinen Worten.

»Ich kenne nur ein Mädchen, das vielleicht noch mehr Talent hat als deine Mama, und das bist du!« Mit dem Zeigefinger stupste ich gegen ihre Nasenspitze und brachte sie zum Kichern.

»Hast du gesehen, wie leichtfüßig Sardinia die Pirouette gesprungen ist?« Margarete tätschelte den Hals des Hengstes und blickte hoch zu uns. Dabei strahlte sie vor Stolz.

Mit einem tiefen Seufzer versuchte ich, mir gewahr zu werden, wie glücklich ich war.

»Ihr beiden seid unglaublich!«, antwortete ich. »So gut in Form, wie er zurzeit ist, könntet ihr sofort in der Quadrille mitreiten.«

»Ja, das könnten wir – und das werden wir!«, rief sie hoch zu mir und nahm ihr Training wieder auf.

Unglaublich, wie weit Margarete es mit ihrem Hengst gebracht hatte. Und wie unglaublich beschämend, dass sie ihr Können nicht in der Quadrille vor dem Kaiserpaar zeigen durfte.

Ich seufzte schwer, verdrängte den Gedanken, dass auch ich mich vor nicht allzu langer Zeit gegen Frauen in der Hofreitschule gewehrt hatte. Voreingenommen war ich gewesen und ungerecht. Das würde ich mir nie verzeihen. Ich konnte nur versuchen, meine Fehler gutzumachen und für Margaretes Rechte zu kämpfen. Und für die meiner Sisi.

Ich konnte es kaum erwarten, ein geeignetes Pony für Sisi zu kaufen und zu sehen, ob sie Margaretes und meine Begeisterung für Pferde teilte. Aber wenn ich ab und an zu meiner Tochter schielte und sah, mit welcher Faszination sie ihre Mutter beobachtete, dann hatte ich keinen Zweifel daran.

Margaretes dunkler Zopf hing ihr bis zur Taille und schwang mit jedem Galoppschritt des Hengstes mit. Ihre Wangen waren gerötet, ihre Miene konzentriert. Wenn Margarete mit Sardinia arbeitete, dann war es, als tauchte sie in eine andere Welt ein. Es war egal, ob jemand mit ihr sprach oder welcher Lärm von der Straße hereindrang. Dann gab es nur noch sie, ihren Hengst und die Lektionen, die sie sich für diesen Tag vorgenommen hatte. Erst wenn sie ihre Arbeit abgeschlossen hatte, blickte sie zu uns hoch und lächelte. Und ich lächelte zurück.

MARGARETE

Natürlich wusste ich, dass August versuchte, sein Verhalten von damals wiedergutzumachen. Er dachte, wenn er mir einen Platz in der Quadrille verschaffte, wäre seine Schuld getilgt.

Die Wahrheit aber war eine andere: Es gab nichts gutzumachen. Wir hatten beide Fehler gemacht, waren ungerecht gewesen und hatten den anderen mit Vorwürfen überzogen, die wir heute bereuten. Wir waren einander nichts schuldig, außer einer Fülle an Liebe, Treue und Zuneigung.

Mein Mann hatte allen gezeigt, dass er es wert war, gemocht und geliebt zu werden. Sogar mein Bruder hatte eingesehen, dass der August von heute nicht mehr der war, der ihn wegen seiner schlechten Haltung auf dem Pferd verspottet hatte. Die beiden hatten ihren Frieden gemacht, zum einen, weil sie die Liebe zu Elisabeth verband, zum anderen, weil sie einander gar nicht so unähnlich waren – auch wenn keiner der beiden das zugeben würde.

Wenzel und Hans besuchten uns regelmäßig, aßen mit uns, erzählten von ihren Plänen einer gemeinsamen Kanzlei und von ihren bevorstehenden Reisen. An der Seite von Hans hatte Wenzel stets diesen zutiefst zufriedenen Zug, wirkte so voller Liebe, so am Ziel angekommen und frei.

Das Leben war stets für eine Überraschung gut, und so waren wir alle mehr als verwundert, als Mutter uns ihren Entschluss mitteilte, die Welt zu bereisen.

»Das Leben ist zu kurz für endlose Stickereien«, hatte sie zum Abschied gesagt und mich innig umarmt.

Erste weibliche Bereiterin an der Hofreitschule! Dieser Wunsch war einst so übermächtig gewesen, dass er mir den Atem und den Verstand geraubt hatte. Heute wusste ich, dass es jede Menge Kampfgeist, aber auch Geduld benötigte, um uns Frauen diese Welt zu eröffnen.

Vielleicht würde ich das Amt der ersten weiblichen Bereiterin nicht mehr bekleiden, dennoch hatte ich für mich einen kleinen Sieg errungen und durfte mit Genehmigung des Oberstallmeisters Frauen Reitunterricht erteilen. Diese Arbeit war mir eine Freude und erfüllte mich mit Stolz.

Frauen standen auf, wurden laut, forderten ihr Wahlrecht, ihr Recht, zu studieren, ihr Recht auf höhere Löhne und Selbstständigkeit ein.

Und wann immer man mich *nicht* nach meiner Meinung zu diesem Thema fragte, tat ich sie laut kund, und so würde ich es weiterhin halten.

Ja, die Zeit war im Wandel, und das war auch gut so.

Ich blickte hoch zur Tribüne, hoch zu August und meiner Elisabeth.

Ich atmete tief ein und wieder aus – wissend, dass ich Glück gehabt hatte, mein Herz überquoll vor Liebe, und dass es für immer so bleiben würde …

Nachwort

Etwa 450 Jahre lang war die Spanische Hofreitschule Wien eine reine Männerdomäne. Erst im Jahr 2016 wurde Hannah Zeitlhofer zur ersten weiblichen Bereiterin der Hofreitschule feierlich angelobt.

Dieses Brechen der Tradition gilt dem Durchsetzungsvermögen der damaligen Geschäftsführerin Elisabeth Gürtler, die im Jahr 2008 die Aufnahme von weiblichen Elevinnen erwirkt hat.

Inzwischen gibt es mehr weibliche Bewerberinnen um diesen Posten als männliche.

Kaiserin Elisabeth war eine herausragende Reiterin. Ihr Mut und ihr Talent waren weithin bekannt. Tatsächlich hat sie sich einmal im Herrensattel versucht, beließ es aber dabei und zog es vor, weiterhin im Damensattel zu reiten.

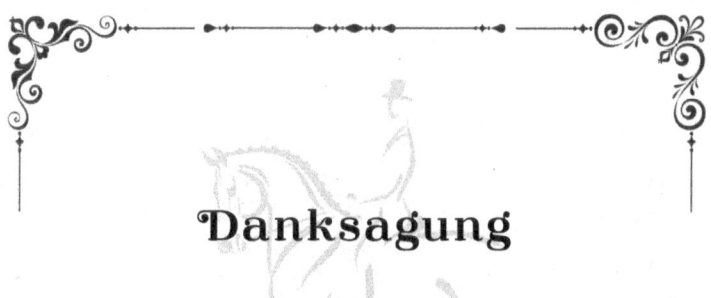

Danksagung

Mein größter Dank geht an Anne M. Hilliges. Danke für die großartige Zusammenarbeit! Ohne dich wäre dieses Buch ein völlig anderes geworden. Ich freu mich jetzt schon auf weitere Projekte mit dir und meinem Lieblingsverlag!

Danke auch an meine wunderbare Agentin Roswitha Kern und ihre unerschöpfliche Geduld mit mir. Ich bin sehr froh, dich an meiner Seite zu wissen.

Vielen Dank an Myriam Hlatky aus der Marketing-&-PR-Abteilung der Spanischen Hofreitschule, die mir unzählige Fragen beantwortet hat – einfach nur so, weil sie mir helfen wollte.

Dies war die erste Zusammenarbeit mit Catherine Beck, aber ich hoffe, unsere Wege kreuzen sich bei dem einen oder anderen Projekt erneut. Danke für das konstruktive Lektorat.

Mein Papa ist ein wandelndes Pferde-Wikipedia! Danke für dein unerschöpfliches Wissen und deinen Erfahrungsschatz, der in diese Geschichte einfließen durfte.

Ein großes Danke – und zwar von Herzen – geht an die Leser*innen dieses Buches. Ich hoffe, ich konnte euch gut unterhalten und wir »treffen« uns in meinem nächsten Roman wieder!

Eure Nora Lynn